Diogenes Taschenbuch 20186

detebe

D. H. Lawrence

Die Frau, die davonritt

Erzählungen

Diogenes

Deutsche Erstausgabe der
ungekürzten Version
der Erzählung ›Sonne‹
Abdruck der Übersetzungen
von Martin Beheim-Schwarzbach
mit freundlicher Genehmigung
des Rowohlt Verlags,
Reinbek bei Hamburg
Nachweis am Schluß des Bandes
Umschlagillustration:
Pierre-Auguste Renoir,
›Femme à la rose‹, 1875–1876

www.diogenes.ch
30/01/8/7
ISBN 3 257 20186 9

Inhalt

Zwei blaue Vögel

Es war einmal eine Frau, die liebte ihren Mann, aber sie konnte nicht mit ihm leben. Der Mann wiederum hing aufrichtig an seiner Frau, doch er konnte nicht mit ihr leben. Beide waren noch nicht vierzig, beide waren hübsch und anziehend. Sie hegten die aufrichtigste Achtung voreinander und glaubten sich seltsamerweise auf ewig verbunden. Sie kannten sich intimer, als sie sonst irgend jemanden kannten, und sie fühlten sich vom andern besser verstanden als von sonst irgend jemandem.

Und doch konnten sie nicht miteinander leben. Meistens wahrten sie einen Abstand von tausend Meilen – im geographischen Sinne. Doch wenn er in Englands Nebellandschaft saß, war er sich im Hintergrund seines Denkens stets mit einer gewissen grimmigen Treue seiner Frau bewußt, seiner Frau und ihrer seltsamen Begier, treu und anhänglich zu sein, und dabei hatte sie irgendwo im Süden, in der Sonne, ihre galanten Freunde. Und wenn sie auf der Terrasse über dem Meer saß, ihren Cocktail trank und ihre grauen, spöttischen Augen auf das kräftige, dunkle Gesicht ihres Verehrers richtete, den sie eigentlich sehr gern mochte, dann kreisten ihre Gedanken um die scharf geschnittenen Gesichtszüge ihres hübschen jungen Gatten, und wie er wohl gerade seine Sekretärin bat, etwas für ihn zu erledigen – es mit der gutgelaunten, zuversichtlichen Stimme eines Mannes erbat, der genau weiß, daß seine Bitte nur zu gern erfüllt wird.

Die Sekretärin betete ihn natürlich an. Sie war äußerst tüchtig und sehr jung, und sie sah recht gut aus. Sie betete ihn an. Doch das taten schließlich all seine Angestellten, besonders die weiblichen. Seine männlichen Bedienten beschwindelten ihn wahrscheinlich.

Wenn ein Mann eine Sekretärin hat, die ihn anbetet, und wenn man die Frau dieses Mannes ist – was soll man dann tun? Nicht etwa, daß es zwischen ihnen nicht ganz sauber zuginge, falls ihr wißt, was ich meine! Da war nichts, was man als Ehebruch bezeichnen konnte, um es beim rechten Namen zu nennen. Nein, nein! Sie waren einfach der junge Hausherr und seine Sekretärin. Er diktierte ihr, sie rackerte sich für ihn ab und betete ihn an, und alles ging reibungslos.

Er ›betete‹ sie nicht an. Ein Mann braucht seine Sekretärin nicht anzubeten. Aber er verließ sich auf sie. »Auf Miss Wrexall kann ich eben bauen!« Und auf seine Frau konnte er niemals bauen. Bis er dann endlich begriffen hatte, daß es auch gar nicht in ihrer Absicht lag, man solle auf sie bauen.

Daher blieben sie Freunde – in jener grauenhaften, unausgesprochenen Vertrautheit ehemals miteinander verheiratet gewesener Menschen.

Für gewöhnlich gingen sie jedes Jahr zusammen in Urlaub, und wären sie nicht Mann und Frau gewesen, hätten sie viel Spaß und Anregung aneinander gefunden. Die Tatsache, daß sie verheiratet waren und während der letzten drei oder vier Jahre nicht miteinander hatten leben können, verdarb ihnen das Vergnügen am andern. Jeder nährte insgeheim bittere Gefühle über den Partner.

Immerhin waren beide furchtbar nett. Er war ein Muster an Großzügigkeit und empfand eine wirklich zärtliche Achtung vor ihr, einerlei, wieviel galante Freundschaften sie hatte. Ihre galanten Freundschaften waren einfach eine Seite ihrer modernen Lebensbedürfnisse. »Schließlich muß ich doch *leben!* Ich kann mich nicht innerhalb von fünf Minuten in eine Salzsäule verwandeln, nur, weil du und ich nicht miteinander leben können! Eine Frau wie ich braucht Jahre, um sich in eine Salzsäule zu verwandeln! Wenigstens hoffe ich es!«

»Sehr richtig!« erwiderte er. »Sehr richtig! Du mußt sie unbedingt in Essig konservieren, mach nur Essiggurken daraus, ehe du anfängst, Kristalle anzusetzen! Das empfehle ich dir!«

So war er immer: so gräßlich gescheit und rätselhaft! Die Idee mit den eingelegten Essiggurken konnte sie noch halbwegs begreifen, aber das Kristalle-Ansetzen – was mochte das bloß bedeuten?

Oder wollte er ihr damit zu verstehen geben, daß er selber wohlkonserviert war und daß für ihn ein weiteres Einlegen in Essig unterbleiben müsse, weil es nur sein Aroma verderben könnte? Hatte er etwa das gemeint? Und sie selber – wäre sie demnach die Salzlake und das Tränental?

Man wußte ja nie, wie falsch ein Mensch sein konnte, wenn er wirklich gescheit und unergründlich war, und daneben ein bißchen spitzbübisch. Er war so reizend spitzbübisch, wenn er den ausdrucksvollen, eitlen Mund mit der langen Oberlippe verzog, die all seine Eitelkeit verriet! Denn schließlich – ein hübscher junger Mann mit gut geschnittenem Schauspielergesicht – mußte der nicht eitel werden? Die Frauen machten ihn ja so!

Ach, die Frauen! Wie nett wären die Männer, wenn es keine andern Frauen gäbe!

Und wie nett wären die Frauen, wenn es keine andern Männer gäbe! Das ist das beste an einer Sekretärin: sie hat vielleicht einen Ehemann, aber ein Ehemann ist der reinste Niemand, verglichen mit dem Chef, dem Boss, dem Mann, der einem diktiert und dessen Worte man getreulich im Stenogramm aufnimmt und dann ins reine schreibt. Stellt euch eine Ehefrau vor, die alles getreulich festhielte, was ihr Mann sagt! Dagegen eine Sekretärin! Jedes seiner *und* und *aber* bewahrt sie für alle Ewigkeit auf. Was sind – im Vergleich dazu – kandierte Veilchen?

Nun ist es aber so eine Sache, in der Sonne des Südens galante Freundschaften zu haben, wenn man weiß, daß irgendwo hoch oben im Norden in dem Haus, das man als sein Heim betrachten sollte, ein Gatte lebt, den man liebt und der einer Sekretärin diktiert, die man zu verächtlich findet, um sie zu hassen, die man jedoch immerhin verachtet, obwohl man zugibt, daß sie ihre guten Seiten hat. Eine galante Freundschaft nützt einem nicht viel, wenn man ein Staubkorn im Auge hat. Oder irgendwo in einem Herzwinkel.

Was kann man da tun? Der Gatte schickt seine Frau natürlich nicht fort.

»Du hast deine Arbeit und deine Sekretärin«, sagt sie. »Für mich ist kein Platz da!«

»Ein Wohnzimmer und ein Schlafzimmer sind ganz für dich allein da«, erwidert er. »Und ein Garten und ein halbes Auto! Aber tu ganz, was dir beliebt! Tu das, was dir am meisten Freude macht!«

»In dem Falle«, sagt sie, »geh ich über den Winter in den Süden!«

»Ja, tu das!« erwidert er. »Du genießt es immer so.«

»Ja, ich genieße es immer«, wiederholt sie.

Sie trennten sich mit einer gewissen Unnachgiebigkeit, hinter der ein Anflug wehmütiger Sentimentalität steckte. Sie begab sich zu ihren galanten Freundschaften, die, wie das Ei des Pfarrers, nur teilweise schmackhaft waren. Und er klemmte sich hinter die Arbeit. Wie er sagte, haßte er es, zu arbeiten, doch tat er nie etwas anderes. Zehn oder elf Stunden täglich. Das nennt man dann: sein eigener Herr sein!

Der Winter verging also, und der Frühling kam – der Frühling, wenn die Schwalben heimwärts ziehn, oder gen Norden, in unserm Falle. Dieser letzte Winter – einer in einer Reihe ähnlicher Winter – war ziemlich schwer zu überstehen gewesen. Das bißchen Staub im Auge der galanten Dame hatte sich tiefer eingefressen, je mehr sie zwinkerte. Sonngebräunte Gesichter mögen noch so braun sein, und eisgekühlte Cocktails mögen Glanzlichter aufsetzen: sie mochte nach Kräften zwinkern, um das kleine Staubkorn loszuwerden, aber umsonst! Unter den duftenden Perlchen der Mimosen dachte sie an ihren Gatten, der zu Hause in seiner Bibliothek saß, oder an seine ordentliche, tüchtige, aber so *gewöhnliche* Sekretärin, die unentwegt niederschrieb, was er sagte!

›Wie ein Mann so was nur *aushalten* kann? Wie *sie* so was aushalten kann, selbst wenn sie noch so gewöhnlich ist – das ist mir ein Rätsel!‹ klagte die Frau vor sich hin.

Sie meinte die ganze Diktiererei, das tägliche, zehn Stunden währende Beisammensein *à deux* – und nichts, das sie verband, nichts als ein Bleistift und ein Schwall von Worten.

Was kann man da tun? Die Situation hatte sich verschlimmert, anstatt besser zu werden. Die kleine Sekretärin hatte ihre Mutter und ihre Schwester ins Haus geholt. Die Mutter war eine Art Haushälterin, die auch kochte, und die Schwester war eine Art Zimmermädchen: sie besorgte die feine Wäsche, kümmerte sich um seine Anzüge und war der beste Diener. Es war wohl eine glänzende Lösung. Die alte Mutter war eine ausgezeichnete Köchin, die Schwester war alles, was man von einem Diener, einer Feinwäscherin, einem Zimmermädchen und einem Tischkellner erwarten konnte. Und bei alledem war es noch recht vorteilhaft. Sie kannten seine Verhältnisse in- und auswendig. Die Sekretärin eilte in die Stadt, wenn ein Gläubiger gefährlich wurde, und *stets* konnte sie die finanzielle Krise überbrücken.

Natürlich hatte ›er‹ Schulden, und er arbeitete, um sie abzutragen. Und wenn er ein Märchenprinz gewesen wäre, der die Ameisen zu Hilfe rufen konnte, dann hätte er nicht größere Wunder verrichten können, als indem er sich diese Sekretärin und ihre Familie sicherte. Die Entschädigung, die sie erhielten, war nicht der Rede wert. Und sie schienen tagtäglich das Wunder der Speisung der Viertausend zu wiederholen.

›Sie‹ war natürlich die Frau, die ihren Gatten liebte, ihn jedoch in weitere Schulden stürzte, und sie war und blieb ein kostspieliger Posten. Doch wenn sie in ihrem ›Heim‹ erschien, empfing die Sekretärsfamilie sie mit ausgesuchtester Ehrerbietung. Der von den Kreuzzügen heimkehrende Ritter konnte keine größere Geschäftigkeit verursachen. Sie kam sich wie die Königin Elizabeth in Kenilworth vor, eine

Herrscherin, die ihre getreuen Untertanen mit einem Besuch beehrt. Aber vielleicht drohte schon von jeher das Haar in der Suppe: ob sie sich nicht freuen, wenn sie mich wieder los sind?

Doch sie widersprachen: Nein! Nein! Sie hatten gewartet und gehofft und gebetet, daß sie käme und die Verantwortung übernähme: sie, die Herrin, ›seine‹ Frau! Ah, ›seine‹ Frau!

›Seine‹ Frau. Sein Heiligenschein war ihr wie ein Kübel über den Kopf gestülpt. Die Köchin-Mutter stammte ›aus dem Volk‹, daher kam die Zimmermädchen-Tochter und erkundigte sich nach ihren Wünschen.

»Was wünschen Sie morgen zum Mittagessen und zum Abendbrot, Mrs. Gee?«

»Was haben Sie denn meistens?«

»Oh, wir möchten, daß *Sie* es bestimmen!«

»Aber was haben Sie denn *meistens?*«

»Ach, nichts Bestimmtes. Mutter geht und besorgt das Beste, was sie finden kann – alles, was frisch und gut ist. Ich dachte nur, Sie könnten ihr jetzt sagen, was sie besorgen soll!«

»Oh, das weiß ich nicht! Ich versteh mich nicht so darauf! Sagen Sie ihr nur, sie möchte einfach wie bisher weitermachen; ich bin überzeugt, daß sie's am besten versteht!«

»Vielleicht möchten Sie gern eine Süßspeise vorschlagen?«

»Nein, ich mache mir nichts aus Süßspeisen, und Mr. Gee auch nicht, wie Sie wohl wissen. Also keine Süßspeise für mich.«

Es war nicht zu glauben! Das Haus war blitzsauber, und alles lief wie am Schnürchen; wie konnte da eine unpraktische und verschwenderische Gattin es wagen, sich angesichts von soviel erstaunlicher und fast begeisterter Fürsorge noch einzumischen? Und dabei führten sie den ganzen Haushalt fast für umsonst!

Einfach prachtvolle Menschen! Und wie sie ihr schmeichelten!

Doch dabei kam sie sich höchstens lächerlich vor.

»Findest du nicht, daß die Familie den Haushalt sehr gut führt?« ließ er einen Versuchsballon steigen.

»Unglaublich gut! Beinahe phantastisch gut!« antwortete sie. »Und du bist wohl restlos glücklich?«

»Ich fühle mich äußerst wohl dabei«, erwiderte er.

»Das sieht man dir an«, entgegnete sie. »Erstaunlich! Soviel Wohlbehagen ist mir ganz unheimlich! Bist du sicher, daß es dir nicht schadet?«

Sie warf einen verstohlenen Blick auf ihn. Er sah sehr gut und – auf seine romantische Art – unwahrscheinlich hübsch aus. Er war verblüffend gut angezogen und gepflegt. Und er hatte das elegante Auftreten und die glänzende Laune, die einem Mann so gut stehen und die sich nur dann einstellen, wenn er der Hahn im Korb ist und von seinen Hennen vergöttert wird.

»Ja«, sagte er, nahm die Pfeife aus dem Munde und warf ihr einen spitzbübischen Blick zu. »Seh ich etwa so aus, als schadet es mir?«

»Nein, bestimmt nicht«, entgegnete sie sofort und dachte logischerweise – wie man es heutzutage von einer Frau erwartet – an seine Gesundheit und seine Bequemlichkeit, die offenbar die Grundlage allen Glücks sind.

Doch dann wurde sie natürlich in die Gegenströmung hineingerissen:

»Aber für deine Arbeit ist es vielleicht nicht so gut wie für dich persönlich«, sagte sie mit betont zaghafter Stimme. Sie wußte, daß er es nicht ertragen konnte, wenn sie sich auch nur eine Sekunde lang über seine Arbeit lustig machte. Und er kannte diese betont zaghafte Stimme.

»Inwiefern?« fragte er, und all seine Stacheln sträubten sich.

»Oh, ich weiß nicht«, antwortete sie nachlässig. »Vielleicht ist es nicht gut für die Arbeit eines Mannes, wenn er es zu behaglich hat!«

»Das möchte ich sehr bezweifeln!« sagte er, stolzierte

selbstbewußt durch die Bibliothek und sog an seiner Pfeife. »Wenn man in Betracht zieht, daß ich buchstäblich zwölf Stunden täglich arbeite und, selbst wenn ich mir einen kurzen Tag mache, noch zehn Stunden schaffe, dann kannst du wohl kaum behaupten, daß ich vor lauter Wohlbehagen verkomme!«

»Nein, eigentlich nicht«, gab sie zu.

Aber sie glaubte es doch. Seine Behaglichkeit bestand nicht so sehr in gutem Essen und einem weichen Bett, als vielmehr darin, daß keiner, einfach gar keiner, ihm jemals widersprach. ›Ich freue mich so in Gedanken, daß ihm jeder Ärger aus dem Wege geräumt wird‹, hatte die Sekretärin zu seiner Frau gesagt.

›Daß ihm jeder Ärger aus dem Wege geräumt wird!‹ Was für eine Situation für einen Mann! Verhätschelt von Frauen, die darauf achten, daß ihm jeder Ärger aus dem Wege geräumt wird! Wenn überhaupt etwas seine gekränkte Eitelkeit ärger machen konnte, dann doch wohl das!

Seine Frau jedenfalls glaubte es. Aber was konnte man da tun? In der mitternächtigen Stille hörte sie in der Ferne seine diktierende Stimme, wie die Stimme Gottes, die an Samuel erging, eintönig und allein, und im Geist sah sie die kleine Sekretärin, die emsig an ihrem Stenogramm kritzelte. In den sonnigen Morgenstunden dann, wenn er noch im Bett lag – er stand nie vor dem Mittagessen auf –, ertönte aus einer andern Richtung das scharfe Insektengezirp der Schreibmaschine – einem riesigen Heupferdchen gleich, zirpend und scheppernd. Es war das arme Geschöpf, die Sekretärin, die sein Diktat ins reine tippte.

Diese Sekretärin – sie war erst achtundzwanzig – schuftete sich wirklich ab, bis sie nur noch Haut und Knochen war. Sie war klein und gepflegt, aber sie war buchstäblich verbraucht. Sie leistete viel mehr Arbeit als er, denn sie mußte nicht nur alle Worte aufnehmen, die er äußerte, sondern sie auch tippen und drei Durchschläge anfertigen, während er sich noch ausruhte.

›Was sie bloß davon hat‹, dachte die Gattin, ›kann ich mir einfach nicht vorstellen. Sie arbeitet sich halbtot, und für ein erbärmlich niedriges Gehalt, und er hat sie nie geküßt und wird's auch nie tun, wie ich ihn kenne – oder ich müßte mich sehr täuschen.‹

Ob es dadurch schlimmer oder besser wurde, daß er sie nie geküßt hatte (die Sekretärin nämlich), das machte sich die Gattin nicht klar. Er küßte nie jemanden. Ob sie (die Gattin nämlich) von ihm geküßt werden wollte – auch darüber war sie sich nicht im klaren. Wohl lieber nicht, meinte sie.

Was, um Himmels willen, wollte sie denn dann? Sie war seine Gattin. Was, um Himmels willen, wollte sie von ihm?

Bestimmt wollte sie nicht Stenogramm aufnehmen und dann all seine Worte tippen. Und sie wollte eigentlich auch nicht, daß er sie küßte; sie kannte ihn zu gut. Ja, sie kannte ihn zu gut. Wenn man einen Menschen zu gut kennt, möchte man sich nicht von ihm küssen lassen.

Was also dann? Was wollte sie? Warum hatte sie seinetwegen einen so unerhörten Katzenjammer? Nur weil sie seine Frau war? Warum ›genoß‹ sie (und sie war, was Genuß betraf, sehr kritisch) das Zusammensein mit andern Männern, ohne sie je ernst zu nehmen? Und warum mußte sie *ihn* so verdammt ernst nehmen, obwohl sie das Zusammensein mit ihm doch nie richtig ›genoß‹?

Natürlich hatte sie es früher mal *nett* mit ihm gehabt – früher, bevor – ach, bevor sich tausenderlei Kleinigkeiten ereigneten, die im Grunde belanglos waren. Und jetzt genoß sie ihn nicht mehr. Sie genoß es nicht einmal, mit ihm zusammen zu sein. Eine ewige, unausgesprochene Spannung bestand zwischen ihnen, die nie nachließ, selbst wenn sie tausend Meilen voneinander getrennt waren.

Scheußlich! So was nannte man Verheiratetsein! Was konnte man nur tun? Lächerlich, so gut im Bilde zu sein und gar nichts unternehmen zu können!

Wieder einmal kehrte sie zurück, wieder einmal war sie

in ihrem eigenen Haus eine Art Super-Gast – sogar für ihn. Und die Sekretärsfamilie opferte sich für ihn auf.

Sie opferten sich für ihn auf! Buchstäblich! Drei Frauen opferten ihm Tag und Nacht ihr ganzes Leben. Und was erhielten sie dafür als Entgelt? Keinen einzigen Kuß! Sehr wenig Geld, denn seine Schulden waren ihnen ja bekannt, und sie hatten es sich zur Lebensaufgabe gemacht, sie abzutragen. Keine Hoffnungen! Täglich zwölf Stunden Arbeit! Isolierung von der Umwelt, denn er empfing keinen Menschen.

Und außerdem? Nichts! Vielleicht ein erhebendes Gefühl der Wichtigkeit, wenn sie manchmal seinen Namen und sein Bild in einer Zeitung sahen. Aber konnte man sich vorstellen, daß ihnen so etwas genügte?

Und doch genossen sie es. Sie schienen eine tiefe Genugtuung daraus zu ziehen – wie etwa Leute mit einer geheimen Mission. Unerhört!

Aber gut – mochten sie nur! Es waren natürlich ziemlich einfache Leute aus dem Volk – vielleicht waren sie von solchem Glanz betört?

Doch ihm schadete es. Daran war nicht zu zweifeln. Er wurde weitschweifig in seinen Ausführungen und verlor an Qualität, was kein Wunder war. Sein ganzer Stil wurde platter, gewöhnlicher ... Natürlich schadete es ihm!

Da sie seine Gattin war, fand sie, daß sie etwas tun müsse, um ihn zu retten. Aber wie konnte sie das tun? Wie konnte sie auf die so durch und durch ergebene, wunderbare Sekretärsfamilie einen Vorstoß unternehmen? Und doch hätte sie gar zu gern alle zum Teufel gejagt! Natürlich schadeten sie ihm: sie ruinierten sein Werk, seinen Ruf als Schriftsteller, sein Leben. Sie ruinierten ihn mit ihren sklavenhaften Diensten.

Natürlich sollte sie einen Sturmangriff gegen sie unternehmen. Aber wie konnte sie? Angesichts von so viel Aufopferung! Und was hatte sie an deren Statt zu bieten? Bestimmt keine sklavenhafte Aufopferung – weder ihm noch seinem Wortschwall gegenüber! Bestimmt nicht!

Sie malte sich's aus – er entblößt, seiner Sekretärin und seiner Sekretärsfamilie beraubt – und schauderte. Das hieße ja, ein nacktes Baby in die Mülltonne werfen! Sowas tat man nicht!

Und doch mußte etwas getan werden! Sie spürte es. Es juckte sie, noch weitere tausend Pfund Schulden zu machen und wie bisher die Rechnung zu schicken – oder sie ihm schicken zu lassen. Aber nein! Es mußte drastischer sein!

Drastischer – oder vielleicht sanfter. Sie schwankte zwischen dem einen und dem andern. Und weil sie schwankte, tat sie zunächst gar nichts, kam zu keinem Entschluß, trödelte müßig von Tag zu Tag und wartete auf genügend Energie, um wieder Abschied zu nehmen.

Es war Frühling. Wie dumm sie gewesen war, im Frühling herzukommen! Und sie war vierzig! Was für ein Kamel war sie doch, schon vierzig zu werden!

An einem Nachmittag ging sie durch den Garten, als die Vögel laut in ihrem Laubversteck zwitscherten und der Himmel schwer und warm war und sie nichts zu tun hatte. Der Garten war voller Blumen: er liebte sie, weil sie sich so romantisch zur Schau stellten: Flieder und Schneeball und Goldregen und Rotdorn, Tulpen und Anemonen und rosige Gänseblümchen. Eine Fülle von Blumen. Ganze Beete voller Vergißmeinnicht. Blauäuglein. Was für verrückte Namen manche Blumen hatten! Sie hatte sie einfach blaue Knöpfe und gelbe Kleckse und weiße Rüschen genannt. Bitte ein bißchen weniger sentimental, ja?

Der Frühling hatte immer etwas Albernes an sich, all das Zurschaustellen, all das Gepränge mit seinen sprießenden Blättern und Ballettröckchen-Blumen – es sei denn, man hätte etwas Entsprechendes im eigenen Herzen. Hatte sie aber nicht.

Ach du liebe Güte! Hinter der Hecke hörte sie eine Stimme, eine gleichmäßige, ziemlich theatralische Stimme. Ach du liebe Güte! Er diktierte seiner Sekretärin im Garten! Lieber Himmel, war man denn nirgends davor sicher?

Sie blickte sich um: es gab allerdings noch viele Zufluchtswinkel. Aber was nützte es, dorthin zu flüchten? Er würde ewig so weitermachen. Sie trat leise an die Hecke und hörte zu.

Er diktierte einen Artikel über den modernen Roman – für eine Zeitschrift. »Was dem modernen Roman fehlt, ist Architektonik.« Lieber Himmel: Architektonik! Ebensogut könnte er sagen: was dem modernen Roman fehlt, ist Fischbein – oder ein Teelöffel – oder ein plombierter Zahn.

Doch die Sekretärin nahm alles auf, nahm alles auf, nahm alles auf. Nein, das durfte nicht so weitergehen! Es war mehr, als Fleisch und Blut ertragen konnten!

Sie ging leise die Hecke entlang. Es lag etwas Wölfisches in der Art, wie sie sich näher schlich, die breite, kräftige Frau in dem teuren senfgelben Seidenpullover und dem sahneweißen Faltenrock. Ihre Beine waren lang und schön, und ihre Schuhe waren kostbar.

Mit einer merkwürdig wölfischen Heimlichkeit ging sie um die Ecke herum und blickte auf den schmalen, schattigen Rasen, wo sich die Gänseblümchen in unverschämter Fülle breitmachten. Unter der rotblühenden Roßkastanie saß ›er‹: halb zurückgelehnt in einem bunten Liegestuhl, in weißen Wollstoff gekleidet, dazu trug er ein feines gelbes Leinenhemd. Seine elegante Hand hing lose über die Armlehne und schlug gewissermaßen den Takt zu seinen Worten. An einem kleinen grünen Korbtisch neigte die kleine Sekretärin in einem grünen Jerseykleid den dunklen Kopf über ihren Stenoblock und schrieb fleißig all die abscheulichen Kurzschrift-Krakel hin. Es war nicht schwierig, seinem Diktat zu folgen, denn er sprach langsam und wahrte eine Art Rhythmus, zu dem die herunterbaumelnde Hand den Takt schlug.

»Jeder Roman muß einen klar herausgestellten Helden haben, womit wir sympathisieren – mit dem wir sympathisieren – selbst wenn wir erkennen – auch wenn wir uns seiner menschlichen Schwächen durchaus bewußt sind ...«

›Jeder sein eigener Held‹, dachte die Gattin ergrimmt und vergaß dabei ganz, wie sehr jede Frau ihre eigene Heldin ist.

Aber was sie dann erschreckte, war ein blauer Vogel, der dicht vor den Füßen der konzentriert ihr Stenogramm kritzelnden kleinen Sekretärin herumhüpfte. Es war zwar bloß eine Blaumeise, blau mit grau und ein wenig gelb. Doch der Gattin kam sie im saftstrotzenden Frühling und an diesem schimmernden Nachmittag rein blau vor. Der blaue Vogel umflatterte die netten, aber ziemlich *gewöhnlichen* Füße der kleinen Sekretärin.

›Der blaue Vogel! Der blaue Glücksvogel! Oh, ich habe Glück, ich habe Glück‹, dachte die Gattin.

Und da sie Glück hatte, erschien noch ein zweiter blauer Vogel, das heißt noch eine Blaumeise, und begann sich mit der ersten Blaumeise zu streiten. Ein Paar blaue Glücksvögel, die sich stritten! ›Oh, ich habe wirklich Glück!‹

Sie stand nicht gerade in der Blickrichtung des in die Arbeit versunkenen Menschenpaars. Doch ›ihn‹ störten die kämpfenden blauen Vögel, deren kleine Federn herumzustieben begannen.

»Geht weg!« sagte er milde und verscheuchte sie mit seinem dunkelgelben Taschentuch. »Tragt euren kleinen Streit anderswo aus, ihr lieben kleinen Kampfhähne, und bringt eure Privatangelegenheiten nicht gerade hier in Ordnung!«

Die kleine Sekretärin blickte rasch auf, denn sie hatte schon angefangen, es niederzuschreiben. Er bedachte sie mit seinem schiefen, kapriziösen Lächeln.

»Nein, das müssen Sie nicht schreiben«, sagte er freundlich. »Haben Sie die beiden Meisen gesehen, wie sie aufeinander losgingen?«

»Nein«, antwortete die kleine Sekretärin und blickte sich strahlend um – mit Augen, die von der Arbeit noch halb blind waren.

Was sie jedoch sah, war die eigenartige, kraftvolle, elegante Wolfsgestalt der Gattin, und ihre Augen weiteten sich entsetzt.

»Aber *ich* hab sie gesehn!« sagte die Gattin und trat mit den schöngeformten, seltsam wölfischen Beinen näher, die unter dem sehr kurzen Rock hervorschauten.

»Sind es nicht erstaunlich boshafte kleine Biester?« sagte er.

»Ja, erstaunlich«, wiederholte sie, bückte sich und hob eine kleine Brustfeder auf. »Erstaunlich! Da sieh, wie die Federn fliegen!«

Und sie nahm die Feder zwischen die Fingerspitzen und betrachtete sie. Dann blickte sie die Sekretärin an, und dann blickte sie ihn an. Zwischen ihren Augenbrauen stand ein sonderbarer, werwolfartiger Ausdruck.

»Ich finde«, begann er jetzt, »das sind die herrlichsten Nachmittage, wenn kein direktes Sonnenlicht da ist, jedoch alle Töne und Farben und Gerüche in der Luft verschmelzen, verstehst du, wenn die ganze Geschichte vom Frühling durchtränkt ist. Dann ist's, als wäre man innen drin, du weißt wohl, wie ich's meine, wie innen im Ei, und bereit, die Schale aufzupicken.«

»Ja, genau so«, pflichtete sie ihm bei, ohne davon überzeugt zu sein.

Eine kleine Pause entstand. Die Sekretärin sagte nichts. Sie wartete darauf, daß die Gattin wieder gehen sollte.

»Vermutlich bist du furchtbar beschäftigt«, sagte sie, »wie meistens?«

»Fast so«, erwiderte er und verzog abweisend den Mund.

Wieder eine inhaltlose Pause, in der er nur darauf wartete, daß sie gehen sollte.

»Ich weiß, daß ich dich gestört habe«, sagte sie.

»Eigentlich«, erwiderte er, »hatte ich gerade die beiden Blaumeisen beobachtet.«

»Zwei kleine Teufelchen!« sagte die Frau und blies die gelbe Feder von ihrer Fingerspitze fort.

»Richtig!« sagte er.

»Aber dann will ich lieber gehen, damit du mit deiner Arbeit vorankommst«, meinte sie.

»Es eilt nicht«, entgegnete er mit wohlwollend nachlässigem Tonfall. »Ich glaube eigentlich nicht, daß es sehr fördernd ist, im Freien zu arbeiten!«

»Warum hast du's denn getan?« fragte die Gattin. »Du weißt doch, daß du's nie konntest!«

»Miss Wrexall schlug es vor, weil sie meinte, es könnte anregend sein. Aber ich glaube nicht, daß es irgendwie förderlich ist, nicht wahr, Miss Wrexall?«

»Es tut mir sehr leid!« flüsterte die kleine Sekretärin.

»Warum soll es *Ihnen* leid tun?« fragte die Gattin und blickte beinah gütig auf sie herab, wie etwa ein Wolf auf einen kleinen schwarzbraunen Straßenköter. »Sie haben es sicher nur zu seinem Besten vorgeschlagen.«

»Ich dachte, die frische Luft könnte ihm guttun«, gab die kleine Sekretärin zu.

»Warum denken Menschen wie Sie niemals an sich selber?« fragte die Gattin.

Die Sekretärin blickte sie scharf an.

»Das tun wir, glaube ich, doch – wenn auch auf andere Art«, erwiderte sie.

»Auf *sehr* andere Art!« bemerkte die Gattin ironisch. »Warum bringen Sie ihn nicht dahin, daß er an *Sie* denkt?« fuhr sie langsam und mit schleppender Stimme fort. »An einem so milden Frühlingsnachmittag sollten Sie ihn dahin bringen, Ihnen an Sie gerichtete Gedichte zu diktieren, die von den blauen Glücksvögeln handeln, wie sie Ihre zierlichen kleinen Füßchen umflattern! Ich würde das bestimmt tun, wenn ich seine Sekretärin wäre.«

Eine drückende Pause folgte. Die Gattin stand unbeweglich wie eine Statue in einer Haltung da, die bezeichnend für sie war: halb hatte sie sich der kleinen Sekretärin zugewandt, halb kehrte sie ihr den Rücken. So machte sie es immer: kehrte allem ein wenig den Rücken. Die Sekretärin blickte ihn an.

»Ich schrieb nämlich gerade einen Aufsatz über die Zukunft des Romans«, sagte er.

»Ich weiß, ich weiß!« sagte die Gattin. »Das macht es ja so schlimm! Warum nicht etwas Lebendiges aus dem Leben eines Romanschriftstellers?«

Diesmal entstand ein längeres Schweigen, während sich ein leidender und irgendwie abwesender, statuenhafter Ausdruck bei ihm zeigte. Die kleine Sekretärin ließ den Kopf hängen. Die Gattin schlenderte gemächlich von dannen.

»Wo waren wir stehengeblieben, Miss Wrexall?« ließ sich seine Stimme vernehmen.

Die kleine Sekretärin zuckte zusammen. Sie war zutiefst empört! Ihre wunderschöne Beziehung – die zwischen ihm und ihr – so zu verderben!

Doch bald lavierte sie auf dem Gefälle seiner Worte wieder stromabwärts und war zu emsig bei der Sache, um irgendwelche Gefühle zu haben, ausgenommen das einer großen Emsigkeit.

Die Teestunde war da; ihre Schwester trug das Teebrett in den Garten hinaus. Und sofort erschien auch die Gattin. Sie hatte sich umgezogen und trug jetzt ein Kleid aus zichorienblauem, feinem Tuch. Die kleine Sekretärin raffte ihre Papiere zusammen und wollte auf ihren ziemlich hochhackigen Schuhen davonstöckeln.

»Gehen Sie nicht, Miss Wrexall!« sagte die Gattin.

Die kleine Sekretärin blieb augenblicklich stehen und zauderte dann. »Meine Mutter erwartet mich«, wandte sie ein.

»Erklären Sie ihr, Sie kämen nicht. Und bitten Sie Ihre Schwester, noch eine Tasse Tee zu bringen. Ich möchte, daß Sie mit uns Tee trinken.«

Miss Wrexall warf einen Blick auf den Mann, der sich im Liegestuhl auf den einen Ellbogen stützte und eine rätselhafte Hamlet-Miene aufgesetzt hatte.

Er warf ihr einen raschen Blick zu und verzog dann, gleichgültig wie ein Knabe, seinen Mund.

»Ja, bleiben Sie doch einmal, um mit uns Tee zu trinken«, sagte er. »Ich sehe Erdbeeren und weiß, daß Sie gern davon picken würden!«

Sie blickte ihn an, lächelte gezwungen und eilte dann fort, um ihrer Mutter Bescheid zu geben. Sie blieb sogar lange genug weg, um sich ein anderes Kleid überzuwerfen.

»Oh, wie elegant Sie sind!« rief die Frau, als die kleine Sekretärin in ihrer zichorienblauen Seide auf dem Rasen erschien.

»Ach, es lohnt sich nicht, mein Kleid anzusehen – neben Ihrem!« entgegnete Miss Wrexall. Die beiden Kleider waren tatsächlich von der gleichen Farbe.

»Wenigstens haben Sie sich Ihres verdient, und das ist mehr, als ich von meinem behaupten kann«, sagte die Gattin, während sie den Tee eingoß. »Trinken Sie ihn stark?«

Sie blickte aus ihren schweren Augen auf das kleine, überarbeitete junge Ding, ein blaugekleidetes Vögelchen, und ihre Augen sprachen Bände – so dunkel und rätselhaft blickten sie.

»Ach, danke, einfach, wie es kommt!« antwortete Miss Wrexall und beugte sich nervös vor.

»Er ist sehr stark – falls Sie Ihre Gesundheit ruinieren wollen?«

»Oh, dann möchte ich ihn mit etwas Wasser.«

»Finde ich auch.«

Während sie Tee tranken und die beiden Frauen gegenseitig ihre blauen Kleider betrachteten, fragte die Gattin: »Wie ging's mit der Arbeit – gut?«

»Ach«, erwiderte er, »nicht besser, als zu erwarten war! Nichts als Geschwafel! Aber gerade das wollen sie haben. Ein furchtbarer Blödsinn, nicht wahr, Miss Wrexall?«

Miss Wrexall rückte unbehaglich auf ihrem Stuhl hin und her. »Es hat mich interessiert«, sagte sie, »wenn auch nicht so sehr wie der Roman.«

»Der Roman? Welcher Roman?« fragte die Gattin. »Ein neuer?« Miss Wrexall blickte ihn an. Nicht um die Welt würde sie etwas aus seinem dichterischen Schaffen verraten.

»Ach, ich hatte Miss Wrexall nur erst den Gedankengang skizziert«, erklärte er.

»Erzähl mal!« rief die Gattin. »Miss Wrexall, erzählen Sie uns mal, um was es geht!« Sie drehte sich auf ihrem Stuhl ein wenig um und fixierte die kleine Sekretärin.

Miss Wrexall wand sich verlegen: »Oh, ich hab's leider nicht sehr gut begriffen!«

»Ach was, nur zu! Dann erzählen Sie uns eben das, was Sie begriffen haben.«

Miss Wrexall saß stumm und verärgert da. Sie spürte, daß ihr eine Falle gestellt wurde. Sie blickte auf die blauen Falten ihres Rockes.

»Ich fürchte, ich kann es nicht«, erklärte sie.

»Warum befürchten Sie es denn? Sie sind so *überaus* tüchtig. Bestimmt können Sie alles nur so aus dem Ärmel schütteln. Ich vermute sogar, daß *Sie* einen großen Teil von Mr. Gees Büchern für ihn schreiben! Er skizziert die Umrisse, und Sie füllen alles aus. So haben Sie es doch gemacht, nicht wahr?« Sie sprach lustig, und als wollte sie ein Kind necken. Und dann blickte sie auf die feinen Falten in ihrem eigenen blauen Kleid, das so vornehm und so kostbar war.

»Sie können unmöglich im Ernst sprechen!« entgegnete Miss Wrexall nun ganz erbittert.

»Doch, natürlich. Ich habe es längst vermutet, das heißt, seit einiger Zeit schon, daß Sie einen großen Teil von Mr. Gees Büchern für ihn schreiben – seinen Anweisungen folgend!«

Es wurde in spöttischem Ton geäußert, doch die Worte waren brutal.

»Ich würde mich sehr geschmeichelt fühlen«, entgegnete Miss Wrexall und richtete sich auf, »wenn ich nicht wüßte, daß Sie mich nur demütigen wollen.«

»Sie demütigen? Aber nein, mein liebes Kind – nichts könnte mir ferner liegen! Sie sind doppelt so gescheit wie ich und millionenmal klüger! Nein, mein liebes Kind, ich hege die größte Bewunderung für Sie! Ich möchte nicht tun, was Sie tun – nicht für alle Schätze Arabiens! Ich könnt's auch gar nicht ...«

Miss Wrexall verkapselte sich und schwieg.

»Willst du etwa sagen, meine Bücher läsen sich, als hätte ...« begann er mit zermarterter Stimme und richtete sich auf.

»Ja, sicher«, erwiderte die Gattin. »*Genau so* sind sie, als hätte Miss Wrexall sie nach deinen Anweisungen geschrieben! Ich habe es *allen Ernstes* geglaubt, daß sie es tut – vielleicht, wenn du zu beschäftigt bist ...«

»Wie gescheit von dir«, sagte er.

»Sehr«, erwiderte sie. »Besonders, falls ich mich getäuscht habe!«

»Das hast du!« sagte er.

»Wie äußerst seltsam!« rief sie. »Dann hätte ich mich also wieder einmal getäuscht!«

Eine völlige Stille trat ein.

Sie wurde von Miss Wrexall unterbrochen, die nervös an ihren Fingern zupfte. »Sie wollen verderben, was zwischen mir und ihm ist, das ist mir ganz klar«, sagte sie bitter.

»Aber liebes Kind, was *ist* denn zwischen Ihnen und ihm?« fragte die Gattin.

»Ich war *glücklich*, mit ihm zu arbeiten und für ihn zu arbeiten! Ich war *glücklich*, für ihn zu arbeiten!« rief Miss Wrexall, und vor Kummer und zorniger Empörung stiegen ihr die Tränen in die Augen.

»Mein liebes Kind!« rief die Gattin mit geheuchelter Begeisterung. »Sie müssen weiterhin glücklich sein, für ihn zu arbeiten, Sie müssen glücklich sein, solange Sie's können! Wenn es Sie glücklich macht – oh, dann genießen Sie es! Natürlich! Glauben Sie, ich wäre so grausam und wollte es Ihnen nehmen? Daß Sie mit ihm arbeiten? Ich kann weder stenographieren noch tippen noch doppelte Buchführung oder wie man das nennt. Ich versichere Ihnen, daß ich durch und durch unfähig bin. Ich habe noch nie Geld verdient. Ich bin der Schmarotzer auf der britischen Eiche – wie die Mistel. Der blaue Glücksvogel flattert nicht um *meine* Füße. Wahrscheinlich sind es zu große Treter.«

Sie blickte auf ihre teuren Schuhe. »Wenn ich überhaupt ein kritisches Wort zu äußern hätte«, sagte sie und wandte sich an ihren Mann, »dann beträfe es dich, Cameron, weil du soviel von ihr entgegennimmst und ihr nichts gibst!«

»Aber er gibt mir alles, alles!« rief Miss Wrexall. »Er gibt mir alles!«

»Was meinen Sie mit ›alles‹?« fragte die Gattin und blickte sie streng an.

Miss Wrexall zügelte sich sofort. Irgend etwas peitschte durch die Luft, und die Stromrichtung wechselte.

»Ich meine damit nichts, um das *Sie* mich beneiden müßten!« erklärte die kleine Sekretärin ziemlich hochmütig. »Ich habe mich noch nie billig gemacht!«

Ein verblüfftes Schweigen folgte.

»Mein Gott!« rief die Gattin dann. »Wenn Sie das nicht billig nennen? Ich muß wirklich feststellen, daß Sie überhaupt nichts von ihm bekommen, sondern nur immer geben! Und wenn Sie das nicht ›Sich-billig-Machen‹ nennen – mein Gott!«

»Wir sehen eben die Dinge von ganz verschiedenen Standpunkten aus!« erklärte die Sekretärin.

»Allerdings tun wir das – Gott sei Dank!« sagte die Gattin.

»Wem zuliebe dankst du Gott?« fragte er sarkastisch.

»Jedermann zuliebe, scheint mir! Deinetwegen, weil du alles ohne Gegenleistung erhältst, und Miss Wrexalls wegen, weil ihr das ja offenbar gefällt, und meinetwegen,weil ich mir das alles als Außenseiter ansehen kann!«

»Sie *brauchten* kein Außenseiter zu sein«, rief Miss Wrexall großmütig, »wenn Sie sich nicht selber zum Außenseiter gemacht hätten!«

»Besten Dank, mein liebes Kind, für Ihr Entgegenkommen«, sagte die Gattin und erhob sich, »aber ich fürchte, kein Mann kann erwarten, daß zwei blaue Glücksvögel um seine Füße flattern und sich gegenseitig die kleinen Federn ausreißen!«

Und damit ging sie weg.

Nach einer verkrampften und verzweifelten Stille rief Miss Wrexall:

»Auf mich braucht doch wirklich keine Frau eifersüchtig zu sein?«

»Stimmt!« sagte er.

Und das war alles, was er sagte.

Sonne

I

»Schicken Sie sie weg, in die Sonne!« sagte der Arzt.

Sie hielt nicht viel von der Sonne, aber sie ließ sich wegschicken, zusammen mit ihrem Kind und einem Kindermädchen und ihrer Mutter – fort übers Meer.

Das Schiff sollte um Mitternacht auslaufen. Und ihr Mann blieb zwei Stunden bei ihr, während das Kind zu Bett gebracht wurde und die Passagiere an Bord kamen. Es war eine finstere Nacht, und der Hudson wogte in tiefer Schwärze, die wie mit verschütteten Lichttröpfchen bestreut war. Sie lehnte an der Reling, blickte hinunter und dachte: das ist das Meer; es ist tiefer als man glaubt und reicher an Erinnerungen. Im gleichen Augenblick schien sich das Meer aufzubäumen – wie die Schlange des Chaos, die seit Ewigkeiten lebt.

»Solche Trennungen sind nicht gut«, sagte ihr Mann, der neben ihr stand. »Sie sind nicht gut. Ich mag sie nicht.«

Seine Stimme war voller Furcht und Besorgnis, und sie klang so, als klammere er sich an eine letzte Hoffnung wie an einen Strohhalm.

»Nein, ich auch nicht«, erwiderte sie mit eintöniger Stimme.

Sie mußte daran denken, wie verzweifelt sie sich beide gewünscht hatten, von einander loszukommen. Die bevorstehende Trennung zerrte zwar leise an ihren Gefühlen, trieb aber den Stachel, der sich in ihr Herz gebohrt hatte, nur noch tiefer.

Sie schauten beide nach ihrem schlafenden Sohn, und die Augen des Vaters wurden feucht. Doch es ist nicht das Feuchtwerden der Augen, das ausschlaggebend ist – sondern es ist der tiefverwurzelte, eiserne Rhythmus der Gewohnheit, der jahrelangen, lebenslänglichen Gewohnheiten, eine tief verankerte Triebkraft.

Und in seinem und ihrem Leben war die Triebkraft, ihre und seine, einander feind gewesen. Sie zerstörten sich gegenseitig, wie zwei Maschinen, die nicht aufeinander abgestimmt sind.

»Besucher von Bord! Besucher von Bord!«

»Maurice, du mußt gehen!« Und bei sich dachte sie: für ihn heißt es ›Von Bord!‹ für mich heißt es ›In See!‹

Vom mitternächtlich trübseligen Pier winkte er ihr mit seinem Taschentuch zu, während das Schiff Zoll um Zoll vom Ufer abrückte: einer in der Menge. Einer in der Menge. *C'est ça!*

Die Fährboote glitten noch immer wie große, mit Lichterreihen beladene Schüsseln schräg über den Hudson. Der schwarze Schlund drüben mußte der Lackawanna-Bahnhof sein.

Der Dampfer drang immer weiter in die Lichter hinein; der Hudson schien kein Ende zu nehmen. Doch endlich fuhren sie um die Biegung, um das armselige Lichtgeflimmer auf der Battery. Die Freiheitsstatue schwenkte ihre Fackel wie in einem Wutanfall hoch. Dann kam die Dünung des offenen Meeres.

Und wenn der Atlantik auch grau wie Lava war, schließlich gelangten sie doch in die Sonne. Sie hatte sogar ein Haus über dem blauesten Meer mit einem riesigen Garten und Weinberg voller Reben und Olivenbäumen, der in Terrassen steil zum ebenen Uferstreifen abfiel; und der Garten war voll heimlicher Winkel und dichter Zitronenwäldchen tief unten in der Schlucht und voll versteckter, klargrüner Wassertümpel; in einer kleinen Grotte entsprang eine Quelle, aus der schon die alten Sikuler getrunken hatten, noch bevor die Griechen kamen; und ein altes Grabgewölbe, dessen Nischen leer waren, diente einer meckernden grauen Ziege als Stall. Die Mimosen dufteten, und auf dem Vulkan drüben glänzte der Schnee.

Sie nahm das alles wahr, und irgendwie war es besänftigend. Aber es war alles nur äußerlich. Im Grunde machte sie sich nichts daraus. Sie war dieselbe, mitsamt allem Mißmut und aller Enttäuschung und ihrem Unvermögen, sich richtig ergreifen zu lassen. Das Kind fiel ihr auf die Nerven und nahm ihr die innere Ruhe. Sie fühlte sich so schrecklich – so qualvoll verantwortlich für den Jungen, als müsse sie über jeden seiner Atemzüge Rechenschaft ablegen. Und das war eine Qual für sie, für das Kind und für alle übrigen Beteiligten.

»Du weißt doch, Juliet«, sagte ihre Mutter zu ihr, »der Arzt hat dir verordnet, in der Sonne zu liegen, ohne Kleider! Warum tust du's nicht?«

»Wenn ich mich danach fühle, werde ich's tun!« brauste Juliet auf. »Willst du mich umbringen?«

»Dich umbringen? Unsinn! Ich will nur dein Bestes!«

»Um Gottes willen, hör auf, mein Bestes zu wollen!«

Die Mutter war schließlich so verletzt und erzürnt, daß sie abreiste.

Das Meer wurde weiß und dann unsichtbar. Der Regen strömte nieder. Es wurde kalt in dem Haus, das nur für sonniges Wetter gebaut war.

Dann wieder kam ein Morgen, an dem die Sonne wie flüssiges Metall funkelnd und nackt aus dem Meer aufstieg. Das Haus blickte nach Südosten, und Juliet lag im Bett und beobachtete den Sonnenaufgang. Ihr war, als hätte sie noch nie die Sonne aufgehen sehen. Noch nie hatte sie gesehen, daß die Sonne nackt und rein über dem Meereshorizont stand und die Nacht wie Wasser von sich abschüttelte. Wie rund und nackt sie war! Und sie wollte zu ihr gehen.

Der heimliche Wunsch sprang in ihr auf, nackt in die Sonne zu gehen. Sie hegte ihren Wunsch wie ein Geheimnis. Sie wollte sich mit der Sonne vereinigen.

Doch sie wollte vom Haus weggehen – weg von den Menschen. Und es ist nicht leicht, sich in einem Land, wo jeder Olivenbaum Augen hat und jeder Abhang weithin sichtbar ist, zu verstecken und sich mit der Sonne zu vermählen.

Sie fand jedoch eine Stelle: eine felsige Klippe, die sich über dem Meer in die Sonne vorschob und mit hohen Kakteen bewachsen war, die Feigenkakteen hießen. Aus diesem Kakteendickicht erhob sich eine Zypresse mit einem bleichen, dicken Stamm und einem Wipfel, der sich biegsam in die Bläue neigte. Sie stand wie ein Wächter da, der aufs Meer hinausblickt, oder wie eine Kerze, deren hohe Flamme sich dunkel vom Licht abhebt: als leckte das Dunkel mit einer langen Zunge zum Himmel auf.

Juliet setzte sich neben die Zypresse und zog ihr Kleid aus. Die unförmigen Kakteen schützten sie wie ein häßlicher und doch reizvoller Wald. Sie saß da und bot der Sonne ihre Brust dar: selbst jetzt seufzte sie, wie unter einem starken Schmerz leidend, über die Grausamkeit, sich hingeben zu müssen, aber triumphierend, daß es immerhin kein menschlicher Liebhaber war.

Doch die Sonne wanderte weiter über den blauen Himmel und sandte im Weiterziehen ihre Strahlen nieder. Juliet spürte den sanften Hauch des Meeres auf ihren Brüsten, die sich anfühlten, als wollten sie niemals reifen. Die Sonne spürte sie kaum. Ihre Brüste waren Früchte, die verwelkten, statt zu reifen.

Bald jedoch verspürte sie die Sonne in ihnen: wärmer, als jemals die Liebe gewesen war, wärmer als Milch oder die Hände ihres Kindes. Endlich, endlich waren ihre Brüste in der Sonne wie lange weiße Trauben.

Sie streifte all ihre Sachen ab und lag nackt in der Sonne, und während sie so dalag, blinzelte sie durch die Finger zum Sonnenrund auf, zu der blauen, flimmernden Rundung, deren äußere Ränder Glanz ausstrahlten. Flimmernd, in wunderbarer Bläue, stand der lebendige Sonnengott da und verströmte weißes Feuer von seinen Rändern. Mit seinem blauen Feuerleib blickte er auf sie nieder und überflutete ihre Brüste und ihr Gesicht, ihre Kehle, ihren matten Leib, ihre Knie, ihre Schenkel und ihre Füße.

Sie lag mit geschlossenen Augen da, und durch ihre Lider drang es wie rötliche Flammen. Es war zuviel! Sie streckte die Hand aus und legte sich Blätter über die Augen. Dann lag sie wieder in der Sonne, genau wie die langen grünen Kürbisse, die zu Gold heranreifen müssen.

Sie konnte es spüren, wie die Sonne bis in ihre Knochen eindrang, ja sogar noch tiefer, bis in ihre Gefühle und Gedanken. Die dunklen, verkrampften Gefühle entspannten sich allmählich, das kalte, dunkle Gerinnsel ihrer Gedanken löste sich auf. Bald war sie ganz und gar durchwärmt. Sie drehte sich um und setzte auch ihre Schultern, ihre Hüften, die Rückseite ihrer Schenkel und sogar ihre Fersen der Sonne aus. Und halb betäubt lag sie da, weil ihr etwas so Seltsames widerfuhr. Ihr müdes, fröstelndes Herz schmolz und löste sich, schmelzend, in Nichts auf. Nur ihr Schoß blieb verkrampft und widersetzlich – ewigen Widerstand leistend. Sogar der Sonne leistete er Widerstand.

Als sie sich wieder angekleidet hatte, legte sie sich noch einmal hin und blickte in die Zypresse hinauf, deren Wipfel, ein Gespinst, in der Brise hierhin und dorthin wehte. Und die ganze Zeit war sie sich des großen Sonnenballs bewußt, der über den Himmel schweifte, und ihres eigenen Widerstrebens.

Betäubt ging sie nach Hause, halb geblendet, sonnenblind und sonnenbetäubt. Aber diese Blindheit empfand sie als Fülle – und die undeutliche, warme, drückende Sinnenverwirrung als einen kostbaren Schatz.

Der kleine Junge kam auf sie zugerannt und rief: »Mammi! Mammi!« Es war der seltsame kleine Vogelschrei ängstlichen Verlangens: immer verlangte er nach ihr. Sie war erstaunt, daß der ängstliche, nach Liebe verlangende Ruf diesmal keinen Widerhall in ihrem schlaftrunknen Herzen fand. Sie fing den Jungen mit den Armen auf, aber sie dachte: er sollte nicht so ein Häufchen Schwäche sein! Wenn er Sonne in sich hätte, würde er hochspringen. Und wieder spürte sie den unnachgiebigen Widerstand in ihrem Schoß – einen Widerstand gegen ihn und alles.

Sie ärgerte sich sogar über die kleinen Hände, die sich anklammern wollten, besonders an ihren Hals, und sie wandte ihn ab. Sie wollte nicht, daß er ihn anfaßte. Sie stellte den Jungen auf den Boden.

»Lauf!« rief sie. »Lauf in die Sonne!«

Und sofort zog sie ihm seine Sachen aus und setzte ihn nackt auf die warme Terrasse.

»Spiel in der Sonne!« rief sie.

Er war erschrocken und wollte weinen. Doch in der warmen Trägheit ihres Körpers und der völligen Gleichgültigkeit ihres Herzens und im Widerstreben ihres Schoßes ließ sie eine Apfelsine über die roten Fliesen zu ihm hintrudeln, und mit seinem weichen, unausgeprägten kleinen Körper tappelte er hinter ihr drein. Aber sowie er sie hatte, ließ er sie wieder fallen, weil sie sich auf seiner Haut fremd anfühlte. Und er sah sich nach seiner Mutter um, verzog das Gesicht, als wollte er weinen, und war wegen seiner Nacktheit erschrocken.

»Bring mir die Apfelsine!« rief sie und war erstaunt, daß seine Angst sie so kalt ließ. »Bring Mammi die Apfelsine!«

Er soll nicht so werden wie sein Vater, dachte sie bei sich, wie ein Wurm, den nie die Sonne beschienen hat!

2

Früher hatte sie in quälendem Verantwortungsgefühl an den Jungen gedacht, als wäre sie, weil sie ihn geboren hatte, für jede Minute seines Daseins verantwortlich. Selbst wenn ihm die Nase lief, war es ihr widerwärtig und wie ein Stachel im Herzen, als müsse sie sich sagen: sieh bloß das Geschöpf an, das du in die Welt gesetzt hast!

Jetzt änderte sich das alles. Sie war nicht mehr im Innersten von dem Jungen in Anspruch genommen; ihre nervöse Besorgtheit und ihr Wille ließen von ihm ab – und er gedieh um so besser.

All ihre Gedanken waren bei dem Sonnenball und seiner Pracht, und wie er in sie eingedrungen war. Ihr Leben war jetzt ein heimlicher Ritus. Vor Tagesanbruch lag sie schon wach und wartete, ob sich das Grau in mattes Gold verfärbte oder ob Wolken über dem Meereshorizont lagen. Wie groß war ihre Freude, wenn die Sonne in ihrer Nacktheit wie geschmolzenes Gold aufstieg und ihr blauweißes Feuer über den zarten Himmel streute!

Doch manchmal kam sie rötlich hervor, wie ein wildes, scheues Geschöpf. Und manchmal stieß sie sich langsam und dunkelrot wie im Zorn empor und schob sich langsam höher. Ein andermal wieder war sie nicht zu sehen, nur eine Wolkenbank streute Gold und Scharlach hernieder, während sie hinter der Wand höher stieg.

Juliet konnte von Glück sagen. Wochen verstrichen, und obwohl die Morgendämmerung manchmal bewölkt und der Nachmittag grau war, verging doch nie ein Tag ganz ohne Sonne, und an den meisten Tagen herrschte strahlender Sonnenschein, obwohl es Winter war. Die zierlichen kleinen wilden Krokusse kamen lila und gestreift hervor, und die wilden Narzissen ließen ihre winterlichen Blütensterne niederhängen.

Jeden Tag ging Juliet zur Zypresse hinunter und in den Kakteenwald auf dem Vorsprung, an dessen Fuß gelbliche Klippen aufragten. Sie war jetzt klüger und gewitzter und trug nur noch einen taubengrauen Umhang und Sandalen, so daß sie sich im Nu in einem verborgenen Winkel der Sonne hingeben konnte. Und wenn sie sich verhüllte, war sie sofort wieder grau und unsichtbar.

Jeden Tag, vom Morgen bis zur Mittagsstunde, lag sie am Fuß der mächtigen Zypresse mit den silbernen Wurzeltatzen, während die Sonne wie ein Gott über den Himmel schritt. Jetzt war sie schon mit jeder Faser ihres Körpers mit der Sonne vertraut. Ihr besorgtes Herz, das besorgte, verkrampfte Herz, war ganz und gar hingeschwunden wie eine Blüte, die in der Sonne abfällt und nur eine kleine, reifende Frucht zurückläßt. Und ihr verkrampfter Schoß, der zwar noch immer geschlossen war, entfaltete sich langsam, ganz langsam, langsam wie eine Seerosenknospe unter dem Wasserspiegel, wenn die Sonne sie geheimnisvoll berührt. Wie eine Seerosenknospe unter einem Wasserspiegel hob er sich langsam der Sonne entgegen, um sich schließlich der Sonne, und nur der Sonne, zu öffnen.

Ihr ganzer Körper war mit der Sonne vertraut, die blauflüssig mit glühenden Rändern Feuer ausstrahlte. Und obwohl die Sonne auf die ganze Welt schien, richteten sich doch, wenn Juliet unbekleidet dalag, all ihre Strahlen auf sie allein. Es war eins von den Wundern der Sonne: sie konnte auf eine Million Menschen scheinen und doch der strahlende, herrliche, einmalige Sonnenball sein, der sich nur ihr allein zuwandte.

Mit ihrem Wissen um die Sonne und der Überzeugung, daß die Sonne allmählich in sie eindrang, um sie im kosmisch-fleischlichen Sinne des Wortes ›zu erkennen‹, kam ein Gefühl in ihr auf, als sei sie den Menschen ferngerückt, verbunden mit einer gewissen verächtlichen Duldsamkeit gegen die Menschen. Sie waren so naturfern, so sonnenfern. Sie waren wie Kirchhofswürmer.

Selbst die Bauern, die mit ihren Eseln den alten Felsenweg hinaufzogen, waren nicht völlig durchsonnt, obwohl sie sonnenbraun aussahen. Immer war, wie eine Schnecke im Gehäuse, ein kleiner weißer Angstkern da, weil der Mensch sich vor der natürlichen Lebensflamme duckt. Er wagt sich nicht hervor, um der Sonne voll ins Auge zu sehen: immer muß er sich ducken. Alle Menschen waren so.

Warum also die Menschen an sich herankommen lassen?

Seit sie gegen die Menschen und gegen die Männer gleichgültig geworden war, hütete sie sich nicht mehr so ängstlich davor, gesehen zu werden. Der alten Marinina, die im Dorf Einkäufe für sie machte, hatte sie erzählt, der Arzt habe ihr Sonnenbäder verordnet. Das mochte genügen.

Marinina war eine große, stolze, magere Frau von über

sechzig Jahren mit krausem dunkelgrauem Haar und dunkelgrauen Augen, aus denen alle Verschmitztheit von Jahrtausenden und das halb spöttische Lachen sprachen, das aus langer Erfahrung herrührt. Tragik stammt aus Mangel an Erfahrung.

»Es muß schön sein, nackt in der Sonne zu liegen«, sagte Marinina mit verschmitztem Lachen in den Augen, während sie die andere Frau aufmerksam ansah. Juliets blondes, kurzes Haar kräuselte sich an den Schläfen wie eine kleine Wolke. Marinina stammte aus der Magna Graecia und hatte uralte Erinnerungen. Wieder blickte sie Juliet an. »Aber wenn eine Frau schön ist, kann sie sich vor der Sonne sehen lassen, eh? Stimmt's nicht?« schloß sie mit eigentümlichem, atemlosem kleinem Lachen, das den Frauen früherer Zeiten eigen war.

»Wer weiß, ob ich schön bin«, sagte Juliet.

Aber einerlei, ob sie schön war – sie wußte, daß die Sonne sie gelten ließ. Und das kam auf das gleiche heraus.

Wenn sie sich manchmal mittags aus der Sonne zu den Felsen hinunterstahl, am Klippenrand vorbei und hinunter in die tiefe Schlucht, wo im kühlen, ewigen Schatten die Zitronen hingen, und wenn sie dort in der Stille ihren Umhang fallen ließ und sich rasch an einem von den tiefen, durchsichtig grünen Wassertümpeln wusch, dann sah sie im grünen Dämmerlicht der Zitronenblätter, daß ihr ganzer Körper rosig war, rosig und golden gebräunt. Sie war wie ein andrer Mensch. Ja, sie war ein andrer Mensch geworden.

Und ihr fiel ein, daß die Griechen gesagt hatten, ein nicht besonnter weißer Körper sei nicht gesund und wie ein Fisch.

Dann rieb sie sich etwas Olivenöl in die Haut und wanderte ein Weilchen in der dunklen Unterwelt der Zitronenbäume herum, drückte sich eine Zitronenblüte in den Nabel und lachte. Es konnte leicht sein, daß ein Bauer sie sah. Aber dann würde er mehr Angst vor ihr haben als sie vor ihm. Sie wußte um den weißen Angstkern der mit Kleidern bedeckten Menschen.

Und der steckte sogar in ihrem kleinen Sohn, wie sie wußte. Wie mißtrauisch er sie ansah, wenn ihr ganzes Gesicht voller Sonne war und sie ihn auslachte. Sie bestand darauf, daß er jeden Tag nackt in der Sonne herumtappelte. Und jetzt wurde auch sein kleiner Körper rosig; das blonde Haar stand als dichter Schopf über seiner Stirn, und seine Wangen hatten über dem feinen Gold der sonnengebräunten Haut das Rot von Granatäpfeln. Er war munter und gesund, und die Dienstboten, denen das Gold und Rot und Blau an ihm gefiel, nannten ihn einen kleinen Engel.

Doch seiner Mutter traute er nicht: sie lachte ihn aus! In seinen großen blauen Augen unter der gerunzelten Stirn sah sie den Kern aus Furcht und Argwohn, der, wie sie jetzt glaubte, hinter allen Männeraugen war. Sie nannte es Scheu vor der Sonne. Und ihr Schoß blieb verschlossen vor den Männern, den Sonnenscheuen.

Er scheut die Sonne, dachte sie bei sich, wenn sie in die Augen des Kindes blickte.

Und während sie ihn beobachtete, wie er in der Sonne herumtappelte und torkelte und dabei seine kleinen Vogelschreie ausstieß, sah sie, daß er sich innerlich vor der Sonne verschloß und versteckte und daß er sich ungeschickt und mit schwerfälligen Bewegungen im Gleichgewicht hielt. Sein Gemüt verbarg sich, wie eine Schnecke im Gehäuse, in einer feuchten, kalten Spalte seines Inneren. Es erinnerte sie an seinen Vater. Sie wünschte, sie könnte ihn hervorlocken, ihn in einer übermütigen Gebärde in eine Begrüßung der Sonne ausbrechen lassen.

Sie beschloß, ihn mitzunehmen, hinunter zur Zypresse inmitten der Kakteen. Sie würde auf ihn achtgeben müssen – wegen der Dornen. Doch dort würde er sicherlich aus dem kleinen Gehäuse in seinem Innern hervorkommen. Die spießige kleine Verkrampfung mußte von seiner Stirn verschwinden.

Sie breitete eine Decke für ihn aus und setzte sich. Dann ließ sie ihren Umhang heruntergleiten, streckte sich aus und beobachtete einen Habicht hoch oben im Blau und die wippende Spitze der Zypresse.

Der Junge spielte mit Steinchen auf der Decke. Als er aufstand, um wegzutappeln, stand sie ebenfalls auf. Er drehte sich um und sah sie an. Aus seinen blauen Augen traf sie beinah schon der herausfordernde, warme Blick des echten Mannes. Und mit der Röte auf seiner blonden Haut war er hübsch. Er war nicht mehr weiß. Seine Haut war wie Goldstaub.

»Gib acht auf die Dornen, Liebling«, sagte sie.

»Dornen!« wiederholte er zwitschernd und blickte wie ein nackter Putto über die Schulter weg zweifelnd zu ihr auf.

»Böse spitze Dornen!«

»Pitze Dornen!«

In seinen kleinen Sandalen torkelte er über die Steine und zupfte an der vertrockneten Minze. Als er in eine Kaktee zu fallen drohte, sprang sie flink wie eine Schlange herzu. Es überraschte sie sogar selber. Was für eine Wildkatze ich doch bin, dachte sie.

Jeden Tag, wenn die Sonne schien, nahm sie ihn mit zur Zypresse.

»Komm!« sagte sie. »Wir wollen zur Zypresse gehen!«

Und wenn der Himmel bedeckt war und die Tramontana blies, so daß sie nicht hinuntergehen konnten, zwitscherte der Junge unaufhörlich: »Zur Presse gehn! Zur Presse gehn!«

Er vermißte es ebensosehr wie sie.

Sie nahm nicht einfach Sonnenbäder. Es war viel mehr als das. Tief in ihr drinnen entfaltete und entspannte sich etwas, und sie überließ sich den kosmischen Einflüssen. Ein geheimnisvolles Wollen in ihr, das tiefer als ihr Bewußtsein und ihr bewußter Wille war, verband sie mit der Sonne, und dieser Strom überflutete sie und ihren Schoß. Sie selbst, ihr bewußtes Selbst, war dabei untergeordnet, ein untergeordneter Zuschauer. Die wahre Juliet wurde zutiefst in ihrem Körper von den dunklen Fluten der Sonne getragen, wie wenn ein Strom dunkler Strahlen dunkel und veilchenfarben um die süße, geschlossene Knospe ihres Schoßes kreiste, unaufhörlich kreiste.

Sie war immer Herrin ihrer selbst gewesen, hatte gewußt, was sie tat, und hatte sich fest in der Gewalt. Jetzt spürte sie in sich eine ganz andere Gewalt, die stärker war als sie selbst, dunkler und wilder: Elementarisches, das sie überflutete. Jetzt war sie unsicher, war im Banne einer Macht, die über ihre Fassungskraft hinausging.

3

Der Februar endete plötzlich mit großer Hitze. Beim leisesten Windhauch fielen die Mandelblüten wie rosa Schnee. Die seidigen lila Anemonen kamen hervor. Der Asphodill stand hoch und in Knospen, und das Meer war kornblumenblau.

Juliet hatte es aufgegeben, sich um irgend etwas zu sorgen. Jetzt verbrachten sie den größten Teil des Tages nackend in der Sonne, sie und der kleine Junge, und mehr verlangte sie nicht. Manchmal ging sie ans Meer hinunter, um zu baden, und oft streifte sie in den Schluchten umher, in die der Sonnenschein fiel und wo sie außer Sicht war. Manchmal sah sie einen Bauern mit einem Esel, und er sah sie. Aber mit ihrem Kind wanderte sie so still und natürlich einher, und der Ruf von der Heilkraft der Sonne für Seele und Leib hatte sich schon bei den Leuten herumgesprochen, so daß es zu keiner Aufregung kam.

Sie und das Kind waren jetzt beide am ganzen Körper sonnenbraun mit einem rosigen Schimmer. Ich bin ein anderer Mensch geworden, dachte sie, wenn sie ihre rosig-goldenen Brüste und Schenkel sah.

Auch der Junge war ein andres Geschöpf geworden. Er lebte in einer eigentümlichen, ruhigen, sonnendunklen Versunkenheit. Jetzt konnte er still für sich spielen, und sie brauchte ihn kaum noch zu beobachten. Es schien ihm kaum aufzufallen, wenn er allein war.

Es wehte kein Windhauch, und das Meer war tief dunkelblau. Sie saß neben der großen grausilbernen Wurzeltatze der Zypresse und döste in der Sonne, aber ihre Brüste waren voller Saft und Kraft. Sie spürte, daß sich ein Tatendrang in ihr regte, ein Tatendrang, der ein neues Selbst in ihr wecken mochte. Noch wollte sie es nicht wahrhaben. Die neue Regung würde neuen Kontakt bedeuten, und den wollte sie nicht haben. Sie wußte nur zu gut um das ungeheure, kalte Räderwerk der Zivilisation und was ein Kontakt mit ihm bedeutete und wie schwer es war, sich ihm zu entziehen.

Der Junge war ein paar Schritte den Felsenpfad hinabgegangen, hinter das wuchernde Gewirr einer Kaktee. Sie hatte ihn beobachtet – ein richtiges goldbraunes Kind der Winde mit goldblondem Haar und roten Wangen –, wie er die getüpfelten Blätter vom Aronstab sammelte und in Reihen anordnete. Er stand jetzt fest auf den Beinen und wußte sich so schnell wie ein junges Tier zu helfen, das in sein Spiel versunken ist.

Plötzlich hörte sie ihn rufen: *»Schau mal, Mammi! Schau mal!«* Ein besonderer Ton in seinem Vogelgezwitscher ließ sie heftig hochfahren.

Das Herz wollte ihr stehenbleiben. Über seine nackte kleine Schulter blickte er zu ihr hin und zeigte mit seiner winkenden kleinen Hand auf eine Schlange, die sich einen Meter von ihm entfernt aufgerichtet hatte und zischend den Rachen öffnete, so daß die gegabelte, zarte Zunge wie ein schwarzer Schatten flatterte.

»Schau mal, Mammi!«

»Ja, Liebling, es ist eine Schlange«, antwortete sie langsam und mit gepreßter Stimme.

Er blickte sie an. Seine großen blauen Augen waren unsicher, ob er sich fürchten müsse. In Juliets sonnengesättigter Stille war etwas, das ihn beruhigte.

»Schlange«, zwitscherte er.

»Ja, Liebling. Faß sie nicht an! Sie beißt vielleicht.«

Die Schlange war niedergesunken, löste sich aus den Schleifen, in denen sie sich gesonnt hatte, und schmiegte ihren langen, goldbraunen Körper in trägen Windungen in die Felsen hinein. Der Junge drehte sich um und sah ihr schweigend zu. Dann sagte er:

»Schlange geht weg!«

»Ja, laß sie nur gehen! Sie will gern allein sein.«

Er beobachtete noch immer das träge, geschmeidige Weitergleiten des Tieres, das sich apathisch den Blicken entzog.

»Schlange ganz fort!« sagte er.

»Ja, sie ist ganz fort. Komm einen Augenblick zu Mammi!«

Er kam und setzte sich mit seinem rundlichen, nackten kleinen Körper auf ihren nackten Schoß, und sie glättete sein sonnenhelles Haar. Sie sagte nichts: es war ja jetzt vorbei. Die merkwürdig gelassene Kraft der Sonne durchtränkte sie wieder, durchtränkte alles ringsumher wie mit einem Zauber, und die Schlange gehörte dazu, ebenso wie sie und das Kind.

Ein andermal sah sie in der Feldsteinmauer einer Oliventerrasse eine schwarze Schlange kriechen.

»Marinina«, sagte sie, »ich habe eine schwarze Schlange gesehen. Sind sie gefährlich?«

»Oh, die schwarzen Schlangen nicht. Aber die gelben, die bestimmt. Wenn eine gelbe Schlange einen beißt, muß man sterben. Und ich habe Angst vor ihnen, sogar vor den schwarzen, wenn ich sie sehe.«

Juliet ging trotzdem mit dem Kind zur Zypresse. Aber sie schaute sich stets aufmerksam um, eh sie sich hinsetzte, und untersuchte alle Stellen, zu denen das Kind hinlaufen könnte. Dann legte sie sich hin und überließ sich wieder der Sonne, und ihre gebräunten, birnenförmigen Brüste deuteten aufwärts. Für ein Morgen hatte sie keine Gedanken übrig. Sie weigerte sich, über ihren Garten hinaus an etwas zu denken, und Briefe mochte sie nicht schreiben. Schreiben überließ sie dem Kindermädchen. Sie lag also in der Sonne, aber nicht lange, denn die Sonne brannte allmählich stärker und heftiger. Und gegen ihren Willen hob sich die Knospe, die hart und tief im geheimsten Dunkel ihres Selbst versenkt war, hob sich und reckte den gebogenen Stiel, um die dunklen Kelchblätter zu öffnen und einen rosa Anhauch zu zeigen. Ihr Schoß wollte sich auftun wie eine Lotusblume in rosiger Ekstase.

4

Aus dem Frühling wurde Sommer, und die Sonne, im Zenit ihrer Macht, strahlte allgewaltig nieder. In den heißen Tagesstunden lag Juliet im Schatten eines Baums, oder sie ging sogar in die kühle Geborgenheit des Zitronenwäldchens hinunter. Manchmal stieg sie auch in die schattige Tiefe der Schluchten, auf den Grund der Ravine in der Nähe ihres Hauses. Der Junge lief emsig und schweigsam umher, ein ganz mit dem Leben beschäftigtes Tierchen.

Eines Mittags, als sie in aller Nacktheit langsam zwischen den Büschen der dunklen Ravine umherging, sah sie plötzlich hinter einer Biegung im Fels den Bauern vom benachbarten *podere*, der sich bückte und einen Haufen Reisig bündelte, das er abgehackt hatte, und in der Nähe stand sein Esel. Der Mann trug baumwollne Sommerhosen, und als er sich bückte, wandte er ihr sein Gesäß zu. Im dunklen Bachbett der kleinen Ravine war es völlig still und heimlich. Eine Schwäche überfiel sie, und einen Augenblick konnte sie sich nicht rühren. Der Mann hob das Reisigbündel mit kräftigen Schultern auf und drehte sich zu seinem Esel um. Als er sie erblickte, schrak er zusammen und stand wie gebannt, als sähe er eine Erscheinung. Dann begegneten sich ihre Blicke, und sie spürte, wie das blaue Feuer durch ihre Glieder und in ihren Schoß strömte, der sich in hilfloser Ekstase öffnete. Noch immer blickten sie einander in die Augen, und Feuer wogte zwischen ihnen wie das blaue, niederströmende Feuer aus dem Herzen der Sonne. Und sie sah, wie sich unter seiner Kleidung der Phallus hob, und wußte, daß er auf sie zukommen würde.

»Mammi, ein Mann! Mammi!« Das Kind legte seine Hand auf ihren Schenkel. »Mammi, ein Mann!«

Sie hörte den ängstlichen Ton in seiner Stimme und flog herum.

»Es macht nichts, mein Junge!« sagte sie, nahm ihn bei der Hand und führte ihn wieder hinter den Felsen, während der Bauer sah, wie sich ihr nacktes, entschwindendes Gesäß hob und senkte.

Sie schlüpfte in ihren Umhang, nahm den Jungen auf den Arm und begann, durch das Gestrüpp gelb blühender Büsche auf einem steilen Ziegenpfad zum lichten Tag und den Olivenbäumen unterhalb des Hauses zu klettern. Dort setzte sie sich hin, um sich zu fassen.

Das Meer war blau; sehr blau, und sanft und ruhig sah es aus, und in einer Art von strahlendem Verlangen war ihr Schoß weit offen, so weit offen wie eine Lotusblume oder wie eine Kakteenblüte. Sie konnte es spüren, und es beherrschte ihr Denken. Und in ihrem Herzen brannte bitterer Kummer, der sich gegen das Kind und gegen die schwierigen, widrigen Umstände richtete.

Sie kannte den Bauern vom Sehen: ein Mann, der etwas über Dreißig sein mochte und breit und sehr kräftig gebaut war. Sie hatte ihn oft von der Terrasse ihres Hauses aus beobachtet, hatte beobachtet, wie er mit seinem Esel gekommen war, wie er seine Olivenbäume gestutzt und allein gearbeitet hatte, immer allein, immer allein, mit kräftigem Körper, einem breiten roten Gesicht und ruhiger Selbstsicherheit. Sie hatte ein- oder zweimal mit ihm gesprochen und in seine großen blauen Augen geblickt, die tief und von südländischem Feuer waren. Und sie kannte seine jähen Bewegungen, die ein wenig heftig und schwungvoll waren.

Doch gedacht hatte sie nie an ihn. Nur war ihr aufgefallen, daß er immer sehr sauber und ordentlich aussah. Und dann hatte sie eines Tages seine Frau gesehen, als sie ihrem Mann das Essen brachte und beide sich in den Schatten eines Johannisbrotbaums setzten, zwischen sich ein ausgebreitetes weißes Tuch. Und da hatte Juliet gesehen, daß die Frau des Mannes älter war als er, eine dunkle, stolze, schwermütige Frau. Und dann war eine junge Frau mit einem Kind gekommen, und der Mann hatte mit dem Kind getanzt und war so jung und leidenschaftlich gewesen. Aber es war nicht sein eigenes Kind: er hatte keine Kinder. Doch als er so munter mit dem Kind getanzt hatte, so voll unterdrückter Leidenschaft – da war er Juliet zum erstenmal richtig aufgefallen. Doch selbst danach hatte sie nicht mehr an ihn gedacht. Mit seinem breiten roten Gesicht und der starken Brust und den ziemlich kurzen Beinen war er zu sehr ein ungehobeltes Tier – ein Bauer eben –, als daß sie an ihn gedacht hätte.

Doch jetzt hatte der seltsame Anruf seiner Augen, die so blau und überwältigend wie das Herz der blauen Sonne waren, von ihr Besitz ergriffen. Und sie hatte unter seiner dünnen Hose das ungebärdige Bemühen des Phallus gesehen: für sie! Und mit seinem roten Gesicht und mit seinem starken Körper war er ihr wie die Sonne erschienen, wie die Sonne mit ihrer starken Glut.

Sie spürte ihn so mächtig, daß sie sich nicht weit von ihm entfernen wollte. Sie blieb unter dem Baum sitzen. Dann hörte sie, wie das Kindermädchen im Haus mit einer Glocke läutete und rief. Und das Kind rief zurück. Also mußte sie aufstehen und hineingehen.

Am Nachmittag saß sie vor dem Haus auf der Terrasse, die über die Olivenhänge bis aufs Meer hinunterblickte. Der Mann kam und ging, kam und ging zum kleinen Schuppen auf seinem *podere* am Rande des Kakteendickichts. Und er blickte wieder zu ihrem Haus und zu ihr, die auf der Terrasse saß. Und ihr Schoß öffnete sich ihm.

Doch sie hatte nicht den Mut, zu ihm hinunterzugehen. Sie trank Tee und saß immer noch auf der Terrasse. Und der Mann kam und ging und blickte zu ihr hinauf, blickte wieder zu ihr hinauf. Bis die Abendglocke von der Kapuzinerkirche am Dorftor schepperte und die Dunkelheit anbrach. Und immer noch saß sie auf der Terrasse. Bis sie ihn endlich im Mondschein sah, wie er seinen Esel belud und ihn traurig auf dem Pfad zur kleinen Landstraße trieb. Sie hörte ihn auf dem Straßenpflaster hinter ihrem Haus vorbeigehen. Er war fort, war ins Dorf heimgekehrt, um zu schlafen – mit seiner Frau zu schlafen, die ihn ausforschen würde, weshalb er so spät zurückkam. Niedergeschlagen war er fortgegangen.

Juliet saß bis spät in die Nacht hinein auf der Terrasse und beobachtete das Mondlicht auf dem Meer. Die Sonne hatte ihren Schoß geöffnet, und sie war nicht mehr frei. Der Kummer der offenen Lotusblume hatte sie befallen, und jetzt war sie es, die nicht den Mut hatte, die Schritte über die Schlucht zu wagen.

Doch endlich schlief sie. Und am Morgen fühlte sie sich besser. Ihr Schoß schien sich wieder geschlossen zu haben. Sie wünschte so sehr, daß es so bliebe. Nur die Knospe unter dem Wasserspiegel – und die Sonne! Sie wollte nie mehr an den Mann denken.

Sie badete in einem von den großen Tümpeln weiter abwärts im Zitronenwäldchen, unten im Kühlen, in der letzten Schlucht, so weit wie möglich von der andern wilden Ravine entfernt. Unten watete das Kind zwischen den gelben Sauerkleeblüten, die im Schatten gediehen, und sammelte heruntergefallene Zitronen. Sein braungebrannter kleiner Körper schweifte sonnengesprenkelt zwischen den lichteren Stellen umher.

Juliet setzte sich auf das steile Ufer der Ravine und fühlte sich fast wieder frei: die Blüte in ihr sank zu einer dunklen Knospe zusammen und war geborgen.

Plötzlich tauchte hoch oben am Rande des Steilhangs vor

dem strahlend hellblauen Himmel Marinina auf, die sich ein schwarzes Tuch um den Kopf gebunden hatte. Sie rief mit ihrer gelassenen Stimme: *»Signora! Signora Giulietta!«*

Juliet drehte sich um und stand auf. Marinina zögerte einen Augenblick, als sie die nackte Frau im Gewirr ihres sonnengebleichten Blondhaars dastehen sah. Dann kam die alte Frau auf dem steilen, sonnenhellen Pfad gewandt den Abhang hinunter.

Ein paar Schritte vor der sonnengebräunten Frau blieb sie stehen und musterte sie mit verschmitztem Lächeln.

»Wie schön Sie doch sind!« sagte sie kühl, beinah sarkastisch. »Ihr Mann ist gekommen!«

»Was für ein Mann?« rief Juliet.

Die alte Frau ließ ein verschmitztes, abgehacktes Lachen hören – den Spott der Frauen aus alter Zeit.

»Haben Sie denn keinen Mann?« fragte sie.

»Ich? Wo? In Amerika«, sagte Juliet.

Die alte Frau blickte über die Schulter zurück und lachte wieder abgehackt.

»In Amerika? Nichts da! Er kam hinter mir her. Wahrscheinlich hat er den Weg verpaßt.« Und in tonlosem Frauengelächter warf sie den Kopf in den Nacken.

Die Pfade waren von Gras und Blumen und Katzenkraut so überwuchert, daß sie nur noch wie Vogelspuren in einer ewigen Wildnis aussahen. Seltsam lebendig ist die Wildnis auf den alten klassischen Stätten, denen der Mensch schon so lange vertraut ist.

Juliet sah die Sizilianerin nachdenklich an.

»Ach – also gut! Soll er nur kommen!«

Und eine kleine Flamme sprang in ihr auf. Es war die sich öffnende Blüte. Er war immerhin ein Mann.

»Soll er hierherkommen? Jetzt?« fragte Marinina, und ihre spöttischen rauchgrauen Augen blickten lauernd in Juliets Augen. Dann zuckte sie gleichmütig die Achseln.

»Gut! Wie Sie wünschen! Aber was für eine Überraschung für ihn!«

Sie öffnete den Mund und lachte lautlos und belustigt, dann deutete sie auf das Kind, das sich jetzt die kleine Brust mit Zitronenblüten bestreute. »Sehen Sie nur, wie schön das Kind ist! Ein himmlischer Engel! Darüber wird er sich bestimmt freuen, der arme Mensch. Ich bringe ihn also her.«

»Ja, bring ihn her!«

Die alte Frau kletterte rasch wieder den Pfad hinan und fand Maurice, der mit seinem grauen Filzhut und dem dunkelgrauen Stadtanzug unschlüssig im Weinberg stand. In der strahlenden Sonne und in der Anmut der alten griechischen Landschaft sah er rührend fehl am Ort aus: wie ein Tintenklecks auf dem hellen, sonnendurchglühten Hang.

»Kommen Sie!« sagte Marinina zu ihm. »Sie ist hier unten.«

Und flink, mit langen Schritten ausholend, führte sie ihn hinunter und bahnte ihm einen Weg durch die Gräser. Am Rand des Steilhangs blieb sie plötzlich stehen. Tief unter ihnen waren die dunklen Wipfel der Zitronenbäume.

»Gehen Sie nur dort hinunter!« sagte sie zu ihm, und er dankte ihr und warf einen raschen Blick zu ihr auf.

Er war ein Mann in den Vierzigern, sauber rasiert, mit grauem Gesicht, sehr ruhig und eigentlich scheu. Er leitete sein Geschäft umsichtig und tüchtig, aber ohne aufsehenerregende Erfolge. Und er traute niemandem. Die alte Frau der Magna Graecia umfaßte ihn mit einem Blick: ein guter Mensch, dachte sie bei sich, aber kein Mann, der Arme!

»Die Signora ist unten«, sagte Marinina und streckte den Arm wie eine Schicksalsgöttin aus.

Und wieder sagte er mit unbeweglicher Miene: »Danke, danke!« und hielt sich achtsam an den Pfad. Marinina hob mit vergnügter Bosheit das Kinn. Dann machte sie sich auf den Heimweg.

Maurice mußte im Gewirr des mittelmeerischen Dickichts auf jeden Schritt achten und erblickte seine Frau deshalb erst, als er nach einer kleinen Biegung ganz dicht vor ihr war. Sie stand aufrecht und nackt neben dem vorspringenden Felsen und glühte von Sonne und warmem Leben. Ihre Brüste schienen sich zu heben und alarmbereit zu lauschen; ihre Schenkel waren braun und beschwingt. Der Lotus in ihrem Schoß war weit offen und breitete sich beinah klaffend in den violetten Strahlen der Sonne aus – wie eine große Lotusblüte. Und Juliet zitterte hilflos: ein Mann kam näher. Der Blick, den sie ihm zuwarf, als er zimperlich wie Tinte auf Löschpapier näher kam, war rasch und nervös.

Maurice, der arme Mensch, zögerte, wandte den Kopf auf die Seite und blickte weg.

»Hallo, Juliet!« rief er, nervös hüstelnd. »Das ist ja großartig!«

Er näherte sich ihr mit abgewandtem Gesicht und warf nur verstohlene Blicke auf sie, während sie mit dem eigenartigen Seidenglanz ihrer besonnten Haut vor ihm stand. Irgendwie schien sie nicht gar so schrecklich nackend zu sein. Das Goldrot der Sonnenbräune war ihr Kleid.

»Hallo, Maurice!« sagte sie und wich etwas zurück, denn ein kalter Schatten war auf die offene Blüte ihres Schoßes gefallen. »So bald hatte ich dich nicht erwartet!«

»Stimmt«, sagte er. »Es gelang mir, mich schon etwas früher freizumachen.«

Und wieder hüstelte er gedankenlos. Er hatte sie in voller Absicht überraschen wollen.

Sie standen ein paar Meter voneinander getrennt und schwiegen. Mit ihren sonnengebräunten, windumkosten Hüften war sie für ihn eine neue Juliet – nicht die nervöse New Yorkerin.

»Ja, wirklich«, sagte er. »Es ist – äh – großartig. Du siehst – äh – großartig aus. Wo ist der Junge?«

In seinem fernsten Innern regte sich das Verlangen nach den Gliedern und dem sonnendurchtränkten Fleisch der Frau, der fleischlichen Frau. Es war ein neues Verlangen in seinem Dasein, und es schmerzte ihn. Er wollte ablenken.

»Da ist er!« sagte sie und deutete auf einen nackten

Schlingel, der im tiefen Schatten heruntergefallene Zitronen aufeinandertürmte.

Der Vater stieß ein komisches kleines Lachen aus, fast wie ein Wiehern.

»Ach ja, da ist er ja, der kleine Mann! Fein!« Sein verängstigtes und verdrängtes Gemüt zitterte vor Erregung, und er klammerte sich an den Strohhalm seines wachen Bewußtseins. »Hallo, Johnny!« rief er, und es klang ziemlich matt. »Hallo, Johnny!«

Der Junge blickte auf und ließ ein paar Zitronen aus seinen molligen Armen herunterpurzeln, aber er antwortete nicht.

»Laß uns zu ihm gehen«, sagte Juliet, drehte sich um und schritt den Pfad entlang. Ganz gegen ihren Willen hob sich der Schatten von der offenen Blüte ihres Schoßes, und jedes Blütenblatt zitterte freudig erregt. Ihr Mann folgte ihr und beobachtete das geschmeidige Heben und Senken ihrer rosigen Hüften, die sich im Gehen etwas wiegten. Vor Bewunderung war er ganz benommen, aber er fühlte sich furchtbar unsicher. Er war an sie als eine Dame gewöhnt. Aber das hier war nicht mehr eine Dame, sondern ein geschmeidiger, sonnenstarker Körper, ohne Seele und verführerisch wie eine Nymphe, die ihre Hüften tanzen läßt. Was sollte er hier mit sich anfangen? Mit seinem dunkelgrauen Anzug und dem hellgrauen Hut, dem grauen Mönchsgesicht eines scheuen Geschäftsmannes und seiner grauen Kaufmanns-Mentalität paßte er überhaupt nicht hierher. Ein seltsames Zittern schoß ihm in die Lenden und in die Beine. Er war entsetzt, denn er spürte, daß er sich mit einem wilden Triumphschrei auf diese Frau in ihrem sonnengebräunten Fleisch hätte stürzen können.

»Er sieht gut aus, nicht wahr?« sagte Juliet, als sie durch das Meer gelber Sauerkleeblüten zu den Zitronenbäumen kamen.

»O ja! Ja! Großartig! Großartig! Hallo, Johnny! Kennst du deinen Pappi nicht? Kennst du deinen Pappi nicht wieder, Johnny?«

Er kauerte sich hin, dachte nicht mehr an die Bügelfalte in seiner Hose und streckte die Hände aus.

»Zitronen«, sagte das Kind, wie ein Vogel zwitschernd. »Zwei Zitronen!«

»Zwei Zitronen«, wiederholte der Vater. »Viele, viele Zitronen!«

Das Kind kam und legte seinem Vater je eine Zitrone in die ausgestreckten Hände. Dann trat er zurück und schaute ihn an.

»Zwei Zitronen«, wiederholte der Vater. »Komm, Johnny! Komm her und sag deinem Pappi guten Tag!«

»Geht Pappi wieder weg?« fragte das Kind.

»Wieder weg? Hm – äh – heute noch nicht.«

Und er schloß seinen Sohn in die Arme.

»Jacke ausziehn! Pappi muß Jacke ausziehn«, sagte der Junge und wehrte sich freundlich gegen die Berührung des Stoffes.

»Also gut! Pappi zieht die Jacke aus.«

Er zog seine Jacke aus und legte sie sorgfältig auf die Seite, dann blickte er auf die Bügelfalten in seiner Hose und zupfte ein wenig daran, kauerte sich wieder hin und nahm seinen Sohn in die Arme. Als er den nackten, warmen Körper des Kindes spürte, wurde ihm schwach zumute. Die nackte Frau blickte auf das rosige Kind in den Armen eines Mannes in Hemdsärmeln. Der Junge hatte seinem Vater den Hut vom Kopf gezogen, und Juliet betrachtete das glatte, dunkelgrau melierte Haar ihres Mannes. Jedes Haar war ordentlich an seinem Platz. Und so gänzlich, gänzlich ohne Sonne! Der kalte Schatten senkte sich wieder über die Blüte ihres Schoßes. Sie schwieg lange, während der Vater mit dem Kind sprach, das seinen Pappi geliebt hatte.

»Wie stellst du dir das nun vor, Maurice?« fragte sie plötzlich.

Er warf ihr einen raschen Seitenblick zu und hörte ihre harte amerikanische Stimme. Er hatte sie vergessen.

»Hm – was denn, Juliet?«

»Oh, alles! Wegen hier! Ich kann doch nicht wieder zurück in die East Forty-Seventh!«

»Hm.« Er zauderte. »Nein, vermutlich nicht. Wenigstens nicht jetzt gleich.«

»Nie«, sagte sie, und dann schwiegen beide.

»Ach, hm, ich weiß nicht ...« sagte er.

»Glaubst du, daß du hierherkommen kannst?« fragte sie stürmisch.

»Ja. Ich kann einen Monat bleiben. Doch, ein Monat, das läßt sich machen«, sagte er zögernd. Dann wagte er einen schwierigen, scheuen Seitenblick und wandte sein Gesicht wieder ab.

Sie blickte auf ihn herunter. Ihre lebendigen Brüste hoben sich seufzend, als wollte sie den kalten Schatten der Sonnenlosigkeit ungeduldig abschütteln.

»Ich kann nicht zurück«, sagte sie langsam. »Ich kann diese Sonne nicht im Stich lassen. Wenn du nicht herkommen kannst ...«

Sie brach unschlüssig ab. Doch die schroffe Stimme der Amerikanerin war verschwunden, und er hörte die Stimme des Fleisches, des sonnenreifen Körpers. Wieder und immer wieder blickte er sie an, mit wachsendem Verlangen und schwindender Angst.

»Ja«, sagte er. »Das hier ist das Richtige für dich. Du bist großartig, wie du jetzt bist. Ja, ich finde auch, du kannst nicht zurück.«

Und beim schmeichelnden Klang seiner Stimme begann sich die Blüte ihres Schoßes, wenn auch gegen ihren Willen, mit zitternden Blütenblättern zu öffnen.

Er stellte sich vor, wie sie in der New Yorker Wohnung ausgesehen hatte: bleich und stumm und ihn schrecklich tyrannisierend. In seinen menschlichen Beziehungen war er das Vorbild einer sanften, scheuen Natur, und ihre stumme, furchtbare Feindseligkeit nach der Geburt des Kindes hatte ihn zutiefst erschreckt. Aber er hatte eingesehen, daß sie nichts dafür konnte. Frauen waren nun einmal so. Ihre Gefühle schlagen um und kehren sich gegen ihr eigenes Selbst – es war schrecklich, es war zerstörerisch. Schrecklich, schrecklich war das Zusammenleben mit einer solchen Frau, deren Gefühle sich gegen ihr eigenes Selbst kehrten. Unter ihrer bedrückenden Feindseligkeit hatte er sich überwältigt gefühlt. Sich selbst hatte sie auch restlos aufgerieben, und sogar das Kind. Nein, alles andre lieber als das! Gott sei Dank schien die Sonne diese gespenstige, bedrohliche Frau jetzt aus ihr vertrieben zu haben.

»Aber was wird aus dir?« fragte sie.

»Aus mir? Oh – ich kann ja das Geschäft weiterführen und – hm – hier lange Ferien verbringen – solange du hierbleiben willst. Bleib nur, solange du willst ...« Er blickte stumm zu Boden. Er fürchtete sich so davor, den bedrohlichen, rächenden Geist ihres Frauentums in ihr zu wecken, und er hoffte sehr, daß sie so bliebe, wie er sie jetzt sah – wie eine nackte, reifende Erdbeere – eine weibliche Frucht. Als er zu ihr aufsah, sprach aus seinem unsicheren Blick etwas wie ein Flehen.

»Selbst wenn es für immer wäre?« fragte sie.

»Oh – hm – ja, wenn du möchtest. ›Immer‹ ist sehr lange. Man kann nicht gut voraussehen.«

»Und kann ich machen, was ich will?« Sie blickte ihm herausfordernd und offen in die Augen. Vor ihrer rosigen, wettergefestigten Nacktheit fühlte er sich hilflos – so groß war seine Furcht, die andere Frau in ihr, die harte Amerikanerin, das rachsüchtige Schreckgespenst, wieder zu wecken.

»Hm – ja. Ich glaube schon. Solange du dich nicht unglücklich machst – dich und den Jungen.«

Wieder sah er mit einem zwiespältigen, unsicheren Flehen zu ihr auf: er dachte an das Kind, aber er hoffte für sich selbst.

»Das tu ich nicht«, antwortete sie rasch.

»Ja«, sagte er. »Das glaube ich auch nicht.«

Sie schwiegen. Die Glocken im Dorf läuteten eilig die Mittagsstunde ein. Das bedeutete Essen.

Sie schlüpfte in ihren grauen Kreppkimono und band sich eine breite grüne Schärpe um die Taille. Dann streifte sie dem Jungen ein blaues Hemdchen über den Kopf, und zusammen gingen sie zum Haus hinauf.

Bei Tisch beobachtete sie ihren Mann, sein graues Stadtgesicht, sein glattgebürstetes, graumeliertes Haar, seine sehr korrekten Tischmanieren und seine übergroße Zurückhaltung im Essen und Trinken. Manchmal warf er unter seinen schwarzen Wimpern hervor einen verstohlenen Blick auf sie. Er hatte die unsicheren graugoldenen Augen eines Tieres, das jung eingefangen wurde und das dauernd ohne einen warmen Hoffnungsstrahl in fremder, kalter Gefangenschaft gelebt hatte. Nur seine schwarzen Wimpern und Brauen waren hübsch. Sie erfaßte ihn nicht. Sie konnte sich nicht in ihn versetzen. Da sie selbst so voller Sonne war, konnte sie ihn nicht sehen: seine Sonnenlosigkeit machte ihn zu einem Nichts.

Den Kaffee tranken sie auf dem Balkon, unter der rosigen Fülle der Bougainvillea. Weiter unten, jenseits, auf dem angrenzenden *podere,* saßen der Bauer und seine Frau neben dem hohen grünen Weizen unter einem Johannisbrotbaum; sie saßen einander gegenüber, zwischen ihnen war ein kleines weißes Tuch auf dem Boden ausgebreitet. Ein großes Stück Brot war noch übrig, aber sie waren fertig mit Essen und hatten dunklen Wein in ihren Gläsern. Der Bauer blickte zur Terrasse auf, sowie der Amerikaner ins Freie trat. Juliet bot ihrem Mann einen Stuhl an, der den beiden den Rücken kehrte. Dann setzte sie sich und blickte den Bauern an. Bis sie sah, daß seine dunkelhäutige Frau sich umdrehte und auch zu ihr herschaute.

Der Mann war rettungslos in sie verliebt. Sie sah, wie sein breites, ziemlich rotes Gesicht starr zu ihr hinaufblickte, bis seine Frau sich umdrehte, um auch herzuschauen. Dann hob er sein Glas auf und kippte sich den Wein in die Kehle. Die Frau starrte die Leute auf dem Balkon lange an. Sie war hübsch und herb und bestimmt älter als er. Doch der Unterschied lag vor allem darin, daß sie, die Vierzigjährige, eine ziemlich dominierende und überlegene Frau, ihr Mann aber mit seinen fünfunddreißig Jahren eher leichtsinnig war. Es schien einen ganzen Generationen-Unterschied auszumachen. Er gehörte zu meiner Generation, dachte Julie, und sie gehört zu Maurices Generation. Juliet war noch nicht dreißig.

Der Bauer sah in seiner weißen Baumwollhose, dem hellroten Hemd und mit dem zerbeulten alten Strohhut so reizvoll und sauber aus, und er besaß all die Sauberkeit seiner Gesundheit. Er war stämmig und breit und schien eher klein, aber sein Fleisch war voll einer solchen Vitalität, als wäre er immer drauf und dran, sich zu bewegen, zu arbeiten oder sogar mit einem Kind herumzuspielen – wie sie es damals beobachtet hatte. Er war der typische italienische Bauer, der sich gern einsetzen will, leidenschaftlich gern, sich und sein kräftiges Fleisch und seinen pochenden Blutpuls. Aber er war eben durch und durch ein Bauer und würde daher warten, daß die Frau den ersten Schritt machte. Mit seinem Begehren würde er in einer langsamen, verzehrenden Passivität herumlungern und immer nur hoffen, daß die Frau zu ihm käme. Er würde nie versuchen, sich ihr zu nähern, nie. Sie würde sich ihm nähern müssen. Er würde nur herumlungern – in Reichweite.

Da er spürte, daß sie ihn ansah, schleuderte er seinen alten Strohhut weg und entblößte seinen runden Kopf mit dem kurzgeschnittenen braunen Haar. Er streckte seine braunrote Hand nach dem großen Brotlaib aus, brach ein

Stück ab und kaute es mit vollen Backen. Er wußte, daß sie ihn sah. Und sie hatte solche Macht über ihn, das heiße, stumme Tier mit dem heißen, schweren Blutstrom in seinen starken Adern! Von unzähligen Sonnen war er durch und durch heiß geworden – und gedankenlos wie der hohe Mittag. Und scheu, mit einer heftigen, wilden Scheu, die mit verzehrendem Begehren auf sie warten, aber nie, niemals, den ersten Schritt machen würde.

Mit ihm zusammen: das wäre wie ein Bad in einer andern Art Sonnenschein, schwer und wuchtig und schwitzend. Und hinterher würde man es vergessen. Er persönlich würde nicht existieren. Es wäre bloß ein Bad warmen, kraftvollen Lebens – und dann das Sichtrennen und Vergessen. Dann abermals das zeugende Bad, wie die Sonne.

Würde das denn nicht gut sein? Persönliche Kontakte waren ihr so verleidet: wenn man hinterher mit dem Mann sprechen mußte. Aber bei dem gesunden Geschöpf dort würde man hinterher einfach befriedigt von dannen gehen. Während sie so dasaß, spürte sie, wie sich das Leben von ihm zu ihr und von ihr zu ihm spann. An seinen Bewegungen erkannte sie, daß er sie noch stärker spürte als sie ihn. Es war fast ein eindeutiger Schmerz im Bewußtsein ihrer beiden Körper, und jeder saß wie zerrissen da und wurde von einem scharfäugigen Gatten und Besitzer beobachtet. Und Juliet dachte: Warum soll ich nicht zu ihm gehen? Warum sollte ich nicht ein Kind von ihm tragen? Es wäre gerade so, als würde ich ein Kind der nichtbewußten Sonne und der nichtbewußten Erde tragen, ein Kind wie eine Frucht. Und die Blüte in ihrem Schoß erstrahlte. Sie kümmerte sich nicht um Gefühle oder Besitzerrechte. Sie war gänzlich unbekümmert und wollte nichts als den männlichen Tau.

Doch ihr Herz war von Furcht umschattet. Sie wagte es nicht! Wenn doch der Mann einen Ausweg finden wollte! Aber er wollte nicht. Er würde herumlauern und warten, in ewigem Verlangen herumlauern und warten, daß sie durch die Schlucht käme. Aber sie wagte es nicht. Und er würde herumlauern.

»Hast du nie Angst, daß die Leute dich sehen, wenn du dein Sonnenbad nimmst?« fragte ihr Mann, drehte sich um und blickte zu dem Bauern hinüber. Die düstere Frau jenseits der Schlucht drehte sich ebenfalls um und starrte zur Villa hinüber. Es war eine Art Kampf.

»Nein! Das läßt sich vermeiden. Hast du Lust? Möchtest du auch Sonnenbäder nehmen?« fragte Juliet.

»Oh – hm – ja, warum nicht? Ganz gern, solange ich hier bin.«

In seinen Augen glomm ein verzweifelter Wagemut auf, diese neue Frucht zu kosten, diese Frau mit den rosigen, an der Sonne gereiften Brüsten, die sich spitz unter dem Kimono abzeichneten. Und sie stellte ihn sich vor: den blutleeren, gebleichten kleinen Stadtmenschen, den braven Bürger, der vor dem nackten Auge der Sonne gebrandmarkt wie ein Verbrecher dastehen würde. Wie er es verabscheuen würde, sich der Sonne preiszugeben!

Und die Blüte in ihrem Schoß wurde verwirrt, so verwirrt. Sie wußte, daß sie ihn nehmen würde. Sie wußte, daß sie sein Kind tragen würde. Sie wußte, es war für ihn, für den gebrandmarkten kleinen Stadtmenschen, daß ihr Schoß wie eine strahlende Lotusblüte offenstand, wie der purpurne Stern einer Anemone mit der dunklen Mitte. Sie wußte, daß sie nicht zu dem Bauern hinübergehen würde; sie hatte nicht genug Mut, sie war nicht frei genug.

Und sie wußte, daß der Bauer sie niemals holen würde; er war so hartnäckig passiv wie die Erde selbst und würde warten, warten, sich nur immer wieder und wieder vor ihr zeigen und mit der Beharrlichkeit tierhaften Verlangens in ihrem Blickfeld verweilen.

Sie hatte gesehen, wie das Blut in das braungebrannte Gesicht des Bauern schoß, und hatte gespürt, wie sich aus seinen aufleuchtenden Blicken eine hervorberstende, jähe blaue Glut über sie ergoß, und hatte das Erwachen seines großen Phallus gesehen, der für sie, für sie anschwoll. Und doch würde sie niemals zu ihm gehen – sie wagte es nicht, so vieles war wider sie.

Und der gebleichte kleine Körper ihres Mannes, der von der Großstadt gebrandmarkte, würde sie besitzen, und sein verrückter kleiner Penis würde wieder ein Kind in ihr zeugen. Sie konnte es nicht ändern. Sie war an das riesige, starre Rad der äußeren Umstände gefesselt, und im ganzen Weltall war kein Perseus, die Fesseln zu sprengen.

Die Frau, die davonritt

I

Von allen Ehen hatte sie sich gerade die ihre als ein Abenteuer vorgestellt. Nicht daß der Mann selber einen besonderen Zauber für sie hatte. Er war klein, sehnig und krumm, zwanzig Jahre älter als sie, mit braunen Augen und ergrauendem Haar, vor Jahren aus Holland nach Amerika eingewandert, eine Niete von einem Tunichtgut; er war aus den Goldminen im Westen nach Mexiko verschlagen worden und als Besitzer von Silbergruben in der Wildnis der Sierra Madre mehr oder weniger reich geworden. Das Abenteuer lag mehr in seinen Lebensumständen als in seiner Person; aber was er geleistet hatte, hatte er allein geleistet, und trotz überstandener Rückschläge war er noch immer ein kleiner Dynamo an Energie – eins jener menschlichen Originale, die man sich nicht erklären kann.

Als sie gewahr wurde, was er geleistet hatte, sank ihr der Mut. Da war der hohe, mit Grün bewachsene, langgestreckte Bergrücken und mitten in seiner Einsamkeit die spitzen rötlichen Haufen trockenen Schlammes aus dem Silberbergwerk. Unterhalb der traurigen, kahlen Werkanlagen stand das viereckig gebaute einstöckige Wohnhaus aus ungebrannten Ziegeln mit einem Garten und einer weit vorspringenden Veranda voller tropischer Gewächse. Wenn man aus dem eingeschlossenen, blumenbewachsenen Innenhof hochblickte, war der gewaltige rötliche Schlammkegel und die Maschinerie der Extraktionsanlage gegen den Himmel zu sehen, weiter nichts.

Gewiß, die großen, hölzernen Torflügel standen häufig offen. Dann konnte sie nach draußen gehen und sehen, wie in der ungeheuren Außenwelt die monoton bewaldeten Berge sich einer nach dem anderen auftürmten, vom Nichts ins

Nichts. Im Herbst waren sie grün, sonst aber rötlich, trocken und unwirklich.

In seinem abgenutzten alten Ford nahm ihr Mann sie manchmal in die tote, dreimal abgestorbene kleine spanische Stadt mit, die vergessen in den Bergen lag. Die große, von der Sonne gedörrte tote Kirche, die verlassenen Portale, der trübselige, überdachte Marktplatz, wo, als sie zum erstenmal dorthin kam, ein toter Hund zwischen den Fleisch- und Gemüseständen lag, den niemand wegschaffte. Totes, von Totem umgeben.

Alle Welt redete zaghaft von Silber und wies dabei Stücke von Erz vor. Silber lag still. Der Weltkrieg kam und ging vorbei. Der Silbermarkt war tot. Die Gruben ihres Mannes wurden stillgelegt. Aber sie lebten beide weiter in dem einstöckigen Haus unterhalb der Werkanlagen, zwischen Blumen, die ihr nie viel bedeuteten.

Sie hatte zwei Kinder, einen Jungen und ein Mädchen. Der Junge war fast zehn Jahre alt, als sie sich aus ihrer Starre löste, die aus Unterjochung und Erstaunen bestand. Sie war jetzt dreiunddreißig, eine hochgewachsene, blauäugige, benommene Frau, die anfing, dicker zu werden. Ihr kleiner, sehniger, verkrümmter Mann mit den braunen Augen war jetzt dreiundfünfzig. Zäh wie Draht war er, unverwüstlich und voller Tatkraft, aber durch den Niedergang des Silbermarktes und eine sonderbare Unzugänglichkeit seiner Frau eingeschüchtert.

Er war ein Mann von Grundsätzen und ein guter Gatte. Auf seine Weise verehrte er sie. Nie kam er über seine verdutzte Bewunderung, die er für sie hegte, hinweg. Aber in seinem innersten Herzen war er Junggeselle geblieben. Als kleiner Junggeselle von zehn Jahren war er in die Welt hinausgestoßen worden. Als er dann heiratete, zählte er über vierzig Jahre und hatte zum Heiraten Geld genug. Aber sein Vermögen blieb das eines Junggesellen: er war Herr darüber, und seine Ehe war der letzte und intimste Bestandteil seines Lebenswerkes.

Bis zur Selbstvergessenheit bewunderte er seine Frau, ihren Körper, alle ihre Reize. Immer blieb sie für ihn die bestechende junge Dame aus Kalifornien von der Berkeley University, als die er sie kennengelernt hatte. In diesen Bergen von Chihuahua bewachte er sie wie ein Scheich. Er war eifersüchtig auf sie wie auf seine Silbermine, und das will was heißen.

Mit dreiunddreißig Jahren war sie immer noch das Mädchen von Berkeley, in allem – außer dem Physischen. Ihre Entwicklung war sonderbarerweise mit der Heirat zum Stillstand gekommen. Weder geistig noch körperlich war ihr Mann für sie eine Wirklichkeit geworden. Sie war seine späte Leidenschaft, aber körperlich bedeutete er ihr nichts. Seelisch hingegen hatte er die Oberhand und hielt sie in unüberwindlicher Sklaverei.

Die Jahre in dem Ziegelhaus mit dem sonnigen Innenhof und dem Silberbergwerk vergingen. Ihr Mann war niemals untätig. Als es mit dem Silber bergab ging, richtete er talabwärts in etwa dreißig Kilometern Entfernung eine Farm ein, wo er eine Schweinezucht betrieb. Es waren rassige Prachtexemplare. Und dabei haßte er Schweine! Im Grunde war er ein zimperlicher Idealist und haßte die physische Seite des Lebens. Er arbeitete gern und liebte es, immerfort etwas zu schaffen. Auch seine Ehe und seine Kinder waren etwas, das er schuf, ein Teil seines Unternehmens, und zwar einer, der gefühlsmäßigen Nutzen abwarf.

Allmählich versagten ihre Nerven. Sie mußte aus all diesem heraus. Er brachte sie für ein Vierteljahr nach El Paso, das lag wenigstens in den Vereinigten Staaten.

Aber er hielt sie weiterhin im Bann. Als die drei Monate vorüber waren und sie wieder da war, war sie in dem Ziegelhaus mitten in den ewigen grünen oder braunen Bergen, die leer wie das Unerforschliche waren, ganz die alte. Sie unterrichtete ihre Kinder und überwachte die mexikanische Dienerschaft. Manchmal brachte ihr Mann Besucher ins Haus, Mexikaner, Spanier oder gelegentlich auch Weiße.

Er hatte gern Weiße bei sich wohnen, aber wenn sie da waren, kam er aus der Unruhe nicht heraus. Seine Frau schien eine geheime Erzader seines Bergwerks zu sein, von der niemand als er selbst etwas wußte. Aber von den jungen Männern, die manchmal ins Haus kamen, meistens Bergbauingenieure, war sie gefesselt. Von einem wirklichen Gentleman konnte auch er sich fesseln lassen. Aber er war ein altmodischer Goldgräber, der eine Frau hatte, und wenn ein Gentleman ein Auge auf seine Frau warf, hatte er das Gefühl, als werde seine Mine geplündert und ihre Geheimnisse verraten.

Einer dieser jungen Herren setzte ihr nun den Gedanken in den Kopf. Sie standen vor dem großen Holztor des Innenhofs und sahen hinaus. Die Berge waren grün, es war im September nach der Regenzeit. Nirgends gab es etwas zu sehen, nichts als das vereinsamte Bergwerk, die verlassenen Anlagen und die Gruppe der halbverlassenen Arbeiterhäuschen.

»Was wohl«, sagte der junge Mann, »hinter diesen großen, leeren Bergen liegt?«

»Wieder Berge«, erwiderte Ledermann. »Dann Sonora, und dann die Küste. In der anderen Richtung dort, von wo Sie kamen, die Wüste; und nach jener Richtung wieder Hügel und Berge.«

»Und was gibt es auf diesen Hügeln und Bergen? Sicher muß es dort irgend etwas Wunderbares geben. Es sieht so aus wie nirgendwo auf der Welt. Wie auf dem Mond.«

»Wenn Sie auf die Jagd wollen – es gibt da viel Wild. Außerdem Indianer, wenn Sie die wunderbar finden.«

»Wilde?«

»Sie sind wild genug.«

»Aber freundliche?«

»Das kommt drauf an. Manche sind noch ganz wild und lassen niemanden an sich heran. Einen Missionar bringen sie um, sobald sie ihn nur zu Gesicht bekommen. Und wo ein Missionar nicht hinkommt, kommt kein Mensch hin.«

»Was sagt denn die Regierung dazu?«

»Sie sind viel zu weit weg, die Regierung kümmert sich nicht um sie. Und sie sind schlau. Wenn sie Unannehmlichkeiten erwarten, schicken sie eine Abordnung nach Chihuahua und unterwerfen sich – der Form nach. Die Regierung ist dann froh und läßt es dabei bewenden.«

»Leben sie denn noch ganz wie Wilde mit ihren Bräuchen und Kulten?«

»O ja. Sie benutzen Pfeil und Bogen. Ich habe sie in der Stadt auf dem Marktplatz gesehen, wie sie sich da mit ihren komischen blumenbekränzten Kopfbedeckungen, nackt bis auf einen Schurz, sogar bei kaltem Wetter, mit bloßen Beinen herumtreiben.«

»Glauben Sie nicht, daß es da oben in ihren entlegenen Dörfern wunderbar zugehen muß?«

»Wunderbar, nein, wieso? Es sind eben Wilde, und die benehmen sich alle so ziemlich gleich. Sie sind verkommen, dreckig, unhygienisch, wissen ein paar gerissene Tricks und müssen darum kämpfen, nicht zu verhungern.«

»Aber sie haben doch uralte Mysterien und Kulte? Doch, sie müssen wunderbar sein.«

»Von Mysterien weiß ich nichts. Sie geben Geschrei und heidnischen Unfug von sich, mehr oder weniger unanständigen. Darin kann ich nichts Wunderbares finden. Ich verstehe auch nicht, was Sie daran finden, wo Sie doch London, Paris, New York kennen ...«

»Ach Gott, London, Paris oder New York kennt doch jeder«, erwiderte der junge Mann, als sei dies ein Argument.

Seine unklare Begeisterung für die Wilden fand im Herzen der Frau einen Widerhall. Eine törichte, romantische Sehnsucht, so unwirklich wie die eines jungen Mädchens, überkam sie. Sie spürte die Bestimmung in sich, sich in die geheimen Jagdgründe dieser zeitlosen und unheimlichen Indianer zu begeben.

Dies bewahrte sie als ein Geheimnis. Der junge Mann verabschiedete sich. Ihr Mann wollte ihn bis Torreon begleiten, da er dort etwas zu erledigen hatte. Er wollte mehrere Tage fortbleiben. Bevor er sich aufmachte, brachte sie die Rede auf die Indianer: sie fragte ihn nach den wandernden Stämmen aus, die den Navajos ähnelten und frei umherschweiften, nach den Yaquis von Sonora und den verschiedenen Gruppen in den Tälern des Bezirks Chihuahua.

Da sollte es einen Stamm geben, Chilchuis genannt, die in einem Hochtal in südlicher Richtung lebten und für den heiligen Stamm aller Indianer galten. Die Nachkommen Montezumas und der alten Azteken- und Totonaca-Könige sollten noch unter ihnen leben. Die Priester dort, so hieß es, hingen noch ihrer uralten Religion an und brachten Menschenopfer. Reisende waren bis zu ihrem Gebiet vorgestoßen und von Hunger und Strapazen erschöpft zurückgekommen; sie hatten allerhand barbarische Kultgegenstände mitgebracht, jedoch ohne in den armseligen, verhungerten Dörfern etwas Besonderes studiert zu haben. Wenn Ledermann dies alles auch nur ziemlich beiläufig erwähnte, schien er dabei doch offenkundig etwas von dem Gruseln zu empfinden, das sich bei dem Gedanken an alte und wilde Mysterien einzustellen pflegt.

»Wie weit ist das entfernt?« erkundigte sie sich.

»Nun, etwa drei Tage zu Pferde, wenn man den Weg über Cuchitee und an dem kleinen See vorbei nimmt, der da liegt.«

Ihr Mann und der junge Mann reisten ab. Die Frau machte ihre verrückten Pläne. Letzthin hatte sie ihm, der Abwechslung halber, die Erlaubnis abgerungen, gelegentlich mit ihm auszureiten. Allein durfte sie das nie. Das Land war unsicher, gesetzlos und wild. Aber sie besaß ihr eigenes Pferd und träumte von der Freiheit, die sie als Mädchen in den kalifornischen Bergen genossen hatte.

Ihre neun Jahre alte Tochter hatte sie in einem kleinen Kloster der vereinsamten spanischen Grubenstadt, acht Kilometer entfernt, untergebracht.

»Manuel«, sagte sie zu dem Diener, »ich reite ins Kloster,

um Margarita zu besuchen und ihr ein paar Sachen zu bringen. Vielleicht bleibe ich über Nacht dort. Gib auf Freddy acht und paß auf alles auf, bis ich wieder da bin.«

»Soll ich nicht das Pferd des gnädigen Herrn nehmen und mitkommen, oder soll Juan ...?« fragte Manuel.

»Nein, keiner von euch. Ich reite allein.«

Manuels Blicke widersprachen. Es war doch unmöglich, daß die Dame allein ritt!

»Ich reite allein«, wiederholte die hochgewachsene blonde Frau mit gelassenem und überheblichem Nachdruck, und der Mann fügte sich schweigend und mit unglücklicher Miene.

»Warum reitest du allein, Mutter?« fragte ihr Junge, als sie ihren Proviant fertigmachte.

»Kann man mich denn keinen Augenblick in meinem Leben mal allein lassen?« brach es mit einer Aufwallung von Energie aus ihr hervor. Und gleich dem Diener verstummte auch das Kind eingeschüchtert.

So brach sie unbekümmert auf, im Herrensitz auf ihrem kräftigen Rotfuchs, in derbes Leinen gekleidet, einen Reitrock über den Breeches, einen roten Schlips auf der weißen Bluse, einen schwarzen Filzhut auf dem Kopf. In den Satteltaschen hatte sie Mundvorrat und eine Feldflasche mit Wasser, und hinten eine Eingeborenen-Decke aufgeschnallt. Den Blick in die Ferne gerichtet, ritt sie los. Manuel und der Junge standen im Tor, um ihr nachzublicken, aber sie wandte sich nicht einmal mehr um, ihnen zuzuwinken.

Nach etwa zwei Kilometern verließ sie die holprige Straße und schlug einen schmalen Pfad ein, der rechts abbog, über steiles Geröll und an hohen Bäumen vorbei, durch eine verlassene Siedlung in ein anderes Tal. Es war September. Das Wasser des kleinen Baches, der das verödete Werk gespeist hatte, sprudelte reichlich. Sie stieg ab, um zu trinken; auch das Pferd ließ sie trinken.

Vom Hang weit oben her sah sie Eingeborene zwischen den Bäumen herabkommen. Sie hatten sie gesehen und beobachteten sie. Sie tat dasselbe. Es waren drei Leute, zwei Frauen und ein Junge, die einen weiten Umweg machten, als wollten sie nicht in ihre Nähe kommen. Ihr war das gleichgültig. Sie saß auf und ritt weiter, das stille Tal hinan, über die Silbergruben und jegliche Spuren von Bergbau hinaus. Noch immer hatte sie einen rauhen Pfad vor sich, der über Geröll und Gesteinsblöcke in das jenseitige Tal führte. Diesen war sie schon zuvor mit ihrem Mann geritten. Danach, soviel war ihr bekannt, mußte sie nach Süden abbiegen.

Seltsamerweise spürte sie keine Angst, obwohl es eine unheimliche Gegend war: die schweigenden, drohenden Bergabhänge, die manchmal zwischen den Baumstämmen in der Ferne sichtbaren und mißtrauisch wieder verschwindenden Indianer, die großen Geier, die wie riesenhafte Fliegen weit weg über irgendeinem Kadaver, einem Hof oder einer Gruppe von Hütten kreisten. Als sie höher hinaufgelangte, wichen die Bäume zurück, und der Pfad verlief durch dorniges Buschwerk, das von blauen und roten Schlinggewächsen durchzogen war. Dann hörte dies auf, und sie näherte sich den Tannen.

Nun hatte sie den Bergkamm überschritten, und ein neues stilles, einsames grünes Tal lag vor ihr. Mittag war jetzt vorbei. Ihr Pferd näherte sich einem kleinen Wasserlauf, und sie stieg ab, um ihre Mittagsmahlzeit zu verzehren. Sie saß da in der Stille und sah auf das regungslose, unbelebte Tal hinab und zu den spitzen Berggipfeln hinüber, die mit ihren Felsen und Tannen im Süden aufragten. Zwei Stunden rastete sie in der Mittagsglut, während das Pferd in der Runde das Gras abrupfte. Es war seltsam, wie sie sich weder fürchtete noch einsam fühlte. Die Einsamkeit kam ihr eher wie ein Trunk kühlen Wassers für den Durstigen vor. Eine merkwürdige Hochstimmung kam über sie und gab ihr von innen her Halt.

Sie ritt weiter und übernachtete in einem Tal neben einem Bach, tief im Gebüsch. Sie hatte Vieh gesehen und mehrere Spuren überquert. In der Nähe mußte sich ein Hof befinden. Sie hörte den klagenden, unheimlichen Schrei eines Pumas und das Antwortgebell von Hunden. Sie saß in einer versteckten Mulde an ihrem Lagerfeuer und fürchtete sich nicht. Immer weiter hielt die seltsame Hochstimmung, die in ihr aufstieg, sie bei Laune.

Vor dem Morgengrauen wurde es sehr kalt. Sie lag in ihre Decke gewickelt, blickte zu den Sternen empor, lauschte auf das Zittern ihres Pferdes und kam sich wie eine Frau vor, die tot und über alles hinweg ist. Vielleicht hatte sie zur Nachtzeit tief in ihrem Innern ein Knirschen vernommen, das ihren eigenen Tod bedeutete. Oder war es ein Knirschen im Erdinnern gewesen und zeigte etwas Großes und Geheimnisvolles an?

Beim ersten Morgengrauen erhob sie sich, vor Kälte gefühllos, und zündete ein Feuer an. Sie aß hastig, gab dem Pferd ein paar Stücke Ölkuchen zu fressen und machte sich wieder auf den Weg. Sie vermied es, jemandem zu begegnen, und da sie tatsächlich niemandem begegnete, so ging daraus hervor, daß sie ihrerseits gemieden wurde. Endlich kam das Dörfchen Cuchitee mit seinen schwarzen Hütten und rötlichen Dächern in Sicht – ein düsterer, trostloser Haufen an einer längst stillgelegten, vereinsamten Grube. Dahinter erhob sich eine langgestreckte, hohe Bergkette grün und hell gegen das dunklere, wildere Grün der Tannen. Darüber hinaus ragte nackter, zackiger und zerklüfteter Fels, von weißen Schneestreifen unterbrochen, gegen den Himmel. Hier oben hatte schon Neuschnee zu fallen begonnen.

Da sie sich nun mehr oder weniger ihrer Bestimmung näherte, wurde sie unsicher und mutlos. Sie hatte den kleinen See zwischen den silbrigen Espen, deren weiße Stämme rund und weich wie Frauenarme waren, hinter sich gelassen. Es war ein lieblicher Ort – in Kalifornien wäre sie darüber in Entzücken geraten. Hier gewahrte sie zwar, wie lieblich er war, aber achtete dessen nicht. Sie war von der Nacht im Freien erschöpft und fürchtete sich vor der nächsten. Sie wußte nicht mehr, wohin sie ritt, noch warum sie es tat. Ihr

Pferd trottete mühselig dahin, auf einem schmalen, steinigen Pfad auf den schroffen Bergabhang zu. Hätte sie noch eine Spur eigenen Willens gehabt, sie wäre in das Dorf zurückgekehrt, um Schutz zu finden und zu ihrem Mann gebracht zu werden. Aber eigenen Willen hatte sie nicht mehr.

Das Pferd patschte durch einen Bach und unter riesenhaften, vergilbenden Pappeln ein Tal hinan. Sie mußten jetzt fast in dreitausend Meter Höhe sein, und vor Müdigkeit und der Höhe fühlte ihr Kopf sich ganz leer an. Hinter den Pappeln gewahrte sie zu beiden Seiten steile Berghänge, die sie einschlossen, von ineinander verschränkten Espen und weiter oben von spitzaufragenden Tannen und Fichten bestanden. Mechanisch verfolgte sie weiter den Pfad – einen anderen gab es in diesem engen Tal nicht, weder aufwärts noch vorwärts.

Plötzlich machte ihr Pferd einen Sprung zur Seite. Drei Männer, in dunkle Decken gehüllt, standen vor ihr. »Adios!« tönte der klangvolle Gruß aus verhaltenen Indianerstimmen an ihr Ohr. »Adios«, erwiderte sie in ihrer selbstsicheren amerikanischen Frauenart.

»Wohin reiten Sie?« kam eine ruhige Frage auf spanisch. Die Männer waren nahe an sie herangekommen und sahen zu ihr auf.

»Geradeaus«, erwiderte sie kühl mit ihrem harten angelsächsischen Spanisch.

Für sie waren dies einfach Eingeborene, dunkelgesichtige, kräftige Männer mit Strohhüten, in dunklen Decken – ganz so wie die Leute, die daheim für ihren Mann arbeiteten, nur daß sie das schwarze Haar fremdartig lang bis über die Schultern fallend trugen. Sie bemerkte es mit einem gewissen Widerwillen. Dies mußten die Wilden sein, die zu sehen sie hergekommen war.

»Woher kommen Sie?« fragte der Mann. Es war immer derselbe, der sprach. Er war jung und hatte lebhafte, große, glänzende schwarze Augen, die sie von der Seite musterten. Er hatte einen weichen schwarzen Schnurrbart und spärliche, vereinzelte Kinnhaare. Er sah nicht aus, als hätte er sich letzthin gewaschen, so dunkel er auch war.

Die beiden anderen waren ähnlich wie er, jedoch älter, kraftvoll und schweigsam. Der eine hatte einen dünnen schwarzen Schnurrbartstrich, war sonst aber bartlos. Der andere hatte glatte Wangen und die spärlichen, dunklen Haare rund um das Kinn, die den typischen Indianerbart bildeten.

»Von weit weg«, erwiderte sie halb scherzhaft und ausweichend.

Es wurde schweigend aufgenommen. Dann fragte der Jüngere mit seiner beharrlichen Ruhe: »Aber wo wohnen Sie?«

»Im Norden«, sagte sie leichthin.

Wieder Stillschweigen. Dann redete der junge Mann mit seinen Gefährten ruhig und auf indianisch.

»Wohin wollen Sie hier hinauf?« fragte er plötzlich herausfordernd und gebieterisch und deutete den Pfad hinauf.

»Zu den Chilchui-Indianern«, versetzte sie kurz.

Er sah sie an. Seine Augen waren lebhaft, schwarz und unmenschlich. Auf ihrem vollen, ruhigen, hellen Gesicht bemerkte er im Abendlicht das hindurchscheinende Lächeln der Selbstsicherheit, die müden, bläulichen Schatten unter ihren großen blauen Augen, und dann, in diesen Augen, ein halb kindliches, halb anmaßliches Vertrauen auf ihre weibliche Macht, aber auch einen absonderlichen Zug von Entrücktheit.

»*Usted es Señora?* Sie sind eine Frau?« fragte er.

»Ja, ich bin eine Frau«, erwiderte sie gelassen.

»Mit einer Familie?«

»Mit einem Mann und zwei Kindern«, sagte sie. »Ein Junge und ein Mädchen.«

Er wandte sich an seine Gefährten und übersetzte, was sie gesagt hatte, in seiner leisen, gurgelnden Sprache, die wie verborgenes, fließendes Wasser klang. Sie waren offenbar in Verlegenheit.

Dann fragte der Jüngere: »Wo ist denn Ihr Mann?«

»Weiß ich nicht«, sagte sie obenhin. »Eine Woche geschäftlich verreist.«

Er musterte sie aus schlauen schwarzen Augen. Trotz ihrer Müdigkeit lächelte sie schwach, in einem Gefühl des Stolzes auf ihr Abenteuer und mit der Sicherheit ihrer Weiblichkeit, auch im Banne der Verrücktheit, unter dem sie sich befand.

»Was wollen Sie denn tun?« fragte der Indianer.

»Ich will zu den Chilchui-Indianern«, versetzte sie. »Ich will ihre Häuser sehen und ihre Götter kennenlernen.«

Der Indianer übersetzte dies wieder. Es folgte ein fast betroffenes Schweigen. Die beiden Älteren sahen sie unter ihren geschmückten Hüten hervor ernst von der Seite an. Dann sagten sie etwas mit tiefen Kehllauten zu dem Jüngeren. Dieser zögerte, aber dann wandte er sich an die Frau: »Gut. Kommen Sie. Aber wir sind nicht vor morgen da. Heute nacht müssen wir im Freien schlafen.«

»Gut«, sagte sie. »Ich kann im Freien schlafen.«

Sie brachen gleich auf und klommen den steinigen Pfad in flotter Gangart empor ... Der junge Indianer ging neben ihrem Pferd, die beiden anderen folgten hinterdrein. Einer von ihnen hatte einen dicken Stock, und mit diesem versetzte er dem Pferd dann und wann einen derben Schlag auf die Flanke, um es anzutreiben. Das Pferd machte dann einen jähen Sprung zur Seite, der die Reiterin im Sattel zurückwarf, und das brachte sie in Zorn.

»Tu das nicht!« rief sie wütend und drehte sich nach dem Mann um. Sie begegnete seinen großen, schwarzglänzenden Augen und verzagte zum erstenmal. Diese Augen hatten nichts Menschliches an sich. Sie sahen keine Frau in ihr, sondern ein fremdes und unerklärliches Wesen, unerklärlich und feindlich. Wieder hatte sie, in ihrem Sattel sitzend, das Gefühl, tot zu sein. Da schlug er das Pferd abermals, und sie erlitt im Sattel einen heftigen Stoß.

Der Zorn der verwöhnten Frau kam in ihr hoch. Sie hielt

das Pferd an und wandte sich mit flammenden Augen an den Indianer neben ihr: »Sagen Sie ihm, er soll das Pferd nicht anrühren!«

Ihr Blick traf auf den seinen, und sie gewahrte in seiner schwarzglänzenden Unergründlichkeit, wie in einem Schlangenauge, einen feinen Funken von Hohn. Er sprach in seinen leisen Indianerlauten zu dem Mann hinter ihm. Dieser hörte zu, ohne aufzusehen. Dann schlug er das Pferd abermals, und es sprang in großen Sätzen den Pfad hinauf, daß die Steine umherflogen und die Reiterin hin und her geschleudert wurde.

Wahnsinniger Zorn flackerte in ihren blauen Augen. Sie wurde weiß im Gesicht und zog die Zügel an. Bevor sie sich umdrehen konnte, hatte der junge Indianer den Zügel gepackt und zog das Pferd hinter sich her. Sie war machtlos, und zugleich mit dem heftigsten Zorn durchging sie ein leiser Jubelschauer. Sie wußte, daß sie tot war.

Die Sonne ging unter. Grelles gelbes Licht flutete über die Espen und die Tannen, deren Nadeln sich dunkelglänzend abzeichneten. Die Felsen erglühten in einem überirdischen Schimmer. Durch diesen Lichtglanz hindurch lief der Indianer neben dem Pferd unermüdlich dahin, seine dunkle Decke baumelte, seine nackten Beine schienen in dem starken Licht seltsam verwandelt, rot. Sein Strohhut mit den lächerlichen Feder- und Blumenverzierungen leuchtete über der Flut seiner langen schwarzen Haare. Manchmal stieß er einen leisen Ruf aus, worauf dann der andere dem Tier einen neuen Hieb versetzte.

Das wunderbare Licht auf den Bergen verblich. Die Welt wurde dunkler, die Luft wehte kalt. Am Himmel kämpfte sich der Halbmond gegen die Glut des Westens herauf. Gewaltige Schatten fielen von den schroffen Felsen herab. Wasser rauschte. Die Frau war sich nur ihrer unsäglichen Müdigkeit und des kalten Höhenwindes bewußt. Sie merkte nicht, wie das Mondlicht den Tag verdrängte, indessen sie nahezu bewußtlos vor Erschöpfung weiterritt.

So zogen sie einige Stunden im Mondschein dahin. Dann wurde plötzlich haltgemacht. Die Männer sprachen leise miteinander.

»Wir lagern hier«, sagte der Jüngere.

Sie wartete, daß ihr aus dem Sattel geholfen würde, aber der Indianer stand nur da und hielt den Zügel. Sie fiel beinahe herunter, so ermüdet war sie. Sie hatten eine Stelle am Fuß des Abhangs gewählt, die noch etwas Sonnenwärme ausstrahlte. Der eine Indianer hieb Tannenäste zurecht, und der andere machte aus ihnen kleine, schräge Dächer an der Felswand, zum Schutz gegen den Wind, und schichtete Tannenzweige für das Lager. Der dritte entfachte ein kleines Feuer, um Tortillas zu backen.

Die Frau trank Wasser. Essen wollte sie nichts. Sie wollte nichts, als sich hinlegen. »Wo schlafe ich?« fragte sie.

Der junge Indianer wies auf eins der Schutzdächer. Sie kroch darunter und blieb regungslos liegen. Was mit ihr geschah, kümmerte sie nicht, dazu war sie zu müde und dachte an nichts mehr. Durch die Zweige konnte sie sehen, wie die Männer auf den Fersen um das Feuer hockten, ihre Tortillas, die sie mit ihren dunklen Fingern aus der Asche holten, verzehrten und aus einer Kürbisflasche tranken. Dabei redeten sie in leisen, murmelnden Lauten mit langen Pausen. Ihr Sattel und die Satteltaschen lagen unberührt nicht weit vom Feuer. Die Männer bekundeten weder für sie noch für ihr Eigentum Interesse. Sie hockten da, die Hüte auf den Köpfen, und aßen mechanisch wie Tiere. Ihre dunklen Umhänge mit den Fransen fielen vorn und hinten bis zum Boden und ließen die kräftigen, dunklen Beine sehen, nackt und zusammengekauert wie Tierläufe, darunter auch die schmutzigen weißen Hemden und eine Art Lendenschurze, ihr einziges weiteres Kleidungsstück. Sie nahmen nicht mehr Anteil an ihr, als wäre sie ein Stück Wildbret, das sie erlegt und unter ein Schutzdach gehängt hatten.

Nach einer Weile löschten sie sorgfältig das Feuer und krochen unter ihre eigenen Dächer. Indem die Frau sie durch die Zweige hindurch beobachtete, wie ihre dunklen Gestalten schweigend im Mondlicht dahinhuschten, machte sie Augenblicke plötzlicher Angst durch – würden sie jetzt über sie herfallen?

Aber sie schienen sie gänzlich vergessen zu haben. Dem Pferd waren die Vorderbeine gefesselt, und sie konnte hören, wie es sich mühsam bewegte. Alles war jetzt still, das Schweigen des Gebirges, tödlich und kalt. Sie schlief, wachte auf und schlief wieder ein, von Kälte und Müdigkeit benommen. Es war eine lange, lange Nacht, eisig und ewig. Und sie wußte, daß sie gestorben war.

2

Als sich dann etwas regte und sie das Geräusch von Stahl und Feuerstein hörte und die Gestalt eines Mannes erblickte, der wie ein Hund über dem Knochen vor einem roten Feuerschein hockte, und sie merkte, daß der Tag angebrochen war, da wollte ihr scheinen, die Nacht sei zu rasch vergangen. Und als dann das Feuer brannte, kam sie, getrieben von wirklichem Durst nach Kaffee, unter ihrem Dach hervor. Die Männer wärmten Tortillas.

»Können wir Kaffee kochen?« fragte sie.

Der Jüngere sah auf, und ein Funke von Hohn schien in seinen Augen zu glimmen.

»Nein«, sagte er. »Keine Zeit dazu.«

Sie musterten sie, auf den Fersen hockend, in dieser schrecklichen Morgendämmerung, und hatten nicht einmal Hohn in den Augen, sondern nur dieses ferne, furchtbare, unmenschliche Glitzern. Sie waren unnahbar. Sie sahen sie nicht als eine Frau an, sondern so, als wäre sie gar keine, als nähme ihre weiße Farbe ihr ganzes Frausein fort und ließe sie nur als eine weibliche weiße Riesenameise zurück. Nichts sonst sahen sie in ihr.

Ehe die Sonne aufging, saß sie wieder im Sattel, und es

ging in der eiskalten Luft steil aufwärts. Dann kam die Sonne, und bald wurde ihr in der Glut auf den kahlen Felsen heiß. Klommen sie zum Dach der Welt hinauf? Drüben waren gegen den Horizont Schneestreifen zu sehen.

Im Laufe des Morgens gelangten sie an eine Stelle, an der das Pferd nicht mehr weiterkonnte. Sie machten angesichts eines riesigen Felsabsturzes, der wie die schimmernde Brust eines Tieres aussah, Rast. Über diese Felswand mußten sie hinweg, an einer welligen Felsspalte entlang. In stundenlanger Mühe hatte sie sich auf Händen und Füßen von Spalte zu Spalte zu bewegen, an der schrägen Fläche des Hanges hin. Die Indianer, einer vor ihr und einer hinter ihr, schritten auf ihren geflochtenen Ledersandalen langsam und aufrecht dahin; sie aber getraute sich nicht, sich in ihren Reitstiefeln aufzurichten. Sie wunderte sich die ganze Zeit, warum sie so beharrlich an diesen Felsspalten entlangkletterte, statt einfach hinunterzufallen und allem ein Ende zu machen. Die Welt lag unter ihr.

Einmal, auf einer Fläche von Geröll, blickte sie zurück und sah den dritten Indianer mit dem Sattel und den Satteltaschen auf dem Rücken, an einem Gurt um die Stirn gehalten, daherkommen. Den Hut hielt er in der Hand und schritt so mit dem weichen, schweren Tritt des Indianers dahin, ohne in den Felsrissen, die sich wie Krater im Schild des Berges ausnahmen, zu schwanken.

Der Hang führte jetzt abwärts. Die Indianer schienen sich zu erregen. Einer lief in langsamem Trab voraus und verschwand um einen Felsvorsprung. Der Pfad wand sich nun um den Berg herum und abwärts, bis sie endlich im Glanz der Morgensonne ein Tal unter sich erblickten, das wie in einen riesenhaften Trog zwischen Felswänden in den Berg eingelassen war. Es war ein grünes Tal mit einem Fluß, Bäumen und einer Anhäufung niedriger Häuser mit flachen, glitzernden Dächern. Alles sah winzigklein und vollkommen aus und lag tausend Meter tief unter ihnen. Die gerade Brücke über dem Fluß, der freie Platz mit den

Häusern rundum, die größeren Häuser an den gegenüberliegenden Enden des Platzes, die schlanken, hohen Pappeln und die Weiden, die Flächen von Mais, der von der Sonne versengt war, die braunen Flecke der Schafe und Ziegen fern auf den Berghängen, die eingezäunten Wiesen am Flußufer – das sah alles so vollkommen und bezaubernd aus wie jeder Ort, aus großer Höhe gesehen, vollkommen und bezaubernd aussieht. Ungewöhnlich war, daß diese niedrigen Häuschen glitzernd weiß getüncht waren und aussahen wie Kristalle von Salz oder Silber. Es ängstigte sie.

Sie begannen den langen, gewundenen Abstieg und folgten dem Bach, der über Felsblöcke stürzend dahinschoß. Zunächst befanden sie sich nur zwischen Felsen; dann kamen die Nadelbäume und endlich die silbrigen Espen. Alles war bedeckt von den Herbstblumen, rosafarbenen und margeritenartigen, weißen und gelben. Die Frau mußte sich setzen und ausruhen, sie war zu müde. Sie betrachtete die bunten Blumen wie jemand, der tot ist, sie betrachtet: als bleiche, kauernde Schatten.

Dann kamen Gras- und Weideflächen zwischen Espen und Tannen. Ein Hirte, fast nackt in der Sonne, nur mit Hut und baumwollenem Lendenschurz, trieb seine Schafe. Dann saßen sie in einem Hain und warteten, der junge Indianer und die Frau. Der Mann, der den Sattel trug, war weitergegangen. Sie vernahmen Schritte, und drei Männer in feinen Umhängen in Rot, Gelb, Schwarz und Orange und mit leuchtendem Kopfschmuck aus Federn näherten sich ihnen. Der Älteste trug Pelzstreifen in sein Haar geflochten, und sein roter und gelber Umhang war wie ein Jaguarfell schwarz gefleckt. Die beiden anderen waren auch alte Männer, wenn auch nicht grauhaarig. Ihre Umhänge waren gestreift und ihr Kopfputz weniger prächtig.

Der Junge redete mit ruhigen Worten auf sie ein. Sie hörten zu, ohne zu antworten und ihn oder die weiße Frau anzusehen. Sie hielten ihre Gesichter gesenkt und hörten nur zu. Endlich wandten sie sich der Frau zu und betrachteten sie.

Der Älteste, ein Medizinmann oder was er vorstellen mochte, hatte ein gefurchtes und verrunzeltes Gesicht, bronzefarben und mit spärlichen Haaren um den Mund. Zwei lange graue Haarzöpfe, mit Pelz und Federn durchflochten, hingen ihm auf die Schultern. Was an ihm auffiel, waren seine Augen. Sie waren schwarz und von großer, eindringlicher Kraft, und in ihrer dämonischen Furchtlosigkeit wohnte keinerlei Zweifel. Lange und durchdringend senkten sich ihre Blicke in die Augen der weißen Frau, als suchten sie etwas, und sie wußte nicht was. Sie bot ihre ganze Kraft auf, um diesen Augen zu widerstehen. Doch half es ihr nichts. Der Mann blickte sie nicht an wie ein Mensch den andern. Ihren Widerstand, ihren Trotz nahm er nicht einmal wahr, er sah an beiden vorbei, sie wußte nicht wohin.

Es war aussichtslos, auf eine Verständigung mit diesem Geschöpf zu rechnen. Der Alte wandte sich um, redete ein paar Worte zu dem Jungen.

Dieser sagte zu ihr auf spanisch: »Er fragt, was Sie hier wollen.«

»Ich? Nichts. Ich will sehen, wie es hier aussieht.«

Dies wurde dem Alten übersetzt. Er richtete seine Augen wieder auf sie. Dann redete er wieder mit leiser, murmelnder Stimme zu dem Jungen.

»Er sagt: warum verläßt sie ihr Haus der weißen Männer? Will sie den Gott des weißen Mannes zu den Chilchui bringen?«

»Nein«, erwiderte sie unerschrocken. »Ich bin von dem Gott des weißen Mannes fortgegangen. Ich komme, den Gott der Chilchui zu suchen.«

Darauf folgte tiefes Schweigen. Dann, leise, fast müde: »Sucht die weiße Frau den Gott der Chilchui, weil sie ihres eigenen Gottes müde ist?«

»Ja. Sie ist des weißen Gottes müde«, erwiderte sie, weil sie annahm, dies war es, was sie hören wollten. Sie wollte dem Gott der Chilchui dienen.

Sie gewahrte, wie in der Stille, die der Übersetzung ihrer

Worte folgte, Triumph und Jubel die Indianer erfüllte. Dann richteten sich alle diese durchbohrenden schwarzen Augen auf sie, und eine stählerne Begehrlichkeit war darin zu erkennen. Dies war um so rätselhafter, als nichts Sinnliches, nichts Sexuelles in diesen Blicken war. Vielmehr lag eine schreckliche, glänzende Reinheit darin, die über ihren Verstand ging. Wäre nicht etwas in ihr gestorben, so daß nur kalte und wachsame Verwunderung noch in ihr lebte – sie wäre vor Angst gelähmt gewesen.

Die Ältesten berieten eine Weile, dann gingen zwei von ihnen fort und ließen sie mit dem jungen Mann und dem Ältesten allein. Der Älteste sah sie mit einem Ausdruck der Besorgtheit an.

»Er will wissen, ob Sie müde sind«, sagte der Junge.

»Ja, sehr«, erwiderte sie.

»Sie werden Ihnen eine Sänfte bringen«, sagte der Junge.

Als diese kam, war es eine Art von Hängematte aus dunklem Wollgeflecht, an einer Stange befestigt, die von zwei Indianern auf der Schulter getragen wurde. Sie wurde auf dem Boden ausgebreitet; sie setzte sich darauf, und die Männer hoben die Stange auf die Schultern. Wie in einem Sack, hin und her schwingend, wurde sie aus dem Hain getragen, hinter dem alten Häuptling her, dessen Jaguarumhang im Sonnenlicht seltsam hin und her schwang.

Sie gelangten auf den Grund des Tales. Die reifen Maiskolben, nicht sehr hoch in dieser großen Höhe, standen vor ihnen. Der gutausgetretene Pfad schlängelte sich zwischen Feldern hin. Die Frau konnte nichts als die aufgereckte Gestalt des alten Häuptlings vor sich sehen. In seinem flammenfarbenen und schwarzen Umhang schritt er weich und schwer, aber behende dahin, den Kopf vorgestreckt, und sah weder nach rechts noch nach links. Gleichmäßig auftretend, folgten ihm die Träger, und ihr langes bläulichschwarzes Haar fiel ihnen wie ein Fluß über die nackten Schultern.

Sie ließen die Maisfelder hinter sich und gelangten an einen Wall aus Erde und Ziegeln, dessen hölzerne Torflügel offenstanden. Sie schritten hindurch und befanden sich in einem Gefüge kleiner Gärten mit Blumen, Kräutern und Obstbäumen, und jeder Garten war durch einen schmalen Graben mit fließendem Wasser bewässert. In jeder Blumen- und Baumgruppe stand ein kleines, weißgetünchtes Haus, ohne Fenster und mit geschlossener Tür. Der ganze Ort war ein System kleiner Pfade, Bäche und Brücken zwischen blühenden, quadratischen Gärten.

Sie folgten dem breitesten Pfad zwischen Laub und Gras, von Jahrhunderten menschlicher Füße glattgetreten und von keinem Huf oder Rad berührt, gelangten an einen kleinen Fluß und überquerten das klare, rasch dahinschießende Wasser auf einer Brücke aus rohen Balken. Überall herrschte Stille, und nirgends war ein menschliches Wesen zu sehen. Unter schönen Pappeln führte der Weg weiter und mündete auf den Hauptplatz des Ortes. Dieser bestand aus einem länglichen Rechteck niedriger weißer Häuser mit Flachdächern. Zwei größere Häuser, die aus kleineren, würfelförmigen Häusern, auf größere und längliche aufgesetzt, bestanden, erhoben sich einander genau gegenüber an den zwei Enden des Platzes. Jedes der kleinen Häuser war blendend weiß bis auf die Balkenenden, die unter den Dachrändern vorstanden, und die flachen Dächer. Um jedes der größeren Häuser lief eine Umzäunung und umschloß einen Garten mit Bäumen, Blumen und verschiedenen kleineren Häusern.

Keine Menschenseele war zu sehen. Schweigend schritten sie zwischen den Häusern auf den Platz. Er war leer und trocken. Generationen hatten seine Erde glattgetreten. Die Türen all der fensterlosen Häuser gingen auf diesen Platz, aber alle waren geschlossen. Überall lag Brennholz neben der Schwelle, die Öfen rauchten sogar, aber keine Spur von Leben ließ sich blicken.

Der Alte schritt geradewegs über den Platz auf das eine der beiden größeren Gebäude zu, dessen zwei obere Stockwerke spielzeughaft ein wenig zurücktraten. Eine Außentreppe aus Stein führte zum Dach des ersten Stockwerks hinauf. Am Fuß blieben die Träger stehen und ließen die Frau auf den Boden nieder.

»Sie gehen da hinauf«, sagte der spanischsprechende junge Indianer. Sie beschritten die Stufen zum Lehmdach des unteren Stockwerks, das einen Umgang um die Wände des zweiten formte. Die Frau folgte ihm bis zur Rückseite des Hauses, dann stiegen sie wieder hinunter in den Garten.

Bislang war niemand zu sehen gewesen; jetzt aber erschienen zwei Männer, barhäuptig und mit langem, geflochtenem Haar. Sie trugen weiße Hemden, die in einen Lendenschurz gesteckt waren. Sie gingen mit den Ankömmlingen durch den Garten mit seinen roten und gelben Blumen auf ein niedriges, langgestrecktes weißes Haus zu und traten, ohne anzuklopfen, hier ein.

Drinnen war es dunkel. Ein Gemurmel von Männerstimmen war zu vernehmen. Mehrere Männer waren anwesend. Ihre weißen Hemden waren im Dämmerlicht zu erkennen, ihre dunklen Gesichter aber nicht. Sie saßen auf einem großen Holzbalken an der gegenüberliegenden Wand. Außer diesem Balken war nichts in dem Raum vorhanden als nur am anderen Ende eine Lagerstatt, und auf dieser lag eine mit Fellen zugedeckte Gestalt.

Der Alte, der die Frau begleitet hatte, nahm den Hut, den Umhang und die Sandalen ab. Er legte alles beiseite, trat an das Lager und sprach mit leiser Stimme. Eine Zeitlang erfolgte keine Antwort. Dann richtete sich ein alter Mann, dem schneeweißes Haar um das dunkel erkennbare Gesicht stand, wie eine Erscheinung hoch und blickte den Eingetretenen, auf einen Ellbogen gestützt, starr und schweigend entgegen.

Der Alte redete wiederum etwas, dann führte der Junge die Frau an der Hand an das Lager. Sie stand in ihrem leinenen Reitanzug mit den schwarzen Stiefeln, ihrem Hut und dem roten Schlips vor dem mit Fellen bedeckten Lager dieses Uralten, der wie eine Geistererscheinung dasaß. Sein weißes Haar hing strähnig herab, sein Gesicht war fast schwarz. Mit einer Gespanntheit, die nicht von dieser Welt war, entrückt, beugte er sich vor, um sie zu mustern. Sein Gesicht glich dunklem Glas, und die wirren weißen Haare, die ihm um Kinn und Lippen hingen, waren ganz unglaubhaft. Unter den schwachen weißen Augenbrauen sahen seine schwarzen Augen sie wie die von fernen Toten an, die Unsichtbares erblicken. Endlich sprach er ein paar leise, hohlklingende Worte, als ob er zur dunklen Luft spräche.

Der Junge übersetzte: »Er fragt, ob Sie Ihr Herz den Göttern der Chilchui bringen.«

Sie erwiderte willenlos: »Sagen Sie ihm – ja.«

Eine Pause entstand; dann sprach der Uralte wieder wie zur Luft. Einer der Anwesenden ging hinaus. Es herrschte eine Stille in dem dämmerigen Raum, in den nur durch die Tür etwas Licht hereinkam, wie die Stille der Ewigkeit.

Die Frau sah umher. Auf dem Balken saßen vier alte grauhaarige Indianer. Zwei andere standen regungslos an der Tür. Alle hatten lange Haare und trugen weiße, in den Schurz gesteckte Hemden. Ihre kräftigen Beine waren nackt. Endlich kam der Mann, der hinausgegangen war, zurück und hatte einige weiße und dunkle Kleidungsstücke über dem Arm. Der Junge nahm sie ihm ab und hielt sie der Frau hin: »Hier, ziehen Sie das hier an.«

»Nur wenn ihr Männer alle hinausgeht«, erwiderte sie.

»Keiner tut Ihnen was«, versetzte er ruhig.

Er gab den Männern an der Tür ein Zeichen. Sie traten heran und griffen sie, ohne ihr weh zu tun, aber mit großer Kraft, bei den Armen. Dann kamen zwei der alten Männer, schlitzten ihr mit Messern ungeheuer geschickt ihre Stiefel auf und zogen sie ihr ab; alsdann schlitzten sie ihr auch die Kleider auf, daß sie niederfielen. In wenigen Augenblicken stand sie in weißer Nacktheit da. Der Uralte auf dem Lager sprach einige Worte, und die Männer drehten die Frau zu ihm hin, damit er sie sehen konnte. Er sagte wieder etwas, und der junge Indianer zog die Nadeln und Kämme aus ihrem blonden Haar, daß es ihr in wirrem Gelock über die Schultern fiel. Dann sagte der Uralte abermals etwas. Der Junge führte sie dicht an das Lager. Der Liegende befeuchtete seine Fingerspitzen mit den Lippen und berührte die Frau zart an den Brüsten, dem Leib und dem Rücken. Jedesmal, wenn sie die Fingerspitzen über ihre Haut gleiten fühlte, zuckte sie zusammen, als werde sie vom Tod selbst angerührt.

Eine fast traurige Verwunderung erfüllte sie darüber, daß sie sich ihrer Blöße nicht schämte – nur traurig und verloren fühlte sie sich. Zumal auch sonst niemand Scham empfand. Die Älteren verharrten gespannt und in einer tiefen, unverständlichen Gemütsbewegung gefangen, die ihre eigene Erregung wegwischte, während das Gesicht des Jüngeren einen seltsamen Ausdruck der Verzückung annahm. Sie selber aber war sich nun völlig fremd geworden, als gehöre ihr Körper nicht mehr zu ihr.

Sie legten ihr die neuen Kleider an: ein langes weißes Baumwollhemd, das ihr bis zu den Knien reichte, eine Jacke aus dickem blauem Wollstoff, die mit roten und grünen Blumen bestickt war und nur über der einen Schulter geschlossen war und um den Leib von einer geflochtenen rot und schwarzen Wollschärpe zusammengehalten wurde.

Als sie so bekleidet war, führte man sie mit bloßen Füßen in ein kleines Häuschen in dem eingezäunten Garten. Der junge Indianer sagte ihr, sie könne haben, was sie wollte, und sie bat um Wasser, sich zu waschen. Er brachte es in einem Krug nebst einem länglichen Becken aus Holz. Dann verschloß er die Gittertür des Hauses und ließ sie als Gefangene zurück. Durch die Gitterstäbe konnte sie die roten Blumen und einen Kolibri draußen sehen. Dann vernahm sie den dumpfen, rollenden Klang einer Trommel vom Dach des großen Hauses her, und darauf verkündete eine Stimme in einem entrückten, gefühllosen Singsang von der Höhe herab eine Botschaft in fremder Sprache. Sie lauschte, als befände sie sich im Reich der Toten.

Aber sie war sehr müde. Sie ließ sich auf dem mit Fellen bedeckten Lager nieder, zog die dunkle Wolldecke über sich, tat alles von sich ab und schlief ein.

Als sie aufwachte, war es spät am Nachmittag. Der junge Indianer kam mit einem Korb herein, der Speisen enthielt, Tortillas und Maisbrei mit Fleischstücken, vermutlich Hammelfleisch, und mit einem Honiggetränk sowie einigen frischen Pflaumen. Auch brachte er eine Kette aus roten und gelben Blumen und Büschelchen blauer Knospen herbei, besprengte sie mit Wasser aus dem Krug und reichte sie ihr lächelnd hin. Er war sanft und behutsam, auf seinen Gesichtszügen und in den Augen hatte er einen Ausdruck von Jubel und Verzückung, der sie ein wenig ängstigte. Das Glitzern war jetzt aus seinen schwarzen Augen mit den geschwungenen, dunklen Wimpern verschwunden; er sah sie mit dem weichen Glühen einer Verehrung an, die nichts Menschliches mehr an sich hatte und sie mit ihrer erschreckenden Teilnahmslosigkeit beunruhigte.

»Wünschen Sie sonst etwas?« fragte er leise, sanft, melodisch und so verhalten, als spräche er zu jemand anderem und wolle sie nicht mit dem Klang seiner Stimme berühren.

»Werde ich hier als Gefangene gehalten?« fragte sie.

»Nein«, war die sanfte Antwort. »Sie können morgen in den Garten gehen.« Immer diese seltsame Behutsamkeit! »Mögen Sie dieses Getränk?« erkundigte er sich hierauf und hielt ihr eine Schale hin. »Es ist sehr erfrischend.«

Neugierig kostete sie das Getränk, das aus Kräutern gebraut und mit Honig gesüßt war und ein merkwürdiges, nachwirkendes Aroma hatte. Der junge Mann beobachtete sie befriedigt. »Es hat einen eigentümlichen Geschmack«, sagte sie.

»Es ist sehr erfrischend«, wiederholte er. Immer noch ruhten seine Blicke mit einem Ausdruck hingegebener Verzückung auf ihr. Dann ging er fort. Sogleich danach verspürte sie Übelkeit und erbrach sich heftig – sie hatte sich nicht mehr in der Gewalt.

Danach spürte sie, wie eine beruhigende Lässigkeit über sie kam. Ihre Glieder wurden gelöst und schwerelos, sie lag da und lauschte auf die Geräusche des Dorfes, sah zu, wie der Himmel sich gelb färbte und roch den Rauch brennenden Zedern- und Tannenholzes. Deutlich vernahm sie das Bellen von Hunden, das Scharren von Füßen in der Ferne und das Murmeln von Stimmen; und so deutlich nahm sie den Geruch des Rauches und der Blumen und des sinkenden Abends wahr, so klar sah sie den einen hellen Stern unendlich weit überm Sonnenuntergang funkeln, daß sie das Gefühl hatte, alle ihre Sinne seien in den Lüften verstreut; daß sie den Klang der Blumen zu vernehmen meinte, die sich in der Nacht entfalteten, und das kristallene Tönen der Himmelssphären, die aneinander vorbeiglitten, und die in der Luft auf und nieder senkende Feuchtigkeit spürte sie gleich einer Harfe im Weltall.

Sie war in diesem Haus und Garten eine Gefangene. Aber es machte ihr nichts aus. Es dauerte Tage, ehe sie gewahr wurde, daß sie keine Frau je zu Gesicht bekam, nur die alten Männer aus dem großen Haus, das ihr eine Art Tempel zu sein schien; die Männer mußten irgendwelche Priester sein. Sie trugen stets dieselben Kleidungsstücke in roten, gelben und schwarzen Farben und legten stets das gleiche ernste, entrückte Wesen an den Tag.

Manchmal kam einer von ihnen zu ihr und saß schweigend bei ihr. Keiner, außer dem jüngeren, sprach eine andere Sprache als seine indianische. Die Alten saßen etwa eine Stunde lang bei ihr und lächelten, wenn sie etwas auf spanisch sagte, aber antworteten nie, es sei denn mit diesem langsamen, behutsamen Lächeln. Dabei ging ein Ausdruck von fast väterlicher Fürsorge von ihnen aus. Ihre dunklen Augen aber hatten in ihrer Tiefe etwas unergründlich Wildes und Gnadenloses. Sie suchten es, wenn sie hinsah, mit diesem Lächeln zu verschleiern, aber sie sah es dennoch. Und immer behandelten sie sie mit der gleichen sonderbaren, teilnahmslosen Fürsorge, dieser unpersönlichen Sanftmut, mit der ein Greis ein Kind behandelt. Darunter aber, das spürte sie, lauerte etwas ganz anderes und Furchtbares. Wenn ihr Besucher gegangen war, wurde sie von heftiger Angst gepackt, aber wovor sie Angst hatte, wußte sie nicht.

Der junge Indianer aber sprach ungezwungen und anscheinend freimütig mit ihr, wenn er zu ihr kam. Doch auch hierbei spürte sie, daß etwas Wirkliches verschwiegen wurde. Vielleicht war es unaussprechlich. Seine großen, dunklen Augen ruhten fast liebevoll auf ihr. Seine schöne, schmachtende Stimme dehnte die Laute seines einfachen, ungrammatischen Spanisch.

Er erzählte ihr, er sei der Enkel des Uralten und der Sohn des Mannes in dem gefleckten Umhang. Sie seien Kaziken, Könige aus vergangenen Zeiten vor dem Kommen der Spanier. Er selbst sei in Mexico City und auch in den Vereinigten Staaten gewesen. Als Arbeiter habe er an den Straßen von Los Angeles mitgebaut. Bis nach Chicago sei er gekommen.

»Sprechen Sie denn nicht auch Englisch?« fragte sie.

Er schüttelte stumm den Kopf.

»Und Ihr Haar, was haben Sie dort mit Ihrem Haar gemacht?« fragte sie weiter. »Haben Sie es abgeschnitten?«

Er schüttelte wieder den Kopf, mit einem gequälten Ausdruck in den Augen. »Nein. Ich habe einen Hut getragen, und darunter ein Taschentuch um den Kopf.«

Er verfiel, wie von quälenden Erinnerungen heimgesucht, aufs neue in Schweigen.

Sie fragte: »Sind Sie der einzige aus Ihrem Volk, der in den Vereinigten Staaten war?«

»Ja, der einzige, der lange von hier fort war. Die anderen kommen immer bald zurück. Nach einer Woche. Sie bleiben nicht weg. Die alten Männer erlauben es nicht.«

»Und warum sind Sie gegangen?«

»Die Alten wollten es. Ich soll der Kazike werden.«

Er sprach immer kindlich offen und naiv, doch kam ihr vor, als sei das nur seinem Spanisch zuzuschreiben. Vielleicht war ihm das Sprechen überhaupt etwas Unwirkliches. Das Wirkliche wurde verschwiegen.

Er kam oft und saß länger bei ihr, als ihr lieb war. Es war, als suchte er ihre Nähe. Sie fragte ihn, ob er verheiratet sei. Er bejahte. Er hatte zwei Kinder.

»Ich möchte Ihre Kinder sehen«, sagte sie.

Er antwortete nur mit diesem Lächeln, das süß und verzückt war, aber das die Rätselferne seiner Augen nicht veränderte.

Stundenlang saß er so bei ihr, ohne sie in Verlegenheit zu versetzen und ihres Geschlechts bewußt zu machen. Er schien selber geschlechtslos zu sein, wie er so still und sanft und ehrerbietig dasaß, den Kopf etwas vorgebeugt, und sein schwarzschimmerndes Haar ihm mädchenhaft über die Schultern floß. Wenn sie aber genauer hinsah, gewahrte sie, wie seine Schultern breit und kraftvoll waren, seine Brauen schwarz und gerade. Sie gewahrte die geschweiften, widerspenstigen Wimpern über seinen gesenkten Augen, die dünne Linie des Schnurrbarts über den schweren schwärzlichen Lippen und das starke Kinn, und sie erkannte, daß er geheimnisvoll und von männlicher Mächtigkeit war. Er aber, der sich von ihr beobachtet fühlte, warf ihr einen raschen, lauernden Blick aus seinen dunklen Augen zu, den er sogleich mit einem halb traurigen Lächeln verschleierte.

Tage und Wochen vergingen in einem unbestimmten Zustand der Bescheidung. Zuweilen spürte sie, daß sie die Herrschaft über sich verloren habe. Sie stand im Banne einer anderen Macht. Manchmal durchlebte sie Augenblicke des Grausens und Entsetzens. Dann aber kamen diese Indianer, saßen bei ihr und übten durch ihre bloße, stille Gegenwart ihren tückischen Zauber über sie aus. Nur durch ihre schweigende, geschlechtslose, mächtig körperliche Anwesenheit. Jeden Willen schienen sie ihr abzunehmen, sie willenlos und zu einem Opfer ihrer eigenen Gleichgültigkeit zu machen.

Die jüngeren Männer brachten ihr süße Getränke, manchmal das, welches sie zum Erbrechen reizte, manchmal auch andere. Hatte sie dann getrunken, wurden ihre Glieder schwer und lässig, ihre Sinne schienen lauschend in den Lüften zu schweben. Auch hatte man ihr eine kleine Hündin gebracht, Flora nannte sie sie, und einmal hatte sie in ihrem Traumzustand die Empfindung, als höre sie, wie die kleine Hündin empfing und in ihrem winzigen Leib mit einem Jungen trächtig wurde. Ein anderes Mal vernahm sie den Ton des kreisenden Erdballs wie das Schwirren einer riesenhaften Bogensehne.

Als dann die Tage kürzer und kälter wurden, empfand sie ein Wiederaufflackern ihres Willens und ein Verlangen, wegzugehen. Sie sagte dem jungen Indianer, sie wolle ausgehen. Darauf ließ man sie auf das oberste Dach des großen Hauses steigen und auf den Platz hinabsehen. Es war dies an einem Tag des großen Tanzes. Aber nicht alle nahmen daran teil. Frauen standen mit Kindern auf dem Arm in den Türen und sahen zu.

Vor dem anderen großen Haus am Ende des Platzes herrschte ein Gedränge, und sie gewahrte eine kleine, bunte Menschengruppe auf dem Dach des ersten Stockwerks vor den weit offenen Türen des oberen. Durch diese Türen konnte sie im Dunkeln Feuer glühen sehen, und vor diesem bewegten sich Priester mit ihrem Federkopfschmuck und in lange Decken mit roten, schwarzen und gelben Farben und langen grünen Fransen gehüllt. Eine Trommel war in der indianischen Stille mit langsamen, regelmäßigen Schlägen zu hören. Die Menge unten wartete.

Dann schlug die Trommel einen hohen Ton an, und alsbald erscholl tiefer, kräftiger Schall von Männerstimmen, ein wilder Sturmgesang wie ein Wind, der durch einen zeitlosen Wald braust, und lange Reihen von Tänzern schritten jetzt unten aus dem Haus hervor, Männer mit nackten, bronzefarbenen Leibern und Fluten schwarzer Haare, gelbe und rote Federn an den Armen, Schurze aus weißer Wolle mit gestickten Streifen in Rot, Grün und Schwarz um die Hüften.

Vorgebeugt traten sie mit eintönigem, stampfendem Tanzschritt den Erdboden. Hinten hing jedem ein Fuchsschwanz vom Gürtel, und die Tanzenden ließen die Schwanzspitze im Schwung des Tanzes hoch über die Fersen hochschnellen. Hinter jedem Mann kam eine Frau, angetan mit einem kunstvollen Kopfschmuck aus Federn und Muscheln, in eine kurze schwarze Jacke gekleidet, und hielt in jeder Hand aufrecht ein Federbüschel empor, bewegte im Rhythmus die Handgelenke und trat in leichtem Tanzschritt ihrer bloßen Füße den Boden. Aus dem Haus drang ein absonderlicher Weihrauchgeruch hervor – Stille und die Antwort des ausbrechenden, unmenschlichen Gesangs aus Männerstimmen und die sich lang entrollende Kette des Tanzes.

Dies währte den ganzen Tag: das Getön der Trommel, der hohle, brausende Sturmklang des Männergesangs, das Schwingen der Fuchsschwänze hinter den bronzenen, stampfenden Beinen der Männer, dazu die Herbstsonne am klaren Himmel, die auf die Haarfluten der Männer und Frauen strahlte, das schweigende Tal und die Felswände und wuchtigen Berge mit ihrem gleißenden Schnee gegen das Blau des Himmels.

Stunde um Stunde sah sie so zu, wie von einem Gift verzaubert. Und in all der schrecklichen Beharrlichkeit des Trommelns, Singens und Stampfens war ihr, als fühle sie ihre eigene Auslöschung, ihren eigenen Tod: als solle sie aus dem Buch des Lebens gestrichen werden. In den hochragenden Sinnbildern auf den Köpfen der dem Tanz hingegebenen Frauen las sie ihr Menetekel. Die großen Ursymbole sollten über das gefallene, unabhängige Einzelwesen Frau triumphieren. Das hochgezüchtete weiße Weib sollte mit seiner nervösen Empfindlichkeit wieder vernichtet, sollte von neuem in den Strom unpersönlicher Geschlechtlichkeit und Leidenschaft geworfen werden. Hellseherisch sah sie voraus, wie das gewaltige Opferfest sich vorbereitete. In der Betäubung einer Todesangst kehrte sie in ihr Häuschen zurück.

Immer empfand sie künftig Furcht, wenn sie abends die

Trommeln und die wilden Männerstimmen dazu vernahm, die zu den unsichtbaren Göttern des Mondes und der verschwundenen Sonne emporheulten. Es lag etwas von dem weinenden Gelächter der Kojoten, dem Gebell des Fuchses oder der wilden, schwermütigen Verzückung des heulenden Wolfes darin, auch von der Trauer des Pumaschreis und der Kraft des urmenschlichen Männchens mit seiner Zärtlichkeit und Wildheit.

Manchmal stieg sie nachts auf das hohe Dach und lauschte dem schemenhaften Haufen junger Männer um die Trommel auf der Brücke hinter dem Platz, die stundenlang sangen. Manchmal brannte dort ein Feuer, in dessen Schein sie tanzten und stampften, in weißen Hemden oder nackt bis auf ein Lendentuch, geisterhaft in der dunklen, kalten Nachtluft immer tanzend und stampfend wie Truthähne oder auch rastend um das Feuer gehockt, die Decken über die Schultern.

Sie fragte den jungen Indianer: »Warum tragt ihr alle dieselben Farben, Rot, Gelb und Schwarz auf euren Kleidern? Und die Frauen alle Schwarz?«

Ein leises, ausweichendes Lächeln erschien auf seinem Gesicht, aber dahinter lagerte eine fremdartige Bösheit.

»Unsere Männer«, erwiderte er, »sind das Feuer und der Tag, unsere Frauen aber sind die Zwischenräume zwischen den Sternen in der Nacht.«

Sie sagte: »Eure Frauen sind also nicht einmal Sterne?«

»Nein. Sie sind die Räume zwischen den Sternen, die die Sterne voneinander trennen.« Wieder erschien ein Schimmer von Spott in seinen Blicken. »Die weißen Menschen«, fuhr er fort, »wissen nichts. Sie spielen wie Kinder mit Spielsachen. Wir aber kennen die Sonne, und wir kennen den Mond. Und wir glauben daran, daß unsere Götter die Welt neu machen, und die Götter der Weißen vergehen, wenn eine weiße Frau sich unseren Göttern opfert.«

»Wie das – sich selbst opfert?« fragte sie rasch.

Er verbarg das, was er meinte, hinter einem verschlagenen Lächeln. »Sie entsagt ihren Göttern und kommt zu unseren Göttern. Das meine ich«, erwiderte er beruhigend.

Aber das beruhigte sie nicht. Ein eisiger Schmerz der Furcht und der Gewißheit griff ihr ans Herz.

»An dem einen Ende des Himmels lebt die Sonne«, fuhr er fort, »und am anderen der Mond. Die Männer müssen die Sonne auf der einen Seite des Himmels glücklich machen und die Frauen den Mond auf der anderen. Alle Zeit müssen sie das. Und die Sonne kann nicht in das Haus des Mondes am Himmel gehen und der Mond nicht ins Haus der Sonne. Darum bittet jede Frau den Mond, zu ihr zu kommen, in sie hinein, und der Mann zieht die Sonne zu sich herab, bis er ihre Macht bekommt. Wenn der Mann eine Frau hat, geht die Sonne in die Frau hinein. Das ist der Anfang von allem in der Welt.«

Sie hörte zu und beobachtete ihn wie ein Feind den anderen, dessen Worte doppelte Bedeutung haben. »Warum seid dann ihr Indianer nicht die Herren der Weißen?« fragte sie.

Er erwiderte: »Weil der Indianer schwach wurde und seine Macht über die Sonne verlor. Und weil der weiße Mann die Sonne gestohlen hat. Aber behalten kann er sie nicht. Er weiß nicht, wie er das machen soll. Er weiß nichts mit ihr anzufangen, wie ein Junge, der einen Grislybären fängt, ihn aber nicht töten und auch nicht vor ihm weglaufen kann. Der Grislybär frißt den Knaben auf, wenn er weglaufen will. Die weißen Männer wissen nicht, was sie mit der Sonne machen sollen. Die weißen Frauen wissen nicht, was sie mit dem Mond machen sollen. Der Mond ist auf die weißen Frauen so böse wie ein Pumaweibchen, dem man die Jungen wegnimmt. Der Mond beißt die weißen Frauen hier drinnen.« Dabei legte er die Hand gegen den Leib. »Der Mond ist böse in der weißen Frau drinnen, in ihrer Höhle. Der Indianer sieht das. Bald bekommen die Indianerfrauen den Mond zurück und behalten ihn einfach bei sich drinnen in der Höhle. Und die Indianermänner bekommen die Sonne. Dann haben sie die Macht über die ganze Welt. Die

Weißen wissen nicht, was die Sonne ist. Sie haben es nie gewußt.«

Er verstummte. Es war ein triumphierendes Schweigen.

Sie stammelte: »Aber warum haßt ihr uns so? Warum haßt du mich?«

Sein Gesicht erhellte sich, das Flämmchen eines Lächelns huschte darüber hin. »Wir hassen Sie nicht«, sagte er leise.

»Doch«, sagte sie verloren und ohne Hoffnung.

Nach einer Weile des Schweigens stand er auf und ging.

3

Der Winter war mit Schnee in das Hochtal gekommen, der tagsüber in der Sonne schmolz, und mit bitterkalten Nächten. Die Frau lebte in einer Art von Betäubung und spürte, wie all ihre Kraft und ihr ganzer Wille von ihr fortglitten. Wenn nicht der gesüßte Kräutertrank ihren Geist benebelte und ihre Sinne zu einer mystischen Schärfe erhob, als löste er sich in der Harmonie aller Dinge auf, dann empfand sie sich in einem verworrenen, schlaffen Opferzustand. Mit der Zeit aber wurde das Hochgefühl ihrer Sinne das einzige in ihr, dem Wirklichkeit zukam. Es war das köstliche Gefühl, ihr Blut in die Schönheit und Harmonie des Alls hinein verströmen zu lassen. Sie konnte die Sterne am Himmel hören, wenn sie sie durch die Tür ihres Hauses erblickte, konnte vernehmen, wie sie miteinander sprachen und einander, wie Glocken im Raum schwingend und sich in zeitlosem Tanz wiegend, herrliche Dinge erzählten. An kalten, bewölkten Tagen konnte sie den Schnee wie Vögel, die sich im Herbst sammeln, zwitschern und den Mond rufen hören. Sie rief dem Schnee zu, er möge aus der Luft herabfallen, und dem Mond, er solle aufhören zu zürnen und er solle mit der Sonne Frieden schließen wie eine Frau, die in ihrem Haus aufhört zu grollen. Sie roch die Süße des Mondes, der sich am Winterhimmel der Sonne hingab, wenn der Schnee herabrieselte und Sonne und Mond einander friedlich vereinten.

Aber sie spürte auch eine tiefe, ergebene, fast schon religiöse Trostlosigkeit wie einen Schatten in dem Tal walten.

»Wir haben unsere Macht über die Sonne verloren. Wir wollen sie zurückhaben. Aber die Sonne ist böse mit uns. Sie ist scheu geworden wie ein Pferd, das durchgeht. Wir müssen leiden.« So sprach der junge Indianer; sie aber antwortete, als sei sie verhext:

»Ich hoffe, ihr bekommt sie zurück.«

Ein Triumph glitt über seine Züge. »Sie hoffen es?«

»Ja«, sagte sie ergeben.

»Dann ist alles gut«, versetzte er. »Dann bekommen wir sie wieder.«

Und in gehobener Stimmung ging er.

Sie aber spürte, daß sie einem Ende, einer Vollbringung zutrieb, der zu entgehen sie nicht den Willen hatte, und die schwer und zuletzt furchtbar sein würde.

Die Tage wurden kurz, und es mußte schon Dezember sein, als man sie wieder zu dem Uralten brachte und sie entkleidete, und wieder fuhren die Spitzen seiner alten Finger über ihre Haut. Der Kazike sah ihr mit seinem fernen, dunkel gespannten Blick in die Augen und murmelte etwas.

»Er will, daß Sie das Zeichen des Friedens machen«, übersetzte der junge Indianer und zeigte ihr die Gebärde. »Friede und Lebewohl für ihn.«

Die schwarzen, glasartigen Augen des Kaziken, die sie mit einem Basiliskenblick musterten, brannten und überwältigten sie. In ihrer Tiefe gewahrte sie indessen auch väterliches Mitgefühl und eine flehentliche Bitte. Sie machte die gewünschte Gebärde, die das Zeichen des Friedens und des Lebewohls bedeutete. Er erwiderte es und ließ sich in seine Felle zurücksinken. Es schien ihr, als wolle er sterben und wüßte es.

Es folgte nun ein Tag der Zeremonien, an welchem sie, in eine blaue, befranste Wolldecke gehüllt, Federn in der

Hand, dem Volk gezeigt wurde. Vor einem Altar wurde sie mit Weihrauch beräuchert und mit Asche bestreut. Vor dem Altar des anderen großen Hauses wiederholte sich dasselbe; dann wurde sie mit Wasser besprengt. Undeutlich nahm sie das Feuer auf dem Altar wahr, das Dröhnen der Trommel, den Klang der Männerstimmen, die einen kraftvollen, wilden Gesang anstimmten, und das Hin- und Herwogen der Menge auf dem Platz, und wie sie sich zum heiligen Tanz gruppierte.

Ihr Bewußtsein war dumpf. Sie nahm ihre Umgebung nur wie wesenlose Schemen in sich auf. Aber mit ihren geschärften Sinnen vernahm sie den Ton des Erdballs, der wie ein Pfeil auf seiner Bahn dahinschoß, das Rauschen in der Luft und das Schwirren einer gewaltigen Bogensehne. Es wollte ihr scheinen, als seien zwei Kräfte hoch droben in den Lüften: eine goldene, der Sonne zugewandte, und eine silberne, die unsichtbar war. Die erste stieg sonnenwärts empor, die zweite kam silbrig wie ein Regen auf die schwebenden Wolken über den schneebedeckten Berggipfeln herab. Zwischen ihnen aber war ein anderes Wesen, das sich anschickte, den schweren weißen Schnee, der es umhüllte, von sich zu schütteln. Im Sommer wollte es gleich einem versengten Adler die Glut der Sonnenstrahlen von sich abtun, wollte in der Farbe des Feuers erglänzen. Und immerfort schüttelte es nun den Schnee oder die Hitze von sich ab, ein Adler, der sein Gefieder säubert.

Noch eine andere, noch seltsamere Erscheinung war da, die aus der Ferne im Wind dahereilte, in der Glut schimmernd: der blaue Wind selber, der aus den Spalten der Erde gen Himmel fuhr und vom Himmel wieder zur Erde herabbrauste: der unsichtbare Geist, der zwei Welten angehörte und auf den auf- und niedersteigenden Saiten des Regens spielte. Immer mehr hatte ihr engeres Bewußtsein sie verlassen; dafür war sie in einem Zustand kosmischen Empfindens hinübergeglitten gleich einer Betäubten. Dies hatten die Indianer mit ihrer dumpfen Gläubigkeit in ihr bewirkt.

Nur eine einzige Frage stellte sie noch an den jungen Indianer: »Warum bin ich die einzige, die in Blau gekleidet ist?«

»Es ist die Farbe des Windes. Die Farbe von allem, das fortweht und nie wiederkehrt, aber immer da ist und wartet, wie der Tod. Es ist die Farbe der Toten. Die Farbe, die fern ist und hersieht, aber nicht herkommen kann. Wir sind braun und gelb und haben schwarzes Haar und weiße Zähne und rotes Blut. Wir sind die, die hier sind. Ihr aber habt blaue Augen und kommt von weither. Ihr könnt nicht hierbleiben. Es ist Zeit, daß ihr zurückgeht.«

»Wohin?« fragte sie.

»Zu der Sonne und der blauen Regenmutter, um ihnen zu sagen, daß wir wieder das Volk auf der Welt sind und die Sonne wieder zum Mond bringen wie den Hengst zur Stute. Wir sind das Volk. Die weißen Frauen haben den Mond in den Himmel vertrieben. Wollen ihn nicht zur Sonne lassen. Darum ist die Sonne böse. Der Indianer muß den Mond der Sonne geben.«

»Wie das?« fragte sie.

»Die weiße Frau muß sterben. Sie muß wie der Wind zur Sonne gehen. Sie muß ihr sagen, daß der Indianer ihr das Tor aufmacht. Und die Indianerfrauen machen dem Mond das Tor auf. Die weißen Frauen lassen den Mond nicht herkommen. Immer kam der Mond zu den Indianerfrauen wie die Ziege zu den Blumen. Und die Sonne will zu den Indianermännern kommen wie der Adler zu den Tannen. Sie sind beide hinter den Weißen eingesperrt und können nicht kommen. Sie sind böse. Alles in der Welt wird immer böser. Der Indianer will die weiße Frau der Sonne geben. Darum wird die Sonne über den weißen Mann springen und wieder zum Indianer kommen. Und der Mond wird überrascht sein. Wird das Tor offenlassen und nicht wissen wohin. Aber die Indianerfrau ruft: ›Komm. Komm zurück. Die böse weiße Frau kann dir nichts mehr tun.‹ Dann blickt die Sonne her und sieht den Mond bei unseren Frauen, und die

Indianermänner stehen um sie her. Dann springt sie über die Köpfe der Weißen und kommt durch die Tannen gelaufen zu den Indianern. Wir haben die Sonne zur Rechten und den Mond zur Linken. Wir lassen den Regen kommen und wir rufen den Wind her, und wir machen den Mais wachsen und die Wolken regnen und daß die Schafe Zwillinge werfen. Wir sind voller Kraft wie ein Frühlingstag. Und für die Weißen wird ein harter Winter sein ohne Schnee.«

Sie sagte: »Aber ich sperre den Mond nicht aus, wie kann ich das?«

»Doch«, erwiderte er. »Ihr macht das Tor zu und lacht. Ihr denkt, ihr könnt alles.«

Haß sprach aus seinen Worten. Dabei mochte er sie leiden, davon war sie überzeugt. Leidenschaftslos sanft betrug er sich gegen sie, aber er haßte sie mit einem mystischen Haß, und wenn sie ihn unversehens ansah, erhaschte sie den Funken des Hasses in seinen Augen.

»Muß ich sterben und der Sonne gegeben werden?« fragte sie.

Er lachte ausweichend: »Einmal sterben wir alle.«

Sie benahmen sich zartfühlend gegen sie. Alle diese Männer, der alte Priester wie der junge Kazike, sorgten wie Frauen für sie. Sie hatten etwas Weibliches an sich, nur ihre Augen und ihre geschlossenen Münder mit den breiten Kinnbacken und den kräftigen weißen Zähnen hatten etwas Männliches und Grausames.

An einem Wintertag, als Schnee fiel, führten sie sie in einen dunklen Raum des großen Hauses. Im Winkel brannte ein Feuer, und in seinem Schein sah sie die fast nackten Leiber der Priester sowie fremdartige Zeichen an Decke und Wänden, deren Bedeutung ihr unverständlich war, auch Nischen, die Gegenstände bargen, die sie nicht erkennen konnte. Schweigend vollzogen die älteren Priester eine Zeremonie. Sie saß auf einem niedrigen Vorsprung der Wand dem Feuer gegenüber, zwei Männer zu ihren Seiten. Sie gaben ihr aus einer Schale zu trinken, und sie trank willig, der Entrückung zuliebe, die der Trank bewirkte.

Und sie wußte genau, was mit ihr vorging. Sie nahmen ihr die Kleider ab und stellten sie vor eine große, unheimliche Malerei an der Wand. Sie wuschen ihren ganzen Körper mit Wasser und einem Aufguß aus Kräutern. Auch das Haar wuschen sie ihr und trockneten es mit weißen Tüchern, bis es weich war und schimmerte. Dann legten sie sie auf ein Ruhelager, rieben sie mit duftendem Öl ein und kneteten ihr die Glieder, den Rücken und die Seiten mit langen, hypnotisierenden Strichen. Ihre dunklen Hände waren weich und ungeheuer kraftvoll. Die dunklen Gesichter, die sich über sie beugten, waren rot bemalt, mit gelben Strichen über den Wangen. In einem Zustand der Entrücktheit sah sie zu, wie diese dunklen, bemalten Gesichter sich über sie beugten, in deren Masken die Augen in einem Funkeln erstarrten und die bläulichroten Lippen ingrimmig zusammengepreßt waren. Unsägliche Traurigkeit, der Grimm einer äußersten Entscheidung, Rache und Triumph – alles dies konnte sie in ihren Mienen lesen, während sie dalag und unter den Griffen dieser geschickten Hände in eine neblige Hitze geriet, worin sich ihre Glieder, ihr Fleisch, ja sogar ihre Knochen aufzulösen schienen, indes ihr Bewußtsein wie ein Sonnenstrahl auf einer geröteten Wolke dahinschwebte.

Sie wußte es, der Strahl würde verlöschen, die Wolke ins Graue verblassen. Sie wußte, daß sie ein Opfer war. All dies, was an ihr getan wurde, waren die Vorbereitungen zu ihrer Opferung. Aber es ließ sie gleichgültig. Sie wollte es.

Dann zogen sie ihr eine kurze blaue Tunika an und führten sie auf die obere Terrasse. Dort wurde sie dem Volk gezeigt. Sie blickte in die Menge der dunklen Gesichter und der glitzernden Augen drunten auf dem Platz. Und kein Mitleid war da zu erkennen, nur Frohlocken. Die Menge stieß bei ihrem Anblick einen gedämpften Schrei aus. Sie erschauerte. Doch es kümmerte sie kaum.

Der darauffolgende Tag war der letzte. Sie schlief in einer Kammer des großen Hauses. In der Morgenfrühe legten sie ihr eine große, befranste Wolldecke um und führten sie auf den Platz, in das schweigende Gedränge des Volkes. Reiner Schnee lag auf dem Erdboden. Die dunklen Menschen in ihren dunklen Decken sahen wie die Bewohner einer anderen Welt aus.

Langsam erdröhnte eine riesige Trommel. Ein alter Priester sprach etwas vom Dach eines Hauses herab. Erst gegen Mittag wurde eine Tragbahre herbeigebracht. Die Menge stieß einen leisen, tierischen Schrei aus. In der Tragbahre saß der uralte Kazike, dessen weißes Haar von schwarzen Bändern, mit großen Türkisen besetzt, durchflochten war. Sein Gesicht war wie aus einem Stück Obsidian. Er gab mit der Hand ein Zeichen. Die Träger hielten. Er richtete seine alten Augen auf die Frau und sprach mit hohler Stimme einige Worte. Sie wurden ihr nicht übersetzt.

Dann kam eine zweite Tragbahre, in die wurde sie hineingehoben. Vier Priester gingen in ihrem Rot und Schwarz und Gelb und ihrem Kopfputz aus Federn voran. Dann folgte die Tragbahre des Kaziken. Dann ertönte die Trommel, und zwei Gruppen von Männern stimmten gleichzeitig einen wilden Gesang an. Die goldroten, fast nackten Männer stellten sich in zwei Reihen auf und setzten sich im Tanzschritt in Bewegung. Sie wandten sich aus dem beschneiten Platz heraus und schritten unter einem Geklirr von Muscheln und Splittern aus Feuerstein zwischen den Schwärmen der singenden Männer über den Schnee dahin. Vorbei an den rauchenden Öfen ging es auf den Pfad mit den ragenden Pappeln, die sich zart und fein gegen den blauen Himmel abzeichneten. Der Fluß schoß zwischen seinen Eisrändern dahin. Die viereckigen Felder mit den eingezäunten Gärten waren alle beschneit, die weißen Häuser aber sahen gelb aus.

Die Frau saß und sah mit ihren starren blauen Augen, unter denen die Schatten der Müdigkeit lagen, vor sich hin.

Sie wußte, daß sie nun inmitten des glitzernden Schnees von den Händen dieses wilden, prachtüberladenen Volksstammes sterben würde. Und dachte: ›Ich bin schon tot. Was für ein Unterschied besteht denn zwischen der Toten, die ich schon bin, und der, die ich bald sein werde?‹

Weiter zog die Prozession in unablässigem Tanz, zog über die beschneite Ebene und die Abhänge zwischen den Tannen hinauf, vorbei an den herrlichen kupferfarbenen, beschuppten Stämmen, ein Bachbett entlang, das trocken wie im Sommer dalag, denn die Gewässer, die es speisten, waren gefroren. Endlich gewahrte sie, daß die Tänzer nicht mehr vorwärts schritten. Näher und näher kam sie den Trommeln, dann traten sie durch ein Gebüsch in ein seltsames Theaterrund. Vor ihnen erhob sich eine steil überhängende Felswand, an der ein riesiger Eiszapfen hing, anzusehen wie ein Raubtierzahn. Das Eis floß über die überhängende Felswand und ragte starr von oben bis hinab auf die ausgehöhlten Steine, die das Becken des Wasserfalls bildeten, nur war es trocken.

Die Tänzer hatten sich jetzt zu beiden Seiten des Beckens aufgestellt; ihr Tanz ging vor einem Hintergrund von Gebüschen unentwegt weiter.

Die Frau aber gewahrte vor allem den riesigen Eiszapfen, der vom Rand des Felsüberhangs herabhing. Dahinter sah sie die leopardengleichen Gestalten der Priester die Felswand emporsteigen bis zu einer Höhle, die wie ein blindes Auge oder wie ein Mund in der halben Höhe der Felswand klaffte.

Ehe sie begriff, was geschah, hatten ihre Träger gleichfalls den Weg auf den Felsen angetreten. Sie befand sich jetzt hinter dem Eis, das wie ein zusammengeraffter Vorhang herabhing. Die Öffnung der Höhle, die sich dunkel in den Fels hinein erstreckte, befand sich jetzt dicht über ihr. An ihrer Schwelle standen die Priester in der Pracht ihrer Federn und Decken und sahen zu, wie sie näher kam. Zwei von ihnen bückten sich und halfen den Trägern. Endlich war sie oben am Eingang der Höhle hinter dem Eisvorhang hoch über dem Theaterrund drunten, in dem die Männer tanzten und das Volk sich schweigend zusammendrängte.

Zur Linken sank die Sonne den nachmittäglichen Himmel hinab. Dies war der kürzeste Tag des Jahres, und sie wußte, daß es auch der letzte ihres Lebens war. Man stellte sie mit dem Gesicht vor die schimmernde Eissäule, die vor ihr in die Tiefe ragte.

Dann wurde ein Zeichen gegeben, und der Tanz hörte auf. Vollkommene Stille herrschte. Man gab ihr ein wenig zu trinken, dann nahmen zwei der Priester ihr Mantel und Tunika ab. Als sie in ihrer Weiße dastand, stieß die Menge drunten einen leisen und wilden Schrei aus. Die Priester drehten sie um, so daß sie mit ihrem Rücken und ihrem langen blonden Haar gegen das Volk stand. Und das Volk schrie.

Sie sah in die Höhle hinein. In der Tiefe flackerte ein Feuer. Vier Priester hatten sich ihrer Gewänder entledigt und waren fast so nackt wie sie selber. Kräftige Gestalten waren es, im besten Mannesalter. Sie hielten ihre dunklen, bemalten Gesichter gesenkt. Vom Feuer her näherte sich alsdann der uralte Kazike mit einer Räucherpfanne. Er war nackt und befand sich in einem Zustand wilder Verzückung. Er beräucherte das Opfer und sang mit hohler Stimme dazu einen einförmigen Text. Hinter ihm erschien ein zweiter unbekleideter Priester mit zwei Feuersteinmessern.

Nach der Beräucherung wurde sie auf einen großen, flachen Stein gelegt. Vier kräftige Männer hielten sie an den ausgebreiteten Armen und Beinen fest. Hinter ihnen stand der Uralte wie ein dunkel glasiertes Gerippe, ein Messer in der Hand, und beobachtete wie gebannt die Sonne; hinter ihm wiederum der andere nackte Priester, auch er mit einem Messer.

Sie war sich all dessen, was vorging, bewußt; dennoch berührte es sie nicht. Sie blickte zum Himmel empor und sah die gelbe Sonne, die herabsank. Der Eiszapfen war zwischen ihr und der Sonne, ein Schatten, und sie konnte sehen, wie die gelben Strahlen die Höhle erfüllten, aber noch nicht ihren hintersten Winkel, in dem das Feuer brannte, erreicht hatten.

Langsam krochen die Strahlen weiter, wurden röter, drangen tiefer in die Höhle. Sobald die Sonne den Horizont erreicht hatte, mußte sie durch den Eisspalt in das letzte Innere der Höhle gelangen.

Dies war es, worauf die Männer warteten, und sie begriff. Auch die, die gebückt standen und sie festhielten, drehten ihre Gesichter zur Sonne um und beobachteten ihr Sinken mit Ehrfurcht und Gier. Die schwarzen Augen des Kaziken waren wie schwarze Spiegel so in die Sonne versenkt, als sähen sie nichts, und waren nichts als eine schreckliche Antwort an das Gestirn. Und in der eisigen Stille des Winternachmittags folgten alle Priesteraugen glühend dem sinkenden Ball. Schrecklich angstvoll und wild. Sie warteten auf den Augenblick und waren in ihrer Wildheit bereit, in einen mystischen Triumph auszubrechen. Immer noch aber war Angst in ihnen.

Nur in den Augen des Uralten war keine Angst. Schwarz und starr, wie blind, sahen sie in die Sonne und durch sie hindurch. In ihrer schwarzen, blinden, gesammelten Spannung war Macht, unbegreifliche, ferne Macht, die tief ins Herz der Erde und ins Herz der Sonne drang. In vollkommener Reglosigkeit wartete er, bis die Sonne ihre Strahlen durch den Eisvorhang sandte.

Dann mußte er zustoßen, das Opfer vollziehen und die Macht an sich reißen. Die Macht und Herrschaft des Menschen, die ihm zukommt und die von einer Rasse zur anderen wechselt.

Lächeln

Er hatte bei sich beschlossen, die ganze Nacht aufzubleiben – als eine Art Buße. Im Telegramm hatte nur gestanden: »Ophelias Zustand kritisch.« Unter diesen Umständen, fand er, wäre es leichtfertig, sich ein Bett im Schlafwagen zu nehmen. Deshalb saß er, während sich die Nacht auf Frankreich niedersenkte, müde in einem Erster-Klasse-Abteil.

Er hätte natürlich an Ophelias Bett sitzen sollen. Aber Ophelia hatte ihn nicht gewollt. Also wollte er wenigstens im Zuge aufbleiben.

Tief in ihm drinnen spürte er ein dunkles, drückendes Gewicht: wie eine Geschwulst, die durch und durch mit Schwermut angefüllt war und auf seiner Lebenskraft lastete. Er hatte das Leben stets ernst genommen. Jetzt überwältigte ihn der Ernst. Sein dunkles, hübsches, glattrasiertes Gesicht mit den dichten, dunklen Augenbrauen, die wie in dumpfer Seelenqual verzerrt waren, hätte zu einem Christus am Kreuz gepaßt.

Die Nacht im Zuge war ein Inferno: alles war unwirklich. Die beiden ältlichen Engländerinnen ihm gegenüber waren längst gestorben, vielleicht sogar noch vor ihm. Denn er selbst war natürlich auch tot.

Langsame graue Dämmerung stahl sich über die Berge an der Grenze, und er beobachtete es mit blicklosen Augen. Doch sein Geist wiederholte:

Dann brach mit frühen Regenschauern
ein trübes, kühles Morgengrauen an
und schloß die Lider ihr, die stillen,
die einem andern Morgen aufgetan.

Und sein Mönchsgesicht mit der ewigen Leidensmiene verriet nichts von der Verachtung, ja Selbstverachtung, die er gegenüber dieser Sentimentalität empfand, denn als solche verurteilte sie sein kritischer Verstand.

Dann war er in Italien: mit leisem Widerwillen blickte er auf das Land. Er war nicht länger fähig, etwas zu fühlen, und hatte nur diesen Anflug von Widerwillen, als er die Olivenbäume und das Meer sah. Eine Art poetischer Schwindelei.

Es war wieder Abend, als er das Heim erreichte, in dem Ophelia Zuflucht gefunden hatte. Er wurde in das Zimmer der Frau Oberin, in den Palast geführt. Sie erhob sich, verneigte sich stumm vor ihm und blickte an ihrer Nase herab. Dann sagte sie auf Französisch:

»Es schmerzt mich, was ich Ihnen mitteilen muß. Sie ist heute nachmittag gestorben.«

Er stand betäubt und fühlte jedenfalls nicht viel, sondern starrte mit seinem hübschen, ausgeprägten Mönchsgesicht ins Leere.

Die Frau Oberin legte ihre weiße, schöne Hand leicht auf seinen Arm, blickte in sein Gesicht auf und beugte sich vor:

»Courage!« sagte sie leise. *»Courage*, ja?«

Er trat zurück. Er hatte sich von jeher gefürchtet, wenn eine Frau sich derartig zu ihm vorbeugte. In ihren umfangreichen Röcken wirkte die Frau Oberin sehr fraulich.

»Gewiß«, erwiderte er auf Englisch. »Kann ich sie sehen?«

Die Frau Oberin läutete, und eine junge Schwester erschien. Sie war ziemlich blaß, doch aus ihren Haselnußaugen blickte etwas Naives, Mutwilliges. Die ältere Frau stellte sie vor, und die junge Frau machte eine sittsame kleine Verbeugung. Doch Matthew streckte ihr die Hand hin – wie ein Ertrinkender, der nach einem Strohhalm greift. Die junge Nonne öffnete ihre gefalteten Hände und legte die Rechte scheu in seine Hand, widerstandslos, wie ein schlafender Vogel.

Und dem unauslotbaren Hades seiner Schwermut entstieg der Gedanke: ›Was für eine hübsche Hand!‹

Sie gingen einen schmucken, aber eiskalten Korridor entlang und klopften an eine Tür. Matthew, der durch seinen fernen Hades wanderte, bemerkte trotzdem die schwarzen Frauenröcke in ihrer weichen, schönen Fülle, wie sie in leiser Hast vor ihm einherflatterten.

Er war entsetzt, als die Türe aufging und er in dem hohen, edlen Raum rund um das weiße Bett die Kerzen brennen sah. Eine Schwester saß neben den Kerzen, und ihr Gesicht in der weißen Haube schien dunkel und primitiv, als sie von ihrem Brevier aufblickte. Dann erhob sie sich, eine kräftige Frau, und verneigte sich leicht, und Matthew gewahrte die geschmeidigen, flaumdunklen Hände, durch die vor der schweren blauen Seide ihres Busens ein schwarzer Rosenkranz wanderte.

Die drei Schwestern schwebten in ihren bauschigen, schwarzseidenen Röcken still und doch sehr erregt zum Kopfteil des Bettes. Die Frau Oberin beugte sich vor und hob mit äußerster Behutsamkeit den weißen Tüllschleier von dem toten Gesicht.

Matthew sah die wundervolle Gelassenheit des Todes im Antlitz seiner Frau, und sofort rührte sich etwas wie Gelächter in der Tiefe seines Herzens; er ließ ein kleines Räuspern hören, und ein erstaunliches Lächeln erschien in seinem Gesicht.

Beim Licht der Kerzen, die warm und flink wie ein Christbaum zitterten, blickten die drei Nonnen aus innig mitleidvollen Augen unter dem weißen Stirnband hervor und auf ihn. Sie waren wie ein Spiegel. Drei Augenpaare blinzelten plötzlich wie in leiser Furcht und nahmen einen Ausdruck verblüfften Staunens an. Und in die Gesichter der drei Nonnen, die ihn im Kerzenschimmer hilflos anblickten, stahl sich allmählich und unwillkürlich ein seltsames Lächeln. In den drei Gesichtern blühte das gleiche Lächeln so ganz verschieden auf – wie das Aufblühen von drei zarten Blüten. Bei der bleichen jungen Nonne war es fast Schmerz, mit einem Anklang mutwilligen Entzückens. Über das dunkle, ligurische Gesicht der wachenden Schwester aber, einer reifen Frau mit gerader Stirn, zog langsam ein heidnisches Lächeln und war in seinem archaischen Humor unendlich verschmitzt. Es war das etruskische Lächeln, verschmitzt und unerschrocken und unwiderlegbar.

Die Frau Oberin, die ein stark ausgeprägtes Gesicht hatte, das dem Matthews etwas glich, bemühte sich sehr, nicht zu lächeln. Doch er hielt sein komisches, boshaftes Kinn immer noch zu ihr emporgewandt, und sie senkte ihr Gesicht, je mehr ihr Lächeln zunahm, zunahm und sich ausbreitete.

Die junge, bleiche Schwester verhüllte plötzlich ihr Gesicht mit dem Ärmel und zitterte am ganzen Leibe. Die Frau Oberin legte den Arm um die Schulter des jungen Mädchens und murmelte mit italienischer Ergriffenheit: »Armes kleines Ding! Weine nur, armes kleines Ding!« Doch hinter ihrer Ergriffenheit steckte noch das Kichern. Die kräftige, dunkle Schwester stand unverändert da und umklammerte die schwarzen Rosenkranzkugeln; unverrückbar das lautlose Lächeln.

Matthew wandte sich jäh dem Bett zu, um zu sehen, ob seine Frau ihn beobachtet hatte. Es war eine der Angst entsprungene Bewegung. Ophelia lag so niedlich und so rührend da; die spitze, tote kleine Nase stach in die Luft, und ihr Gesicht – das Gesicht eines starrsinnigen Kindes – war im letzten Starrsinn festgebannt. Das Lächeln wich von Matthews Gesicht, und an seine Stelle trat ein Ausdruck unendlichen Märtyrertums. Er weinte nicht, er stand einfach da und starrte gedankenleer. Nur der eine Ausdruck vertiefte sich immer mehr in seinem Gesicht: ›Ich wußte ja, daß mir dieses Martyrium bevorstand!‹

Sie war so niedlich, so kindlich, so gescheit, so starrsinnig, so abgekämpft – und so tot! Es machte ihn alles so verwirrt.

Zehn Jahre waren sie verheiratet gewesen. Er war nicht ohne Fehler – o nein, nein, keineswegs! Aber Ophelia hatte immer ihren Kopf durchsetzen wollen. Sie hatte ihn geliebt und war so starrsinnig geworden und hatte ihn verlassen und wurde von Sehnsucht oder Verachtung oder Zorn gepackt, ein dutzendmal, und war ein dutzendmal zu ihm zurückgekehrt.

Kinder hatten sie nicht. Und er in seiner Sentimentalität hatte sich stets Kinder gewünscht. Eine große Traurigkeit ergriff ihn.

Jetzt würde sie nie wieder zu ihm zurückkehren. Es war das dreizehntemal, und sie hatte ihn auf immer verlassen.

Oder doch nicht? Noch während er es dachte, spürte er, daß sie ihm einen kleinen Rippenstoß versetzte, um ihn zum Lächeln zu bringen. Er verzerrte das Gesicht ein wenig, und seine Stirn legte sich verärgert in Falten. Nein, fiel ihm gar nicht ein, jetzt zu lächeln! Er schob den kantigen, glattrasierten Unterkiefer vor und entblößte die kräftigen Zähne, während er auf die tote Frau niederblickte, die ihn so unglaublich herausforderte. ›Bist du mal wieder so weit?‹ hätte er ihr am liebsten zugerufen – wie der Mann bei Dickens.

Er war selbst nicht ohne Fehler gewesen. Er wollte an seine eigenen Schwächen denken.

Plötzlich wandte er sich den drei Frauen zu, die ins Dunkel hinter den Kerzen entschwunden waren und nun in der Umrahmung ihrer weißen Haubenstreifen zwischen ihm und dem Nirgendwo schwebten. Seine Augen funkelten, und er entblößte die Zähne.

»*Mea culpa! Mea culpa!*« grollte er.

»*Macché!*« rief die eingeschüchterte Frau Oberin; ihre beiden Hände flogen auseinander und wieder zusammen und, wie ein nistendes Vogelpärchen, in die Geborgenheit ihrer Ärmel hinein.

Matthew duckte den Kopf, warf spähende Blicke umher und war bereit, sich aus dem Staube zu machen. Im Hintergrund stimmte die Frau Oberin leise ein Vaterunser an, und ihr Rosenkranz tänzelte. Die bleiche junge Schwester schwand noch weiter ins Dunkel hinein. Doch die schwarzen

Augen der stämmigen, dunkelhäutigen Schwester blinzelten wie unentwegt humorvolle Sterne auf ihn nieder, und wieder spürte er den Rippenstoß, der ihn zum Lächeln aufforderte.

»Hören Sie«, wies er die Frauen ab, »ich bin ganz verstört! Ich möchte lieber gehen!«

Sie verharrten wie gebannt in ihrer Bestürzung. Geduckt eilte er auf die Tür zu. Doch bereits beim Gehen begann sich das Lächeln wieder auf sein Gesicht zu schleichen, noch in letzter Sekunde von dem unentwegt blinzelnden schwarzen Auge der stämmigen Schwester erspäht. Ach, wie gern, dachte er insgeheim, würde er ihre beiden geschmeidigen, flaumdunklen Hände halten, die wie zwei sich paarende Vögel wollüstig ineinander geschmiegt waren.

Doch er versteifte sich darauf, bei seinen eigenen Schwächen zu verweilen. *»Mea culpa!«* heulte er sich an. Und sogar während er es hervorheulte, spürte er den Rippenstoß, der ihm gebot: *Lächle!*

Die drei Frauen, die in dem hohen Raum zurückblieben, sahen einander an, und ihre Hände flogen einen kurzen Augenblick in die Höhe, wie sechs Vögel, die plötzlich aus dem Laub schwirrten und dann wieder zur Ruhe kommen.

»Der Arme!« sagte die Frau Oberin mitleidig.

»Ja, o ja, der Arme!« rief die jüngste Schwester in naiver, schriller Erregung.

»Già!« sagte die Dunkelhäutige.

Die Frau Oberin trat lautlos an das Bett und neigte sich über das tote Antlitz.

»Sie scheint es zu wissen, die arme Seele!« murmelte sie. »Findet ihr nicht auch?«

Die drei Hauben beugten sich gemeinsam vor. Und zum erstenmal sahen sie das leise, ironische Lächeln, das um Ophelias Mundwinkel spielte. Sie blickten einander in betroffenem Staunen an.

»Sie hat ihn gesehen!« tuschelte die aufgewühlte jüngste Schwester.

Die Frau Oberin zog den fein gearbeiteten Spitzenschleier behutsam über das kalte Gesicht. Dann sprachen sie ein Gebet für ihre Seele, und die Finger glitten über den Rosenkranz. Danach rückte die Frau Oberin zwei Kerzen auf ihren Haltern zurecht, indem sie das dicke Licht mit festem, samtigem Zugriff packte und es tief hineindrückte.

Die dunkelhäutige, stämmige Schwester nahm mit ihrem frommen Büchlein wieder Platz. Die andern beiden raschelten sachte zur Tür und auf den großen weißen Korridor hinaus. Als sie in all ihrer dunklen Stoffhülle sachte und lautlos gleich dunklen Schwänen flußabwärts zogen, stockten sie auf einmal. Gleichzeitig hatten sie die verlorene Gestalt eines Mannes erblickt, der in einem düsteren Mantel am andern Ende des Korridors in kühler Ferne herumirrte. Plötzlich schien die Frau Oberin ihren Schritt zu beschleunigen.

Matthew sah, wie sie auf ihn lossegelten, zwei umfangreiche Gestalten mit weiß umrahmten Gesichtern und hilflosen Händen.

»Pardon, ma mère!« entschuldigte er sich wie auf der Straße. »Irgendwo muß ich meinen Hut gelassen haben ...«

Er machte eine verzweifelte, rührende Geste mit den Armen. Nie war ein Mensch so gänzlich ohne jedes Lächeln.

Die Grenze

Katherine Farquhar war mit ihren vierzig Jahren eine hübsche Frau: nicht mehr schlank, aber anziehend in ihrer sanften und weiblichen reifen Fülle. Die französischen Gepäckträger rannten, um ihr gefällig zu sein; ihnen war es schon ein lustvolles Vergnügen, auch nur ihre Koffer tragen zu dürfen. Und sie gab ihnen lächerlich hohe Trinkgelder – aus zwei Gründen: einmal, weil sie es nie gelernt hatte, mit Geld und Geldeswert zu rechnen; dann, weil sie immer von krankhafter Angst geplagt war, daß sie irgendwen nicht nach Verdienst belohnte, ganz besonders aber einen Mann, der eifrig bemüht war, ihr zu dienen.

Es machte ihr wirklich Spaß, zu sehen, mit welchem Diensteifer diese Franzosen – Franzosen aller Art – um sie bemüht waren, mit ›Madame‹ hier und ›Madame‹ dort. Das war eine geradezu wollüstige Untertänigkeit. Und Katherines Vergnügen daran war verständlich, denn schließlich gehörte sie zu den ›Boches‹. Fünfzehn Jahre Ehe mit einem Engländer – oder genauer genommen mit *zwei* Engländern – hatten ihre Rassezugehörigkeit nicht zu tilgen vermocht. Sie war die Tochter eines deutschen Barons – und war es geistig wie körperlich immer geblieben, wenn auch England ihre Lebensheimat geworden war. Und sicherlich sah man, daß sie eine Deutsche war: an ihren frischen Farben, ihrem kräftigen, vollen Wuchs. Und doch war sie, wie die meisten Bewohner dieser Welt, ein Mischblut; auch russisches und französisches Blut floß in ihren Adern. Und sie hatte so lange bald in dem, bald in jenem Lande gelebt, daß sie gegen ihre Umgebung einigermaßen gleichgültig geworden war. So hätte sich vielleicht für die Pariser eine Entschuldigung finden lassen, wenn sie so eifrig zu ihrem Dienst herbeirannten und ein lustvolles Vergnügen darin fanden, eine Droschke für sie herbeizuholen oder ihr im

Autobus einen Sitzplatz abzutreten oder ihr Gepäck zu tragen oder ihr die Speisekarte hinzuhalten. Immerhin – ihr machte es Spaß. Und sie mußte zugeben, daß sie sie nett fand, diese Pariser. Sie hatten so ihre eigene Art von Männlichkeit, wenn es auch nicht die englische Art war; und wenn eine Frau hübsch aussah und, wie man so sagt, mollig war, standen sie sogleich in Flammen und überboten einander an Großmut. Katherine fand es durchaus begreiflich, daß die Franzosen sich gegen die trockenen, hart wirkenden, lebenstüchtigen Engländerinnen und Amerikanerinnen regelrecht grob benahmen. Die französische Anschauung gefiel ihr; eine allzu kräftig betonte Fähigkeit, sich selbst zu helfen, ist ein unangenehmer Zug im Bilde einer Frau.

Auf der Gare de l'Est wurde natürlich bei jedem Reisenden vorausgesetzt, daß er ein ›Boche‹ war, und die Gepäckträger trugen eine Anmaßlichkeit zur Schau, die durchaus jungenhaft wirkte; das war bei ihnen schon fast zum Brauch geworden. Immerhin gab es das bekannte Wettrennen um die lustvolle Auszeichnung, Katherine Farquhar zu ihrem Sitz in der ersten Klasse geleiten zu dürfen. Madame reiste nämlich allein.

Sie fuhr über Straßburg nach Deutschland und wollte ihre Schwester in Baden-Baden treffen. Philip, ihr Gatte, war ebenfalls in Deutschland und sammelte irgendwelche ›Informationen‹ für seine Zeitung. Katherine war dieser Dinge ein bißchen überdrüssig – der Zeitungen und der ›Informationen‹, die zu ihrer Fütterung aus der blauen Luft gewonnen werden. Aber Philip war recht findig, und er war ein kleiner Jemand in der Welt.

Katherine hatte erkennen müssen, daß ihre Welt fast ausschließlich aus solchen kleinen Jemanden bestand. Sie lebte nicht in den Bezirken, wo die Niemande hausen – hatte es nie getan. Und die Jemande mit dem großen ›J‹ am Anfang waren sämtlich zuverlässig tot. Sie kannte die Welt von heute hinlänglich, um zu wissen, daß sie nicht die mindeste Absicht hat, sich einen großen Jemand gefallen zu lassen; daß sie vielmehr viele kleine Niemande und eine ausreichende Anzahl von kleinen Jemanden haben will. Und Katherine fand das schließlich ganz in Ordnung.

Zuweilen wurde sie von unbestimmten Befürchtungen heimgesucht.

Paris zum Beispiel, mit seinem Louvre und seinem Luxembourg und seiner Notre-Dame, schien für einen Jemand geschaffen. Es schrie geradezu nach einem beherrschenden Jemand; gespenstisch war das. All sein kleines Mannsvolk aber, die Niemande wie die Jemande, war wie die Spatzen, die sich zwitschernd um Krumen zanken und ihre Misthäufchen auf die Palastsimse fallen lassen.

Paris erinnerte Katherine an ihren ersten Gatten, Alan Anstruther, den rothaarigen kampflustigen Kelten, Vater ihrer beiden erwachsenen Kinder. Alan war von der angeborenen und bemerkenswert kräftigen Überzeugung erfüllt, daß er hoch über den üblichen Maßstäben stand. Katherine begriff nie ganz, wie er zu dieser Überzeugung kam. Sohn eines schottischen Baronets und Hauptmann in einem Hochländer-Regiment zu sein, bedeutete, schien ihr, noch keine atemberaubende Größe. Daß er in Uniform hübsch aussah, wenn er mit schwingendem Kilt und blanken blauen Augen daherkam, war zuzugeben. Selbst völlig nackt und ohne allen Aufputz hatte er eine verwegene, starkknochige, bezwingende Männlichkeit ganz eigener Art.

Das einzige, was Katherine nie *ganz* einging, war seine stumme und unzähmbare anmaßliche Voraussetzung, daß er überall als der Erstgeborene anzuerkennen und von der Natur zum Herrn bestimmt sei. Im übrigen war er ein kluger Mann und durchaus bereit, anzunehmen, daß General A. oder Oberst B. unter Umständen *wirklich* den Vorrang vor ihm verdiente. Bis er mit General A. oder Oberst B. in unmittelbare Berührung kam. Worauf sich sogleich die Brauen über den hochmütigen blauen Augen in seinem knochigen Gesicht hoben und seine dienstliche Ehrerbietung einen Anflug von Verachtung bekam.

Ob zum Herrn geboren oder nicht – er hatte jedenfalls nicht eigentlich das, was man Erfolg im Leben nennt. Katherine hatte ihn geliebt, und er hatte sie geliebt: das war unbestreitbar. Wenn es aber um die Frage der angeborenen Herrscheransprüche ging, so stand noch keineswegs fest, ob es mit ihm oder mit ihr schlimmer bestellt war. Denn Katherine, liebenswürdig und mit der Selbstverständlichkeit einer Bienenkönigin, beanspruchte das Recht auf tiefste und höchste Verehrung durchaus für sich. Alan war zu unnachgiebig und hochmütig gewesen, um viel dazu zu sagen. Zuweilen aber stand er da und betrachtete sie in stummer Wut, Verwunderung und Entrüstung. Diese staunende Entrüstung war *beinahe* zu viel für sie gewesen. Für was hält er sich denn eigentlich? dachte sie oft.

Er war einer von den harten, gescheiten Schotten, die einen Hang zum Philosophischen, aber nicht die Spur von Gefühlsduselei haben. Die Verachtung, die er für Nietzsche empfand, war für Katherine unerträglich: denn sie war eine Anbeterin Nietzsches. Alan pflanzte sich trotzig auf wie eine Säule aus Felsgestein und erwartete, daß die Fluten der zeitgenössischen Welt vor ihm zurückweichen sollten. Was den Fluten nicht einfiel.

Infolgedessen widmete er sich der Sternkunde, starrte durch ein Fernrohr und erforschte die Welten jenseits der Weltgrenzen. Es schien ihm Trost zu spenden.

Nach zehnjähriger Ehe hatten sie dann aufgehört miteinander zu leben, obwohl sie beide leidenschaftlichen Blutes waren. Aber sie waren auch beide zu stolz und zu unversöhnlich, als daß eins sich dem anderen hätte beugen können; und sie waren viel zu hochmütig, um sich irgendeinem Außenstehenden zu beugen.

Alans Freund Philip Farquhar war ebenfalls Schotte; die beiden kannten sich schon von der Universität her. Philip hatte ursprünglich Rechtsanwalt werden wollen, war dann aber umgesattelt und hatte sich als Journalist einen Namen gemacht. Er war ein kleiner schwarzer Hochländer von der verschlagenen Art, gescheit und kundig. Dieser Ausdruck des Wissens in seinen dunklen Augen, der spürbare Strom von Geheimnis und Heimlichkeit, der von dem dunkelhaarigen kleinen Manne ausging, machte ihn anziehend für Frauen. Aber er vermochte, im Gegensatz dazu, bei anderen auch ein starkes Empfinden zu erwecken, daß er von warmer Zuneigung und Opferwilligkeit erfüllt sei – wie ein Hund, der einen Menschen liebt. Diese Fähigkeit stand ihm anscheinend nach seinem Belieben zu Gebote. Und Katherine, die ihn Jahre hindurch kühl behandelt, ja ein wenig verachtet hatte, verfiel schließlich dem Zauber des dunkelhaarigen verschlagenen kleinen Mannes.

»Du –!« sagte sie zu Alan, vor dessen herrischer und hochfahrender Art ihr die Geduld riß. »Du weißt ja nicht mal, daß eine Frau überhaupt *vorhanden* ist! Siehst du, und in dem Punkt ist Philip Farquhar dir überlegen. Er weiß *wirklich* etwas vom *Wesen* der Frau.«

»Bah! der kleine –!« sagte Alan (er brauchte einen häßlichen Ausdruck der Verachtung).

Trotzdem blieb die Freundschaft der beiden erhalten, dank der Beharrlichkeit Philips, der mit einer beinahe unheimlichen Liebe an Alan hing. Alan verhielt sich dem gegenüber zumeist gleichgültig. Aber er war an Philip gewöhnt, und er räumte der Gewohnheit eine große Rolle in seinem Leben ein.

»Alan ist wirklich ein erstaunlicher Mensch!« sagte Philip einmal zu Katherine. »Von allen Männern, die mir je begegnet sind, ist er der einzige, der wirklich den Namen ›Mann‹ verdient.«

»Aber wieso denn?« fragte sie. »Sie selbst erheben also nicht den Anspruch, ein ›wirklicher Mann‹ genannt zu werden?«

»Oh, ich – ich bin eben – anders! Meine Stärke liegt darin, daß ich nachgebe – und dann wieder Kräfte sammle. Ich lasse mich über den Haufen werfen. Aber bis jetzt hab ich's immer noch fertig gebracht, hinterher wieder dazusein.

Alan« – Philip sprach den Namen mit einer halb ehrfürchtigen, halb neidischen Betonung aus –, »Alan läßt sich *niemals* über den Haufen werfen. Und ich kenne außer ihm niemanden, der das nicht tut.«

»Ja«, sagte sie. »Man kann ihn auf die mannigfachste Art zum Narren halten. Zum Beispiel mit Hilfe seiner Eitelkeit.«

»Nein«, sagte Philip. »Nie *ganz*. Man kann ihn niemals endgültig täuschen. Was ihn wahrhaft innerlich berührt, hat damit ein für allemal die Probe bestanden. Dann weiß man, ob es falsch oder richtig ist. Er ist der einzige wirkliche und echte Mann, den ich kenne.«

»Ha! Da überschätzen Sie aber seine Wirklichkeit«, sagte Katherine mit bemerkenswertem Hohn.

Als Alan dann hinterher bei der Erwähnung Philips in seiner gleichgültig-nachsichtigen Art die Achseln zuckte, wurde sie ärgerlich.

»Du bist mir ein armseliger Freund«, sagte sie.

»Freund –?« gab er zurück. »Ich bin niemals Philips Freund gewesen. Wenn er behauptet, mein Freund zu sein, dann bleibt er damit eben auf *seiner* Seite des Problems. Ich habe mir niemals wirklich etwas aus ihm gemacht. Für meinen Geschmack steht er sehr jenseits der Grenze – auf der falschen Seite.«

»Dann hast du auch kein Recht, ihn in dem *Glauben* zu lassen, daß er dein Freund ist«, sagte sie. »Du hast nicht das Recht, zu dulden, daß er mit solcher Zuneigung an dir hängt. Du müßtest ihm sagen, daß du ihn nicht leiden kannst.«

»Das hab ich ihm schon ein dutzendmal gesagt. Es scheint ihm Spaß zu machen. Offenbar gehört das zu seiner Methode.«

Und er verschwand, um sich hinter sein Fernrohr zu setzen.

Es kam der Krieg, und Alans Regiment stand fertig zur Abfahrt nach Frankreich.

»Da hast du's!« sagte er. »Jetzt mußt du dafür büßen, daß du einen Soldaten geheiratet hast. Und jetzt mußt du zusehen, wie er gegen dein eigenes Volk kämpft. Das kommt davon.«

Der Schlag hatte sie dermaßen ins Tiefste getroffen, daß sie nicht einmal weinen konnte.

»Leb wohl!« sagte er und küßte sie zart und lange. War er doch, trotz allem und allem, ihr Gatte gewesen.

Er sah sich noch einmal nach ihr um, und in seinen blauen Augen las sie freundliche Zuneigung, Beschützerwillen und die wissende Vertrautheit, die aus der Ehe erwächst; zugleich aber auch eine gelassene Erkenntnis des Schicksals. Ihr Bewußtsein zerflatterte, so daß sie die Zusammenhänge verlor. Sie hatte in diesem Augenblick nur einen einzigen Wunsch: alles zu ändern; die Vergangenheit zu ändern; den ganzen Gang der Geschichte – den grauenvollen Gang der Geschichte zu ändern. Irgendwo, in den geheimen Tiefen der Seele, hatte sie das Gefühl, daß sie mit ihrer bienenköniginnenhaften Liebe, ihrem bienenköniginnenhaften Willen den ganzen Gang der Geschichte tatsächlich ändern – ja: ins Gegenteil ändern *könnte*.

Der ferngerückte, wissende Ausdruck aber, den sie in seinen Augen lesen mußte und den alle unwandelbare Gattenliebe nicht verbarg, sagte ihr, daß es dennoch unmöglich war. Daß all ihr gesammelter weiblicher und mütterlicher Wille niemals den großen Strom menschlichen Geschickes von seiner Richtung ablenken konnte. Daß – so drückte Alan es aus – nur die kalte Kraft eines Mannes, der das Schicksal der Zerstörung hinnahm, zu erkennen vermochte, wie der Strom menschlicher Bestimmung durch die unendliche Wirrsal einer neuen Mündung zufloß. Vorher aber kam das Chaos und die langdauernde Raserei der Zerstörung.

Dieser Augenblick brach ihren Willen. Fast hätte er ihre Seele zerbrochen. Und dann war Alan fort. Und sobald er fort war, fand sie zum Kern ihres Wesens zurück: zu ihrer inneren Sicherheit.

Philip war ihr ein großer Trost. Immer wieder nannte er den Krieg eine widernatürliche Scheußlichkeit, zu der es niemals hätte kommen dürfen; immer wieder erklärte er, die Menschen sollten sich weigern, im Krieg etwas anderes zu sehen als ein ungeheures und schmählich verschuldetes Unglück.

Katherine, mit ihrer deutschen Erkenntnis, begriff, daß der Krieg weder ein zufälliges noch ein verschuldetes Unglück, sondern unvermeidbar, ja notwendig war. Aber Philips Verhalten war ihr ein unsäglicher Trost und gab ihr das Gleichgewicht zurück.

Alan kam nicht wieder. Im Frühjahr 1915 wurde er als vermißt gemeldet. Sie trauerte nicht um ihn. Sie hatte ihn auch niemals wirklich zu den Toten gezählt. Ja, in gewissem Sinne hatte sie sogar ein Siegesgefühl gehabt. Die Bienenkönigin hatte ihre Gewalt als Königin der Erde zurückverlangt: die Frau, die Mutter, der weibliche Mensch mit der Kornähre in der Hand hatte gesiegt über den Mann, der das Schwert trug.

Philip hatte während des ganzen Krieges für seine Zeitung gearbeitet und hatte sich immer für Menschlichkeit, menschliche Aufrichtigkeit und Frieden eingesetzt. Er war für Katherine ein unaussprechlicher Trost gewesen. Und im Jahre 1921 hatte sie ihn geheiratet.

Vielleicht war der Faden des Schicksals schon gesponnen; vielleicht war er gar schon abgemessen; aber als die Hand der Lachesis ihn zerschneiden wollte, war sie daran gehindert worden.

Zuerst war es wundervoll, mit Philip verheiratet zu sein, besonders für eine Frau von achtunddreißig Jahren – war angenehm und erholsam und lustvoll. Er liebkoste ihre Sinne, er sänftigte sie, er gab ihr, was sie verlangte.

Dann aber, ganz allmählich, schlich sich ein seltsames Empfinden in ihre Seele ein: als würde sie erniedrigt. Sie fühlte sich wunderlich unsicher. Das war fast wie eine Krankheit. Das Leben schien ihr glanzlos und unwirklich –

nie zuvor hatte sie das empfunden. Sie kämpfte nicht, sie litt nicht einmal. Es war wie eine körperliche Betäubung, die alle Wirkungen unwirksam machte. Alles verwandelte sich in trüben Schlamm.

Dann wieder genas sie und war mit wundervoller Lust beschenkt. Bald aber war das erstickende Gefühl von Nichtigkeit und Erniedrigtsein wieder da. Warum, warum, warum fühlte sie sich in geheimster Seele erniedrigt? – denn körperlich hatte sie dies Empfinden natürlich nie.

Und nun mußte sie an Alan denken. Noch immer stand ihr beim Gedanken an ihn und seine harte Unnachgiebigkeit das Herz still; aber die zornige Feindseligkeit von einst war fort. Unversehens schlich sich ein wenig Ehrfurcht vor ihm, vor seinem Andenken in ihre Seele. Sie wehrte sich dagegen. Sie war nicht daran gewöhnt, Ehrfurcht zu empfinden.

Immerhin erkannte sie, wie ganz anders es war, mit einem Soldaten, einem zum ewigen Kampf geborenen Fechter, einem nie in der Scheide zu bergenden Schwert verheiratet zu sein – als mit diesem unheimlich gescheiten Zivilmenschen, der geschickt mit doppeldeutigen Worten spielte und die Waagschalen der Wahrheit nach Belieben zurechtrückte.

Philip war klüger als sie. Er setzte sie auf den Thron: die Bienenkönigin, die Mutter, die Frau, die Trägerin weiblicher Einsicht; und er diente ihr mit zarter, kluger, wohlberechneter Ehrfurcht. Er legte die Waage in ihre Hand und überließ es ihr, die Dinge zu wägen. Aber er verstand es, sie mit seinen listigen Berechnungen zu blenden, und wenn sie blind war, handhabte er die Schalen nach seinem Gefallen.

Sie hatte das alles wahrgenommen – aber nur undeutlich und verschwommen und wirr, denn sie war ja geblendet. Philip hatte die überlegen gemeisterte, geschmeidig schmeichelnde Macht, sie immer in dieser Blindheit zu erhalten.

Zuweilen rang und rang sie mit gepreßten Lungen nach Luft. Und zuweilen sah sie Alans knochiges, hartes, herrisches, aber ehrliches Gesicht vor sich: dann war es plötzlich, als wäre alles wieder gut, als wäre diese seltsame, wollüstige Beklommenheit, in der ihre Seele wie in Schlamm erstickte, vorüber, und sie könnte wieder, könnte einmal noch die Luft des freien Himmels atmen. Und wenn es auch Kampfesluft war.

Als sie auf dem Kanaldampfer nach Frankreich fuhr, hatte sie das Erlebnis. Plötzlich war es ihr, als wäre Alan wieder an ihrer Seite und als hätte es nie einen Philip gegeben. Als hätte Philip ihr nie mehr bedeutet als der Verkäufer, der im Laden den gekauften Stoff für sie abmaß. Diese Reise über den kalten, winterlichen Kanal war wie eine Flucht, und plötzlich gelang ihr der Selbsttrug: ihr war zumute, als hätte es nie einen Philip gegeben und als wäre Alan und nur Alan immer ihr Gatte gewesen. Er war noch immer ihr Gatte. Und diese Reise brachte sie zu ihm.

Dies war es, was sie in Paris so fröhlich machte und ihr die Franzosen so lieb und nett erscheinen ließ. Die Franzosen haben ein Herz für jede Frau, von der sie merken, daß sie ganz und gar in die Bezauberung durch einen Mann eingesponnen ist. Denn über alle Rassegrenzen reicht die Beziehung zwischen Mann und Weib.

Als Katherine in dem Zuge saß, der sie nach Osten tragen sollte, spürte sie eine unbestimmbare Erregung und war beinahe glücklich. Ihr war zumute wie in vergangenen Tagen, wenn sie in die Heimat, nach Deutschland fuhr. Oder, mehr noch, in den vergangenen Tagen, wenn sie wieder einmal zu Alan fuhr. Denn sie mochte zu ihm stehen, wie sie wollte: immer hatte sie damals, als sie noch seine Frau war, das Gefühl, daß die Räder des Eisenbahnwagens, der sie zu ihm trug, Flügel hatten. Selbst wenn sie wußte, daß er wieder einmal abscheulich gegen sie sein würde, hart und unbarmherzig und zerstörerisch – es blieb das Gefühl der beschwingten Fahrt.

Zu Philip dagegen fuhr sie mit einem seltsamen, gefühlszersetzenden Widerwillen. Sie beschloß, nicht mehr an ihn zu denken.

Als sie aus dem Fenster blickte, ohne doch etwas zu sehen, drang plötzlich, wie mit einem Stoß, das Bild der winterlichen Landschaft in ihr Bewußtsein ein. Die flache, graue, winterliche Landschaft, gepflügte Felder aus mißfarbener Erde, die aussah, als bestände sie aus den zerfallenen Leibern Gestorbener. Farblose, starre, dünne Bäume, wie aus Draht gefertigt, standen an schnurgeraden, sinnlos ins Leere laufenden Straßen. Dann kamen noch ein paar Bäume – sie umgaben die Trümmer eines Bauernhauses. Ein düsteres Dorf zog vorüber; zerschmetterte Häuser saßen wie die Stümpfe zerstörter Zähne zwischen den schnurgeraden Gebäudereihen der Dorfstraße.

Mit jähem Entsetzen erkannte sie, daß dies das Land an der Marne sein mußte – das grauenvolle Land an der Marne, das Jahrhundert auf Jahrhundert die Leichname sinnlos geopferter Männer in seiner Erde begrub. Das Grenzland, in dem die lateinische und die germanische Rasse einander vertilgen, so daß nur schauerliche Asche zurückbleibt.

›Vielleicht‹, dachte sie, ›birgt dieser graue Lehm auch Alans toten Leib.‹

Der Gedanke überwältigte sie. Aschfarben vor Entsetzen war nun auch ihr Gesicht, und sie wünschte sich weit weg. ›Wenn ich das nur gewußt hätte!‹ dachte sie. ›Wenn ich das doch nur gewußt hätte – ich hätte ja über Basel fahren können.‹

Der Zug fuhr in den Bahnhof von Soissons ein – schauerlich klang ihr auch dieser Name. Sie versuchte, als letzte Zuflucht, sich gegen alle diese Eindrücke unempfindlich zu machen. Der Ruf zum zweiten Frühstück schien ihr eine Erlösung. Sie ging in den Speisewagen und hatte als Tischgenossen einen kleinen französischen Offizier, dessen himmelblaue Uniform an alles andere eher als an Krieg erinnerte. Er sah so treuherzig, so jungenhaft und nett aus; er hatte etwas von der Unschuld, die so viele Franzosen sich trotz ihrer sprichwörtlichen Verderbtheit bewahren; ihr wurde ganz leicht zumute. Als sie ihm seine halbe Flasche Rotwein, die beim Schleudern des Zuges langsam über den Tisch gewandert war, wieder zuschob, dankte er ihr mit einer wunderlich schüchternen kleinen Verneigung. ›Wie nett er ist!‹ dachte sie. ›Und wie er sich wohl an eine Frau hingeben kann, die an einem Manne von solcher Art wirkliches Vergnügen zu finden vermag!‹

Sie selbst freilich fühlte sich diesem ganzen Spiel des Gebens und Nehmens, des Mannseins und Weibseins sehr ferngerückt.

Nach dem Frühstück schlief sie wieder ein, da die Wärme im Zug und die Wirkung der halben Flasche Wein sie müde gemacht hatten; unbehaglich war die Hitze, die aus der metallenen Heizungsplatte am Boden in ihre Füße strömte. Und während sie schlief, war ihr zumute, als verwandelte sich alles Leben, das ihr seit jeher vertraut war, in eine künstliche Welt: die Sonne droben war ein künstliches Licht, und es war Rauch darüber, wie bei einer brennenden Fackel; alles Wachstum war künstlich – und vollzog sich in einer Nacht, die von künstlichem Licht so hell erleuchtet war, daß sie durch dieses Blendwerk wie Tag wirkte. Auch Katherines ganzes Leben war Blendwerk gewesen: so wie ein Festabend im Ballsaal Blendwerk ist. Ihre Liebe und alle Erregungen des Herzens, ja sogar alle Qualen ihrer Liebe waren ein Blendwerk gewesen. Denn sie erkannte jetzt, wie sehr für sie während des Krieges die Liebe zur Qual geworden war.

Und nun war sogar diese Qual ihrer Liebe – Blendwerk. Sie war zu Philip gerannt, um Rettung zu finden. Und nun war beides Blendwerk – die Qual und die Erlösung durch Philip.

Was blieb ihr noch? Wenn selbst die in Qualen zuckende Liebe – wohl das stärkste Gefühlserlebnis, das sie je gehabt hatte – nur ein Blendwerk war? Was gab es danach noch? Die grauen Schatten des Todes?

Als sie wieder aus dem Fenster blickte, dunkelte es, und der Zug hielt in Nancy. Das Bild war ihr aus ihren Mädchenjahren vertraut. Um halb acht kam sie in Straßburg an; hier mußte sie übernachten, denn einen Zug über den Rhein gab es erst am anderen Morgen.

Der Gepäckträger, ein blonder, hünenhafter Mensch, redete sie sogleich im elsässischen Deutsch an. Er ließ es sich nicht nehmen, sie wohlbehalten zu ihrem Hotel (einem deutschen Hotel) zu geleiten; er betreute sie, als wäre er zu ihrem Schutze kommandiert: sehr zuverlässig und umsichtig und so ganz anders als die Franzosen.

Es war ein kalter, winterlicher Abend, aber nach dem Essen trieb der Wunsch, das Münster zu sehen, Katherine wieder hinaus. Sie erinnerte sich noch so deutlich daran – aus ihrem ersten Leben.

Ein eisiger Wind blies durch die Straßen. Die Stadt schien so leer, als wäre die Seele daraus gewichen. Die wenigen Leute, die unterwegs waren, alles untersetzte, kräftige Gestalten, redeten das rauhtönende Elsässerdeutsch. Die Ladenschilder trugen französische Aufschriften; oft aber stand ein kleines Zugeständnis ans Deutsche darunter. Und die Läden waren voll von Waren, vollgestopft mit Waren aus den einstmals deutschen Fabriken in Mühlhausen und anderen Städten.

Katherine überquerte den abenddunklen Fluß. Am Ufer, dort, wo die Waschhäuser der Wäscherinnen verankert waren, knieten im trüben elektrischen Licht noch ein paar wunderliche Gestalten und spülten ihre Wäsche in dem grimmig kalten Wasser. Über den riesigen freien Platz fegte der eisige Wind, und alles schien verödet. Straßburg war wieder einmal eine eroberte Stadt.

Und nun stellte sich heraus, daß Katherine den Weg zum Münster nicht mehr fand. Sie sah einen fanzösischen Schutzmann, mit blauem Umhang und spitz zulaufender Kappe: einsam, leicht verletzlich und zart stand er in dieser düsteren elsässischen Stadt. Sie ging zu ihm hinüber und fragte ihn in französischer Sprache nach dem Wege zum Münster.

Er gab Bescheid: durch die erste Straße zur Linken mußte

sie gehen. In seiner Antwort war nichts von Feindseligkeit zu spüren; es war überhaupt eigentlich nirgends etwas von Feindseligkeit zu spüren. Nur die große müde eisige Traurigkeit des Winters in einer eroberten Stadt auf einer ewigen Grenze, des Streites müde. Und dabei schienen die Franzosen viel bedrückter und empfindlicher als die robusteren Elsässer.

Vertraut war ihr die kleine Gasse, waren ihr die alten, überhangenden Häuser mit ihrem schwarzen Gebälk und ihren hohen Giebeln. Und nun wuchs, wie ein riesiges Gespenst, rötlich aufglimmend in der Finsternis, das unheimliche Münster vor ihr auf, gewaltig ragend, finster niederblickend aus der Finsternis auf das Zwergentreiben drunten in der Stadt. Der rötliche Stein, aus dem es erbaut ist, glomm mit rötlichem Schimmer bei Nacht wie dunkle Haut. Riesenhaft, unbegreiflich mächtig und seltsam blickte es herab aus der Finsternis. Die große Fensterrose, hoch droben schwebend, sah aus wie eine Brust des gewaltigen Wesens, und überall, halb erkennbar im Himmelsdunkel, schossen Prismen und Nadeln aus Stein auf, wie Gefieder.

Da stand es, im finsteren Himmelsraum der schweren Winternacht, wie eine Drohung. Sie mußte daran denken, wie oft in vergangenen Tagen ihre Seele daran emporgestiegen war – hoch hinauf. Jetzt aber stand das Wesen da, dem irdischen Zusammenhang entrückt, in einem schwachen rostfarbenen Schimmer, der wie Blut im schwarzen Himmelsraum leuchtete: mit einer ungeheuren, dämonischen Drohung blickte es hernieder, gelassen und erbarmungslos.

Wie Geheimnis und dunkle, aus Urzeiten stammende Furcht ergriff es die Seele der Frau. Das Münster sah so seltsam, so heidnisch-dämonisch aus. Als ob ein uraltes, unzähmbares Blut darin flösse, dachte sie. Wie ein riesiges stummes Tier steht es da, mit Zähnen aus Stein, und überlegt, wann es auf die bleichen Menschenwesen hier unten niederstoßen soll.

Und ahnend meinte sie zu sehen, wie hinter all der aschfarbenen und gelbgrünen Blässe unserer Zivilisation lauernd die große Blutbestie wartet, unerbittlich und ewig bereit, schließlich unseren weißen Wankelmut zu zermalmen und das schattenhafte Blut wieder einmal in neuem unversöhnlichem Stolz und neuer unversöhnlicher Kraft aufwallen zu lassen. Sogar hier unten, im nahen Himmelsraum, ragt als riesiger Schatten das blutschimmernde düstere Wesen, und es vertilgt das Kreuz, da wir doch meinten, daß es der Erhöhung des Kreuzes diene.

Ihr war, als sähe sie das abendliche Dunkel sich wie eine deckende Schicht aufrollen, und so war das gewaltige blutschimmernde düstere Wesen enthüllt, das riesenhaft, vorgeneigt, herabblickte und auf seine Stunde wartete.

Als Katherine sich zum Gehen wandte, um den geschlossenen Schwingen des Münsters zu entrinnen, sah sie einen Mann drüben vor dem Postamt stehen, das auf dem Platz vor dem Münster düster sein amtliches Dasein führt. Und sogleich wußte sie, daß der Mann, der so dunkel und reglos dastand, Alan war. Er war einsam, reglos und sehr fern.

Er kam nicht zu ihr herüber. Sie zögerte; dann ging sie auf ihn zu, als wollte sie zum Postamt. Er stand völlig reglos, und indessen sie näher kam, starb ihr das Herz in der Brust. Dann, als sie an ihm vorüberging, wandte er sich plötzlich und blickte auf sie herab.

Er war es – sie erkannte ihn, obwohl sie sein Gesicht kaum sehen konnte; es war ganz im Dunkel, ein dämmernder Schimmer im Schatten.

»Alan!« sagte sie.

Er antwortete nicht; er legte nur die Hand, Schweigen gebietend, auf ihren Arm, wie er es so oft in vergangenen Tagen getan hatte, stumm und seltsam zwingend. Mit einem leichten Druck auf ihren Arm zwang er sie zum Umkehren und ging an ihrer Seite, mit gemächlichem Schritt, durch die Hauptstraße der Stadt, unter dem Bogengang dahin, in dem die Läden noch erleuchtet waren. Sie betrachtete sein Gesicht; es war viel stärker gebräunt, als sie es in Erinnerung hatte – bräunlich und gerötet. Ein Fremder ging an ihrer Seite; und doch war es Alan und kein anderer. Er sprach kein Wort. Aber auch das war ja Alans Art. Sein Mund war geschlossen, seine wachsamen Augen schienen wandellos, und das Schweigen war wie eine Schattenhülle um ihn, undurchdringlich, aber nicht kalt. Nein, ferngerückt und sanft, wie die Stummheit, die ein Tier der Wildnis umgibt.

Sie wußte, daß es sein Geist war, der an ihrer Seite ging. Aber das beunruhigte sie nicht einmal. Es schien ihr ganz natürlich. Und nun erlebte sie wieder das Gefühl, das sie schon einmal gekannt und vergessen hatte: die Frieden spendende, von allem Grübeln erlösende Lust des Bewußtseins, eingeschaltet zu sein in den Kräftestromkreis des Mannes, dem sie gehörte. Als junge Frau hatte sie dieses keineswegs ungewöhnliche, aber köstliche Gefühl gehabt, wenn sie bei Alan war. Es schenkte ihr Befriedigung ohne ungelösten Rest; aber vielleicht kam es ihr gerade deswegen nicht zum Bewußtsein. Später hatte sie es dann, so schien es ihr jetzt, beinahe absichtlich zerstört: dies Gefühl der Befriedigung, das in lindem Strom von ihm, dem Manne, zu ihr, der Frau, floß.

Jetzt, nachträglich, erkannte sie das. Und während sie an seiner Seite durch die eroberte Stadt ging, erkannte sie, daß dies der einzige dauernde Besitz ist, den eine Frau haben kann: der ungreifbare linde Strom des Befriedigtseins, der sie an der Seite des Mannes, ihres Mannes, dahin trägt. Dies ist ihre Vollendung und ihr höchstes erreichbares Ziel.

Jetzt, nachträglich, wußte sie das. Jetzt war aller Streit vergangen. Und ihrer Gedanken kaum bewußt, fragte sie sich, warum, warum, warum nur sie je dagegen gekämpft hatte. Mag der Mann, als Persönlichkeit, tun oder sein, was er will – wenn eine Frau sich von diesem dunklen, vollen Strom der Erfüllung an seiner Seite dahintragen lassen kann, so hat er ihr das Höchste geschenkt, und alle ihre planlos ungeduldigen Bemühungen, noch mehr zu erlangen, sind schmähliche Anstrengungen zur Selbstvernichtung.

Jetzt wußte sie das; und sie streckte die Waffen. Jetzt, da sie an der Seite eines Mannes ging, der aus dem Reich des Todes zu ihr gekommen war, um sie zu erlösen. Seine starke, stumme Güte vermochte auch jetzt noch das aschfarbene nervöse Grauen vor der Welt reinigend von ihr zu nehmen. Still und erlöst, wie eben erst und endlich befreit, ging sie an seiner Seite dahin im Dämmerlicht der Erfüllung.

Am Ende der Brücke blieb er stehen und nahm die Hand von ihrem Arm. Sie wußte, daß er sie nun verlassen würde. Er aber sah sie unterm Schirm einer spitzen Kappe hervor an, ernst, aber gütig, und winkte leicht mit der Hand; es war eine freundliche Gebärde des Abschieds und der Verheißung: als läge im Abschied die Verheißung, daß er sie nie mehr verlassen würde, daß dies gütige Gefühl nie in seinem Herzen erlöschen solle, daß er es immer darin bewahren wolle.

Sie eilte über die Brücke zu ihrem Hotel, und Tränen strömten ihr über die Wangen. Hastig lief sie die Treppe hinauf und in ihr Zimmer. Und als sie sich auskleidete, vermied sie den Anblick ihres Gesichts im Spiegel. ›Ich darf den Zauberbann seiner Wiederkunft nicht zerstören‹, dachte sie.

Jetzt, nachträglich, erkannte sie, wie sehr behutsam sie sein mußte, um nicht das Geheimnis zu zerstören, von dem sie nun umwoben war. Nun, da sie wußte, daß er aus dem Reich des Todes zu ihr zurückgekehrt war, erkannte sie die Köstlichkeit und Zerbrechlichkeit dieser Wiederkehr. ›Er ist gekommen‹, dachte sie, ›weil sein dunkles und gütiges Herz selbst im Jenseits noch nach mir Verlangen trug. Und deshalb darf ich nicht einen einzigen Schritt tun, der seiner Bahn zuwiderläuft. Der warme, mächtige, stumme Geist ist zu mir zurückgekehrt. Er ist Alan. Ich darf nicht einmal versuchen, ihn mit deutlichen Gedanken zu fassen, ihn mir als wirklich vorzustellen oder gar ihn zu verstehen. Nur tief in meiner Seele, in dunklen Tiefen darf ich ihn stumm und sinnend hegen, darf wissen, daß er in mir gegenwärtig ist, ohne je mit den Blicken nach ihm zu greifen oder ihm nachzuforschen. Sobald ich versuche, ihn mit Händen zu fassen, ihn zu *besitzen*, ihn ins *Wirkliche* zu ziehen, wird er davongehen für immer, und für immer wird mir dieser letzte köstliche Strom des Friedens verloren sein.‹

›Das darf nicht geschehen!‹ sagte sie zu sich selbst. ›Wenn er mir seinen Frieden schenkt, darf ich nicht fragen, nichts und niemals.‹

Und sie dachte mit stummer Reue an die Art, wie sie einst Fragen gestellt und Antworten verlangt hatte. Was waren die Antworten gewesen, wenn sie sie bekam? Grauenvolle Asche in ihrem Munde.

Ja, sie kannte jetzt die tiefsten Schrecknisse der Gegenwart, in einer Welt, die zu Asche verbrannt und erstorben und ertaubt ist. Wenn es möglich war, daß ein Mensch aus dem Reich des Todes zu ihr zurückkehrte, um sie davon zu erlösen, so wollte sie nicht fragen, sondern demütig sein und dankbarer, als selbst Tränen es zu sagen vermochten.

Der Morgen kam mit grauem Himmel und eisigem Wind, und Katherine verließ das Hotel, um zu sehen, ob sie Alan fand. Nicht daß sie seiner *bedurfte*: er war ihr noch immer ganz gegenwärtig. Aber vielleicht erwartete er sie.

Die Stadt war steinern und kalt. Die Leute auf den Straßen sahen bleich und bis ins Tiefste durchfroren aus: wie Verurteilte, dachte sie. Und sie waren ihr sehr fern. Wohl empfand sie Mitleid: aber sie wußte auch, daß sie nichts, in Zeit und Ewigkeit nichts für sie würde tun können. Sie sahen Katherine an – und blickten schnell wieder weg, als wären sie mit sich selbst zerfallen.

Das Münster stand mächtig und rötlich-grau im hellen Licht; aber das glimmende Leuchten, das Katherine am Abend beobachtet hatte, war nicht mehr da. Der Platz vor der Kirche war unwirtlich und kalt. Und auch in der Kirche selbst war es kalt und trostlos, trotz des bunten Glühens, das durch die farbigen Fenster drang. Alan war nirgends zu sehen.

Also kehrte Katherine rasch ins Hotel zurück und fuhr zum Bahnhof, um den Zug um zehn Uhr dreißig noch zu erreichen.

Es war ein leerer und trübseliger Zug; nur ein paar verlorene Seelen warteten darauf, über den Rhein gebracht zu werden. Der elsässische Gepäckträger betreute Katherine mit derselben ausdauernden Sorgfalt wie gestern. Sie stieg in den Kurswagen nach Prag, als einziger Fahrgast der ersten Klasse. Ein richtiger französischer Gepäckträger mit Bluse, Schnurrbart und prahlerischer Geste suchte sein bißchen Deutsch zusammen, um Katherine eine kleine Stichelei zuzurufen. Aber sie sah ihn nur an, und er verstummte. Er hatte eigentlich gar nicht die Absicht, ungezogen zu sein. Selbst in seinem Versuch zu spotten war so etwas wie Hoffnungslosigkeit.

Der Zug schlich langsam und trübselig aus der Stadt. Das Münster sah von ferne aus wie ein unheimliches, massig hingeducktes Wesen, das seinen Finger über der Stadt emporstreckte.

Langsam löste sich die Landschaft auf: es kamen die Niederungen und Wiesen der Rheinebene, die Kanäle, die Weidenbäume, die Wasserläufe der Hochwasserzeit, die gefrorenen Sümpfe. Müdigkeit lag über dem allem – kalt, breit und grün kam der Rhein unter dem winterlichen Himmel dahergeflossen und strömte unter der eisernen Brücke hindurch. Es war, fand Katherine, ein herzbedrückendes Bild.

In Kehl gab es einen langen Aufenthalt. Die deutschen und die französischen Beamten begegneten einander mit starrer und finsterer Zurückhaltung. Paß- und Zollprüfung waren rasch erledigt. Aber der Zug wartete und wartete, als vermöchte er diesem Bezirk der Leblosigkeit und der reinen Verneinung, wo die Kräfte sich gegenseitig aufhoben, wo das Leben stockte und keine Polarität zu spüren war, nicht zu entrinnen.

Katherine Farquhar saß ganz still, in der losgelösten

Stummheit, in die Alans Rückkehr sie gebannt hatte. Sie sah niemanden, sie sprach deutsch oder französisch, wie es gerade verlangt wurde, fast ohne es selbst zu merken. Sie wartete; der überheizte Zug qualmte und zischte und schien vom toten Punkt der neuen Grenzlinie nicht loskommen zu können.

Schließlich aber glänzte ein wenig Sonne durch das Grau, und der Zug kroch stumm und nervös aus der neutralen Zone hinweg.

In der weiten flachen Rheinebene war das seichte Wasser auf den Feldern gefroren; die Ackerfurchen liefen schnurgerade ins Nichts; auch die Luft schien zu Eis geworden: die Erde aber mit ihren geraden Furchen war stark wie in Urzeiten, und es war, als schwinge sie im Gesumm einer tiefen, wilden Melodie. Auch in der gefrorenen Luft war das zitternde Schwingen dieser wilden Melodie, ungebändigt, wie aus vorrömischer Zeit.

Das deutsche Rheintal war hier, auch auf dem rechten Ufer, von den Franzosen besetzt; so erklärte sich die seltsame Leere, das Stocken allen Lebens, als ob hier keine Menschen wohnten: ein Gespenst aber wachte drohend über den weiten, leeren Feldern mit ihren geraden Furchen und über den Rieselwiesen. Schweigen, Leere, Stockung: und eine unsichtbare, ungreifbare Drohung.

In Appenweiler, auf der Hauptstrecke der rechtsrheinischen Eisenbahn, gab es einen langen Aufenthalt. Der Bahnhof war leer. Katherine dachte an das erregte und erregende Gewirr, das hier in Vorkriegstagen geherrscht hatte.

»Ja«, sagte der deutsche Schaffner zum Bahnhofsvorsteher, »jetzt möchte ich nur wissen, weshalb wir so holterdiepolter aus Straßburg raus müssen, wenn sie uns nachher hier so lang aufhalten?«

Katherine lächelte vor sich hin. Ihr fiel ein, daß der Zug hier das besetzte Gebiet verließ.

Und schließlich fuhren sie weiter, nordwärts, nach Deutschland hinein. Es war das Land jenseits des Rheins, das Deutschland der Fichtenwälder. Stark war diese Erde und unbezwungen; sie trug ihre Binsen und Büsche wie der Keiler der Urzeit seine starrenden Borsten. Und Katherine schien es, als sei die Oberstimme heutiger Zivilisation brüchig und dünn geworden, als töne immer wieder das uralte tiefe Summen und Dröhnen hindurch, die aus Vorzeiten stammende Melodie des tannenbewaldeten Nordlandes.

Da waren auch schon die ersten Höhen des Schwarzwaldes, wartend mit mürrischer Treue, als hätten sie das Innere Deutschlands zu bewachen. Dunkle runde Höhen, schwarz bewaldet; nur da und dort war das schneebedeckte Geviert von Feldern in das Schwarz geschnitten. So, in Schwarz und Weiß, jetzt ganz nahegerückt, standen sie da, mürrische Wächter.

Das Bild war Katherine tief vertraut: aber nicht in seiner jetzigen Stimmung, in der Leere, der Verdrossenheit, dem ernsten, abgerückten Warten.

Steinbach. Dann war sie also schon beinahe angelangt! In Oos mußte sie umsteigen, um Baden-Baden, ihr Reiseziel, zu erreichen. ›Vielleicht‹, dachte sie, ›ist Philip mir bis Oos entgegengefahren; er wird von Heidelberg gekommen sein.‹

Ja, da stand er auf dem Bahnhof. Und sogleich fiel ihr auf, daß er krank und gelblich aussah. Ausgemergelt, mutlos in der Haltung stand er auf dem leeren Bahnsteig.

»Geht's dir nicht gut?« fragte sie, als sie aus dem Zuge stieg.

»Mich friert so entsetzlich«, sagte er. »Ich kann nicht warm werden.«

»Und im Zuge war's so heiß«, sagte sie.

Nach einer Weile erwischten sie einen Gepäckträger, der Katherines Koffer zu dem kleinen Anschlußzug hinüberschaffte.

»Und wie geht's dir?« fragte er und sah sie an. Sein Gesicht hatte einen merkwürdig gequälten Ausdruck, und sie las Furcht in seinen Augen.

»Gut. Aber es kommt mir alles sehr sonderbar vor«, antwortete sie.

»Ich weiß nicht, wie es zugeht – aber die Luft hier läßt mich inwendig zu Eis gefrieren, und mit meiner Brust ist etwas nicht in Ordnung«, sagte er.

»Wir brauchen ja nicht lange zu bleiben«, sagte sie leichthin.

Er beobachtete sie und sah den hellen Ausdruck ihres Gesichts. Und sie dachte: ›Wie seltsam und elend sieht er aus!‹ Und als sie ihn ansah, empfand sie zum ersten Male, daß es erniedrigend war, mit ihm verheiratet zu sein – ja auch nur seinen Namen zu tragen. Sie fühlte sich erniedrigt durch die Tatsache, daß sie Katherine Farquhar hieß. ›Und ich habe den Namen doch einmal hübsch gefunden!‹ dachte sie. ›Wenn ich mir nur vorstelle, daß ich mit dem kleinen Mann da verheiratet bin! Daß ich seinen Namen trage!‹

Er saß ihr nicht, der Name. In Gedanken sprach sie ihren Mädchennamen aus: Katherine von Todtnau; dann den Namen ihrer ersten Ehezeit: Katherine Anstruther. Der erste paßte am besten zu ihr. Aber der zweite war ihr zur zweiten Natur geworden. Der dritte, Katherine Farquhar, war überhaupt nicht *ihr* Name – war es nie gewesen.

»Hast du Marianne gesehen?« fragte sie.

»Ja.«

Er war sehr einsilbig. Was war mit ihm vorgegangen?

»Du wirst dich sehr in acht nehmen müssen mit deiner Erkältung«, sagte sie höflich.

»Natürlich nehme ich mich in acht«, gab er mißgelaunt zurück.

Marianne, Katherines Schwester, war auf dem Bahnhof, und nach zwei Minuten plapperten sie in deutscher Sprache drauflos und lachten und weinten und wollten wieder bersten vor Lachen; Philip stand ganz unbeachtet daneben. In diesen Tagen frostiger Sparsamkeit war von einer Droschke nicht die Rede. Ein Gepäckträger übernahm es, Katherines Koffer mit dem Handwagen zu befördern.

Dann gingen die drei durch die menschenleere Stadt zu ihrem kleinen Hotel.

»Aber der Kleine ist doch ganz nett?!« sagte Marianne im spöttischen Beschützerton.

»Ja – nicht?« gab Katherine im gleichen Ton zurück.

Und die beiden Schwestern blieben mitten auf der Straße stehen und lachten. ›Der Kleine‹ – damit war Philip gemeint.

»Der andere wirkte ja männlicher«, sagte Marianne. »Aber mit diesem hast du's gewiß leichter. Der Kleine –! Ja, bequemer ist er sicher«, lachte sie in ihrer spöttischen Art.

»Das Stehaufmännchen!« sagte Katherine und meinte die kleinen Spielzeugfiguren, die am Fußende mit Blei beschwert sind, so daß sie sich immer wieder auf die Füße stellen.

Philip fühlte sich sehr unglücklich bei alledem. Seine Stärke lag in seiner Schwäche, seiner bittenden Werbung, seiner anhänglichen zähen Abhängigkeit. Er wußte mit bemerkenswerter Schlauheit fast immer die Dinge nach seinem Willen zu lenken: aber stets dadurch, daß er scheinbar nachgab. Bei jedem Unwetter bückte er sich, so tief es nötig war, und ließ den Sturm über sich hinwegbrausen. Dann richtete er sich wieder auf, ganz der gleiche wie zuvor, ein Mann mit einem gefühlvollen Herzen und einer engelhaften Langmut, der mit niemandem Streit haben wollte. Die kampflustige Männergeneration war auf den Schlachtfeldern des Krieges geblieben. Er hatte es mit angesehen und verstohlen dazu gelächelt. Wenn der Löwe abgeschossen ist, holt sich der Hund die Beute. So hatte er, Philip, sich Alans Löwin geholt. Ein lebendiger Hund ist besser als ein toter Löwe. Und so kam es, daß der kleine Journalist, der es mit der Sanftmut der Engel hielt, frohlocken konnte über den Triumph seiner Schwäche.

Deutschland aber, das unheimliche Nachkriegsdeutschland, erstickte die Flamme seines Triumphes wieder. Die

Luft war so kalt, alles war so öde – man hätte meinen können, daß alles lebendige Fühlen in diesem Lande erloschen sei. Hier erstarrte einem alle Kraft der Erregung, ja sogar des Gefühls, die Seele erstarb wie ein erfrorenes Glied. Und wenn in Philip Farquhar des Gefühl erstarrte, war er ganz und gar tot.

»Ich freue mich wirklich ganz furchtbar, daß du gekommen bist, Katherine«, sagte er. »Ohne dich hätte ich's hier kaum noch einen Tag ausgehalten. Mir ist zumute, als wärest du das einzige auf der Welt, das *wirklich* bleibt.«

»Du kommst mir aber nicht sehr ›wirklich‹ vor«, sagte sie.

»Ich bin's auch nicht! Ich bin es nicht! – wenn ich allein bin. Aber wenn ich dich bei mir habe, bin ich der wirklichste Mensch unter der Sonne. Ich weiß es!«

Dies war die Redeweise, mit der er sie einstmals gefangen hatte, bei der es sie durchrieselte bis in die tiefsten Tiefen ihrer weiblichen Eitelkeit – die es sogar zuwege gebracht hatte, daß sie sich in dieses Männlein verliebte, weil es offenkundige Wahrheiten mit solcher Selbstverleugnung zuzugeben vermochte. Er war so ganz anders als der heroische Alan, der von jeder Frau erwartete, daß sie sich vor ihm beugte!

Jetzt aber war es, als wäre die erstarrende Kälte dieses Winters in Deutschland auch in ihre Brust gedrungen. Mit grausamem Hohn sah sie auf ihn herab: winselndes kleines Tier, dachte sie, das seine ›Wirklichkeit‹ nur von einer Frau beziehen kann. Sie antwortete nicht, sondern sah den Flocken zu, die zwischen ihr und den dunklen Bäumen niederrieselten. Wie anders war diese Welt! Wenn es aufhörte zu schneien – wie gespenstisch sahen dann die kalten Tannen aus, hohe, nadelstarrende, kegelförmige Geschöpfe, dichtgedrängt und finster und halben Leibes weiß von Schnee! So hoch, so raubtierhaft!

Philip zitterte vor Frost und wurde immer gelber im Gesicht. Es fehlte an Feuerung, es fehlte an Lebensmitteln, es fehlte an allem. Er wünschte, daß Katherine mit ihm nach

Paris fahren sollte. Aber sie wollte mindestens vierzehn Tage in Deutschland bleiben. Mit dem Mangel an allem würde sie sich schon abfinden. Abends sah sie das gute Publikum der Stadt vor dem Kurhaus warten, im Dunkeln (denn die Stadt war nur halb erleuchtet), eine stumme Reihe gespenstischer Schatten; die Leute wollten ihre Flaschen an der heißen Quelle füllen, da sie das Geld nicht aufbringen konnten, um sich daheim heißes Wasser zu bereiten.

Und Katherine spürte nicht das mindeste Mitleid mit dem frostzitternden Philip. Sollte er doch zittern.

Der Schnee war locker und trocken, und sie wanderte in den Wald hinaus, die steilen Hänge hinan. Die Welt war so seltsam leer, als wäre sie wieder zur Wildnis geworden. Und Katherine erkannte, wie schnell die Welt wieder zur Wildnis werden würde, wenn Unheil die Menschheit hinraffte. Philip, gelb und hohlwangig, schleppte sich stolpernd und taumelnd neben ihr dahin; eine lächerliche Gestalt. Er konnte ohnehin schon niemals fest auf seinen Beinen gehen: jetzt aber torkelte er mit knickenden Knien. Sie fühlte, daß Alan dort zwischen den Bäumen war: es durchrieselte sie, es durchbebte sie bis ins Tiefste. Und manchmal klopfte ihr das Herz, wenn sie eine der großen runden Tannen so lebendig und mächtig, in lebendiger Kraft dastehen und das Grün ihrer riesigen hängenden, starrenden Zweige über dem Schnee ausbreiten sah. Sie fühlte Alans Kraft in des Baumes machtvoller Erscheinung. Am liebsten wäre sie hingegangen und hätte sich an den Stamm geklammert. Philip aber setzte sich hin, in den Schnee, und sagte:

»Hör mal, Kathy, ich kann nicht mehr weiter. Ich habe ganz einfach keine Kraft mehr.«

Sie stand auf dem Wege, stolz, verächtlich, aber stumm; sie blickte zu den düsteren, rötlichen Felsen hinüber: dort, zwischen den Felsen, war Alan, dort wartete er auf sie. Das wußte sie ganz gewiß. Ihr Herz schlug wild und stark und ungestüm. Aber sie brachte den stolpernden Philip nach Hause.

Er war tatsächlich krank. Sie brachte ihn zu Bett, und er blieb im Bett. Der Arzt kam. Philip hatte Angst, Angst vor allem und jedem. Und Katherine wanderte allein hinaus in den Wald. Sie wartete auf Alan, sie sehnte sich nach ihm in prickelndem Fieber. Philip lag derweil in halber Bewußtlosigkeit, und wenn sie heimkam, sah er sie mit großen glühenden Augen an.

»Du mußt *sehr weit fort* gewesen sein!« Es klang wie ein Knurren, und er entblößte dabei seine großen Vorderzähne.

»Nicht sehr weit«, sagte sie.

Eines Tages kam Alan zu ihr, kam hervor aus den düsteren rötlichen Felsen des Waldes. Er trug den Kilt, der ihn so gut kleidete, aber dazu den Waffenrock aus Khaki. Und er ging barhaupt. Als er auf sie zukam, warfen seine Knie im Schreiten den Kilt empor – die Bewegung war ihr so vertraut. Er sah sieghaft, sah prachtvoll aus, und sie wartete zitternd.

Während der ganzen Begegnung sprach er kein einziges Wort. Aber er legte den Arm um sie und führte sie hinweg; und sie gab sich hin, gab sich so völlig hin, wie sie es nie zuvor getan hatte. Dann, inmitten der Felsen, nahm er sie, nahm sie mit der stummen Leidenschaft des Gatten, ergriff ganz und gar Besitz von ihr.

Danach ging sie sinnend heim – und fand Philip ernstlich krank. Sie sah sogleich, daß er tatsächlich mit dem Tode rang. Und sie machte sich nichts, gar nichts daraus. Aber sie sorgte für ihn und blieb bei ihm, und es schien ihm besser zu gehen.

Am anderen Nachmittag freilich wollte sie, *mußte* sie wieder fortgehen. Sie fühlte, daß ihr Gatte sie erwartete, daß er sie gebieterisch rief. Sie *mußte* gehen. Aber Philip war fast sinnlos vor Angst, als er merkte, daß sie ihn verlassen wollte.

»Ich sterbe, während du fort bist. Glaub mir – ich sterbe! Ich sterbe, wenn du jetzt von mir gehst!« Er rollte die Augen und sah so seltsam verändert aus – sie fühlte, daß er die Wahrheit sprach. Also blieb sie, mürrisch und in grollendem Widerwillen. Alle ihre Gedanken waren draußen, bei den Felsen, bei Alan.

Am Nachmittag nahm die Kälte immer mehr zu. Philip zitterte im Bett vor Frost, trotz der dicken Decke.

»Das ist ja eine mörderische Kälte! Sie bringt mich um!« sagte er.

Sie hörte ihn kaum. Sie saß in Gedanken verloren, ganz fern von ihm, und ihre Seele wanderte hinaus in den eisigen Abend. Ein Strom machtvoller Kraft ergriff sie ganz und trug sie davon in eine andere Wirklichkeit. Es war Alan, der sie rief, Alan, der sie hielt. Und er hielt sie stärker mit jeder Stunde.

Sie schlief im gleichen Zimmer wie Philip. Aber sie hatte beschlossen, nicht zu Bett zu gehen. Er war wirklich sehr schwach. Sie wollte bei ihm wachen. Um Mitternacht richtete er sich auf und sagte leise:

»Katherine, ich kann's nicht ertragen!« Er verdrehte die Augen so furchtbar, daß man nur das Weiße sah.

»Was? Was kannst du nicht ertragen?« fragte sie und beugte sich über ihn.

»Ich kann's nicht ertragen! Ich kann's nicht ertragen! Nimm mich in den Arm! Halt mich!« flüsterte er in seiner Angst vorm Sterben.

Mit seltsamem Widerstreben schob sie die Hände unter seine Achseln, um ihn aufzurichten. Und indessen sie es tat, öffnete sich die Tür, und Alan kam herein, barhaupt, mit gerunzelter Stirn. Philip hob seine schwachen Hände und schlang sie um Katherines Nacken, leise wimmernd. Stumm, barhaupt, trat Alan zum Bett und löste die Hände des Kranken vom Halse Katherines und legte sie auf des Kranken eigene Brust.

Philip zog die Lippen auseinander und entblößte seine großen Zähne im gespenstischen Grinsen des Todes. Katherine fühlte, wie sein Körper unter ihren Händen in seltsamen Krampfbewegungen zuckte – und schwer wurde. Philip war tot. Und auf seinem Gesicht war ein verlegenes Grinsen, wie bei einem Diebe, der auf frischer Tat ertappt ist.

Alan aber zog sie hinweg, zog sie hinüber zum anderen Bett, mit der stummen Leidenschaftlichkeit eines Gatten, der von einer sehr langen Reise zurückgekehrt ist.

Jimmy und die verzweifelte Frau

»Er ist ein netter Kerl und durchaus intakt, aber er braucht eine vernünftige Frau, die sich um ihn kümmert.«

So ungefähr lautete das wohlwollende weibliche Urteil über ihn. Es schmeichelte ihm, es gefiel ihm, und es ärgerte ihn.

Sein Ärger überwog, nachdem er sich von seiner sehr attraktiven und gescheiten Frau hatte scheiden lassen. Sie hatte das besagte Urteil zehn Jahre lang aufrechterhalten, bis sie die vernünftige Beschützerinnenrolle satt bekommen hatte.

»Ich möchte Jimmy gern in die Welt hinausschicken; wenn ich nur nicht wüßte, daß der arme kleine Kerl im Handumdrehen der nächstbesten Frau an den Busen sinkt. Das ist das Dumme an ihm. Könnte er nur zehn Minuten lang auf eigenen Füßen stehen! Kann er aber nicht. Trotzdem ist irgendwie etwas sehr Nettes und auch Seltenes an ihm dran.«

So Clarissas Resümee, als sie in den Armen eines reichen und jungen Amerikaners entschwebte. Der reiche junge Amerikaner wurde ziemlich verdrießlich, wenn Jimmys Name fiel. Schließlich war Clarissa jetzt *seine* Frau; sie aber tat manchmal so, als wäre sie noch mit Jimmy verheiratet.

Dies allerdings nicht in Jimmys Wertsetzung. Der Wurm hatte sich umgedreht, die Galle lag jetzt zuoberst. Galle und Nadelstiche. Er wußte genau, wie Clarissa über ihn dachte und redete. Und die Attribute ›nett‹, ›intakt‹ oder ›selten‹ und daß dies alles, nach ihrer Redeweise, ›an ihm dran‹ sei, wurden für seinen Geschmack mehr als aufgewogen durch den ›armen kleinen Kerl‹, der der nächstbesten Frau an den Busen sinken würde.

»Ich bin nicht die Spur«, beteuerte er sich selber, »ein armer kleiner Kerl, der der nächstbesten Frau an den Busen sinkt. Wenn ich nur die richtige Sorte Frau fände, da wollten wir sehen, wer an wessen Busen sänke!«

Er war jetzt fünfunddreißig Jahre alt, und der besagte Punkt des an den Busen Sinkens oder Nichtsinkens bildete seine Feuerprobe und Achillesferse. Er stellte sich eine wirklich weibliche Weibsperson vor, für die er lediglich nett und intakt war, aber keinen Atemzug lang ein armer kleiner Kerl. Warum nicht ein ganz einfaches Mädel aus dem Volke, ein Vorstadt-Lieschen, ein sehnsüchtiges Gretchen, eine demütige Ährensammlerin Ruth? Warum nicht? Die Welt war doch voll von dergleichen.

Das Elend war nur, daß er nie auf so eine stieß. Er stieß nur auf intellektuelle Damen. Nie bot sich ihm Gelegenheit, mit ›wirklichen‹, mit einfachen und natürlichen Menschen zusammenzukommen. Das geht vielen von uns so. Nur die, denen wir nie begegnen, sind die wirklichen, natürlichen, einfachen, echten, unverdorbenen Seelen. Mit all diesen kommen wir nie zusammen. Es ist schon eine Misere! Denn – geben muß es sie doch! Irgendwo! Nur wissen wir sie nicht zu finden.

Unserem Jimmy zum Beispiel stand seine Position entscheidend im Wege. Sie brachte ihn mit mancherlei Leuten in Berührung, aber nie mit der richtigen Sorte. Nie mit dem wirklichen, einfachen, natürlichen, unverdorbenen und so weiter und so fort.

Er war Redakteur einer einigermaßen hochstehenden und erfolgreichen Zeitschrift, und seine ziemlich persönlichen und anregenden Artikel brachten ihm Schwärme von Bekanntschaften ein. Kommt hinzu, daß er recht gut aussah und äußerst liebenswürdig sein konnte, wenn er wollte, auch in seiner kritischen Art sehr gescheit war – und man mag ermessen, wieviel Ehrerbietung, Bewunderung und Förderung sich ihm bot.

In erster Linie sein gutes Aussehen. Seine feingeschnittenen, klaren Gesichtszüge ähnelten denen eines lachenden Fauns in Augenblicken faunischen Ernstes und Nachdenkens. Die länglichen Linien der Wangen, das kräftige Kinn, die leicht gebogene, volle Nase, die ausdrucksvollen dunkelgrauen Augen mit den langen Wimpern und dicken schwarzen Brauen. Bei spöttischer Laune – und in dieser war er am meisten er selber –, in der seine schwarzen Brauen sich hochstellten, seine grauen Augen ironisch glitzerten und Nase und Mund sich kräuselten, war es ein wahres Pansgesicht. Ein gut aussehender, weichhäutiger Satyr. Das war dann Jimmy in seinen besten Momenten, jedenfalls in der Meinung seiner männlichen Freunde.

Seiner eigenen Ansicht nach war er eine Art gemarterter Sankt Sebastian, auf den die böse Welt Pfeil auf Pfeil abschoß und gegen den die schmerzensreiche Gottesmutter nichts war; die dabei rinnenden Blutstropfen zählte er gewissenhaft, sofern er noch imstande war zu zählen. So manches Mal, zum Beispiel wenn Clarissa mit der Abreise zu dem reichen jungen Amerikaner drohte oder die Frage aufkam, ob sie sich von ihm, oder er sich von ihr scheiden lassen sollte, sausten die Pfeile wie Mückenschwärme auf ihn, um ihn zu durchlöchern, und die Tropfen seines Märtyrerblutes strömten so an ihm herab, daß an Zählen überhaupt nicht mehr zu denken war.

So verstand es sich denn von selbst, daß er die Scheidungsklage erhob.

In den Augen seiner männlichen Freunde war er ein ewig grinsender Faun, Pan oder Satyr – oder sollte es sein. Er selber indessen kam sich als Märtyrer vor, wie der heilige Sebastian mit dem Geist eines Plato. Nach der Idee seiner Freundinnen war er ein bestrickender kleiner Kerl mit einem tiefen Lebensverständnis, der imstande war, eine Frau wie eine Königin zu behandeln, was natürlich nichts anderes bedeutete, als sie zu ihrem wahren Selbst zu erwecken.

Möglicherweise hätte er reiche, aufsehenerregende Ehen schließen können, namentlich nach seiner Scheidung. Das tat er aber nicht. Der heimliche Grund dafür war, daß er beschlossen hatte, nie wieder eine Frau wie eine Königin zu behandeln. Vielmehr waren die Frauen an der Reihe, ihn wie einen König zu behandeln.

Und zwar mußte es eine unverdorbene, nichtintellektuelle, heißblütige Person sein, für die er ein König Salomo an Weisheit, Schönheit und Wohlstand darstellte. Sie mußte sich in bedrängten wirtschaftlichen Verhältnissen befinden, um seinen Wohlstand schätzen zu können, der sich immerhin auf die Summe von dreitausend Pfund im Jahr und ein kleines Wochenendhaus in Hampshire belief. Und um des leidigen Intellekts zu entraten, mußte sie eine Frau aus dem Volke sein. Unter allen Umständen. Dabei allerdings keineswegs die bloß obskure und ordinäre Type aus der Gasse.

Er empfing viele Briefe, Briefe ohne Zahl, die Gedichte, Geschichten, Artikel oder persönliche Vertraulichkeiten enthielten. Er las sie alle. Mit steinerner Geduld bahnte, scharrte und brach er sich durch die Papierflut hindurch. Und unter diesen konnte vielleicht eine, nicht eine Zuschrift, sondern die Briefschreiberin, diejenige welche sein: Mrs. Emilia Pinnegar, die aus einem Bergarbeiterdorf in Yorkshire schrieb. Selbstverständlich war sie unglücklich verheiratet.

Jimmy hatte schon immer geheimnisvolle Ehrfurcht vor diesen düsteren und ziemlich trostlosen Dörfern der nördlichen Kohlenbezirke empfunden. Er selber hatte kaum je den Fuß irgendwohin nördlich von Oxford gesetzt. Aber er hatte das Gefühl, daß diese Grubenarbeiter dort die Richtigen seien. Und Pinnegar, was das für ein Name war, na! Und Emilia!

Sie hatte ein Gedicht geschickt und eine kurze Zeile dazu geschrieben des Inhalts, daß der Redakteur des *Kommentator* es ruhig vernichten solle, wenn er es wertlos fände. Jimmy fand die Verse nicht übel, und ihm imponierte die Knappheit des Begleitbriefes. Trotzdem wußte er nicht recht, ob er das Ding drucken sollte. Er schrieb zurück, ob Mrs. Pinnegar noch irgendwas anderes hätte?

Hieraus entwickelte sich ein Briefwechsel, und zu guter Letzt kamen auf seine Anfrage von Mrs. Pinnegar die folgenden Zeilen:

»Sie fragen mich über mich selber aus. Was soll ich da sagen? Ich bin eine Frau von einunddreißig Jahren, mit einem Kind, einem Mädchen von acht Jahren, und bin mit einem Mann verheiratet, der in demselben Haus wie ich lebt, aber zu einer anderen Frau geht. Ich versuche mich in lyrischen Gedichten, falls es wirklich Lyrik ist, weil ich keine andere Möglichkeit sehe, mich auszudrücken. Auch wenn es keinen Menschen als mich selber interessiert, habe ich das Gefühl, daß ich mich selber irgendwie ausdrücken muß, und wenn es nur zu dem Zweck wäre, mich vor Krebs oder sonst einem Übel zu bewahren, das Frauen befällt. Vor meiner Ehe war ich Schullehrerin. Wenn ich könnte, würde ich gern wieder Lehrerin sein und für mich allein leben. Aber verheiratete Lehrerinnen finden keine Stellung mehr, das ist jetzt verboten ...«

Der Bergmann
von seiner Frau

Der Hilfsmaschinen stampfender Lärm
und der Schüttelsiebe ratterndes Hin und Her
treffen mich wie der Schlag seines Herzens,
rühren mich an, als ob es sein Atem wär.

Die Luft ist erfüllt von seiner Gegenwart. –
Rauch zieht über die schwelenden Halden hin
und die sengende Glut, die sich tiefer und tiefer frißt,
ist sein brennender Wille seit allem Anbeginn.

Der Förderkorb hebt sich und sinkt in seines Atems Takt.
Er sehnt sich, dem strudelnden Windrad gleich,
sausende Luft zu schlürfen; ach, seine Seele lebt
als Maschine im fremden Bereich.

Das ist die Art von Mann, die er ist.
Ich bin seine Frau und ich weiß, was ich sag.
Aus den Eingeweiden der Kohle gebar
ihn die Erde zum Leid über Tag.

Das war das Gedicht, das er als Redakteur des *Kommentator* noch zögerte, abzudrucken. Ihm wollte auch scheinen, daß diese Mrs. Pinnegar gar nicht zu dem häuslichen, ländlichen und nichtintellektuellen Frauentyp gehörte. Irgend etwas anderes fesselte ihn – es lag etwas Hoffnungsloses und Tragisches in ihr.

Das kommende Ereignis

Wenn du mich fragst, was war der Tag?
– am Abend, wenn die Dämmerung sinkt –
Ich weiß es nicht, der Trommelschlag
von anderem Geschehen klingt

hart zwischen mir und dem was war,
ein Fremder, der die Trommel rührt,
Kolonnen, lang und unsichtbar,
durch's schmutziggrüne Zwielicht führt.

Wie mich die Dunkelheit betäubt,
versinkt, was ich im lichten Tag
sah oder hörte, und es bleibt
Schutt hinter rauchigem Verschlag.

Statt dessen: hier, von innen bricht's
hervor als dumpfer Trommelschlag;
ich lausch vergehenden Gesichts
und sinne, was es meinen mag ...

Ist's der Todesgott, der das Trommelfell
in tödlichem Tam-tam zerhackt?

Klöppelt ein Fremder hoffnungshell
seltsamer Weisen neuen Takt?

Was macht es viel, der Tag begann
wie er endet – im grauen Geblak
des Kohlenstaubes; ich leb', wenn ich's kann,
kann ich's nicht, so komme, was mag.

Dieses Gedicht schien dem Redakteur des *Kommentator* so erstaunlich hoffnungslos zu klingen, daß er sich entschloß, es abzudrucken, und, mehr noch, die Verfasserin kennenzulernen. Er schrieb ihr, ob es ihr recht wäre, sich mit ihm zu treffen; er käme gerade zufällig in ihre Gegend, da er einen Vortrag in Sheffield zu halten habe. Sie erwiderte: gewiß sei es ihr recht.

Er hielt also an einem Nachmittag seinen Vortrag über das Thema ›Menschen in Büchern und Menschen im Leben‹. (Wobei er natürlich die Menschen in Büchern zuerst erledigte.) Dann nahm er einen Zug in das Bergwerksdorf, wo die Pinnegars lebten.

Es war Februar. Häßliche Schneelachen bedeckten den Boden. Als Jimmy in Mill Valley ankam, herrschte Dunkelheit, eine dicke, schwülstige und drohende Dunkelheit, in der Lebewesen, die einen scheußlichen Dialekt sprachen, sich wie Gespenster mit schweren Füßen durch die Gegend schleppten und den grausigen Geruch unterirdischer Kohlengruben ausströmten. Alles war häßlich und ein bißchen unheimlich. Er wußte, daß er bergan bis zu dem kleinen Marktplatz zu steigen hatte. Im Gehen schaute er sich nach rückwärts um und warf einen Blick auf das schwärzliche Tal, dessen Lichtbündel ihm wie Schwaden von Dämonen erschienen. Dazu der gespenstische Dunst von Schwefel und Kohlenstaub in der Luft, wovon die ganze schwere, schwangere, naßkalte Atmosphäre erfüllt war.

Man wies ihm den Weg in die New London Lane, von wo er wieder bergab wanderte. Ihn schauderte. Die ganze

Gegend empfand er als unheimlich und feindselig und so hart, als bestünde die schwarze Luft aus den Ausdünstungen von Eisen und Gesteinen. Gottlob konnte er weder viel sehen noch gesehen werden. Wenn er nach dem Weg fragte, bekam er von den Leuten Antworten, als würden ihm Klötze an den Kopf geworfen. Nach vielem Umherirren und Fragen gelangte er in eine von Bäumen eingefaßte Allee, deren Boden aus dem halbgefrorenen Schlamm des Februars bestand. Die Kohlengruben befanden sich offenkundig am Rande des Städtchens unter der in Schlamm eingesunkenen Landschaft. Durch die Bäume waren die roten, kränklichen Beleuchtungen der Schachteingänge zu sehen. Es dünstete nach Schwefel. Er kam sich wie ein moderner Odysseus vor, der in den Vorbezirken Hekates umherirrte. Wieviel elender und trauriger war eine solche Odyssee der Gegenwart inmitten Gruben und Fabriken als jene zwischen Sirenen, Scylla und Charybdis! So brütete er vor sich hin, als er in dieser düsteren Allee unter den kahlen Bäumen, deren Seufzen sich in das ferne Zischen und Keuchen der Kohlengruben mischte, durch den eisigen schwarzen Schmutz stapfte, einen pechschwarzen Himmel über sich, der selbst das Glitzern der elektrischen Lampen erstickte. Zu all dem schien die Gegend so verlassen und unbewohnt wie ein nächtlicher Dschungel.

Schließlich stieß er auf eine Anhäufung von Lichtlein, die menschliche Behausungen anzeigten. Eine neuangelegte, schmale Straße mit einer vereinzelten Laterne; die Häuser schienen alle dunkel. Jimmy hielt den Schritt an. Völlige Verlassenheit umgab ihn. Alsdann zeigten sich drei Kinder. Diese wiesen ihm das Haus, nach dem er fragte, und er tastete sich durch einen dunklen Eingang. Aus dem kleinen Hinterhof schimmerte Licht. Etwas nervös klopfte er an. Eine ziemlich große Frau machte auf und sah von einer Stufe mit einem fragenden Blick auf ihn herab.

»Mrs. Pinnegar?«

»Ah, dann sind Sie es also, Mr. Firth? Kommen Sie herein.«

Er trat in das grelle Lampenlicht der Küche. Mrs. Pinnegar stand vor ihm, eine hochgewachsene Frau mit einem Gesicht, das maskenhaft eine Art passiven Zorns wiedergab und ihn kalt ansah. Er wurde sich unmittelbar seiner eigenen Schäbigkeit und Unzulänglichkeit bewußt. In äußerster Verwirrung streckte er seine Hand aus.

»Ein schrecklicher Weg hierher«, sagte er. »Ich fürchte, ich bringe Ihnen lauter Schmutz ins Haus.« Er sah auf seine verdreckten Stiefel herunter.

»Das macht nichts«, erwiderte sie. »Haben Sie schon Tee getrunken?«

»Das nicht, aber machen Sie darum keine Umstände!«

Ein kleines Mädchen mit blondem Haar, das ihr in Fransen über die Stirn fiel, und verängstigten blauen Augen, in der Hand zwei Puppen, trat in Erscheinung und gewährte ihm etwas Erleichterung. »Ist das Ihr Töchterchen?« sagte er. »Was für ein reizendes Kind. Wie heißt sie?«

»Jane.«

»Guten Tag, Jane«, sagte er. Aber Jane starrte ihn nur aus den großen, fragenden, furchtsamen Augen eines Kindes an, das bei verfeindeten Eltern lebt.

Mrs. Pinnegar stellte Tee, Brot, Butter und Marmelade auf den Tisch. Dann nahm sie ihm gegenüber Platz. Sie war hübsch, sie hatte graue Augen mit gelben Einsprengseln darin, und dunkle, kräftige Brauen. Sie sah dem Besucher so klar und gerade ins Gesicht wie jemand, der gewohnt ist, sich behaupten zu müssen. Ihre Augen waren das Schönste an ihr, es stand eine Mischung von Güte und schonungsloser weiblicher Willenskraft darin. Nase und Mund waren so gerade wie bei einer griechischen Maske, ihr Ausdruck war starr. Sie vermittelte den Eindruck einer Person, die einen Fehler gemacht hat und sich dessen bewußt ist, ihn aber nicht zurücknehmen oder gutmachen will, da sie es nicht kann.

Er fühlte sich unbehaglich. Er war ziemlich klein und unansehnlich, die Frau aber brachte ihm diese physische Unzulänglichkeit eigens zu Bewußtsein. Und sie sprach kein Wort, sondern sah nur, während er seinen Tee trank, mit jenem unwandelbaren Blick eines Weibes, das gegen Mann und Schicksal zu bestehen hat, auf ihn herab. Auch das kleine Mädchen mit dem Blondhaar und den beiden Puppen musterte ihn aus einer Ecke der Küche her aus ihren heißen blauen Augen in völligem Stillschweigen.

»Das hier ist eine trübselige Gegend«, bemerkte Jimmy.

»Das stimmt. Äußerst trübselig«, gab sie zurück.

»Sie sollten versuchen, von hier wegzukommen«, fuhr er fort. Dies nahm sie mit tödlichem Schweigen entgegen. Es schien ihm ungeheuer schwierig, mit dem Gespräch weiterzukommen. Er stellte eine Frage nach ihrem Mann. Sie warf einen Blick auf die Küchenuhr.

»Er kommt um neun«, sagte sie.

»Ist er im Schacht?«

»Ja, er hat Nachmittagsschicht.«

Von dem Kind kam kein Sterbenswörtchen.

»Redet Jane gar nicht?« fragte er.

»Nicht viel«, sagte die Mutter und sah sich flüchtig nach dem Kind um.

Er sprach ein bißchen über seinen Vortrag in Sheffield, sowie über London. Die Frau zeigte sich jedoch nicht sehr interessiert. Sie verhielt sich wortkarg und distanziert und kam ihm wie eine Frau vor, die ihre Rache befriedigt hat und an einem Strand angespült ist, an dessen Klippen ihr Feind zerschellt ist. Noch immer unversöhnt, schien sie im ungewissen darüber zu schweben, womit und wofür sie sich gerächt hatte.

»Ja, Sie sollten von hier weg«, sagte Jimmy noch einmal.

»Wohin denn?« fragte sie.

Er machte eine undeutliche Handbewegung: »Na ja – irgendwohin. Wenn es nur vollkommen weg von hier ist!«

Sie schien unter ihren gewichtigen Brauen darüber nachzudenken. »Ich sehe nicht, was dabei herauskäme«, sagte sie dann, und, mit einem Blick auf das Mädchen: »Ich finde da keinen Unterschied, was man auch machen könnte, außer, man verließe die Welt gänzlich. Ich habe aber an *sie* zu denken.«

Jimmy fing endgültig an sich zu fürchten. An diese Sorte Grimm war er nicht gewöhnt. Gleichzeitig wurde er aufgeregt. Die hübsche und wortkarge Frau mit ihrem weichen braunen Haar und den harten Augen mit den goldgelben Flecken darin schien ihn zu irgendwas herauszufordern. Irgendwo schlug in ihr ein Herz. Was war diesem Herzen zugestoßen? Was war ihm fehlgeschlagen? Sie wütete ja gegen sich selber ...

Plötzlich sagte er, Spielernatur, die er war: »Warum kommen Sie nicht zu mir, mit mir zu leben?«

Ein wunderliches, widerspruchsvolles Lachen erschien auf seinem Gesicht. Er hatte ihre Herausforderung als Spieler angenommen. Die Witterung eines Glücksspiels, in welchem er sich schließlich nicht zu ruinieren brauchte, regte ihn auf. Zugleich aber fürchtete er sich vor ihr und war entschlossen, sich über diese Furcht hinwegzusetzen.

Sie saß da und beobachtete ihn, den leisen Anflug eines grimmigen Lächelns um ihren schönen Mund. »Wie meinen Sie das, mit Ihnen leben?« erkundigte sie sich.

»Nun, ich meine genau, was es gewöhnlich bedeutet«, entgegnete er mit einem kleinen, selbstbewußten Auflachen. »Sie sind doch offenkundig hier nicht glücklich. Sie schwimmen im verkehrten Fahrwasser. Sie sind doch keine alltägliche Natur. Gut, brechen Sie aus. Wenn ich Ihnen sage, kommen Sie und leben Sie mit mir, meine ich genau, was ich sage. Kommen Sie mit nach London und leben Sie als meine Frau, wenn Sie mögen; und wenn wir heiraten wollen und Sie geschieden werden können, gut, so tun wir's.«

Jimmy richtete diese Ansprache mehr an sich selber als an Mrs. Pinnegar. Dies entsprach seiner Art. Er pflegte alle Probleme, so als ob sie nur ihn allein angingen, in seinem Innern auszuarbeiten. Während er das tat, hatte er eine absonderliche Art, mit dem linken Auge zu zwinkern, lose den Kopf zu wiegen und dabei die Blicke ganz in sich hinein zu richten wie einer, der strikt nur zu sich selber redet.

Sie musterte ihn verwundert. Dies war etwas, woran sie nicht gewöhnt war. Sein verblüffend kühner Vorschlag scheuchte sie aus ihrer Apathie auf.

»Gut«, sagte sie, »aber darüber muß man nachdenken. Was geschieht mit *ihr?«* Sie wies mit dem Kopf auf das großäugige Kind in der Ecke. Jane hockte mit vollkommen ausdruckslosem Gesicht auf ihrem Platz, den Mund ein wenig offen, wie in einer Trance: als ob sie dem Gespräch wie eine Erwachsene folgte, aber in kindlicher Unbewußtheit befangen. Die Mutter starrte sie an, und das Kind gab den Blick mit seinen heißen, verängstigten, fast schuldbewußten Blauaugen zurück. Keine von beiden sagte etwas, aber sie schienen unhörbare Worte zu wechseln.

Jimmy sagte: »Ja, aber natürlich, sie kommt mit!« Mrs. Pinnegar drehte sich wieder zu ihm hin. »Es ist nicht«, fuhr er stotternd fort, »etwas Plötzliches und Unüberlegtes. Ich habe es schon eine ganze Zeitlang erwogen – und zwar schon, seitdem ich Ihr erstes Gedicht und Ihren Brief dazu in Händen hielt.«

Er redete immer noch so, als ginge es ihn allein etwas an, und Mrs. Pinnegar wandte den Blick nicht von ihm ab.

»Bevor Sie mich überhaupt sahen?« fragte sie ungläubig.

»Ja, natürlich. Natürlich bevor ich Sie sah. Sonst hätte ich Sie überhaupt nicht zu sehen bekommen. Von vornherein hatte ich das bestimmte Gefühl ...« Er vollführte ungeschickte, eckige Bewegungen wie ein Betrunkener, er sprach auch wie ein Betrunkener, die Augen nach innen gerichtet, wie im Selbstgespräch. Die Frau war ihm nicht mehr als ein Gespenst, das sich in seinem Innern bewegte und das er in diesem seinem Innern anredete.

Die wirkliche Frau verharrte vor ihm im Zustand des Staunens. Dies war etwas völlig Neues für sie.

»Ja, und jetzt, wo Sie mich sehen, wollen Sie da wirklich, daß ich mit Ihnen nach London gehe?« Das sagte sie in dem dumpfen Ton des Unglaubens. Das Ganze war ihr nun doch ein wenig widersinnig. Aber warum eigentlich nicht? Es bedurfte schon einer richtigen Widersinnigkeit, um sie aus der Gruft, in der sie saß, herauszuholen.

»Selbstverständlich will ich das!« rief er und warf den Kopf zurück. »Wo ich Sie nun tatsächlich sehe, will ich Sie auch tatsächlich haben!« Dabei sah er sie überhaupt nicht an. Seine Augen waren immer noch nach innen gekehrt, immer noch sprach er wie ein Betrunkener mit sich selber. Dann wurde er der heißen Blauaugen und der erhitzten Wangen des Kindes in der Ecke gewahr und gab eine verlegene Lache von sich.

»Nun, soviel hätte ich wahrhaftig nicht zu hoffen gewagt«, fuhr er fort. »Sie und Jane alle beide zu haben! Wahrhaftig, das bedeutet erst richtiges Leben für mich!« Immer noch dieser wunderliche, angespannte Tonfall, ein wenig wie im Rausch. Und zum erstenmal schaute er jetzt der Frau geradewegs ins Gesicht.

»Und wann wollen Sie, daß ich komme?« fragte sie etwas kühl.

»Sobald wie möglich. Kommen Sie gleich morgen mit, wenn Sie wollen. Ich habe ein kleines Haus in St. John's Wood, das auf Sie wartet. Kommen Sie morgen schon mit, das ist das einfachste.«

Sie beobachtete ihn, während er da so mit gesenktem Kopf saß und wie ein Betrunkener wirkte. Auf dem Hinterkopf wurde er schon kahl, das gelockte schwarze Haar dort war dünn. »Morgen geht es nicht. Ich brauche ein paar Tage«, sagte sie.

Sie wollte sein Gesicht sehen. Ihr war, als habe sie das Gesicht dieses sonderbaren Mannes, der aus dem Nichts mit solch sonderbarem Antrag aufgetaucht war, schon jetzt nicht mehr in Erinnerung. Er hob den Kopf, die Augen immer noch wie blind. Jetzt sah er wie ein erblindeter Mephisto aus. Mit hochgezogenen schwarzen Brauen, ein erblindeter, auf der Straße bettelnder Mephisto.

»Wundervoll, daß es sich so für mich fügt«, sagte er jetzt mit Nachdruck. »Ich war nämlich fertig, absolut fertig. Schon als Clarissa noch bei mir war, war ich fertig. Als sie aber weg war, war ich vollständig erledigt. Ich dachte, es gäbe für mich keinerlei Aussicht mehr. Es ist ein wirkliches Wunder, daß es sich jetzt nun so für mich fügt, daß ich Ihnen begegnet bin ... Ihnen und Jane ... Ja, auch Jane ... nein wirklich, es ist zu schön, um wahr zu sein.« Und er stieß ein leicht hysterisches Lachen hervor.

Mrs. Pinnegar und Jane starrten ihn verwirrt an.

»Ich muß mich aber erst noch mit meinem Mann einigen«, sagte sie nachdenklich. »Wünschen Sie ihn zu sehen?«

»Gott, ich –« er machte eine abwinkende Bewegung –, »ich lege keinen Wert darauf; aber wenn Sie es für besser halten, dann schon.«

»Doch, ich halte es für richtig«, sagte sie.

»Gut. Dann spreche ich mit ihm, wenn Sie es wünschen.«

»Er kommt um neun nach Haus«, sagte sie.

»Gut, dann also. Um so besser. Aber ich will mich zuerst nach einer Gelegenheit zum Übernachten umsehen. Lieber gleich als zu spät.«

»Ich komme mit Ihnen und frage für Sie.«

»Nein, wirklich, bemühen Sie sich nicht. Wenn Sie mir nur sagen, wohin ich mich am besten wende ...«

Er hatte jetzt einen Beschützerton angenommen. Er beschützte sie vor sich selber und vor Gerede. Das lag in seiner oxfordischen Manier, und diese war es vor allem anderen, was über ihren Horizont ging. Dergleichen war sie nicht gewohnt.

Er stürzte sich also in die drückende Finsternis dieser nordischen Nacht hinaus. Ihm war bewußt, wie gräßlich das war, aber auch, daß er ein aufregendes Abenteuer durchmachte. Er mußte damit fertig werden.

In einem Bäckerladen, wo sie ihm geraten hatte, nachzufragen, wollte man nichts von ihm wissen. Sein Aussehen behagte ihnen nicht. Auch in der Gastwirtschaft gab es

Kopfschütteln: man wollte nichts mit ihm zu tun haben. Er redete den Leuten in höchst zurechtweisender Oxford-Manier zu: »Hören Sie mal, Sie können doch einen Menschen nicht unter einer der Hecken hier schlafen lassen. Kann ich die Wirtin sehen?«

Er überredete die Wirtin, ihn auf dem riesigen, weichen Kanapee in der Gaststube schlafen zu lassen, wo ein helles Kaminfeuer brannte. Dann versprach er, bis zehn Uhr zurück zu sein, und machte sich durch den Schmutz und Schlamm wieder zur New London Lane auf den Weg.

Das Kind war jetzt im Bett. Auf dem Herd kochte ein Suppentopf. Die Gesichtszüge der Mrs. Pinnegar hatten sich schon ein wenig geglättet. Sie deckte ein weißes Tuch über den Tisch. Jimmy verhielt sich schweigend. Ihm schien, daß sie seine Gegenwart kaum wahrnahm. Zweifellos war sie beschäftigt, weil ihr Mann nach Hause kam. Jimmy saß lediglich auf dem Sofa und wartete. Er fühlte sich scharf angespannt. Wenn er sich einmal in Hochspannung befand, wurde er auch mit allem fertig.

Die Neun-Uhr-Sirene war vom Bergwerk her zu hören. Mrs. Pinnegar nahm die Suppe vom Feuer und ging in die Waschküche. Jimmy roch den Geruch von gepellten Kartoffeln. Er verhielt sich still, im Augenblick gab es für ihn nichts zu sagen noch zu tun. Er trug seine schwarzumränderte Brille, und sein Gesicht, leer vom Warten, sah wie die Totenmaske eines skeptischen Philosophen aus, der ungemessene Zeitläufte hindurch Geduld übt und das Leben kaum noch vom Tod unterscheidet.

Dann schwere Schritte im Hauseingang, und der Mann kam wie ein Windstoß zur Tür herein. Sein blondes Schnurrbärtchen stand ihm von dem geschwärzten, fleckigen Gesicht ab, und die wilden blauen Augen ließen in den mit Kohlenstaub bedeckten Augenhöhlen das Weiße sehen.

»Der Herr hier ist Mr. Firth«, stellte Emilia Pinnegar ihren Besucher vor.

Jimmy stand auf, hielt dem Mann die Hand hin und sagte mit einer Spur seiner Oxforder Sprachverrenkung guten Tag.

»Ich kann Ihnen die Hand nicht geben, sie ist zu schmutzig«, sagte der Bergmann. »Nehmen Sie Platz.«

»Kohlenstaub ist keine Schande«, erwiderte Jimmy und nahm seinen Platz auf dem Sofa wieder ein. »Das ist sauberer Schmutz.«

»Sagt man«, erwiderte Pinnegar.

Er war ein Mann mittlerer Größe, mager, aber kräftig gebaut. Seine Frau ließ aus dem Messinghahn des Ofens heißes Wasser in eine Wanne laufen. Pinnegar ließ sich schwer in einen der Armsessel fallen und bückte sich, um sich die schweren grauen Grubenstiefel auszuziehen. Er roch nach dem schalen, fremden Untertage. Schweigend streifte er sich Pantoffeln über, erhob sich und nahm seine Stiefel mit in die Waschküche. Die Frau kam mit der Wanne voll heißem Wasser hinter ihm her. Sie kam zurück und breitete ein rauhes Handtuch über das eiserne Kamingitter. Jimmy konnte hören, wie sich der Mann im Halbdunkel der Waschküche abseifte. Keiner sagte ein Wort. Frau Pinnegar widmete sich dem Abendessen für ihren Mann.

Nach einer Weile kam er, nackt bis auf den Gürtel, wieder herein und kauerte sich auf den Hacken dicht vor das Kaminfeuer. Kopf, Gesicht und Brust waren naß, und sein Rücken war noch schwarz und ungewaschen. Er nahm das Handtuch von dem Gestell und begann sich Kopf und Gesicht mit einer Art brutaler Heftigkeit abzureiben. Seine Frau brachte eine Schüssel herbei und wusch ihm mit einem Seifenlappen schweigend den Rücken bis zu den Hüften, von denen er die Hose zurückgerollt hatte. Der Mann hatte den Besucher gänzlich vergessen. Diese Waschung gehörte zum Ritual des Kohlenbergmanns, daneben existierte für ihn nichts anderes. Die Frau, die sich hinter ihm über seinen Rücken beugte, während er mit gespreizten Knien auf den Hacken auf dem Kaminvorleger hockte, hatte einen finsteren und geringschätzigen Ausdruck in ihrem Blick. Sie mißbilligte irgendwen oder irgendwas, Jimmy wurde nicht klug daraus, wer oder was es war.

Dies war für ihn eine neue Erfahrung: von einem fremden, persönlichen Ritus völlig und brutal ausgeschlossen zu sein. Der Bergmann rieb sich heftig das kurzgeschnittene blonde Haar, daß es in die Höhe stand, dann rieb er sich Brust und Bauch mit derselben Brutalität ab, als wäre sein Körper eine Maschine, die zu reinigen war, während seine Frau mit einem zweiten Handtuch, unter eigentümlich langsamen Bewegungen, seinen Rücken abtrocknete.

Dann trug sie Schüssel und Handtuch hinaus. Der Mann war jetzt trocken. Er kauerte noch, die Hände auf den Knien, vorm Feuer und starrte abwesend hinein. Auch das schien zu seinem abendlichen Ritual zu gehören. Die Farbe kehrte in seine Wangen zurück, den blonden Schnurrbart zwirbelte er zerstreut, seine Augen fuhren fort in die Flammen zu starren, während der rote Widerschein des Kohlenfeuers auf seine nackte Brust fiel.

Er mochte fünfunddreißig Jahre zählen, er war also im besten Mannesalter, mit reiner Haut und ohne Fett am Körper. Seine Muskeln waren nicht sehr ausgebildet, aber beweglich und voll Energie. Er glich einer sauber modellierten Maschine, die zwischen ihrer Arbeit stillsteht. Seine Augen waren von dunklem Eisenblau.

Er blickte umher, ignorierte aber den Besucher auf seinem Sofa immer noch vollständig. Die Frau nahm ein Bündel Wäsche aus dem Schrank und reichte sie seiner ausgestreckten schwieligen Hand. Seltsam war diese verarbeitete, schwielige, derbe, aber saubere Hand anzusehen am Ende dieses geschmeidigen, schlanken Armes.

Er rollte Unterhemd und Hemd vor der Glut auseinander, wärmte sie etwas an und zog sich dann beide über den Kopf. Endlich stand er auf, während das Hemd ihm noch über die Hose hing, und begab sich in seiner abwesenden, schläfrigen Art in die Waschküche, unterwegs nahm er seine zusammengelegte Abendhose aus dem Schrank. Seine Frau nahm die Handtücher weg und setzte das Abendessen auf den Tisch: Zwiebelauflauf mit dampfender brauner Bratensauce, gekochte Kartoffeln und eine Tasse Tee. Der Mann kam aus der Waschküche in sauberem Hemd und schwarzer Flanellhose und mit ordentlich gebürsteten Haaren zurück. Er rückte den hölzernen Armsessel an den Tisch und ließ sich schwer zur Mahlzeit nieder.

Dann richtete er den Blick auf Jimmy, wie ein unlustiger und möglicherweise feindseliger Mann einen anderen beäugt.

»Sie sind fremd hier?« sagte er. Das klang in seinem Mund ein wenig zu formell, ja sogar etwas pompös.

»Vollkommen fremd«, erwiderte Jimmy mit einem schiefen Lächeln.

Pinnegar drückte etwas Senf auf seinen Teller und untersuchte sein Essen, um festzustellen, ob er es mochte.

»Kommen von weit her?« fragte er und begann zu essen. Während er kaute, schien er Jimmy wieder ganz zu vergessen. Er beugte den Kopf über den Teller und aß, brütete aber wahrscheinlich, mit barbarischer Schwerfälligkeit, über irgend etwas.

»Aus London«, sagte Jimmy.

»So, London«, sagte Pinnegar, ohne aufzusehen.

Die Frau kam wieder herein und setzte sich in feierlichem Schweigen in den Schaukelstuhl unter der Lampe.

»Und was führt Sie hierher?« fragte Pinnegar, in seinem Tee rührend.

Jimmy ruckte auf seinem Sofaplatz hin und her. »Oh, ich habe Mrs. Pinnegar besucht.«

»Dann kennen Sie sich also?« sagte der Mann, ohne Jimmy anzusehen, dem er sein Profil zukehrte.

»Ja, neuerdings«, erklärte Jimmy. »Ich kannte Ihre Frau vor heute abend noch nicht. Sie schickte nämlich ein paar Gedichte an den *Kommentator*, ich bin da Redakteur. Ich fand sie gut und schrieb es ihr. Dann hatte ich Lust, herzukommen und sie kennenzulernen, und da sie es mir erlaubte, bin ich hergekommen.«

Der Mann schnitt sich ein Stück Brot und biß davon ab. »Sie fanden das also gut?« wandte er sich an Jimmy und sah ihn mit einem etwas kindlich-neugierigen Blick an, der jedoch Angriffslust enthielt. »Werden Sie sie denn in Ihrer Zeitung abdrucken?«

»Ja, das habe ich vor«, sagte Jimmy.

»Ich habe nur eins von ihren Gedichten gelesen. Das handelte von einem Bergmann, über den sie alles wußte, weil sie ihn geheiratet hatte«, sagte er mit einer rauhen Stimme, die zugleich einen unzähmbar höhnischen Unterton hatte.

Jimmy blieb still. Der rauhe und kampfbereite Ton des anderen schüchterte ihn ein.

»Ich persönlich konnte mit dem *Kommentator* nie viel anfangen«, sagte Pinnegar, schob seinen Teller zur Seite und griff nach dem Nachtisch. »Mir ist er zu umständlich. Macht lange Umwege, um nirgends hinzugelangen.«

»Das mag wohl sein«, erwiderte Jimmy und wand sich ein wenig. »Aber wenn das Wie interessant ist ...? Wer gelangt schon zu irgendwelchen Resultaten heutzutage! Überhaupt eine Zeitschrift ...«

»Weiß ich nicht«, erwiderte Pinnegar. »Im *Liberator* stehen manchmal interessante Sachen, und der *Janus* hat auch Ideen. Persönlich kann ich aber nichts mit all solchen Gefühlen anfangen, die die Leute angeblich haben. Die führen zu gar nichts.«

»Ja aber«, sagte Jimmy mit einem Auflachen, »die Frage ist, wohin will man gelangen? Es ist ja alles ganz gut und schön gesagt, daß alles immer irgendwohin führen sollte; aber wohin, wohin in aller Welt will man denn geführt werden!? Ich meine, im allgemeinen. Wenn einer einen besseren Posten im Bergwerk will, gut, soll er sehen, daß er ihn kriegt. Aber wenn man verlangt, etwas solle im Leben ›zu was führen‹, ja, dann muß man eben wissen, was man eigentlich will.«

»Hören Sie, ich bin ein Mann, nicht wahr?« sagte Pinnegar plötzlich sehr leise und bestimmt.

»Ein Mann, gut«, gab Jimmy zurück. »Aber was bedeutet das? Sie sind ein Mann; und?«

»Habe ich ein Recht darauf, zu sagen, ich will nicht ausgenutzt werden?« sagte Pinnegar sehr langsam, rauh und schwer.

»Natürlich haben Sie ein Recht darauf«, sagte Jimmy. »Aber was heißt das schon? Wir alle werden ausgenutzt, von König George an abwärts. Wenn Sie Ihren Pudding essen, nutzen Sie dabei Hunderte von Leuten aus, Ihre Frau eingeschlossen.«

»Weiß ich, weiß ich. Hat nichts zu sagen. Ich jedenfalls will mich nicht ausnutzen lassen.«

Jimmy zuckte die Achseln. »Schön, schön. Das ist eine Redensart wie hundert andere.«

Der Bergmann saß ruhig in seinem Sessel und hatte ein hartes, abweisendes Gesicht bekommen. Er schien über etwas nachzudenken, das wie ein Stachel in seinem Fleisch saß, etwas, worüber er hart werden wollte, wie die Haut sich um einen Splitter härtet.

»Nichts als ausgenutzt werde ich«, sagte er wie zu sich selber und starrte ins Leere. »Drunten im Stollen werde ich ausgenutzt und kriege dafür meinen Lohn, so wie er ist. Zu Hause werde ich ausgenutzt, und meine Frau setzt mir das Essen auf den Tisch, als wäre ich ein Kunde im Laden.«

»Ja, aber was erwarten Sie denn?« rief Jimmy.

»Ich? Erwarten? Gar nichts. Aber eins sage ich Ihnen, ich lasse mir keins von beiden mehr gefallen.«

»Wenn Sie wissen, *was* Sie sich nicht mehr gefallen lassen wollen?«

»Ich will nicht, daß meine Frau Gedichte schreibt. Und sie an eine Ansammlung von Leuten schickt, die sie nie gesehen hat. Ich will meine Frau nicht wie die Königin Boadicea dasitzen sehen, wenn ich nach Hause komme, mit einem Gesicht wie ein Steinwall mit Löchern drin. Was mit ihr los ist, weiß ich nicht. Sie weiß es selber nicht. Aber sie tut, wozu sie Lust hat. Und da tu ich eben dasselbe.«

»Natürlich!« rief Jimmy, obwohl gar nichts Natürliches daran war.

»Hat sie Ihnen erzählt, daß ich eine andere habe?«

»Ja.«

»Dann werde ich Ihnen sagen warum. Wenn ich mich auf das Grubenarbeiterdasein einlasse und täglich im Stollen acht Stunden Sklaverei auf mich nehme, hat jemand anders sich auf mich einzulassen.«

»Wenn Sie damit sagen wollen«, sagte Jimmy, »daß Ihre Frau sich nach Ihnen richten soll – schön, so ist das das Problem. Sie müssen sich eben eine Frau nehmen, die sich nach Ihnen richtet.« Das war aus Jimmys Mund eigentlich erstaunlich. Da saß er und hielt einen Vortrag wie ein Puritanerprediger, ohne der fehlgeschlagenen Spekulation mit Clarissa in seiner eigenen Vergangenheit zu gedenken.

»Ich brauche eine Frau, die mir wohltut. Die wünscht, mir wohlzutun«, sagte der Bergmann.

»Warum sollte dir mehr als irgendwem sonst wohlgetan werden?« fragte seine Frau kalt.

»Liebes Kind, die Kleine hier hat auch das Bedürfnis, mir wohlzutun – wenn nur ihre Mutter es ihr erlaubte. Ich sage Ihnen –« und er wandte sich mit einem bösen Leuchten seiner dunkelblauen Augen an Jimmy –, »ich will eine Frau haben, die mir wohltut, die das Bedürfnis hat, mir wohlzutun. Und wenn ich eine solche nicht zu Hause finde, suche ich sie mir woanders.«

»Ich hoffe, sie tut dir wohl«, sagte die Frau und schaukelte sich leicht auf ihrem Stuhl.

»Allerdings tut sie das.«

»Warum lebst du dann nicht ganz mit ihr?«

»Warum ich das nicht tue? Weil ich mein Zuhause habe. Ich habe mein Zuhause, ich habe meine Frau, laß sie sein, wie sie will, um mit ihr zusammenzuleben. Und ich habe mein Kind. Warum soll ich das alles kaputtmachen?«

»Und ich?« fragte sie kalt und böse.

»Du? Du hast ein Zuhause. Du hast ein Kind. Du hast

einen Mann, der für dich schuftet. Du hast, was du brauchst. Du tust, wozu du Lust hast.«

»So, tu ich das?« fragte sie höhnisch.

»Jawohl. Abgesehen von dem bißchen Hausarbeit tust du, wozu du Lust hast. Wenn du gehen willst, kannst du gehen. Aber solange du in meinem Haus lebst, hast du das zu respektieren. Du hast keine Männer hierherzubringen, verstehst du.«

»Respektierst *du* dein Zuhause?«

»Allerdings! Wenn ich eine andere Frau habe, die mir wohltut, beraube ich dich um nichts. Alles, was ich von dir verlange, ist, daß du deine Pflicht als Hausfrau tust.«

»Bis zum Abwaschen deines Hintern«, sagte sie hohnvoll und, wie Jimmy fand, ein bißchen ordinär.

»Bis zum Abwaschen meines Hintern, jawohl, wenn dieser gewaschen werden muß«, sagte er.

»Und die andere? Soll die das doch machen!«

»Dies hier ist mein Zuhause.«

Mrs. Pinnegar vollführte eine sonderbare Bewegung, als sei sie nicht bei Sinnen. Jimmy saß ziemlich bleich und eingeschüchtert dabei. Hinter der Ruhe des Arbeiters spürte er einen gesammelten Zorn und unbeugsamen Willen. Auf seinem mageren Gesicht konnte er die bloßen Knochen, die männliche Knochenstruktur erkennen; die ganze Seele des Mannes, oder sein Geist, schien ihm unangreifbar in den Schädel und das Knochengerüst gefahren.

Jimmy empfand einen merkwürdigen Zorn auf diesen knochigen Mann mit seiner Logik. Es war diese hartgesottene Kälte und Festigkeit, die er nicht ausstehen konnte.

»Hören Sie«, rief er mit seinem klingenden Oxforder Tonfall dazwischen, »Sie sagen, Ihre Frau ist frei, zu tun, wozu sie Lust hat. In diesem Fall werden Sie nichts dagegen haben, wenn sie stehenden Fußes mit mir zusammen von hier weggeht.«

Der Mann musterte verblüfft das blasse Gesicht des Redakteurs. Jimmy hielt sein Gesicht abgewandt, er sah ins

Leere, sah niemanden an. Er hatte seinen mephistophelischen Zug in den Augenbrauen und um den Mund die Geradheit des Märtyrers Sebastian.

»Will sie das denn?« fragte Pinnegar mit vernichtender Ungläubigkeit. Seine Frau lächelte verächtlich, sie durchschaute die Eitelkeit des Mannes in seiner völligen Unfähigkeit, zu begreifen, daß sie einen anderen Mann ihm vorzog.

»Das müssen Sie sie selber fragen«, sagte Jimmy. »Aus diesem Grund bin ich jedenfalls hierhergekommen: sie zu fragen, ob sie zu mir kommen und mit mir leben, und auch das Kind mitbringen wolle.«

»Sie sind hergekommen, ihr das vorzuschlagen – ohne sie überhaupt gesehen zu haben?« fragte der Mann mit steigender Verwunderung.

»Jawohl«, sagte Jimmy heftig und nickte in trunkener Begeisterung mit dem Kopf. »Jawohl, ohne sie je gesehen zu haben.«

»Da hast du dir ja diesmal mit deiner Gedichtemacherei einen komischen Vogel gefangen«, wandte Pinnegar sich mit plumper ehelicher Vertraulichkeit an seine Frau. Wie sie diese saloppe Ehemann-Manier haßte!

»Und was für einen komischen Vogel hast *du* dir gefangen?« gab sie zurück. »Womit hast *du* das fertiggebracht?«

»Mit Vogelleim«, grinste er. Alle drei saßen eine Weile in schweigender Spannung. Schließlich fragte Pinnegar: »Und was gibst du ihm zur Antwort?«

Jimmy sah hoch, das boshafte halbe Lächeln, das auf seinem Gesicht lag, diese Mischung von Faun und Mephisto, machte ihn nahezu hübsch. Er lächelte der Frau, die ihn von ihrem Stuhl her musterte, ermutigend zu.

»Ich sage ja«, erwiderte sie kühl.

Der Ehemann blieb steif aufrecht in seinem Sessel sitzen, starrte ins Leere und sagte nichts. Es war, als beobachtete er aufmerksam etwas, das von ihm weg, aus seinem Gemüt fortflog. Doch war er nicht gesonnen, irgendeiner Gemütsbewegung nachzugeben. Er wollte es nicht glauben, daß die Frau willens war, ihn einfach zu verlassen.

»Ich bin sicher«, nahm Jimmy wieder das Wort, »es ist für alle am besten so. Und es macht Ihnen doch nichts aus«, fügte er unruhig hinzu, »wenn sie das Kind mitnimmt? Ich verbürge mich dafür, daß die Kleine es gut haben wird.«

Der Bergmann sah ihn an, als wäre er meilenweit weg, aber Jimmy begriff, daß er bemüht war, jede Gemütsbewegung in sich zu ersticken, alle Sentimentalität bis auf den nackten Knochen seiner Männlichkeit abzustreifen.

»Ich stelle ihr frei«, sagte der Mann, »zu tun, was ihr beliebt.«

»Vaterliebe oder Selbstsucht?« sagte die Frau.

»Was mich betrifft – kann sie tun, was ihr beliebt«, wiederholte er geistesabwesend.

»Das nenn ich großzügig!« sagte sie und ließ zum erstenmal einen Anflug von Enttäuschung spüren.

Jimmy sah nach der Uhr. Es wurde schon spät. Es bestand Gefahr, daß er nicht mehr in seinen Gasthof hineinkam. Er erhob sich und sagte, er wolle am anderen Morgen wiederkommen. Er müsse mittags den Zug nach London nehmen.

Und wieder tauchte er in die Finsternis dieser düsteren Gegend hinein. Er fühlte sich merkwürdig erhoben, wenn auch etwas geängstigt. Aber stets brauchte er ein Quentchen Beängstigung, um sich erhoben zu fühlen. Mit Grausen dachte er an die zwei, die nun miteinander in dem Häuschen dort zurückblieben. Er selber ertrug einen äußersten Grad von Spannung nie lange. Er bedurfte der Kompromisse, der Entschuldigungen, der Rührung. Auf diese Weise konnte er mit Mrs. Pinnegar auskommen. Mit Emilia. Emilia – er mußte sich daran gewöhnen, diesen Namen auszusprechen. Emily müßte es heißen. Emilia war absurd. Aber auch eine Emily hatte er nie gekannt.

Geängstigt und gehoben. Aber er tat etwas Großes! Es war nicht dies, daß er sich in sie verliebt hätte. Beim Himmel, er wollte sie nur von dem Mann weghaben. Er wollte auch das Abenteuer, das sie bedeutete. Sie war ein Abenteuer. Er fühlte sich erhoben, fühlte sich er selber, fühlte sich als Mann.

Am Morgen betrat er das Haus der Pinnegars in ziemlich eingeschüchterter Stimmung. Es war wieder ein düsterer, regnerischer Tag. Schwarze Bäume, schwarze Straßen, schwarze Hecken, geschwärzte Ziegelhäuser. Geruch, Dunst und Lärm der Kohlengruben unter einem Tag ohne Himmel. Ein Leben in einer unheimlichen Unterwelt.

Das Kind machte ihm die Tür auf. Blondhaar, gerötete Wangen, heiße dunkelblaue Augen.

»Guten Tag, Jane!« sagte er.

Die Mutter stand groß und steif am Küchentisch und sah ihm mit unruhigen Blicken entgegen. Sie war hübsch, doch ließ ihre Haut zu wünschen übrig. Der Lebenskampf war für ihre Gesundheit zuviel gewesen. Jimmy lächelte ihr mit seinem leisen, gewinnenden Lächeln zu, das immer für ein weibliches Gemüt etwas Ermutigendes, Erfrischendes hatte. Und als er in ihre gelbgesprenkelten Augen hineinsah, die die seinen suchten, und zwar ohne eine Spur von Freundlichkeit, dachte er: ›Mein Gott, wie soll ich nur mit dieser Frau schlafen?‹ Doch war der gute Wille in ihm vorhanden, er würde es schon schaffen.

Und um so stärker war der gute Wille in ihm, als sein Blick auf das reglose knochige Gesicht und die hagere Gestalt des Bergmannes fiel, der in seinem Sessel neben dem Kaminfeuer saß. Über diesen Mann mußte er triumphieren!

»Welchen Zug nehmen Sie?« fragte Mrs. Pinnegar.

»Zwölf Uhr dreißig.« Er lächelte sie auf seine kindliche und gewinnende Art an, und sie nahm dieses Lächeln, das sie mit der düsteren Unbeugsamkeit in den Augen ihres Mannes verglich, dankbar auf. Ihr Mann schien ihr mit seiner Angespanntheit und Magerkeit stets eine Drohung zu enthalten; dieser aber hatte die bestrickenden Augen einer

Persianerkatze, etwas gleichermaßen Kühnes, Scheues und Lockendes lag darin, und sie geriet in ihren Bann.

»Sie müssen vorher zu Mittag essen«, sagte sie.

»Nein«, rief er fast in panischem Entsetzen vor der Aussicht, unter den Augen jenes Mannes essen zu sollen. »Nein, ich habe ein ausgezeichnetes Frühstück gehabt. Ich muß in Sheffield umsteigen und werde da auf dem Bahnhof ein Butterbrot essen, wirklich!«

Sie mußte fort, Einkäufe machen. Sie sagte, sie wolle ihn auf den Bahnhof begleiten, wenn sie zurückkäme. Es war eben nach elf Uhr.

»Aber hören Sie«, wandte Jimmy sich gleichzeitig an sie und an den Mann, der unbeteiligt dasaß und Zeitung las. »Wir müssen diese Sache doch besprechen. Ich möchte Mrs. Pinnegar und das Kind bei mir haben, und sie ist damit einverstanden. Wäre es da nicht das beste, sie kommt gleich heute mit? Packen Sie nur eben das Nötigste in eine Handtasche und kommen Sie. Warum das noch lange hinzögern?«

»Ich sage ja«, erwiderte der Mann, »daß sie von mir aus machen kann, was ihr beliebt.«

»Also gut! Wollen Sie nicht gleich mitkommen?« sagte Jimmy mit der Gewißheit, daß er sich ihr auf Gnade und Ungnade auslieferte.

»Das kann ich nicht«, erwiderte sie mit Entschiedenheit. »Heute geht es nicht.«

»Aber warum denn nicht! Warum nicht, solange ich noch hier bin! Sie haben die Freiheit, zu tun, was Sie wollen . . .«

»Mit der Freiheit kann ich einstweilen nicht viel anfangen«, sagte sie schroff. »Heute geht es jedenfalls nicht.«

»Wann denn?« drängte er. »Je eher, desto besser!«

»Montag«, sagte sie unvermittelt.

»Montag!« wiederholte er, zunächst erschrocken; dann biß er die Zähne zusammen und nickte mit dem Kopf. »Gut also. Heute ist Sonnabend. Montag denn.«

»Wenn Sie mich jetzt entschuldigen wollen«, sagte sie.

»Ich muß weg und ein paar Sachen besorgen. Wenn ich zurückkomme, gehe ich mit Ihnen bis zum Bahnhof.«

Sie zog Jane ein himmelblaues Jäckchen an, nahm selber ihren schweren schwarzen Wintermantel und schwarzen Hut und ging. Jimmy blieb unbehaglich mit dem Bergmann im Zimmer sitzen. Pinnegar trug jetzt eine Brille; diese nahm er ab, legte die Zeitung beiseite und sagte irgend etwas über die sozialdemokratische Regierung.

»Stimmt«, sagte Jimmy, und: »Das ist nur logisch. Wenn man demokratisch denkt, ist es nur konsequent, sozialdemokratisch zu wählen. Mir persönlich scheint die eine Regierung so gut wie die andere.«

»Möglich«, sagte Pinnegar. »Aber irgendwas muß ja früher oder später geschehen.«

»Das kann man wohl sagen«, erwiderte Jimmy, wonach sie wieder in Stillschweigen verfielen.

»Sind Sie schon mal verheiratet gewesen?« fragte Pinnegar nach einer Weile.

»Ja. Ich bin geschieden.«

»Ich nehme an, Sie wollen, daß ich mich scheiden lasse«, sagte Pinnegar.

»Na ja ... Das wäre natürlich das beste.«

»Mir ist es gleich«, sagte Pinnegar. »Geschieden oder nicht. Leben tu ich mit einer anderen, aber heiraten tu ich eine andere nicht. So wie es ist, genügt mir's. Aber wenn sie die Scheidung will, kann sie sie haben.«

»Es wäre bestimmt das beste«, sagte Jimmy.

Pause. Er wünschte, die Frau käme zurück.

»Ich sehe Sie als eine Art Werkzeug an«, sagte Pinnegar. »Es mußte was zerbrochen werden. Sie sind das Werkzeug dazu.«

Jimmy fühlte sich ein wenig zu dem Mann hingezogen, haßte ihn aber eben darum, daß er nicht in demselben Zimmer mit ihm sitzen konnte, ohne unter seinen Einfluß zu geraten.

»Meine Frau«, nahm Pinnegar das Gespräch fast humorig

grinsend wieder auf, »meine Frau wartet darauf, daß ich unter die Räder komme, wenn sie mich verläßt. Das ist ihre letzte Hoffnung.«

Darauf wußte Jimmy nichts zu erwidern. Der andere saß still, wie ein unendlich geduldiger Gefangener, in seiner Ecke, guckte aus dem Fenster und wartete.

Das war alles, was Severn zu sagen hatte. Jimmy ging mit etwas schwachen Knien nach Hause. Am Sonntagmorgen schrieb er einen ängstlichen Brief und wußte nicht, wie er die Anrede setzen sollte. »Liebe Mrs. Pinnegar« und »Liebe Emilia« schien ihm entweder verfrüht oder verspätet. Also schrieb er einfach drauflos, ohne etwas Liebes davorzusetzen.

»Ich möchte, daß Sie dies vor Ihrer Abreise bekommen. Vielleicht haben wir überstürzt gehandelt. Ich bitte Sie jedenfalls, sich endgültig selber zu entscheiden, bevor Sie kommen. Tun Sie es bitte nicht, falls Sie sich nicht Ihrer selber vollkommen sicher sind. Sollten Sie auch nur im geringsten schwanken, so warten Sie noch etwas, warten Sie, bis Sie vollkommen sicher sind, sich so oder so zu entscheiden. Ich selber würde es verstehen, wenn Sie nicht wollen. Nur schicken Sie mir bitte ein Telegramm. Wenn Sie kommen, heiße ich Sie und das Kind von Herzen willkommen. Stets Ihr J. F.«

Er zahlte einem Dienstmann die Reise und gab ihm drei Pfund extra, den Sonntagszug zu nehmen und den Brief zu überbringen.

Der Mann war am Abend wieder da. Er hatte den Brief abgegeben und keine Antwort mitbekommen.

Eine schreckliche Sonntagnacht, ein enervierender Montagmorgen! Dann ein Telegramm: ANKOMME MARYLEBONE 12.50 UHR MIT JANE. EMILIA.

Jimmy biß die Zähne zusammen und begab sich zum Bahnhof. Und als er sie langsam vom Bahnsteig kommen sah, das Kind an der Hand, und ihrem Blick begegnete, der ihn unter den starken Brauen anschwelte, erlitt er fast einen

Schwächeanfall. Ein kränkliches Lächeln erschien auf seinen Zügen, als er ihr die Hand entgegenstreckte:

»Ich bin schrecklich froh, daß Sie da sind!«

Als sie in dem Taxi saßen, überkam ihn eine verdrehte, überwältigende Begierde nach ihr, die ihn nahezu hilflos machte. Er verspürte deutlich die Gegenwart jenes anderen Mannes um sie, und das stieg ihm wie Wein zu Kopf. Jener andere! Geradezu körperlich war er auf unbegreifliche Art zugegen, der andere, der Ehemann. Die Frau bewegte sich in seiner Umhüllung. Rettungslos war sie mit ihm verheiratet.

Und das stieg Jimmy wie purer Whisky zu Kopf. Welchen von beiden würde er tiefer zu Boden werfen, die Frau oder den Mann?

Das letzte Lachen

Es lag ein wenig Schnee auf der Erde, und die Turmuhr hatte gerade Mitternacht geschlagen. Hampstead sah endlich einmal mitten im dunklen Winter hübsch aus mit seinem sauberen weißen Boden und den Lampen wie Monden und dem dunklen Himmel über den Lampen.

Ein undeutliches Stimmengewirr, und der Schimmer eines verborgenen gelben Lichts. Und dann öffnete sich plötzlich die Vordertür eines hohen, dunklen georgianischen Hauses, und drei kaum unterscheidbare Leute traten heraus. Ein Mädchen in einem dunkelblauen Mantel und mit einem Pelzturban, das sich sehr gerade hielt – ein junger Mensch mit einer kleinen Aktentasche und in schlaffer Haltung –, und ein magerer, rotbärtiger Mann ohne Hut, der vom Eingang aus über die Straße blickte, die sich in einer Kurve hügelab nach London hinunterschwang.

»Seht euch das an! Eine neue Welt!« rief der Mann mit dem Bart ironisch, während er auf der Schwelle stand und hinausspähte.

»Nein, Lorenzo, das ist bloß weiße Tünche!« rief der junge Mensch im Mantel. Seine Stimme klang angenehm voll und durchdringend und hatte eine verdrießlich spöttische Färbung. Als er sich umwandte, lag sein Gesicht in tiefem Schatten.

Das Mädchen mit dem stolzen, flinken Vogelkopf drehte sich zu den beiden Männern um.

»Wie bitte?« fragte sie mit ihrer raschen, ruhigen Stimme.

»Lorenzo sagt, es wäre eine neue Welt, und ich sage, es ist bloß weiße Tünche«, rief der junge Mensch auf der Straße.

Sie stand still und hob den wollig behandschuhten Finger; sie war fast taub und nahm das Gesagte in sich auf.

Ja, sie hatte es verstanden. Sie stieß ein schnelles, kicherndes Lachen aus und blickte flüchtig auf den jungen Mann mit dem Filzhut und dann wieder nach rückwärts auf den Mann im stuckverzierten Eingang, der ihnen sein Lebewohl nachwinkte und wie ein Satyr grinste.

»Lebwohl, Lorenzo!« kam es klangvoll und verdrossen von dem Mann mit dem harten Filzhut.

»Lebwohl!« ertönte der schrille Nachtvogelruf des jungen Mädchens.

Die grüne Gartenpforte wurde zugeschlagen, dann fiel die Haustür ins Schloß. Die beiden waren allein in der Straße – abgesehen von einem Polizisten an der Straßenecke. Die Straße schwang sich steil zur Stadt hinunter.

»Du mußt *vorsichtig* gehen!« schrie der Mann mit dem Filzhut, beugte sich gegen das stolze, herbe Mädchen vor und schlakste dann weiter. Sie blieb einen Augenblick stehen, um zu überlegen, was er gesagt hatte.

»Kümmere dich nicht um mich, ich kann gut gehen! Kümmere dich lieber um dich selber!« sagte sie schnell. Im gleichen Augenblick glitt er im schlüpfrigen Schnee gefährlich aus, doch gelang es ihm, sich noch aufzufangen. Sie beobachtete ihn gespannt. Sein Filzdeckel hüpfte über die leichte Schneeschicht. Sie standen unter einer Laterne in der Nähe der Biegung. Als er sich nach seinem Hut bückte, zeigte sich in seinem dunklen, dünnen, ziemlich welligen Haar eine kahle Stelle, genau wie eine Tonsur. Und als er zu ihr aufblickte und sich den Hut wieder überstülpte, schien er mit den dichten schwarzen, spöttisch verzogenen Brauen und der ziemlich gebogenen Nase sich selbst verhöhnend einem jungen Satanspriester zu gleichen. Er hatte wunderschöne Gesichtszüge, wie ein Faun, und einen zweiflerisch zermarterten Ausdruck. Eine Art Faun am Kreuz, mit der ganzen Gehässigkeit eines solchen Gekreuzigten.

»Hast du dir weh getan?« fragte sie auf ihre rasche, kühle, ungerührte Art.

»Nein!« schrie er höhnisch.

»Gib mir den Apparat, ja?« bat sie und streckte ihm ihre wollige Hand entgegen. »Ich glaube, bei mir ist er sicherer!«

»Willst du ihn benutzen?« schrie er.

»Ja, bei mir ist er bestimmt sicherer!«

Er reichte ihr die kleine braune Aktentasche, die jedoch ein Marconi-Hörapparat wegen ihrer Taubheit war. Aufrecht wie immer ging sie weiter. Er bohrte die Hände tief in die Taschen seines Mantels und schlakste neben ihr einher, als könnte er die Knie nicht durchdrücken. Vor ihnen im Laternenschimmer senkte sich die Kurve mit dem sauberen, bleichen Schnee. Ein Auto kämpfte sich brummend die Straße hinauf. Ein paar dunkle Gestalten glitten vor ihnen in dunkle Torwege hinein – wie Fische, die über einem Meeresboden aus weißem Sand in dunkle Klippen hineinschlüpfen. Linker Hand zog sich eine Gruppe von Bäumen im Dunkeln den Hang hinauf.

Er blickte sich dauernd um und hob das scharf geschnittene Kinn und die Hakennase, als horche er auf etwas. Er konnte noch immer das Auto hören, das die Steigung nach Hampstead Heath überwand. Unter ihnen das stinkende, grellgelbe Licht aus dem Untergrundbahnhof. Seitwärts die Bäume.

Das Mädchen mit dem aufmerksamen, rosigweißen Gesicht blickte ihn scharf und neugierig an. Eine sonderbare nymphenhafte Neugier war ihr eigen, manchmal wie bei einem Vogel, manchmal wie bei einem Eichhörnchen oder Kaninchen – doch nie wie bei einer Frau. Schließlich blieb er stehen, als wollte er nicht weitergehen. Über sein glattes gelblichweißes Gesicht spielte ein merkwürdiges, verblüfftes Grinsen.

»James«, sagte er laut zu ihr und beugte sich dicht an ihr Ohr, »hörst du jemand *lachen?*«

»Lachen?« erwiderte sie rasch. »Wer lacht?«

»Ich weiß es nicht! *Jemand!*« schrie er und entblößte auf sehr sonderbare Art seine Zähne.

»Nein, ich höre niemanden«, erklärte sie.

»Aber es ist ganz *seltsam!«* schrie er, und seine Stimme nuschelte auf und ab. »Stell deinen Apparat an!«

»Anstellen?« fragte sie. »Warum?«

»Damit wir sehen, ob du's auch hörst!« schrie er.

»Was hörst?«

»Das *Lachen!* Jemand lacht! Es ist *furchtbar* seltsam!«

Sie stieß ihr komisches Gekicher aus und reichte ihm den Apparat. Er hielt ihn, während sie den Deckel öffnete und die Drähte befestigte, den Bügel über den Kopf legte und die Hörmuschel über die Ohren klemmte, genau wie ein Funker. Schneekrümchen fielen durch das kalte Dunkel. Sie schaltete ein: im Apparat leuchteten kleine gelbe Lichter in Glasröhren auf. Sie war verbunden und lauschte. Er stand mit geducktem Kopf da und hatte die Hände tief in die Manteltaschen gebohrt.

Plötzlich hob er das Gesicht und stieß das gruseligste Gewieher aus, wobei er die starken, weitstehenden Zähne entblößte und die schwarzen Brauen in die Höhe zog, um das Mädchen mit merkwürdig funkelnden Ziegenaugen zu betrachten.

Sie schien ein wenig erschrocken.

»Da!« sagte er. »Hast du's gehört?«

»*Dich* hab ich gehört!« antwortete sie mit einem Ton, der besagte, daß ihr das gerade genüge.

»Aber hast du es denn nicht gehört?« schrie er und verzog seine Lippen wieder so merkwürdig.

»Nein«, antwortete sie.

Er blickte sie gehässig an und hatte wieder den Kopf eingezogen. Sie stand in aufrechter Haltung da, in der Hand ihre Pelzmütze; auf das schöne, kurzgeschnittene Haar, das vom Bügel des Hörapparats zusammengehalten wurde, fielen vereinzelte Schneekrümchen, und ihr eigentümliches, taubes Nymphengesicht mit den aufmerksamen Augen war emporgewandt und horchte ausdruckslos.

»Da!« schrie er, und sein schimmerndes Gesicht schoß mit einem Ruck hoch. »Willst du etwa behaupten, du könntest es nicht ...« Er blickte sie fast teuflisch an. Doch etwas anderes in ihm war stärker. Sein Gesicht verzerrte sich in einem betroffenen, seltsamen Lächeln und schien aufzuleuchten, und dann brach plötzlich das erstaunlichste Lachen aus ihm hervor, wie bei einem lachenden Tier. Es war ein merkwürdig wiehernder Laut, der ihr befremdlich ins Ohr drang. Sie zuckte zusammen und stellte den Apparat etwas schwächer ein.

Eine breite Gestalt ragte vor ihnen auf: ein großer, glattrasierter junger Polizist.

»Ein Radio?« fragte er kurz angebunden.

»Nein, es ist mein Hörapparat. Ich bin taub!« entgegnete Miss James schnell und entschieden. Nicht umsonst war sie die Tochter eines hohen Adligen.

Der Mann mit dem runden Filzhut hob das Gesicht und stierte den rotwangigen Polizisten mit einem merkwürdig hellen Glanz in den Augen an.

»Hören Sie mal«, fragte er eindringlich, »haben Sie nicht jemand lachen hören?«

»Lachen? Ja, Sie, Sir!«

»Nein, ich spreche nicht von *mir*!« Ungeduldig schwenkte er den Arm und hob wieder das Gesicht. Es schien aufzuleuchten, und sämtliche feinen Fältchen verzogen sich in höhnischem Triumph. Er vermied es, den Polizisten geradezu anzublicken. »Das seltsamste Lachen, das ich je gehört habe!« erklärte er, und aus seiner Stimme sprach das gleiche höhnische Jubeln.

Der Polizist blickte nachdenklich auf ihn herab.

»Nein, nein, er ist nicht betrunken«, erklärte Miss James kühl. »Er hört einfach etwas, das wir nicht hören!«

»Betrunken?« wiederholte der junge Mann mit dem Filzhut höhnisch und aufs äußerste belustigt. »Wenn ich nur betrunken wäre ...« Und wieder stieß er das wilde, tierische Gelächter aus, während sein abgewandtes Gesicht aufzuleuchten schien.

Das eigenartige Gelächter wirkte erregend auf das Blut

des Polizisten und des jungen Mädchens. Sie traten näher zueinander, so daß ihre Ärmel sich berührten, und blickten verwundert auf den Mann mit dem Filzhut. Er kehrte ihnen sein Gesicht mit den dunklen Brauen wieder zu.

»Wollt ihr etwa behaupten, daß ihr nichts gehört habt?« fragte er.

»Nur dich!« sagte Miss James.

»Nur Sie, Sir«, bekräftigte der Polizist.

»Wie klang es denn?« fragte Miss James.

»Du kannst nicht von mir verlangen, daß ich es beschreibe«, erwiderte der junge Mann mit äußerster Verachtung. »Es war der herrlichste Laut von der Welt!« Und tatsächlich schien er ganz hingerissen in das neue Geheimnis verstrickt.

»Woher kommt es?« fragte Miss James praktisch.

»Anscheinend von dort drüben«, antwortete er verächtlich und deutete auf die Bäume und Büsche hinter dem Gitterzaun auf der andern Straßenseite.

»Oh, dann wollen wir doch mal nachsehen!« schlug sie vor. »Ich kann meinen Apparat tragen und lauschen!«

Der junge Mann schien erleichtert, daß er den Apparat los war. Er bohrte die Hände wieder in die Taschen und hastete quer über die Straße. Ein merkwürdiger Ausdruck huschte über das frische junge Gesicht des Polizisten; er legte seine Hand behutsam und zart um den Arm des jungen Mädchens, weil er ihr behilflich sein wollte. Sie brauchte zwar keineswegs die Stütze seiner starken Hand, aber er interessierte sie, daher nahm sie es nicht übel. Nachdem sie sich ihr Leben lang heftig gegen jede Berührung verwahrt hatte und sich nie von einem Mann hatte anfassen lassen, duldete sie es jetzt mit einer gewissen nymphenhaften Wollust, daß die starke Hand des Polizisten sie stützte, während sie der flinken, wolfsähnlichen Gestalt des andern Mannes jenseits der Straße bergauf folgten. Und sie konnte die Gegenwart des jungen Polizisten trotz der dicken dunkelblauen Uniform wie etwas Junges und Wachsames und Heiteres verspüren.

Als sie den Mann mit dem Filzhut eingeholt hatten, stand er mit geducktem Kopf und angespannt lauschend neben dem eisernen Gitterzaun, hinter dem große, schwarze, schneebetupfte Stechpalmen und alte, verzweigte, stille Ulmen wuchsen.

Der Polizist und das Mädchen blieben wartend stehen. Sie spähte mit den scharfen Augen einer tauben Nymphe, die taub war für die Geräusche der Welt. Der Mann im Filzhut lauschte angespannt. Ein Lastwagen rollte die Straße hinab, so daß der Boden bebte.

»Dort!« rief das Mädchen, als der Lastwagen dumpf vorbeigerattert war. Sie sah sich mit blitzenden Augen nach dem Polizisten um, und ihr frisches, weiches Gesicht strahlte vor überraschter Erregung. Sie blickte dem jungen Polizisten unmittelbar in die verdutzten, amüsierten Augen. Er fand die ganze Geschichte lustig.

»Sehen Sie's denn nicht?« fragte sie ziemlich herrisch.

»Was denn, Miss?« entgegnete der Polizist.

»Ich darf nicht hinzeigen«, erwiderte sie. »Blicken Sie dorthin, wo ich hinblicke!«

Und mit blitzenden Augen blickte sie auf die dunklen Stechpalmenbüsche. Sie mußte etwas sehen, denn sie lächelte leise, mit heimlicher Genugtuung, und warf im Hochgefühl ihrer Rechtfertigung den stolzen Kopf in den Nacken. Der Polizist blickte nicht ins Gebüsch, sondern auf sie. Eine gewisse strahlende Siegesfreude und Genugtuung lag in aller Ausgeglichenheit ihrer schlanken Gestalt.

»Ich wußte schon immer, daß ich ihn sehen würde«, sagte sie triumphierend zu sich selbst.

»Wen siehst du?« schrie der Mann mit dem Filzhut.

»Siehst du ihn denn nicht auch?« fragte sie und drehte ihr weiches, schelmisches, nymphenhaftes Gesicht eifrig zu ihm um: der kleine Mann sollte unbedingt sehen, was sie sah.

»Nein, ich sehe nichts! Was siehst du, James?« rief der Mann im Filzhut beharrlich.

»Einen Mann!«

»Wo?«

»Dort im Stechpalmengebüsch!«

»Ist er jetzt da?«

»Nein, jetzt ist er fort!«

»Was für einen Mann?«

»Ich weiß es nicht.«

»Wie sah er aus?«

»Ich kann's dir nicht sagen!«

Aber im gleichen Augenblick drehte sich der Mann mit dem Filzhut plötzlich um, und der schelmische, triumphierende Ausdruck flog auch ihm ins Gesicht.

»Oh, dort muß er ja sein!« rief er und deutete aufs Dickicht. »Hörst du ihn nicht lachen? Er muß hinter den Bäumen sein!«

Und in merkwürdiger Begeisterung brach seine Stimme wieder in ein Gelächter aus, während er dastand und mit den Füßen auf den Schnee stapfte und schließlich mit geducktem Kopf zu seinem eigenen Gelächter tanzte. Dann wandte er sich um und rannte schnell die von alten Blumen eingefaßte Allee hinauf.

Er lief langsamer, als sich am Ende eines verschneiten, völlig unbegangenen Gartenwegs eine Tür öffnete und eine Frau, die in einen schwarzen Schal mit langen Fransen gehüllt war, im Licht stand. Sie blinzelte in die Nacht hinaus. Dann kam sie an die niedrige Gartenpforte. Noch immer fielen Schneekrümchen nieder. Sie hatte dunkles Haar mit einem hohen dunklen Kamm.

»Haben Sie an meine Tür geklopft?« fragte sie den Mann mit dem Filzhut.

»Ich? Nein!«

»Jemand hat an meine Tür geklopft!«

»So? Bestimmt? Das kann aber nicht sein! Es sind keine Fußspuren im Schnee.«

»Das ist wahr«, sagte sie. »Aber jemand hat geklopft, und jemand hat gerufen!«

»Es ist sehr seltsam«, meinte der junge Mann. »Haben Sie jemanden erwartet?«

»Nein. Nicht gerade erwartet. Nur – daß man immer einen erwartet, nicht wahr?« Im Zwielicht der schneehellen Nacht konnte er erkennen, wie sie ihre großen dunklen Augen zu ihm aufschlug.

»War es jemand, der lachte?« fragte er.

»Nein. Gelacht hat eigentlich keiner. Jemand hatte geklopft, und ich lief hin, um zu öffnen, und hoffte, wie man immer hofft ...«

»Was?«

»Oh – daß etwas Wunderbares geschieht.«

Er stand dicht vor dem niedrigen Gartentor. Sie stand dahinter. Ihr Haar war dunkel, ihr Gesicht schien bräunlich, als sie mit ihren dunklen, geheimnisvollen Augen zu ihm aufsah.

»Haben Sie sich gewünscht, daß jemand käme?« fragte er.

»Ja, sehr«, erwiderte sie mit ihrer durchdringenden jüdischen Stimme. Sie mußte eine Jüdin sein.

»Einerlei, wer?« fragte er lachend.

»Wenn es ein Mann wäre, den ich gernhaben könnte«, antwortete sie mit einer tiefen, bedeutsamen, verstellt schüchternen Stimme.

»Wirklich?« sagte er. »Vielleicht war ich's dann doch, der angeklopft hat – ohne es zu wissen?«

»Ja, ich glaube, so war's – es muß so gewesen sein!«

»Soll ich eintreten?« fragte er und legte die Hand auf die kleine Gartenpforte.

»Finden Sie nicht, es wäre das beste?« erwiderte sie.

Er bückte sich, um den Riegel am Tor aufzuschieben. Während er es tat, drehte sich die Frau in dem schwarzen Schal um, warf noch einen Blick über die Schulter zurück und eilte ins Haus, wobei sie mit ihren hochhackigen Schuhen ungeschickt durch den Schnee lief. Der Mann eilte ihr nach, hastig wie ein Hund, der seine Herrin einholen will.

Inzwischen waren auch das Mädchen und der Polizist eingetroffen. Das Mädchen war stehengeblieben, als es sah, daß der Mann mit dem Filzhut der Frau mit dem schwarzen Fransenschal durch den Garten folgte.

»Geht er ins Haus?« fragte sie rasch.

»Es sieht ganz so aus, was?« entgegnete der Polizist.

»Kennt er die Frau denn?«

»Weiß ich nicht. Er wird sie aber bald genug kennen, glaub ich«, sagte der Polizist.

»Aber wer ist sie denn?«

»Ich weiß nicht, wer sie ist.«

Die beiden dunklen, undeutlichen Gestalten traten durch die helle Türöffnung; dann schloß sich die Tür hinter ihnen.

»Jetzt ist er drin«, sagte das Mädchen draußen im Schnee. Eilig begann sie den Bügel ihres Telefon-Empfängers abzustreifen und den Apparat auszuschalten. Die geheimnisvollen Lichtröhren verschwanden, sie schloß die kleine Ledertasche. Dann stülpte sie sich die weiche Pelzmütze über und stand wieder einmal zum Gehen bereit.

Das etwas kriegerische Aussehen, das ihr der lange dunkelblaue, militärisch geschnittene Mantel verlieh, trat noch stärker hervor, und die leicht besorgte, betroffene Miene war ganz verschwunden. Sie schien sich zu recken, schien ihre Glieder zu befreien, und ihre vollen, weichen Wangen trugen nicht länger den leblosen Ausdruck. Sie waren jetzt von strahlendem Stolz und einer neuen, gefährlichen Sicherheit beseelt.

Sie blickte rasch auf den großen jungen Polizisten. Sein frisches Gesicht war sauber rasiert, er lächelte seltsam unter seinem Helm hervor und wartete ein paar Meter entfernt in stiller Geduld. Sie sah, daß es ein anständiger junger Mann war, einer, der warten konnte.

Auf die Sekunde uralter Furcht folgte sofort ein frohes, ungewohntes Machtgefühl.

»Also wie mir scheint, hat's keinen Sinn, hier zu warten!« Sie sprach sehr entschieden.

»Sie brauchen doch auch nicht auf ihn zu warten, nicht wahr?« fragte der Polizist.

»Nein, bewahre! Er ist viel besser dort aufgehoben, wo er jetzt ist!« Sie stieß ein eigentümlich kurzes Lachen aus. Dann warf sie noch einen Blick zurück und begann bergab zu gehen, in der Hand die kleine Ledertasche. Ihre Füße waren beschwingt, und die Beine kamen ihr lang und kräftig vor. Sie blickte wieder über die Schulter zurück. Der junge Polizist folgte ihr, und sie lachte vor sich hin. Ihre Glieder schienen so geschmeidig und stark zu sein, daß sie, falls sie gewollt hätte, mühelos schneller laufen konnte als er. Wenn sie wollte, könnte sie ihn leicht umbringen, sogar mit den bloßen Händen.

So schien es ihr jedenfalls. Doch weshalb ihn umbringen? Er war ein anständiger junger Bursche. Vor ihren Augen stand noch das dunkle Gesicht in den Stechpalmenbüschen mit den strahlenden, spöttischen Augen. Ihre Brust schien so voller Kraft, und ihre Beine schienen ihr so lang und wild. Sie war selber erstaunt über das starke, glühende, pulsierende Gefühl unter ihren Brüsten, das halb Triumph und halb gesunder Ärger war. Die Hände an den Handgelenken fühlten sich so kräftig an – bei ihr, die immer erklärt hatte, sie habe überhaupt keine Muskeln! Selbst jetzt waren es nicht die Muskeln, es war wie eine Art Flamme.

Plötzlich begann es heftig zu schneien, und wilde, eisige Windstöße griffen sie an. Der Schnee bestand jetzt aus kleinen, gefrorenen Körnern und stach ihr scharf ins Gesicht. Er schien um sie herumzuwirbeln, als wirbelte sie selbst in einer Wolke umher. Aber es machte ihr nichts aus. Eine Flamme brannte in ihr, und ihre Glieder fühlten sich mitten im Wirbelwind lodernd und stark an.

Und die wirbelnde Schneeluft schien erfüllt von Wesenheiten und von seltsamen, nie gehörten Stimmen. Sie war vertraut mit dem Gefühl, daß um sie her Geräusche waren, die sie nicht wahrnehmen konnte. Dieses Gefühl wurde jetzt sehr stark. Sie spürte, daß sich etwas ereignete in der wilden Luft.

Die Londoner Luft war nicht länger schwer und naßkalt und von Geistern der unwilligen Toten durchtränkt. Ein frischer, reiner Sturm fegte vom Pol herunter und brachte Geräusche mit.

Stimmen riefen. Trotz ihrer Taubheit konnte sie jemanden hören, konnte mehrere Stimmen hören, die riefen und pfiffen, als jauchzten sich viele Leute durch die Luft zu:

»Er ist wieder da! Hoho! Er ist wieder da!«

Ein wildes, pfeifendes, jubilierendes Stimmengewirr steckte im Schneesturm. Dann blinkten undeutliche Blitze durch das Schneegestöber.

»Ist das Donner und Blitz?« fragte sie den jungen Polizisten, während sie stillstand und darauf wartete, daß seine Umrisse aus den Schleiern wirbelnden Schnees auftauchen sollten.

»Scheint mir ganz so«, antwortete er.

Und in genau dem Augenblick zuckte wieder ein Blitz auf, und das dunkle, lachende Gesicht war dicht neben dem ihren – es berührte fast ihre Wange.

Sie fuhr zurück, doch das Entzücken lief wie eine Flamme über sie hin.

»Da!« rief sie. »Haben Sie das gesehen?«

»Es hat geblitzt!« sagte der Polizist.

Sie blickte ihn fast ärgerlich an. Doch als sie das reine, frische, animalische Aussehen seiner Haut und den erschrockenen Ausdruck zahmer Tiere in seinen Augen bemerkte, machte er ihr Spaß, und sie lachte ihr leises, triumphierendes Lachen. Er fürchtete sich offenbar – wie ein erschrockener Hund, der etwas Unheimliches sieht.

Der Sturm heulte plötzlich lauter und heftiger, und außer einem seltsamen Geräusch wie von Kastagnetten schien sie Stimmen zu hören, die jauchzten Beifall und schrien:

»Er ist hier! Er ist wieder da!«

Ernst nickte sie mit dem Kopf.

Seite an Seite gingen sie und der Polizist weiter. Sie

wohnte in einer Seitenstraße am Fuße des Hügels allein in einem kleinen stuckverzierten Haus. Zuerst kam eine Kirche und eine Baumgruppe, und dann die Reihe alter Häuschen. Der Wind blies ungestüm durch das dichte Schneegestöber. Hin und wieder fuhr ein Taxi vorbei, und seine Scheinwerfer blinkten gruselig. Doch die Welt schien leer und unbewohnt – abgesehen vom Schnee und den Stimmen.

Als das Mädchen und der Polizist in der Nähe der Kirche an der Baumgruppe vorbeikamen, zwang ein kreiselndes Schneegestöber sie zum Stillestehen, und aus dem wilden Durcheinander hörten sie ein Wirbeln lauter, entzückter Stimmen, etwa wie Möwengekreisch, und die schrien: »Er ist hier! Er ist hier!«

»Ja, ich bin elend froh, daß er wieder hier ist«, sagte das Mädchen ruhig.

»Wie bitte?« fragte der ängstliche Polizist und drängte sich näher an das Mädchen.

Dann ließ der Wind sie weitergehen. Als sie am Zaun entlanggingen, schien es ihnen, als wäre das Kirchenportal offen und die Fensterscheiben zerbrochen und als brausten die Stimmen in toller Jagd durch die ganze Kirche.

»Wie erstaunlich, daß die Kirche offengelassen wurde!« sagte das Mädchen.

Der Polizist blieb stehen. Er konnte nichts erwidern.

Und während sie stillstanden, horchten sie auf den Wind und auf die Kirche voll brausender Stimmen, die alle wild durcheinanderriefen.

»*Jetzt* höre ich das Lachen!« sagte sie plötzlich.

Es kam aus der Kirche: ein Klang wie von tiefem, unaufhörlichem Gelächter, ein seltsamer, nackter Laut.

»Jetzt höre ich es!« sagte sie.

Doch der Polizist sprach nicht. Er stand geduckt und betreten da und horchte auf die seltsamen Geräusche in der Kirche.

Der Wind mußte ein Fenster eingedrückt haben, denn sie konnten den Schnee sehen, der in Salven durch die schwarze Höhlung schoß und wie ein mattes Licht durch die Kirche schweifte. Dann krachte es plötzlich, und darauf folgte ein Ausbruch kichernden, nackten Gelächters. Innen im Kirchenschiff schien ein wunderliches Licht vom Schnee auszugehen, als wallten mächtige, hohe Gespenster umher.

Dann neues Gelächter, und ein Geräusch, wie wenn etwas zerreißt. Vom Winde getragen wirbelten Papierfetzen – ganze Buchseiten – zusammen mit dem Schnee aus der dunklen Fensterhöhle. Dann schwang sich ein weißes Etwas wie ein verrückt gewordener Vogel mit dem Wind in die Höhe, als hätte es Flügel, und ließ sich zappelnd auf einem schwarzen Baum nieder: es war die Altardecke.

Nun klang es kurz wie heiteres Trillern auf. Der Wind lief über die Orgelpfeifen, imme rauf und ab, wie über Panflöten. Bruchstücke wilder, heiter trillernder Musik – und plötzlich wieder das nackte, tiefe Gelächter.

»Nein, wirklich!« rief das Mädchen. »Das ist ja ganz erstaunlich! Hören Sie die Musik und die lachenden Leute?«

»Ich höre jemand auf der Orgel spielen«, antwortete der Polizist.

»Und spüren Sie die warmen Windstöße? Es riecht nach Frühling! Nach Mandelblüten – ja, das ist es! Ein ganz wunderbarer Duft wie von Mandelblüten! Ist es nicht erstaunlich?«

Triumphierend ging sie weiter: an der Kirche vorbei, und dann zu der Reihe alter Häuschen. Sie trat durch die Pforte des kleinen eingezäunten Vorgartens.

»Hier wohne ich!« sagte sie schließlich. »Jetzt bin ich zu Hause. Vielen Dank, daß Sie mich begleitet haben!«

Sie betrachtete den jungen Polizisten. Von oben bis unten war er von all dem Schnee so weiß wie eine Wand, und im unbestimmten Licht der Bogenlampe auf der Straße sah sein Gesicht demütig und verängstigt aus.

»Darf ich eintreten und mich ein bißchen aufwärmen?« bat er bescheiden. Sie wußte, daß er weniger vor Kälte als aus Angst fror. Er schwebte in Todesängsten.

»Gut«, sagte sie, »bleiben Sie unten im Wohnzimmer,

wenn Sie wollen! Aber kommen Sie nicht nach oben, denn ich bin allein zu Hause. Sie können das Feuer im Wohnzimmerkamin anfachen, und wenn Sie aufgetaut sind, können Sie gehen.«

Er blieb auf der großen, niedrigen Couch vor dem Feuer; sein Gesicht war von der Angst bläulich und ausdruckslos. Als sie das Zimmer verließ, blickte er ihr mit seinen blauen, weitaufgerissenen Augen nach. Doch sie stieg in ihr Schlafzimmer hinauf und sperrte die Tür zu.

Am nächsten Morgen stand sie oben im Atelier ihres kleinen Hauses, blickte ihre Bilder an und lachte vor sich hin. Ihre Kanarienvögel schwatzten und pfiffen schrill im Sonnenschein, der auf den nächtlichen Sturm gefolgt war. Der Schnee draußen war noch sauber, und der weiße Glanz in der Luft erweckte den Eindruck, daß die Sonne viel wärmer schiene, als es in Wirklichkeit der Fall war.

Sie betrachtete ihre Bilder und mußte vor sich hinlachen, so komisch erschienen sie ihr. Plötzlich kamen sie ihr als vollkommen widersinnig vor. Sie genoß es richtig, sie zu betrachten, weil sie ihr so grotesk erschienen. Besonders ihr Selbstbildnis mit dem schönen braunen Haar und dem leicht geöffneten Kaninchenmund und den verdutzten, unsicheren Kaninchenaugen. Sie betrachtete das gemalte Gesicht und stieß ein langes, trillerndes Lachen aus, bis die gelben Kanarienvögel, die verblichenen Narzissen glichen, fast verrückt wurden vor irrem Bemühen, noch lauter zu singen. Das lang anhaltende, trillernde Gelächter des Mädchens schallte unheimlich durchs Haus.

Die Haushälterin, eine ziemlich trübselig dreinblickende junge Frau, die sich für etwas Besseres hielt – fast alle Leute in England halten sich für etwas Besseres, das ist nun mal eine typisch englische Krankheit –, trat mit einer fragenden und reichlich mißbilligenden Miene ins Zimmer.

»Haben Sie gerufen, Miss James?« fragte sie laut.

»Nein. Nein, ich habe nicht gerufen. Schreien Sie nicht, ich kann Sie ganz gut hören«, erwiderte das Mädchen.

Die Haushälterin blickte sie wieder an.

»Sie wußten wohl, daß ein junger Mann im Wohnzimmer war?« sagte sie.

»Nein, wirklich?« rief das junge Mädchen. »Ach, der junge Polizist! Den hatte ich ganz vergessen! Er kam aus dem Sturm herein, um sich aufzuwärmen. Ist er noch nicht weg?«

»Nein, Miss James.«

»Wie erstaunlich! Wieviel Uhr ist es? Viertel vor neun? Warum ist er denn nicht gegangen, als er sich gewärmt hatte? Ich muß mich um ihn kümmern, scheint mir.«

»Er erklärt, er sei lahm«, sagte die Haushälterin laut und streng.

»Lahm? Das ist ja seltsam! Gestern abend war er's bestimmt noch nicht! Aber schreien Sie nicht so! Ich kann Sie ganz gut verstehen!«

»Kommt Mr. Marchbanks heute zum Frühstück, Miss James?« fragte die Haushälterin mit immer strengerer Stimme.

»Das weiß ich nicht. Aber ich komme, sowie mein Frühstück bereit ist. Ich komme auf jeden Fall gleich und kümmere mich um den Polizisten. Erstaunlich, daß er noch immer hier ist!«

Sie setzte sich am Fenster in die Sonne, um nachzudenken. Sie konnte den Schnee draußen sehen und die kahlen violetten Bäume. Die Luft schien köstlich und anders als sonst. Unversehens war die Welt ganz anders geworden: als wäre eine Haut oder ein Hüllblatt zerrissen, als wäre der alte, moderige Londoner Himmel aufgeplatzt und wie eine zu alte Haut zurückgerollt und zusammengeschrumpft, so daß ein vollkommen neuer blauer Himmel dablieb.

›Es ist wirklich seltsam!‹ dachte sie bei sich. ›Ich habe das Gesicht des Mannes bestimmt gesehen! Was für ein wundervolles Gesicht es war! Das werde ich nie vergessen! Und solch ein Lachen! Wer zuletzt lacht, lacht am besten! Ihm bleibt bestimmt das letzte Lachen vorbehalten. Deshalb mag ich ihn so gern: er wird als letzter lachen! Es muß jemand wirklich Erstaunliches sein! Wie furchtbar nett, der zu sein, der zuletzt lacht! Er wird's bestimmt sein! Was für ein wunderbares Wesen! Ich muß ihn ja wohl ein Wesen nennen? Eine Person ist er eigentlich nicht.

Aber wie wundervoll von ihm, zurückzukommen und sofort die ganze Welt zu ändern! Ist das nicht erstaunlich? Ich möchte wohl wissen, ob er Marchbanks geändert hat! Marchbanks hat ihn allerdings gar nicht gesehen. Aber er hat ihn gehört. Ob das nicht genügt, möchte ich mal wissen! Ich möcht's *wirklich* wissen!‹

Sie verfiel in Nachsinnen über Marchbanks. Sie und er waren so gute Freunde. Seit fast einem Jahr waren sie so gute Freunde gewesen. Nie Liebende! Nein, beileibe nicht! Aber *Freunde*.

Und schließlich war sie in ihn verliebt gewesen: in Gedanken! Das kam ihr jetzt so komisch vor: daß sie in Gedanken so in ihn verliebt gewesen war. Eigentlich war das Leben doch zu verrückt!

Denn jetzt sah sie ihn und sich als ein äußerst komisches Paar. Er, der das Leben so schrecklich ernst nahm, besonders sein eigenes Leben. Und sie, die so lächerlich *entschlossen* war, ihn vor sich selbst zu retten. Oh, wie verrückt! *Entschlossen*, ihn vor sich selbst zu retten, und in diesem Bemühn, in dieser Entschlossenheit, ihn vor sich selbst zu retten, närrisch in ihn verliebt.

Verrückt! Verrückt! Verrückt! Seit sie den Mann gesehen hatte, der im Stechpalmengebüsch lachte – so ein erstaunliches, wundervolles Lachen –, hatte sie erkannt, wie lächerlich sie selber war. Wirklich, was für eine phantastische Albernheit, einen Mann vor sich selbst retten zu wollen! Überhaupt jemand retten zu wollen! Wieviel amüsanter und aufregender war es, einen Mann auf seine eigene Art in die Verdammnis rennen zu lassen! Die Verdammnis war überhaupt viel amüsanter als die Errettung, und die meisten Männer gehörten weit, weit eher *dorthin!*

Sie hatte sich nie in einen Mann verliebt, und in Marchbanks war sie gar nicht richtig verliebt gewesen. Sie sah es jetzt ganz deutlich. Und schließlich, was für ein Unsinn war doch die Sache mit dem Verliebtsein überhaupt! Gott sei Dank war sie nie in diesen demütigenden Fehler verfallen!

Ja, dem Mann im Stechpalmengebüsch hatte sie es zu verdanken, daß sie jetzt alles so deutlich erkannte: das Lächerliche am Verliebtsein, und die Würdelosigkeit, einem Mann nachzustellen oder sich von ihm stellen zu lassen.

»Ist die Liebe wirklich so verrückt und würdelos?« sagte sie laut vor sich hin.

»I, natürlich!« ertönte eine tiefe, lachende Stimme.

Sie fuhr herum, aber niemand war zu sehen.

›Wahrscheinlich ist's wieder der Mann‹, sagte sie sich. ›Es ist wirklich merkwürdig, finde ich. Ich halte es für höchst merkwürdig, daß ich nie einen Mann haben wollte, einerlei wen. Und nun bin ich schon über Dreißig. Es ist tatsächlich seltsam! Ob etwas an mir nicht stimmt oder ob es im Gegenteil ganz recht ist, kann ich nicht sagen. Ich weiß es erst, wenn ich's erprobt habe. Aber ich glaube, wenn der Mann da weiter so lacht, dann passiert was mit mir!‹

Sie roch den seltsamen Mandelblütenduft im Zimmer und hörte wieder das ferne Lachen.

›Ich frage mich wirklich, weshalb Marchbanks gestern abend zu der Frau ging – zu der jüdisch aussehenden Frau. Was kann er nur von ihr gewollt haben? Oder sie von ihm? Wie eigenartig – als hätten sie beide etwas Gemeinsames vorgehabt! Wie erstaunlich verwirrend das Leben doch ist! So schmuddelig erscheint mir das alles!

Warum lacht im Leben nie jemand wie der Mann da? Er erschien mir so wunderbar! So voller Verachtung! Und so stolz! Und so wirklich! Mit seinen lachenden, verachtungsvollen, erstaunlichen Augen: einfach um zu lachen und wieder zu verschwinden! Ich kann's mir nicht vorstellen, daß der einer jüdisch aussehenden Frau nachstellt – oder überhaupt einer Frau nachstellt –, du meine Güte! Einer Frau nachstellen ist so schmuddelig! So schmuddelig wäre mein Polizist, wenn man's zuließe: wie ein Hund! Ich kann Hunde nicht leiden, wirklich nicht. Und Männer kommen mir so hündisch vor . . .‹

Doch noch während sie sinnierte, fing sie schon wieder an, vor sich hinzulachen: lange und leise zu kichern. Wie wundervoll von dem Mann da, zu kommen und so zu lachen, daß der Himmel aufplatzt und wie eine zu alte Haut zusammenschrumpft. War es nicht wundervoll? Wäre es nicht wundervoll, wenn er sie einmal berührte? Nur berührte? Sie meinte, wenn er sie berührte, könnte auch sie neu und weich aus einer alten, harten Schale hervorbrechen. Geistesabwesend starrte sie aus dem Fenster.

»Da kommt er ja gerade!« rief sie plötzlich. Doch sie meinte Marchbanks – und nicht den lachenden Mann.

Da kam er, die Hände noch immer in den Manteltaschen vergraben, den Kopf noch immer ziemlich geduckt in seinem harten Filzhut, und noch immer ziemlich wackelig auf den Beinen. Er kam hastig über die Straße, blickte nicht auf: offenbar war er tief in Gedanken. Offenbar in tiefem Nachsinnen über seine Erlebnisse der letzten Nacht – aufgewühlt von Seelenqualen. Darüber mußte sie lachen.

Sie beobachtete ihn vom Fenster oben und brach in ein lang anhaltendes Lachen aus, und wieder gerieten die Kanarienvögel aus dem Häuschen.

Er war unten im Flur. Seine volle Stimme rief ziemlich herrisch nach ihr:

»James! Kommst du herunter?«

»Nein«, rief sie. »Komm du herauf!«

Er kam herauf, immer zwei Stufen auf einmal, als wären seine Füße ein bißchen wütend über die Treppe, weil sie ihn aufhielt.

Auf der Schwelle blieb er stehen und starrte sie mit einem leeren, höhnischen Blick an; seine grauen Augen schweiften mit einem sonderbaren Licht umher. Sie erwiderte seinen Blick mit seltsamer, recht hochmütiger Nachlässigkeit.

»Willst du kein Frühstück haben?« fragte sie. Er hatte es sich angewöhnt, jeden Morgen herzukommen und mit ihr zu frühstücken.

»Nein«, erwiderte er laut. »Ich war in einer Teestube!«

»Schrei nicht so!« sagte sie. »Ich kann dich sehr gut verstehen!«

Er blickte sie spöttisch und mit einem Anflug von Gehässigkeit an.

»Ich glaube, das hast du stets gekonnt«, erwiderte er, immer noch laut.

»Jedenfalls kann ich's jetzt, deshalb brauchst du nicht zu schreien«, entgegnete sie.

Und wieder blieb sein Blick mit dem sonderbaren, hell phosphoreszierenden Glimmen in den Augen an ihrem Gesicht haften.

»Sieh mich nicht so an«, sagte sie ruhig. »Ich weiß über alles Bescheid!«

Laut und boshaft lachend platzte er los:

»Wer hat dich denn das gelehrt? Der Polizist?« rief er.

»Ach je, der muß übrigens unten sein! Nein, der war eine reine Nebenerscheinung. Wie vermutlich auch die Frau mit dem Schal. Bist du die ganze Nacht geblieben?«

»Nicht ganz. Ich ging vor dem Morgengrauen weg. Und was hast du gemacht?«

»Schrei nicht so! Ich kam lange vor dem Morgengrauen nach Hause.« Und wieder schien sie das lang anhaltende, tiefe Lachen zu hören.

»Also was war denn los?« fragte er neugierig. »Was hast du gemacht?«

»Das weiß ich nicht recht. Warum? Willst du mich zur Rechenschaft ziehen?«

»Hast du das Lachen gehört?«

»O ja. Und noch vieles andere. Und ich hab auch allerlei gesehen.«

»Hast du das Papier gesehen?«

»Nein. Schrei nicht so, ich kann hören.«

»Es war ein mächtiger Sturm; er hat die Fenster und die Türen der Kirche dort oben eingedrückt und eine ziemliche Verwüstung angerichtet.«

»Ich hab's gesehen. Eine Seite aus der Bibel wehte mir direkt ins Gesicht: aus dem Buch Hiob.« Sie lachte leise.

»Aber was hast du sonst noch gesehen?« rief er laut.

»Ich habe *ihn* gesehn!«

»Wen?«

»Oh – das kann ich nicht sagen.«

»Aber wie sah er aus?«

»Das kann ich dir nicht sagen. Ich weiß es wirklich nicht.«

»Aber das mußt du doch wissen! Hat dein Polizist ihn auch gesehn?«

»Nein, ich glaube nicht! – Mein Polizist!« Und sie stieß ein langes, klingelndes Gelächter aus. »Er ist durchaus nicht mein Polizist. Aber jetzt *muß* ich hinuntergehn und mich um ihn kümmern.«

»Es hat dich weiß Gott ganz verändert«, erklärte Marchbanks. »Du hast eben keine Seele, sag ich dir!«

»Ha, Gott sei Dank!« rief sie. »Mein Polizist hat eine, da bin ich sicher. *Mein Polizist*!« Und wieder verfiel sie in ein schallendes, nicht enden wollendes Gelächter, und die Kanarienvögel stimmten eine schrille Begleitmusik an.

»Was ist denn mit dir los?« fragte er.

»Daß ich keine Seele habe! Eigentlich hab ich nie eine gehabt. Ist mir stets angedreht worden! ›Seele‹ war das einzige, was zwischen dir und mir stand. Gott sei Dank ist sie weg! Hast du deine verloren? Die, die dich so geplagt hat wie ein vereiterter Zahn?«

»Aber wovon *redest* du denn bloß?« schrie er.

»Ich weiß nicht«, sagte sie. »Es ist alles so erstaunlich! Aber hör mal, ich *muß* jetzt nach unten gehn und mich um meinen Polizisten kümmern. Er ist unten im Wohnzimmer. Komm lieber mit!«

Sie gingen zusammen hinunter.

Der Polizist lag nur in Hemdsärmeln und Weste auf dem Sofa und machte ein sehr langes Gesicht.

»Hören Sie mal«, sagte Miss James, »stimmt es, daß Sie lahm sind?«

»Es stimmt. Deshalb bin ich ja hier. Ich kann nicht gehen«, erwiderte der blonde junge Mann, und die Tränen traten ihm in die Augen.

»Aber wie ist denn das passiert? Gestern abend waren Sie doch noch nicht lahm?« rief sie.

»Ich weiß nicht, wie es passiert ist – aber als ich aufwachte und stehen wollte, konnt ich's nicht.« Die Tränen liefen ihm über sein bekümmertes Gesicht.

»Ist ja äußerst erstaunlich!« rief sie.

»Was kann man denn da tun?«

»Welcher Fuß ist es?« fragte Marchbanks. »Lassen Sie mal sehen!«

»Ich möchte nicht«, sagte der arme Teufel.

»Doch, es ist besser«, erklärte Miss James.

Langsam zog er den Strumpf aus und zeigte seinen bleichen linken Fuß, der merkwürdig verkrüppelt war, wie die grausige Klaue eines Tiers. Als er selber den Klumpfuß ansah, schluchzte er.

Und als er schluchzte, hörte das Mädchen wieder das tiefe, frohlockende Gelächter. Doch sie achtete nicht darauf, sondern blickte neugierig auf den weinenden jungen Polizisten.

»Schmerzt es?« fragte sie.

»Ja, wenn ich drauf laufen will, tut es weh«, jammerte der junge Mann.

»Ich will Ihnen was sagen«, meinte sie. »Wir rufen einen Arzt an, und er kann Sie in einem Taxi nach Hause bringen!«

Der junge Mann wischte sich beschämt die Augen trocken.

»Aber haben Sie denn keine Ahnung, wie es passiert ist?« fragte Marchbanks besorgt.

»Nein, nicht die Spur!« versicherte der junge Bursche.

Im gleichen Augenblick hörte das Mädchen das tiefe, ewige Lachen direkt in ihrem Ohr. Sie fuhr zusammen, konnte aber nichts sehen.

Sie fuhr abermals herum, weil Marchbanks einen seltsamen, jaulenden Schrei ausgestoßen hatte – wie ein angeschossenes Tier. Sein bleiches Gesicht war verzerrt, war zu einem merkwürdigen Grinsen verzogen, das vor allem Todesqual, aber auch ein wildes Erkennen ausdrückte. Mit starren Augen stierte er auf etwas. Und zu den in Todesqual verzerrten Augen gesellte sich das schaurige Grinsen eines Mannes, der erkennt, daß er sich diesmal rettungslos und sterblich blamiert hat.

»Ah«, kreischte er mit hoher Stimme, »ich wußte, daß er es war!« Und mit einem unheimlichen, schaudernden Lachen schlug er vornüber auf den Teppich, wo er sich in Krämpfen wand. Dann lag er still, in einer grausigen, verkrampften Stellung, wie ein Mann, der vom Blitz erschlagen wurde.

Miss James starrte mit runden, weit aufgerissenen Augen auf ihn nieder.

»Ist er tot?« fragte sie hastig.

Der junge Polizist zitterte so sehr, daß er kaum sprechen konnte. Sie hörte, wie seine Zähne aufeinanderschlugen.

»Es scheint ganz so«, stammelte er.

Ein leiser Duft von Mandelblüten hing in der Luft.

Verliebt

»Nein wirklich!« sagte Henrietta. »Wenn ich dermaßen verängstigt dreinsähe, bevor ich aufs Wochenende zu meinem Verlobten fahre, den ich in vier Wochen heiraten will – na! Da würde ich entweder versuchen anders auszusehen, oder mich verstellen, oder sonstwas.«

»Ach, halt den Mund«, erwiderte Hester barsch. »Wenn dir mein Gesicht nicht gefällt, guck dir's nicht an.«

»Nun krieg nicht wieder einen deiner Wutanfälle. Guck mal in den Spiegel, dann siehst du, was ich meine.«

»Wen interessiert es, was du meinst! Was geht dich mein Gesicht an«, sagte Hester aufgebracht und machte keine Anstalten, in den Spiegel zu sehen oder sonstwie dem Rat ihrer Schwester zu folgen.

Henrietta, die Jüngere der beiden und beneidenswert unverlobt, summte vor sich hin. Sie war erst einundzwanzig und hatte nicht die mindeste Lust, ihren Seelenfrieden kraft der Entgegennahme eines schicksalsträchtigen Ringes aufs Spiel zu setzen. Trotzdem war es nicht übel, daß Hester unter die Haube kam, denn sie war fast fünfundzwanzig, was kein Spaß ist.

Das schlimme war nur: Hester hatte diesen verängstigten Gesichtsausdruck (tiefe Schatten unter den Augen und herabgezogene Mundwinkel), seitdem es sich um ihren getreuen Joe handelte. Und wenn Hester so dreinsah, empfand Henrietta, ob sie wollte oder nicht, ein scheußliches Echo von Angst und Sorge im eigenen Busen. Und sie haßte das. Diese plötzlichen Angstvorstellungen waren ihr unerträglich.

»Was ich sagen will«, fuhr sie fort, »ist, daß es einfach unrecht gegen Joe ist, wenn du dich mit solchem Gesichtsausdruck zu ihm begibst. Setz entweder eine nette Miene auf, oder ...« Aber sie hielt inne, denn sie wollte eigentlich hinzufügen: ›Oder geh gar nicht erst.‹ Aber sie hoffte nun eben doch, daß Hester mit dieser Heirat zurechtkommen möge. Das wäre ihr, Henrietta, eine große Erleichterung.

»Ach, Quatsch!« schrie Hester. »Sei schon still.« Und aus ihren dunklen Augen sprühte ein Zornesfunken auf die kleine Henrietta.

Henrietta setzte sich aufs Bett, hob das Kinn und machte ein Gesicht wie ein sinnender Engel. Sie liebte Hester nämlich zärtlich, und dieser trübselige Gesichtsausdruck war so ein schrecklich schlechtes Vorzeichen. »Hör mal zu, Hester«, fing sie wieder an, »soll ich dich nach Markbury begleiten? Wenn es dir recht ist; mir macht es nichts aus.«

»Mein liebes Kind«, versetzte Hester ungeduldig, »was in aller Welt versprichst du dir davon?«

»Na ja, es könnte euch diese Intimität ein bißchen – verharmlosen, wenn es das ist, was dir zu schaffen macht.«

Hester stimmte ein hohles und höhnisches Gelächter an. »Nein wirklich, Henrietta, sei doch nicht solch ein Kind!«

Und so reiste sie denn allein ab, nach Wiltshire, wo ihr Joe einen kleinen Hof übernommen hatte, und wo sie dann heiraten wollten. Vom Geschäftsleben hatte er bis obenhin genug, außerdem wäre Hester niemals mit einem kleinen Vorstadthäuschen einverstanden. Jede Frau sieht ihr Heim durch den Ehering hindurch; bisher aber hatte Hester nur einen winzigen Blick durch ihren Verlobungsring tun können. Aber, beim Himmel, Golders Green oder selbst Harrow kamen nicht in Frage!

Also hatte sich Joe, größtenteils mit eigener Hand, ein kleines, hölzernes Landhäuschen gebaut, an dessen Rückseite ein Bächlein vorbeifloß, mit zwei alten Weiden daneben. Zu den Seiten befanden sich Holzschuppen nebst einem Hühnerauslauf. Ein maulwurfsicherer Drahtzaun beherbergte einige Schweine, auf der Weide grasten zwei Kühe und ein Pferd. Das Grundstück umfaßte etwa hundertfünfzig Quadratmeter, und zur Hilfe war nur ein Junge da. Aber natürlich auch Hester, die hinzukam.

Alles sah sehr neu und sauber aus. Joe war fleißig. Auch er bot einen frischen und sauberen Anblick, gesund und selbstzufrieden. Nicht einmal Hesters verängstigten Ausdruck nahm er wahr. Oder, falls doch, so bemerkte er lediglich: »Du siehst ein bißchen übermüdet aus, Hester. Die Fahrt in die Innenstadt strengt dich doch mehr an, als du weißt. Paß auf, hier wirst du ein anderer Mensch.«

Es machte ihr Spaß. Die weißen und braunen Hühner, die quicklebendigen Schweinchen! Und dann das sanfte Herniederschaukeln der gelben Blätter von den alten Weiden hinterm Haus. Schrecklich gern mochte sie das alles, namentlich die gelben Blätter auf dem Erdboden. Alles fand sie großartig, und das sagte sie ihm auch. Und das machte ihm mächtig viel Freude. Er sah auch danach aus.

Um halb eins machte ihnen die Mutter des Jungen, der ihm bei der Arbeit half, Mittagessen. Hester wusch dann ab, und am Nachmittag herrschte eitel Sonnenschein, und dies und das an Kleinigkeiten gab es zu tun.

»Bald kochen Sie selber auf diesem Herd, Miss«, sagte die Frau. »Ein guter kleiner Herd ist das.«

»Ja, dauert nicht mehr lange«, gab Hester aus der kleinen Holzküche, die vom Herd überhitzt war, zurück.

Die Frau verschwand, und nach dem Tee der Junge desgleichen. Joe und Hester sperrten die Hühner und die Schweine in ihren Stall. Die Abenddämmerung kam. Hester ging hinein und bereitete das Abendessen vor, wobei sie sich irgendwie lächerlich vorkam, und Joe zündete den Kamin im Wohnzimmer an und fühlte sich dabei wichtig und genießerisch.

Bis nun also der Junge am anderen Morgen wieder erschien, würden Hester und er in dem Häuschen allein sein. Noch vor einem halben Jahr hätte Hester das sehr genossen. Sie vertrugen sich so prächtig miteinander, sie und Joe. Sie waren befreundet, wie ihre beiden Familien seit endlosen Jahren befreundet waren. Er war ein hochanständiger Kerl, und keinerlei dummes Zeug war je von ihm zu befürchten. Und von ihr selber, meine Güte, schon gar nicht.

Aber jetzt, da sie versprochen hatte, seine Frau zu werden, hatte er den elenden Fehlgriff begangen, sich in sie zu verlieben. Dergleichen war ihm bei ihr bisher nie vorgekommen. Und wenn sie das vorher gewußt hätte, so hätte sie energisch gesagt: ›Laß uns Freunde sein, Joe, aber so nicht, das da ist eine Panne.‹ Seitdem er einmal mit dem Schmuskram angefangen hatte, konnte sie ihn nicht mehr ertragen. Dabei sollte sie es sehr wohl leiden mögen, das spürte sie genau. Nur wußte sie nicht zu sagen, woher das ›sollte‹ eigentlich kam.

»Ich fürchte, Hester«, sagte er betrübt, »du bist nicht verliebt in mich, wie ich in dich.«

»Quatsch!« rief sie. »Wenn ich es nicht bin, sei von Herzen froh, mehr kann ich dazu nicht sagen.«

Die Doppeldeutigkeit dieser Bemerkung hörte er zwar, aber verarbeitete sie nicht – er sah nie gern den Dingen ins Auge. Alles, was sie empfand, ließ er bequem im Dunkeln. Bequem nämlich für ihn selber.

Mit allem, was mit Autos und Landwirtschaft und dergleichen zusammenhing, wußte er fabelhaft Bescheid. Bestimmt war Hester so kompliziert eingerichtet wie ein Motor. Sie besaß genauso viele verzwickte kleine Zündkerzen, Anlasser, Zuleitungen, Kolben, Blinker und was nicht alles, aus denen sie zusammengesetzt war. Wenn er sie doch nur ebenso zuverlässig handhaben könnte wie seinen Wagen! Sie brauchte einen Start so notwendig wir irgendein Auto. Ein Auto mochte sogar eine automatische Schaltung haben, aber der Fahrer mußte doch das Gas dazu geben! Es war Hester zumute, als benötige sie eine Menge Wartung, ehe sie richtig auf den ehelichen Pfad mit Joe gelangte. Er aber, dieser Narr, er saß einfach in diesem stillstehenden Auto und bildete sich wahrhaftig ein, Wunder was für eine Fahrt zu machen.

An diesem Abend war ihr nun richtig verzweifelt zumute. Solange sie am Nachmittag dies und das mit ihm gemeinsam zu tun gehabt hatte, war ihr wohl gewesen. Dabei war sie gern mit ihm zusammen. Jetzt aber, wo es Abend und sie beide in diesem dummen, kleinen Zimmer allein waren, da fiel ihr das gemütliche Kaminfeuer, fiel ihr Joes Pfeife und sein ganzes selbstgefälliges Gehabe auf die Nerven, es war einfach zuviel für sie.

»Komm doch und setz dich hierher«, versuchte er sie zu überreden und klopfte mit der flachen Hand neben sich auf das Sofa. Und sie, da sie fand, daß ein nettes Mädchen nur entzückt sein müßte, zu kommen und sich hierher zu setzen, sie kam und setzte sich. Aber es kochte in ihr. Wie albern! Wie albern von ihm, überhaupt so ein Sofa zu haben. Sie haßte die Gewöhnlichkeit dieser Sofas.

Sie duldete den Arm um ihre Hüfte, sie duldete den sanften Druck seines Bizeps, den sie wohl für Liebkosung halten sollte. Er hatte seine Pfeife sorgfältig ausgeklopft. Sie fand sein Gesicht eingebildet und töricht, alle natürliche Gradheit und Offenheit war daraus verschwunden. Wie lächerlich von ihm, sie am Nacken zu streicheln. Sie mußte sich vorstellen, was für süße Nichtigkeiten zum Beispiel Lord Byron seinen verschiedenen Damen zugeflüstert hatte. Wahrscheinlich nicht einmal so leere und geschwätzige wie diese hier. Und wie idiotisch von ihm, sie jetzt in dieser Manier zu küssen.

»Ich hätte viel lieber, du spieltest mir was vor, Joe«, ließ sie sich vernehmen.

»Was, du möchtest doch nicht heute abend, daß ich dir was vorspiele?« entgegnete er.

»Warum nicht heute abend? Ich möchte zu gern was von Tschaikowski hören, das mich ein bißchen anregt.«

Also erhob er sich gehorsam und setzte sich ans Klavier. Er spielte ganz gut. Sie hörte zu. Tschaikowski konnte sie tatsächlich anregen, jedenfalls musikalisch. Wenn es ihr nur nicht so verzweifelt in den Knochen sitzen wollte, daß Joes Liebhaberei, wenn man es so nennen wollte, nach der Musik erst recht ganz und gar unmöglich sein würde.

»Das war schön«, sagte sie. »Jetzt spiel mal das Notturno, das ich so gern hab.«

Während er sich auf die Tasten konzentrierte, schlüpfte sie aus dem Haus.

Ah! Sie stieß einen Seufzer der Erleichterung aus, als sie die frische Oktoberluft einatmete. Es herrschte matte Dunkelheit. Am westlichen Himmel stand der Halbmond, kein Windhauch regte sich, trüber Dunst lag wie ein Schleier über dem Erdboden.

Sie schüttelte ihr Haar zurück und schlenderte von dem Häuschen weg, in dem wie in einer kleinen Trommel die Klänge ihres Lieblings-Notturnos hallten. Jetzt beeilte sie sich, außer Hörweite zu kommen. Was für eine wunderschöne Nacht! Sie kam sich vor wie Mazeppas Roß, das sich anschickte, in die Unendlichkeit dahinzustieben. Wenn auch diese Unendlichkeit nur aus einer kleinen Wiese bestand, die zum Nachbargrundstück gehörte. In dem sanften Mondlicht lebte sie auf. Jetzt über die Kante ins Jenseits zu gleiten ... wenn nur das Jenseits, wie Joes Brotmesser, einfach an einer Kante anfinge! ›Ich bin närrisch‹, sagte sie sich. Das milderte aber nicht den wilden Drang ihrer Gliedmaßen. Ach, gäbe es doch nur eine andere Lösung als Joe und sein Liebeswerben. Ja, Liebeswerben! Das bloße Wort raubte ihr den letzten Schatten von Selbstachtung; dennoch sprach sie es laut vor sich hin.

Auf dieser Wiese gab es nur leider eine Anzahl Pferde, die sie nicht kannte. Daher nahm sie behutsam den Weg durch Joes Zaun zurück. Es sah ihm so richtig ähnlich, so ein winziges Grundstück zu haben, daß man nicht einmal den Klängen seines Klaviers entfliehen konnte, ohne auf fremden Grund und Boden zu geraten. Als sie sich dem Haus wieder näherte, hörte sie, wie seine Klavierklänge plötzlich abbrachen. Großer Gott! Sie sah hilfesuchend umher und gewahrte die alte Weide, die sich schräg über den Bach beugte. Sie langte hinüber und kroch rasch und geschickt wie eine Katze in das kühle Blätterwerk der Baumkrone hinauf.

Sie hatte sich kaum da oben zurechtgesetzt, als er auch schon um die Ecke ins Mondlicht trat und nach ihr Ausschau hielt.

Wie konnte er es wagen, hinter ihr herzulaufen! Sie verhielt sich still wie eine Fledermaus in ihrem Blätterversteck und beobachtete, wie seine gereckte, aufreizend männliche Gestalt hin und her ging und mit erhobenem Kopf in die Dunkelheit starrte. Diesmal sah er herzlich unbedeutend und ratlos aus. Wo blieb sein angeblicher maskuliner Zauber? Warum benahm er sich so schwerfällig und war der Situation nicht gewachsen?

Da, jetzt rief er sanft und zögernd ihren Namen: »Hester! Wo steckst du denn?«

Er war regelrecht verstimmt. Hester in ihrem Baum verhielt sich still und gab sich Mühe, keine Bewegung zu tun. Sie hatte nicht die leiseste Lust, ihm Antwort zu geben. Er hätte ebensogut auf einem anderen Planeten stehen können. Unsicher und trübselig tappte er aus ihrem Gesichtskreis heraus.

Dann spürte sie einen Stich. ›Eigentlich ist es ein starkes Stück, mein Kind, wie du ihn behandelst. Armer alter Joe!‹

Unwillkürlich fing etwas in ihr an, dazu zu summen: ›Ich hör die süßen Stimmen rufen: armer alter Joe . . .‹

Trotzdem verspürte sie keine Lust, hineinzugehen und ein Tête-à-tête (gräßliches Wort!) mit ihm abzuhalten.

›Irrsinnige Vorstellung, ich könnte mich womöglich auf dieselbe Weise in ihn verlieben! Eher könnte ich in einen seiner Schweinetröge fallen. Es ist so widerlich ordinär. Genaugenommen ist es geradezu ein Beweis, daß er mich gar nicht liebt.‹

Dieser Gedanke schnellte wie eine Gewehrkugel durch sie hindurch. ›Schon die Tatsache, daß er in mich verliebt ist, beweist, daß er mich nicht liebt. Kein Mann, der eine Frau liebt, kann sich auf diese Art in sie verlieben. Es bedeutet für sie eine Beleidigung.‹

Darüber begann sie zu weinen, und beim Tasten nach

dem Taschentuch in ihrem Ärmel fiel sie beinahe vom Baum. Das brachte sie wieder zu sich.

In ungewisser Entfernung sah sie ihn zum Haus zurückkommen, und neue Bitternis überkam sie. ›Was mußte er nur mit dem ganzen Unfug anfangen! Ich habe keinen Menschen jemals heiraten wollen, und schon gar nicht, daß sich jemand in mich verliebt. Jetzt bin ich eine Unglückliche und Anomale. Die Mehrzahl aller Mädchen müssen ja wohl diese Verlieberei haben wollen, sonst würden die Männer es doch nicht tun. Die Mehrzahl muß aber doch wohl normal sein. Also bin ich anomal, und sitze hier auf einem Baum. Wie ich mich hasse! Joe aber, der hat alles zwischen uns verdorben, und daraufhin verlangt er obendrein von mir, daß ich seine Frau werde. Es ist zum Kotzen! Nein, was für ein Quatsch das Leben doch ist. Was für ein widerlicher Quatsch!‹

Darauf vergoß sie noch ein paar Tränen, und unterdessen vernahm sie, wie die Tür zum Haus mit einem hörbaren Krach zugeschlagen wurde. Er war hineingegangen und war nunmehr regelrecht beleidigt. Neuer Groll fraß an ihr.

Auch war der Sitz in der Weide unbequem. Die Luft war kalt und feucht. Wenn sie sich jetzt eine Erkältung zuzog, schnupfte und nieste sie den ganzen Winter hindurch. Vom Fenster her gewahrte sie den warmen Lichtschein des Wohnzimmers und stieß einen Fluch aus, der den Grad ihres Elends anzeigte. Sie glitt vom Baum herab, schrammte sich am Arm und riß sich ein Loch in einen ihrer besten Strümpfe. »Oh, Scheiße!« brachte sie hingebungsvoll hervor und schickte sich an, ins Haus zu gehen und es mit dem armen alten Joe auszufechten. Und: »Ich will ihn doch nicht so nennen!«

In diesem Augenblick hörte sie, wie vor der Auffahrt ein Auto anhielt, und schon ließ sich der gedämpfte, vorsichtige Ton einer Hupe vernehmen. Zwei Scheinwerfer standen vor Joes neuem Eisengitter da hinten.

›So eine Frechheit! So eine unglaubliche Frechheit! Da kommt mir diese Henrietta auf den Hals!‹

Wie eine Furie rannte sie Joes Schlackenweg hinunter. Und schon ertönte Henriettas junge und kühle Stimme aus dem Innern des Wagens: »Hallo, Hester! Wie geht's denn?«

»Blödsinn! Was für ein dummer Blödsinn!« schrie Hester, lehnte sich an das Gitter und keuchte.

»Wie geht's, wie steht's?« wiederholte Henriettas Stimme ungerührt.

»Was soll das, was meinst du damit!« brachte Hester, noch immer keuchend, hervor.

»Aber Kind, werd doch nicht gleich wütend! Wir hätten nicht gehalten, wärst du nicht herausgekommen. Denk nur nicht, wir wollten unsre Nasen in deine Angelegenheiten stecken. Wir wollen zu Bonamy, um zu zelten. Das Wetter ist zu herrlich!«

Bonamy war ein alter Freund und Kollege von Joe, der anderthalb Kilometer weiter einen Hof aufgetan hatte. Joe stellte mit seinem Landhaus keineswegs einen Robinson Crusoe dar.

»Wer seid ihr denn überhaupt?« forschte Hester.

»Immer noch dieselben Kumpane«, erwiderte Donald vom Fahrersitz her. Das war Joes Bruder. Henrietta saß vorn neben ihm.

»Immer noch die alten«, sagte Teddy, der hinten saß. Das war ein Vetter von Joe.

Hesters Wut hatte sich etwas abgekühlt. »Na schön«, sagte sie, »wo ihr mal da seid, könnt ihr auch ebensogut reinkommen. Habt ihr gegessen?«

»Gegessen schon«, sagte Donald. »Aber reinkommen tun wir diesmal doch nicht, hab keine Angst, Hester.«

»Und warum nicht?« sagte sie gereizt.

»Schiß vor Bruder Joe«, sagte Donald.

»Außerdem«, sagte Henrietta, »willst du uns ja gar nicht haben.«

»Red keinen Quatsch, Henrietta!« fauchte Hester. »Also komm schon rein und fackel nicht lang.«

»Heute nicht, Hester«, sagte Donald.

»Heute nicht, Mylady«, sagte Teddy.

»Ihr Idioten! Warum nicht?« schrie Hester.

»Schiß vorm großen Bruder«, sagte Donald wieder.

»Also gut, dann komm ich mit euch«, sagte Hester und zerrte hastig die Gittertür auf.

»Soll ich mal eben reingucken? Ich möchte so gern das Haus mal sehen«, sagte Henrietta und schlug eines ihrer langen Beine über den Wagenrand.

Die Nacht war jetzt ganz dunkel, der Mond war untergegangen. Die beiden Schwestern tappten schweigend den Schlackenweg zum Haus hinauf.

»Wenn du lieber nicht willst, daß ich reinkomme«, sagte Henrietta ängstlich, »mußt du es sagen. Oder wenn Joe es nicht mag.« Ihr war in ihrem kindlichen Gemüt beklommen zumute, und sie wußte nicht warum. Hester ging, ohne zu antworten, voran. Henrietta legte ihre Hand auf Hesters Arm. Hester schüttelte ihn ab und sagte unwirsch: »Liebe Henrietta, benimm dich normal.«

Sie lief die drei Stufen zum Hauseingang hinauf und machte die Tür auf. Das Wohnzimmer war erleuchtet, Joe saß neben dem Kaminfeuer, den Rücken zur Tür. Er drehte sich nicht um.

»Henrietta ist da«, rief Hester ihm in einem Ton zu, als wollte sie sagen: ›Was sagst du nun?‹

Er stand auf und wandte den Kopf um. Seine braunen Augen sahen in seinem steifen Gesicht böse aus.

»Wie kommst du denn hierher?« fragte er schroff.

»In einem Wagen«, erwiderte Henrietta unschuldig, und Hester fügte hinzu:

»Mit Donald und Teddy. Sie sind draußen vorm Gitter.«

»Kommen sie rein?« fragte er in noch ärgerlicherem Tonfall.

»Ich nehme an, du gehst raus und forderst sie auf«, sagte Hester.

Joe erwiderte nichts, er stand da wie ein Fels.

»Sicher findest du's gräßlich, daß ich einfach so eindringe«, sagte Henrietta zahm. »Aber wir wollen weiter zu Bonamy.« Sie sah sich harmlos im Zimmer um. »Was für eine süße kleine Bleibe, fabelhaft guter Geschmack, im Landhausstil. Mag ich furchtbar gern leiden. Darf ich mir die Hände wärmen?«

Joe machte vorm Kamin Platz. Er war in Pantoffeln. Henrietta hielt ihre langen Hände, die rot von der Nachtluft waren, vors Feuer. »Ich mach mich gleich wieder auf den Weg«, sagte sie.

»Oh, das brauchst du nicht«, drängte Hester eifrig.

»Doch. Muß ich. Donald und Teddy warten.«

Die Tür stand noch offen, und von der Auffahrt her waren die beiden Scheinwerfer zu sehen.

»Ooh ...« Wieder dies bemühte Drängen Hesters. »Ich sage ihnen, daß du die Nacht über hierbleibst. Ich kann ein bißchen Gesellschaft gebrauchen.«

Joe sah sie an. »Was soll das nun?« fragte er.

»Das soll gar nichts. Aber wo Tatty nun gerade hier ist, kann sie ja auch bleiben.« Tatty war der nicht oft gebrauchte Kosename für Henrietta.

»Aber Hester«, protestierte Henrietta. »Wir wollen doch zu Bonamy. Donald, Teddy und ich.«

»Wenn ich dich aber bitte, hierzubleiben?«

Henrietta war vor Staunen sprachlos.

»Was wird da gespielt?« sagte Joe. »Warst du verabredet, für heute nacht hierherzukommen?«

»Nein, Joe, wirklich nicht!« beteuerte Henrietta. »Ich hatte keine Ahnung, bis Donald um vier Uhr kam und es vorschlug. Das Wetter war so herrlich, wir wollten irgendwohin hinaus, dann entschieden wir uns für Bonamy. Hoffentlich ist der nicht auch so entgeistert.«

»Und wenn wir's verabredet hätten, wär auch nichts dabei«, fiel Hester ein. »Und da ihr nun mal hier seid, könnt ihr ebensogut hier zelten.«

»Aber nein, Hester! Donald wird sich einfach nicht durch

die Gartentür trauen. Er war schön böse, weil ich halten wollte, und ich war es, die hupte. Ich, nicht er. Die Neugier des Weibes, nehm ich an. Jedenfalls habe ich mal wieder was angerichtet, wie gewöhnlich. Ich mach lieber, daß ich davonkomme. Gute Nacht!«

Sie schlug ihren Mantel mit den Händen um sich und tat einen Schritt zur Tür hin.

»Gut, dann komme ich mit euch«, sagte Hester.

»Aber Hester!« rief Henrietta und sah fragend Joe an.

»Ich weiß so wenig wie du«, sagte Joe, »was hier gespielt wird.« Sein Gesicht war böse und hölzern. Henrietta wurde nicht draus klug.

»Hester«, sagte sie, »nimm doch Vernunft an. Was ist denn passiert? Warum sprichst du dich nicht wenigstens aus? Und du redest von Normalsein. Immer hackst du auf mir herum!«

Ein unheilgeladenes Schweigen entstand. Da fing Henrietta wieder an: »Also was ist los?« Ihre Augen gingen scharf und unruhig hin und her; sie war fest entschlossen, die Vernünftige zu sein.

»Nichts, gar nichts natürlich«, höhnte Hester.

»Weißt du es, Joe?« inquirierte Henrietta wie eine zweite Portia den Mann voller Mitgefühl.

Einen Augenblick lang fand Joe, wieviel netter Henrietta doch sei als ihre Schwester. »Ich weiß nur, daß sie mich bat, Klavier zu spielen, und mit einemmal lief sie aus dem Haus. Seitdem ist ihr Lenkrad kaputt.«

Hester schlug eine falsche und melodramatische Lache an. »Das hab ich gern. Lief aus dem Haus. Ich ging hinaus, um etwas Luft zu schnappen. Ich möchte wissen, wessen Lenkrad kaputt ist. Lief aus dem Haus!«

»Du bist aus dem Haus gelaufen«, beharrte Joe.

»So, wirklich? Und warum, bitte, sollte ich das?«

»Ich nehme an, du hattest irgendwelche Gründe.«

»Das nehme ich auch an. Und verdammt gute Gründe.«

Beklommenes Schweigen. Seit langem kannten Joe und Hester einander so gut. Und wie standen sie nun da!

»Aber warum denn, Hester?« fragte Henrietta in ihrer unschuldigsten und naivsten Manier.

»Warum was?«

Ein langer Hupton vom Auto draußen. »Ich werde gerufen, auf Wiedersehen!« rief Henrietta, knöpfte ihren Mantel zu und ging entschlossen zur Tür.

»Wenn du gehst, komm ich mit«, sagte Hester.

»Aber warum denn?« rief Henrietta bestürzt. Die Hupe ertönte aufs neue. Sie machte die Tür auf und rief in die Nacht hinaus: »Eine Minute noch!« Sie machte die Tür sanft wieder zu und wandte sich an Hester: »Also warum, Hester?«

Hesters Augen tränten fast vor Aufregung. Sie konnte es nicht ertragen, diesen hölzernen und erbosten Joe anzusehen.

»Warum?«

»Ja, warum?« kam es milde von Henrietta zurück.

Hester bildete den Brennpunkt der Spannung, aber sie war wie ein Buch mit sieben Siegeln.

»Also, warum?«

»Sie weiß es selber nicht«, sagte Joe, der ein Schlupfloch zu sehen meinte.

Wieder Hesters irre und melodramatische Lache.

»Weiß sie es nicht?«

Ihr Gesicht wurde rot vor Wut. »Schön, wenn du es also wissen willst, ich kann deine Verliebtheiten, wie ihr das dumme Zeug ja wohl nennt, absolut nicht mehr ertragen!«

Henrietta ließ den Türgriff los und sank ratlos in einen Stuhl. Das schlug nun dem Faß den Boden aus. Joes Gesicht lief puterrot an, um alsdann in ein bleiches Gelb überzugehen.

Schließlich ließ sich Henrietta mit hohler Stimme vernehmen: »Aber dann kannst du ihn nicht heiraten.«

»Allerdings nicht, falls er nicht aufhört, mir mit Verliebtheiten zu kommen.« Sie sprach das Wort mit einer hämischen Betonung aus.

Henrietta, der Schutzengel, aber sprach: »Aber du könntest ihn unmöglich heiraten, wenn er *nicht* verliebt wäre.«

»Wieso denn nicht?« schrie Hester. »Es war zwischen uns alles in Ordnung, bis er anfing verliebt zu tun. Nein, es kommt überhaupt nicht in Frage.«

Pause; dann kam von Henriettas Lippen: »Liebe Hester, ein Mann *hat* in die Frau, die er heiraten will, verliebt zu sein.«

»Dann soll er das lieber für sich behalten, das ist alles, was ich dazu sagen kann.«

Wieder eine Pause. Joe, schweigsam wie zuvor, sah hölzerner und einfältiger aus denn je.

»Aber, Hester, hat dein Ehemann nicht geradezu die Pflicht, in dich verliebt zu sein?«

»In mich? Nein. Du hast das noch nicht erlitten, mein Kind.«

Henrietta seufzte ratlos. »Dann kannst du ihn nicht heiraten, das ist klar. Wie furchtbar schade!«

»Nichts ist demütigender, als wenn ein Mann in einen verliebt ist«, sagte Hester. »Ich hasse es.«

»Das kommt vielleicht, weil es nicht der Richtige ist«, meinte Henrietta traurig und musterte den hölzernen und schafigen Joe.

»Ich glaube nicht, daß ich es von irgendeinem Mann ertragen könnte. Henrietta, weißt du, was das bedeutet, getätschelt und geknutscht zu werden? Es ist zu furchtbar albern und lächerlich.«

»Tja«, grübelte Henrietta trübselig. »Als wäre man ein unbezahlbares Stück Schweinefleisch, das ein Köter lüstern ableckt, bevor er es verschlingt. Ich gebe zu, es ist ziemlich albern.«

»Und was so besonders gräßlich ist: ein durchaus wohlerzogener Mann scheut sich nicht davor. Nichts ist so gräßlich wie ein Mann, der sich verliebt hat.«

»Ich weiß, was du meinst. Es ist hündisch«, pflichtete Henrietta bei.

Jetzt ertönte wieder die wütende Hupe. Henrietta machte die Tür auf und brüllte in die Nacht hinaus: »Fahrt ohne mich los. Ich gehe zu Fuß. Wartet nicht!«

»Wie lange dauert es?« kam eine Stimme zurück.

»Weiß ich nicht. Wenn es mir paßt, komme ich.«

»Wir holen dich in einer Stunde!«

»Auch gut«, schrie sie und schlug ihnen die Tür vor den weit entfernten Nasen zu. Dann kehrte sie niedergeschlagen in das Stillschweigen zurück. Sie wollte Hester beistehen. Joe, dieser Tor, wie er da nur stand. Wie ein Hammel.

Man hörte, wie der Wagen anfuhr und sich entfernte.

»Männer sind was Furchtbares«, ließ sich Henrietta vernehmen.

»Jedenfalls bist du ganz einfach im Irrtum«, wandte sich Joe plötzlich an Hester. »Ich bin nämlich gar nicht in dich verliebt, Fräulein Erzgescheit.«

Die Schwestern starrten ihn an wie den auferstandenen Lazarus.

»Und so, wie du es meinst, bin ich nie verliebt in dich gewesen«, fügte er hinzu. Seine braunen Augen funkelten vor Scham, Wut und nackter Leidenschaft.

»So. Was für ein Lügner du also gewesen bist. Das ist alles, was ich dazu sagen kann«, erwiderte Hester kalt.

»Willst du damit sagen«, fragte Henrietta scharf, »daß du nur so getan hast?«

»Ich dachte, es würde von mir verlangt«, erwiderte er mit einem boshaften kleinen Lächeln, das die beiden Schwestern geradezu lähmte. Wäre er eine Boa Constrictor gewesen, sie hätten nicht sprachloser sein können. Dieses höhnische kleine Lächeln! Und das von ihrem gutmütigen Joe!

Und er wiederholte es auch noch, voller Hohn: »Ich dachte, es würde von mir verlangt.« – Hester war außer sich.

Henrietta rief: »Wie gemein von dir!«

»Und gelogen obendrein!« rief Hester. »Er mochte es!«

»Meinst du, er mochte es tatsächlich?« fragte Henrietta.

»Irgendwie mochte ich es«, erklärte er frech. »Aber ich hätte es nicht gemocht, hätte ich gedacht, sie mochte es nicht.«

Hester warf die Arme empor: »Henrietta, daß wir ihn nicht totschlagen können!«

»Ich wollte, wir könnten es«, sagte Henrietta.

»Was soll man machen«, sagte er, »wenn man weiß, ein Mädchen ist prüde, und man mag sie dafür leiden, und die Hochzeit ist erst in einem Monat, und man – man muß über die Zwischenzeit hinwegkommen – und überhaupt, was bedeutet dann Rudolph Valentino für dich, den magst du ja auch . . .«

»Der ist tot, mein Bester. Und in Wirklichkeit habe ich ihn verabscheut«, sagte Hester.

»Das sah aber nicht so aus.«

»Jedenfalls bist du ja nicht Rudolph Valentino, und in seiner Rolle finde ich dich widerwärtig.«

»Nun, es soll nicht wieder vorkommen. Dich finde ich auch widerwärtig.«

»Ich bin äußerst erleichtert, das zu wissen, mein Junge.«

Wieder ein längeres Stillschweigen. Dann sagte Henrietta energisch: »So, das wäre es also. Kommst du jetzt mit zu Bonamy, Hester, oder soll ich hier bei dir bleiben?«

»Ich lege keinen Wert darauf, mein Kind«, gab Hester schroff zurück.

»Mir soll es egal sein, was du machst«, sagte Joe. »Nur, ich finde es verdammt gemein von dir, mir nicht gleich reinen Wein einzuschenken.«

»Ich mußte ja denken, es sei dir ernst, und ich wollte dich nicht verletzen«, erwiderte Hester.

»So siehst du aus!« gab er zurück.

»Wo es sich ja nun alles als Theater herausstellt«, sagte sie, »spielt es ja keine Rolle.«

»Das kann man wohl sagen«, war seine Antwort.

Schweigen. Die Wanduhr, die ihr Familienleben begleiten sollte, tickte hastig.

»Jedenfalls«, bemerkte er, »hast du mich an der Nase herumgeführt.«

»Das hab ich gern!« schrie sie. »So wie du dich aufgeführt hast!«

Er sah ihr stracks in die Augen. Wie gut sie einander doch kannten ...

Warum hatte er nur dieses blöde Theater mit der Verliebtheit vor ihr gespielt? Es war glatter Verrat an ihrer Vertrautheit. So sah er es jetzt, und es quälte ihn.

Sie aber? Sie las die ehrliche, geduldige Liebe zu ihr in seinen Augen. Und den verschrobenen, hartnäckigen Mittelpunkt seiner Wünsche. Das geschah jetzt zum allererstenmal, daß sie dies gewahrte: das unausweichliche, stille, alles beherrschende Begehren eines jungen Mannes, der in seiner Jugend viel entbehrt hatte und nun mit der Allmählichkeit des Alterns die Erfüllung suchte. Eine heiße Wallung wehte ihr durch das Herz. Sie spürte die Übereinstimmung.

»Was hast du nun beschlossen, Hester?« fragte Henrietta.

»Eigentlich will ich doch bei ihm bleiben«, sagte Hester.

»Schön!« sagte Henrietta. »Ich geh also zu Bonamy.« Sie öffnete still die Tür und war verschwunden.

Hester und Joe sahen einander von weitem in die Augen.

»Sei mir nicht böse, Hester«, sagte er.

»Weißt du, Joe«, erwiderte sie, »es macht mir nichts aus, was du tust, wenn du mich nur *wirklich* liebst.«

Gute Geister

Ich lernte Carlotta Fell einige Zeit vor dem Kriege kennen. Sie war damals gerade in die Kunst geflüchtet und wurde einfach ›Fell‹ genannt. Das war in unserer berühmten, aber banausigen Kunstschule, der Thwaite, wo ich selbst mit vielem Eifer mein Talent mordete. In der Thwaite erhielt Carlotta immer die Preise für Stilleben. Ganz ruhig nahm sie sie an, wie einer unserer Sieger, aber die übrigen Schüler ärgerte es doch. Sie nannten es ›die Lorbeeren schmieren‹, denn Carlotta stammte aus adeliger Familie, und ihr Vater war ein sehr bekannter Pair.

Sie versprach auch sehr schön zu werden. Ihre Familie war nicht reich, doch hatte sie, als sie achtzehn Jahre alt war, jährlich fünfhundert Pfund Zinsen für sich; und das war für uns eine Riesensumme. Dann sah man ihr Bild in den vornehmen illustrierten Zeitschriften; sie spielte die Versonnene, trug Perlen und verdrehte etwas die Augen. Dann malte sie wieder eins ihrer scheußlichen Stilleben, einen Kaktus im Topf.

Wir Schüler der Thwaite waren Snobs und deshalb auch wieder stolz auf sie. Sie markierte wohl ein wenig, spielte den Paradiesvogel unter den Tauben. Gleichzeitig aber war sie unendlich froh, mit uns zusammen zu sein, mit ihrer Sippschaft nichts mehr zu tun zu haben. Ihre Versonnenheit, ihre Sehnsucht nach ›etwas anderm‹ war durchaus echt. Und doch wollte sie keine Vertraulichkeit mit uns, wenigstens nicht unterschiedslos mit jedem.

Ein vager Ehrgeiz beseelte sie. Irgendwie wollte sie glänzen. In ihrer Familie waren kluge und ›distinguierte‹ Onkel, die ihr viel Schmeichelhaftes gesagt hatten. Und weiter?

Ihre Kakteen im Topf waren herrlich. Aber auch sie glaubte nicht, daß sie die Kunst revolutionierten. Vielleicht wollte sie lieber am weiten, wenn auch trüben Himmel des

Lebens als in dem etwas fernen und unbefriedigenden Äther der Kunst leuchten.

Sie und ich waren Freunde, unsere Freundschaft war einfach, stark und wirklich. Ich war arm, aber daraus machte ich mir eigentlich nichts. Auch ihr war das einerlei. Dagegen lag mir viel an einer leidenschaftlichen Vision, die, wie ich fühlte, im halbtoten Körper dieses Lebens vergraben lag. Der lebendige Körper in dem toten. Ich fühlte ihn. Und ich wollte ihn fassen, wenn auch nur für mich allein.

Sie wußte nicht, was ich erstrebte. Aber irgendwie fühlte sie, daß ich dieses Es suchte, und da sie in Seinem Reiche Aristokratin war wie im Königreich Großbritannien, war sie treu – mir treu Seinetwegen, das der lebendige Körper war, den ich im toten erträumte.

Und doch, viel verkehrten wir nie miteinander. Ich hatte kein Geld. Nie wollte sie mich mit ihren Verwandten bekannt machen. Ich wollte das auch nicht. Dann und wann frühstückten wir zusammen, gingen auch einmal in ein Theater oder fuhren in einem Wagen, der weder ihr noch mir gehörte, über Land. Nie flirteten wir, sprachen nie von Liebe. Ich glaube, daß sie das ebensowenig wollte wie ich. Sie wollte in ihre eigene Umgebung heiraten, und ich wußte, daß sie viel zu zart war, als daß sie meiner Zukunft hätte ins Auge sehen können.

Jetzt fällt mir eigentlich erst auf, daß sie immer etwas traurig war, wenn wir zusammen waren. Vielleicht sah sie hin über Meere, über die sie nie fahren würde. Sie gehörte endgültig, schicksalhaft, zu ihrer eigenen Klasse. Und doch glaube ich, daß sie sie haßte. Wenn sie mit Menschen zusammen war, die ›modern‹ redeten, Titel hatten und nur die *beau monde* kannten, dann rümpfte sie ihre kleine Nase, schloß mißvergnügt ihren breiten Mund, und über ihre breiten Schultern hängte sich Schlaffheit aus Langeweile und Gereiztheit. Langeweile und Gereiztheit und ein Ekel vor den Strebern, ein Ekel vor der gesellschaftlichen Stufenleiter überhaupt. Sie haßte ihre eigene Klasse: und doch war sie ihr sakrosankt. Selbst mir gegenüber erwähnte sie ungern die Titel ihrer Freunde. Aber gerade der schnelle Ärger, mit dem sie auf meine Frage: »Wer ist das?« antwortete: »Lady Nithsdale, Lord Staines – alte Freunde meiner Mutter«, bewies, daß die Adelskrone fest auf ihrer Stirn saß wie ein eiserner Ring, der in einen Baum eingewachsen ist.

Ihre Achtung für einen wahren Künstler war ganz anders: vielleicht echter, vielleicht auch nicht, jedenfalls aber war sie freier, ungezwungener.

Uns beide verband ein seltsames Einvernehmen: vielleicht ahnten wir beide den ungeborenen Körper des Lebens, der im Körper dieses Halbtodes, den wir Leben nennen, verborgen ist; und daher beseelte uns beide eine stumme Feindseligkeit gegen die alltägliche Welt und ihre toten Gesetze. Wir waren wie zwei Soldaten auf Patrouille in Feindesland. Leben und Menschen, beides war für uns Feindesland. Aber nie äußerte sie sich ganz offen.

Immer kam sie zu mir, wollte wissen, was ich dachte, besonders wenn es sich um eine moralische Streitfrage handelte. Tiefe Unzufriedenheit mit den althergebrachten moralischen Begriffen zernagte sie, und sie wußte nicht, welchen Standpunkt sie einnehmen sollte. Deshalb kam sie zu mir. Sie mußte irgendwie versuchen, ihre Gefühle in Ordnung zu bringen. Und das war so echt britisch. Ich sagte ihr, was ich als junger Mann dachte: und meist war sie ärgerlich. Sie wollte doch so gern konventionell sein. In ihrem festen Entschluß, konventionell zu sein, tat sie sogar etwas Falsches. Aber immer wieder kam sie zu mir zurück, mußte mich wieder fragen. Moralisch war sie von mir abhängig. Selbst wenn sie anderer Meinung als ich war, gab ihr die Kenntnis meines Standpunktes ihr Gleichgewicht wieder, beruhigte sie. Und doch waren wir ganz verschiedener Meinung.

Unsere Freundschaft war damals seltsam abstrakt; sie war sehr tief und zeigte doch keinerlei deutliche Berührungspunkte. Vielleicht war ich der einzige Mensch auf der Welt, bei dem sich ihr unbefriedigtes Selbst zu Haus und in Frieden fühlte. Ich empfand sie immer als Menschen meiner innersten Wesensart, sie gehörte zu derselben Spezies wie ich. Die meisten Menschen gehören für mich zu einer andern Spezies. Sie könnten geradesogut Truthähne sein.

Und doch würde sie immer nur gemäß der Konvention ihrer Klasse handeln, selbst wenn es falsch war. Das wußte ich.

Kurz vor dem Kriege heiratete sie Lord Lathkill. Sie war einundzwanzig. Erst nach der Kriegserklärung traf ich sie wieder. Sie bat mich, mit ihr und ihrem Mann in der Stadt zu frühstücken. Er war Offizier in einem Garderegiment, war an diesem Tage zufällig in Uniform, sah sehr nett und zufrieden aus, als erwarte er, daß das Leben ihm immer nur seine herrlichsten Gaben zuteil werden ließ. Er war sehr dunkel, hatte dunkle Augen, feines, schwarzes Haar und eine sehr schöne, schüchterne Stimme, die in ihrer langsamen, zarten Modulation fast frauenhaft wirkte. Er schien froh und geschmeichelt, daß Carlotta seine Frau war.

Er war ungeheuer aufmerksam, fast ehrerbietig gegen mich, weil ich arm war und zu der andern Welt, den armen Teufeln, gehörte, die außerhalb der Gesellschaft lebten. Ich lachte ein wenig über ihn und auch über Carlotta, die die feine Aufmerksamkeit, mit der er mich behandelte, ein wenig reizte.

Sie tat so stolz. Ich erinnere mich noch an ihre Worte: »Wir brauchen den Krieg, nicht wahr? Glauben Sie nicht auch, daß Männer Kampf brauchen, damit das Leben ritterlich bleibt und etwas kriegerischen Glanz erhält?«

Ich weiß auch noch, was ich antwortete: »Ich glaube auch, daß wir Kampf brauchen; aber der Kampf, den ich meine, hat mit Krieg nichts zu tun.« Es war August, und wir konnten alles noch leichtnehmen.

»Wie sieht denn Ihr Kampf aus?« fragte sie schnell.

»Ich weiß es nicht: jedenfalls ist es kein Massenkampf«, sagte ich grinsend. In Lord Lathkills Gegenwart kam ich mir vor wie ein einsamer Sansculotte; er war durchaus bescheiden, voller Aufmerksamkeit mir gegenüber und dabei doch so unendlich selbstgefällig, seiner Stellung so ganz sicher. Ich aber war ein alter irdener Krug, der schon so oft zu Wasser gegangen war.

Er war nicht eingebildet, nicht halb so eingebildet wie ich. Er überließ mir ohne Zögern den besten Platz, selbst bei Carlotta. Er fühlte sich mancher Dinge so sicher wie eine Schildkröte in ihrer glitzernden, blanken Schale, die Ewigkeit spiegelt. Und doch fühlte er sich in meiner Gesellschaft nicht ganz behaglich.

»Sie stammen aus Derbyshire?« fragte ich ihn und sah ihm ins Gesicht. »Ich stamme daher. Ich wurde in Derbyshire geboren.«

Er fragte mich mit weicher, etwas peinlicher Höflichkeit, wo? Aber er war etwas verlegen. Und in seinen dunklen Augen, die mich nicht losließen, glomm leichte Angst. Eine gewisse Besorgnis höhlte ihre Mitte aus. Er war der Umstände so sicher, aber des Menschen inmitten dieser Umstände war er durchaus nicht sicher. Er! Er! Er war schon ein Geist.

Ich fühlte, daß er mich als etwas Rohes, aber Wirkliches, sich selbst als etwas in seiner Weise Vollkommenes, aber ganz Unwirkliches empfand. Selbst seine Liebe zu Carlotta, seine Ehe war ein Umstand, der für ihn innerlich unwirklich war. Das erkannte man leicht an dem seltsamen Zögern, bevor er sprach. Und an dem leeren, fast irrsinnigen Ausdruck seiner dunklen Augen und seiner weichen, schwermütigen Stimme.

Ich verstand ganz gut, daß sie von ihm gefesselt war. Aber wehe ihm, wenn sich die Umstände je gegen ihn wandten!

Eine Woche später wollte sie mich wieder treffen, wollte mit mir über ihn sprechen. Sie nahm mich mit in die Oper. Sie hatte eine Loge, und wir waren allein; die bekannte Lady Perth saß zwei Logen entfernt. Das war eine von Carlottas konventionell falschen Handlungen, während ihr

Mann in Frankreich war. Sie wollte nur mit mir über ihn sprechen. Sie saß vorn in der Loge, lehnte sich ein wenig über die Brüstung und sprach von der Seite her zu mir. Jeder dachte natürlich sofort, daß zwischen uns eine *liaison* bestand, ohne allerdings erkennen zu können, wie *dangereuse* sie war. Denn hier, angesichts der Welt – ihrer Welt, nicht meiner –, sprach sie von der Seite her zu mir, sagte mit schneller, aber kalter Stimme:

»Wie gefällt Ihnen Luke?«

Sie sah mich traurig mit ihren meerfarbenen Augen an, wartete auf meine Antwort.

»Er ist riesig nett«, sagte ich in das Parkett mit all den Gesichtern hinein.

»Ja, das ist er«, erwiderte sie; ihre Stimme tönte matt, immer klang sie so, wenn sie ernst war, wie matt klingendes Metall, mit seltsam weit reichenden Schwingungen.

»Glauben Sie, daß er glücklich sein wird?«

»Glücklich sein?« platzte ich los. »Wieso, glücklich sein?«

»Mit mir«, sagte sie und kicherte plötzlich wie ein Schulmädchen, sah mich dann scheu, mutwillig, ängstlich an.

»Wenn Sie ihn glücklich machen«, sagte ich spitzfindig.

»Aber wie?«

Sie sagte das mit matt klingendem Ernst. Immer war sie so, stieß mich tiefer hinein, als ich wollte.

»Seien Sie selbst glücklich: und machen Sie sich da nichts vor. Und dann sagen Sie ihm, Sie wären glücklich, sagen Sie ihm, er wäre es, und dann ist er es.«

»Muß ich das alles tun?« erwiderte sie schnell. »Geht es nicht anders?«

Ich wußte, daß ich sie unwillig ansah, und sie beobachtete mein Stirnrunzeln.

»Wahrscheinlich nicht«, sagte ich rauh. »Er wird wohl nie darüber nachdenken.«

»Woher wissen Sie das?« fragte sie, als wäre es ein Geheimnis.

»Ich weiß es nicht. Ich vermute es nur.«

»Vermuten es nur«, echote sie mit trauriger, ergebener, reiner, metallisch klingender Eintönigkeit. Ich schätze es an ihr, daß sie nicht murmelt oder flüstert. Aber ich wünschte doch, sie ließe mich in diesem gräßlichen Theater in Ruh.

Sie trug Smaragde auf ihrer schneeweißen Haut, lehnte sich leicht über die Brüstung, starrte in die Zuhörerschaft wie ein Kristallbeschauer in einen Kristall. Der Himmel mag wissen, ob sie all die Facetten aus Gesichtern und Hemdenbrüsten sah. Ich aber, der Sansculotte, wußte, daß ich nie König sein würde, solange es noch Kniehosen gab.

»Es war nicht so einfach, ihn dazu zu bewegen, mich zu heiraten«, sagte sie schnell, deutlich, leise.

»Wieso?«

»Er war furchtbar in mich verliebt. Er ist es noch! Aber er glaubt, er sei unglücklich ...«

»Unglücklich, wieso? Im Spiel oder in der Liebe?« spottete ich.

»In beidem«, sagte sie kurz mit plötzlichem, kaltem Ärger über meine vorlaute Geschwätzigkeit. In ihren Augen schimmerte es wie Furcht. »Das liegt in seiner Familie.«

»Was haben Sie ihm denn gesagt?« fragte ich steif; ich fühlte mich auf einmal gehemmt.

»Ich versprach, Glück für zwei zu haben«, antwortete sie. »Und vierzehn Tage später wurde der Krieg erklärt.«

»Na«, sagte ich. »Das ist der Welt Glück, nicht Ihres.«

»Da haben Sie recht«, entgegnete sie.

Wir schwiegen.

»Hat seine Familie denn kein Glück?« fragte ich.

»Die Worths? Nie! Wirklich, nie!«

Es war Pause, und die Logentür wurde geöffnet. Carlotta beobachtete immer, wenigstens mit halbem Auge, was um sie vorging. Sie erhob sich wie eine alles beherrschende Schönheit – die sie aber nicht war und auch nie wurde –, um mit Lady Perth zu sprechen, der sie mich, um mich zu ärgern, nicht vorstellte.

Ungefähr ein Jahr später besuchten Carlotta und Lord

Lathkill, der auf Urlaub zu Hause war, uns in einem Cottage in Derbyshire. Sie erwartete ein Kind, war verdrossen und bedrückt. Er war irgendwie unbestimmt, reizend, plauderte über die Landschaft und die Geschichte der Bleigruben. Aber beide wirkten so verschwommen, als wären sie gar nicht da.

Als der Krieg zu Ende war, sah ich sie noch einmal; kurz darauf verließ ich England. Wir drei aßen zusammen. Er war noch immer verstört, hatte eine Wunde am Halse. Aber er sagte, bald ginge es ihm wieder besser. Seine langsame, herrliche Stimme war jetzt ein wenig heiser. Und seine Samtaugen waren hart, unstet, aber in der Härte lagen Müdigkeit und Leere.

Ich war ärmer als je zuvor, fühlte mich selbst etwas müde. Carlotta kämpfte mit seiner schweigsamen Leere. Seit dem Krieg war die schwermütige Starrheit seiner Augen noch auffallender geworden, die Angst in ihrer Mitte war fast Monomanie. Sie welkte dahin, verlor ihre Schönheit.

Sie hatten schon Zwillinge. Nach dem Essen gingen wir sofort hinauf ins Kinderschlafzimmer, sie zu betrachten. Es waren zwei Knaben, beide hatten des Vaters feines, dunkles Haar. Er hatte die Zigarre ausgelöscht und beugte sich über die Kinderbettchen, sah schweigend auf die Kinder herab. Die dunkelgesichtige, zuverlässige Kinderfrau trat beiseite. Carlotta warf einen schnellen Blick auf ihre Kinder; hilfloser sah sie ihn an.

»Nette Kinder! Nette Jungen, was?« sagte ich leise zu der Kinderfrau.

»Ja, Sir«, antwortete sie schnell. »Das sind sie.«

»Haben Sie je gedacht, daß ich einmal Zwillinge, lärmende Zwillinge bekäme?« fragte Carlotta und sah mich an.

»Nie«, entgegnete ich.

»Nun fragen Sie doch Luke, ob das Unglück oder Vergeudung ist«, sagte sie, kicherte wie ein Schulmädchen und sah ihren Gatten argwöhnisch an.

»Oh! Ich!« meinte er, wandte sich plötzlich um und

sprach laut mit seiner verwundeten Stimme. »Ich nenne das erstaunliches Glück! Wie andere darüber denken, weiß ich natürlich nicht.« Aber in seinem Körper lebte die feine, zuckende Angst eines geprügelten Hundes.

Dann sah ich sie jahrelang nicht wieder. Ich hörte, sie hätte ein Mädchen bekommen. Dann ereignete sich das furchtbare Unglück. In Amerika kamen beide Jungen während einer Autofahrt mit ihrer Tante ums Leben. Ich erfuhr das erst viel später; an Carlotta schrieb ich nicht. Was hätte ich ihr auch schreiben sollen?

Einige Monate später starb, um das Unglück voll zu machen, plötzlich auch das kleine Mädchen an irgendeiner Krankheit. Das Unglück der Lathkills arbeitete augenscheinlich sicher.

Arme Carlotta! Ich hörte weiter nichts von ihr, erfuhr nur, daß sie und Lord Lathkill sehr zurückgezogen bei seiner Mutter in Derbyshire lebten.

Als die Umstände mich wieder einmal nach England führten, überlegte ich, ob ich an Carlotta schreiben sollte oder nicht. Schließlich schrieb ich an ihre Londoner Adresse. Vom Lande wurde mir geantwortet: »Freue mich, daß Sie wieder erreichbar sind! Wann besuchen Sie uns?«

Ich hatte nicht besonders große Lust, nach Riddings zu fahren. Schließlich war es Lord Lathkills Wohnung, und seine Mutter, Lady Lathkill, war alt und ganz alte Schule. Und ich war immer noch der Sansculotte, der nie König sein wird, solange es noch Kniehosen gibt.

»Kommen Sie lieber in die Stadt«, schrieb ich ihr. »Wir wollen dann zusammen frühstücken.«

Sie kam. Sie sah älter aus, und das Leben hatte horizontale Furchen durch ihr Gesicht gezogen.

»Sie haben sich gar nicht verändert«, sagte sie zu mir.

»Und Sie nur wenig«, entgegnete ich.

»Wirklich?« erwiderte sie mit dumpfer, trauriger Stimme. »Vielleicht. Ich glaube, solange wir leben, müssen wir leben. Was meinen Sie?«

»Ja, das glaube ich auch. Ein lebendiger Toter zu sein, das ist ja gräßlich.«

»Da haben Sie recht«, sagte sie unendlich traurig.

»Wie geht es Lord Lathkill?« fragte ich.

»Ach!« antwortete sie. »Nach allem, was wir erlebt haben, ist er mit dem Leben fertig. Nur meinetwegen will er noch leben.«

»Und wollen Sie das auch?« fragte ich.

Sie blickte mir so seltsam in die Augen.

»Ich weiß nicht«, sagte sie. »Ich brauche Hilfe. Wie denken Sie darüber?«

»Ach, lieber Gott, leben Sie, wenn Sie es können.«

»Mit fremder Hilfe?« fragte sie so seltsam einfach.

»Ja, sicher.«

»Würden Sie das wirklich empfehlen?«

»Nun, ja. Sie sind noch jung ...«, fing ich an.

»Kommen Sie doch nach Riddings«, sagte sie schnell.

»Und Lord Lathkill und seine Mutter?« fragte ich.

»Sie sähen es gern.«

»Wollen Sie denn, daß ich komme?«

»Ja, bestimmt. Kommen Sie?«

»Wann?«

»Wann Sie wollen.«

»Wirklich, im Ernst?«

»Aber sicher.«

»Haben Sie keine Angst vor dem Unglück der Lathkills?«

»Ich?« rief ich erstaunt. Und mein Erstaunen war so groß, daß sie wieder kicherte wie ein Schulmädchen.

»Dann also abgemacht«, sagte sie. »Montag? Paßt Ihnen das?« Wir verabredeten alles genau, und ich begleitete sie zum Bahnhof.

Ich kannte Riddings, in dem Lord Lathkill wohnte, von außen. Es war ein altes Derbyshire-Steinhaus, am Ende des Dorfes Middleton: es war ein Haus mit drei scharfen Giebeln und stand nicht weit von der Landstraße; anstatt eines Parks lag hinter ihm schwarzes Moorland.

Dunkel hing der Montag über den Derbyshire-Hügeln. Die grünen Hügel waren dunkel, dunkelgrün, die steinernen Einfriedigungen sahen fast schwarz aus. Selbst der kleine Bahnhof, der tief in einem grünen, engen Tal lag, war aus Stein, dunkel und kalt, schien in der Unterwelt zu liegen.

Lord Lathkill war am Bahnhof. Er trug eine Brille, und seine braunen Augen blickten seltsam starr. Das schwarze Haar fiel ihm dünn in die Stirn.

»Ich bin ja so froh, daß Sie gekommen sind«, sagte er. »Ihr Besuch wird Carlotta ungeheuer aufheitern.«

Von mir als Menschen schien er kaum Notiz zu nehmen. Ich war etwas, das man erwartet hatte und nun angekommen war. Abgesehen hiervon war er seltsam, unnatürlich heiter.

»Hoffentlich störe ich Ihre Frau Mutter, Lady Lathkill, nicht«, sagte ich, während er mich im Wagen in Decken packte.

»Im Gegenteil«, sang seine langsame Stimme, »sie erwartet Ihre Ankunft ebenso ungeduldig wie wir. Nein, nein, glauben Sie nur nicht, Mutter wäre altmodisch, das ist sie gar nicht. In Kunst und Literatur und all dem Kram ist sie sogar sehr auf der Höhe. Neuerdings neigt sie sehr zum Unheimlichen – zu Spiritismus und all dem Zeug; aber Carlotta und ich sagen uns, wenn's ihr Vergnügen macht, soll's uns recht sein.«

Er verpackte mich sorgfältig in die Decken, und der Diener stellte mir eine Wärmpfanne unter die Füße.

»In Derbyshire ist es kalt«, fuhr Lord Lathkill fort, »besonders zwischen den Hügeln.«

»Dunkel ist es in Derbyshire«, sagte ich.

»Ja, vor allem wohl für jemanden, der aus den Tropen kommt. Wir merken das eigentlich nicht; wir mögen es gern.«

Er schien seltsam kleiner, zusammengeschrumpft, und sein langes Gesicht war bleich. Sonst war er heiter, fast mitteilsam. Aber er sprach eigentlich nur mit der gesichtlosen Luft, nicht wirklich mit mir. Ich war sozusagen gar nicht vorhanden. Er sprach nur mit sich. Und wenn er mich einmal ansah, waren seine braunen Augen so leer, waren wie Schlünde, in denen dumpfe Verstörtheit und Angst lauerten. Er blickte durch die Fenster des Nichts, wollte sehen, ob ich wirklich da wäre.

Es war schon dunkel, als wir Riddings erreichten. An der Vorderseite des Hauses war keine Tür, nur zwei Fenster im oberen Stockwerk waren erleuchtet. Es sah nicht gerade gastlich aus. Von der Seite her betraten wir das Haus, ein schweigsamer Diener nahm meine Sachen.

Schweigend gingen wir durch das wie ausgestorbene Haus nach oben. Carlotta hatte uns gehört und stand an der Treppe. Sie trug schon ihr Abendkleid; ihre langen, weißen Arme waren nackt, auf ihrem stumpfgrünen Kleid glitzerte etwas.

»Ich fürchtete schon, Sie wären nicht gekommen«, sagte sie mit trauriger Stimme, als sie mir die Hand reichte. Es sah aus, als wollte sie gleich losweinen. Aber das tat sie natürlich nicht. Der lange, dunkelgetäfelte, düstere Korridor, dessen Boden ein blauer Teppich bedeckte, wirkte fast unheimlich in seiner Düsterheit. In der Ferne verschwand still ein Diener mit meinem Gepäck.

Seltsame Unbehaglichkeit strömte aus der gediegenen Ausstattung des Hauses: die tote Materie triumphierte widerlich. Und doch war das Haus warm, hatte Zentralheizung.

Carlotta riß sich zusammen und sagte mißgestimmt:

»Wollen Sie nicht, bevor Sie in Ihr Zimmer gehen, meine Schwiegermutter begrüßen? Sie würde sich sehr freuen.«

Wir traten plötzlich in ein kleines Wohnzimmer. Ich sah die Aquarelle an den Wänden und eine weißhaarige Dame in Schwarz, die sich, während sie vorsichtig aufstand, nach der Tür umwandte.

»Dies ist Mr. Morier, Mutter«, sagte Carlotta mit verdrießlicher Hast. »Er ist auf dem Wege in sein Zimmer.«

Die alte Lady Lathkill kam ein paar Schritte auf uns zu, beugte sich aus ihren schweren Hüften vor und reichte mir die Hand. Ihr Scheitel war schneeweiß; sie hatte seltsam blaue, starre Augen mit ganz kleiner Pupille, die aus dem rosigen, weichhäutigen Gesicht der alten, noch gut aussehenden Frau herausschauten. Sie trug ein Spitzenfichu. Ihr Oberkörper war ziemlich schlank, beugte sich leicht aus ihren schweren, schwarzseidenen Hüften vor.

Sie sagte leise irgend etwas zu mir, sah mich lange starr an wie ein Vogel, mit bösem, kaltem, fernem Blick. So böse sieht vielleicht der Habicht aus der Höhe herab, wenn er nach Beute ausschaut. Wieder murmelte sie etwas und machte mich mit den beiden andern Personen bekannt, die im Zimmer waren: eine große, kurzgesichtige, dunkle junge Frau mit einem Anflug von schwarzem Schnurrbart und einen dicken Mann im Abendanzug, mit ziemlich kahlem Kopf und rötlichem Gesicht; er trug einen kleinen, grauen Schnurrbart, unter den Augen hatte er gelbe Schatten. Es war Colonel Hale.

Sie alle schienen so verlegen, als hätte ich sie bei einer Séance gestört. Ich wußte nicht, was ich sagen sollte, sie waren mir so ganz fremd.

»Nun kommen Sie und suchen Sie sich Ihr Zimmer aus«, rief Carlotta. Ich verbeugte mich stumm, folgte ihr aus dem Zimmer. Die alte Lady Lathkill, deren Oberkörper gleichsam in die starken Hüften gepflanzt war, sah mit ihren blauen Frettchenaugen von der Seite hinter uns her. Ihre spärlichen Augenbrauen wölbten sich hoch in ihre rosige, weiche Stirn unter dem eisweißen Haar. Nicht eine Sekunde lang hatte sie das ferne Land verlassen, in dem sie starrköpfig verweilte.

Schweigend wanderten Carlotta, Lord Lathkill und ich durch den Korridor, gingen dann um eine Ecke. Keiner von uns konnte ein Wort sprechen. Als er dann plötzlich am Ende des Flügels ziemlich heftig eine Tür aufstieß, sagte er, indem er sich mir mit rachsüchtigem Galgengesicht zuwandte:

»Wir haben Ihnen die Ehre erwiesen, Ihnen unser Geisterzimmer anzubieten. Es sieht nicht besonders aus, aber es ist unser Fürstenzimmer.«

Es war ein geräumiges Zimmer mit verblaßter, roter Täfelung, die noch Spuren von Gold zeigte, den gewöhnlichen großen, alten Mahagonimöbeln und einem mattrosa Teppich, den große, weißliche, verblichene Rosen zierten. Ein helles Feuer brannte in dem steinernen Kamin.

»Warum?« fragte ich und sah auf den großen, verschossenen, einst schönen Teppich.

»Wieso warum?« sagte Lord Lathkill. »Warum wir Ihnen dieses Zimmer gegeben haben?«

»Ja! Nein! Warum ist es Ihr Fürstenzimmer?«

»Oh, weil der Besuch unseres Geistes so selten wie der eines gekrönten Hauptes und deshalb doppelt willkommen ist. Der Besitz seiner Gaben ist unendlich viel mehr wert.«

»Was für Gaben denn?«

»Das Familienglück. Immer wieder erneuert er das Familienglück. Deshalb bringen wir Sie hier unter, Sie sollen ihn dazu veranlassen.«

»Ich ihn veranlassen ... das Vermögen Ihrer Familie zu erneuern? Ich dachte, das wäre nicht nötig.«

»Nun«, zögerte er, »um Geld handelt es sich eigentlich nicht. Wir können bescheiden leben; aber in allem andern außer Geld ...«

Wir schwiegen. Ich dachte an Carlottas ›Glück für zwei‹. Arme Carlotta! Sie sah jetzt so alt aus. Vor allem ihr Kinn, man konnte deutlich die scharfe Kante des Kiefers erkennen. Sie hatte sich in einen Stuhl neben das Feuer gesetzt, die Füße auf das steinerne Kamingitter gestellt; sie beugte sich vor, schützte das Gesicht mit der Hand, war immer um ihre Gesichtsfarbe besorgt. Ich konnte ihre breiten, weißen Schultern sehen, erkannte die Schulterblätter unter dem Kleid, als sie sich vorbeugte. Irgendwelche Bitterkeit schien alles Leben aus ihr gesogen zu haben; sie war nur müde, stumpf, gefühlsleer. Das bekümmerte mich, und mir kam der Gedanke, ein Mann müßte sie in die Arme schließen, ihren Körper lieben und ihre Flamme wieder entfachen. Wenn sie das zugegeben hätte, was sehr zweifelhaft war.

Ihren Körper belebte kein Mut mehr; nur ihr Geist kämpfte weiter. Sie mußte den Leib ihres Lebens erneuern, und das konnte nur ein lebender Körper.

»Wie ist denn das mit Ihrem Geist?« fragte ich ihn. »Ist er grausig?«

»Durchaus nicht«, antwortete er. »Er soll sogar sehr nett sein. Aber ich habe keinerlei Erfahrung und kenne auch niemanden, der die hätte. Wir hofften, Sie würden kommen und den Geist veranlassen ... Mutter hatte nämlich über Sie eine Botschaft erhalten.«

»Das ist mir ganz neu.«

»Ja! Als Sie noch in Afrika waren. Das Medium sagte: ›In Afrika lebt ein Mann, ich sehe nur ein M, ein doppeltes M. Er denkt an Ihre Familie. Es wäre gut, wenn er in Ihre Familie käme.‹ Mutter stand vor einem Rätsel, aber Carlotta erklärte sofort: Mark Morier.«

»Deshalb bat ich Sie aber nicht, hierher zu kommen«, sagte Carlotta schnell, sah auf, beschattete ihre Augen mit der Hand, als sie mich anblickte. Ich lachte, erwiderte nichts.

»Aber selbstverständlich«, fuhr Lord Lathkill fort, »brauchen Sie dieses Zimmer nicht zu nehmen. Es ist noch ein anderes Zimmer fertig. Wollen Sie es sehen?«

»Wie manifestiert sich denn Ihr Geist?« fragte ich abwehrend.

»Da weiß ich wenig. Es scheint ein sehr angenehmes Gespenst zu sein, mehr weiß ich nicht. Bei jedem, den es besuchte, war es augenscheinlich *persona grata. Gratissima,* augenscheinlich.«

»Benissimo!« sagte ich.

In der Tür erschien ein Dienstmädchen, murmelte etwas, das ich nicht verstand. Außer Carlotta und Lord Lathkill schien jeder im Haus zu flüstern.

»Was sagt sie?« fragte ich.

»Ob Sie in diesem Zimmer bleiben? Ich sagte ihr, Sie möchten vielleicht lieber ein Frontzimmer. Und ob Sie baden wollten?« antwortete Carlotta.

»Ja«, erwiderte ich. Und Carlotta wiederholte es dem Mädchen.

»Und, um Gottes willen, sprechen Sie laut, wenn Sie mit mir reden«, sagte ich zu dem ältlichen, korrekten Dienstmädchen mit dem gestärkten Kragen, das immer noch in der Tür stand.

»Jawohl, Sir«, schrie sie. »Soll das Bad heiß oder lau sein?«

»Heiß«, donnerte ich los wie ein Kanonenschuß.

»Jawohl, Sir«, schrie sie wieder; sie blinzelte mit den ältlichen Augen, als sie sich umwandte und verschwand.

Carlotta lachte, und ich seufzte.

Wir waren sechs Personen bei Tisch. Der rosige Colonel mit den gelben Falten unter den blauen Augen saß mir gegenüber; er sah aus wie ein alter Mann, der ein Leberleiden hat. Neben ihm saß Lady Lathkill, beobachtete alles aus ihrer Ferne. Ihr rosiges, weiches, altes, nackt wirkendes Gesicht mit den blauen Stecknadelaugen war ein richtiges, modernes Hexengesicht. Neben mir, zu meiner Linken, saß die dunkle junge Frau, deren schlanke, schwärzliche Arme ein hauchdünner, schwarzer Flaum bedeckte. Auch ihr Hals war schwärzlich, ihre ausdruckslosen, gelbbraunen Augen unter geraden Brauen waren nichtssagend. Sie war unnahbar. Ich richtete ein paar Worte an sie, hatte aber keinen Erfolg. Dann sagte ich: »Als Lady Lathkill mich Ihnen vorstellte, habe ich Ihren Namen nicht verstanden.«

Ihre gelbbraunen Augen starrten einige Augenblicke lang in die meinen, dann antwortete sie:

»Mrs. Hale.« Sie blickte flüchtig über den Tisch. »Colonel Hale ist mein Mann.«

Ich muß ein sehr überraschtes Gesicht gemacht haben. Neugierig, mit langem, hartem Blick, dessen Bedeutung ich nicht faßte, starrte sie mir in die Augen. Ich sah hinüber zu dem kahlen, rosigen Kopf des Colonel, der sich über seine Suppe beugte, beschäftigte mich dann wieder mit meiner Suppe.

»War's nett in London?« fragte Carlotta.

»Nein«, sagte ich, »gräßlich.«

»Wirklich?«

»Bestimmt.«

»Keine netten Menschen?«

»Nicht was ich unter ›netten Menschen‹ verstehe.«

»Und was verstehen Sie unter ›netten Menschen‹?« fragte sie mit leichtem Lächeln.

Die andern waren wie aus Stein. Als sprächen wir in einen tiefen Abgrund hinein.

»Ja, wenn ich das wüßte, würde ich sie bald finden! Aber sentimental, mit schmutzigen Gefühlen außen und häßlichen innen, sind sie jedenfalls nicht.«

»An wen denken Sie denn dabei?« Carlotta sah mich an; der Diener reichte gerade den Fisch. Ihre Schalkhaftigkeit wirkte irgendwie zerquetscht. Die andern saßen da wie Götzen.

»Ich? An niemanden. Vielleicht auch an jeden. Nein, ich glaube, ich dachte gerade an die Gedächtnisfeier für den Unbekannten Soldaten.«

»Sind Sie hingegangen?«

»Nein, ich geriet zufällig hinein.«

»War es nicht ergreifend?«

»Ergriff einen wie Rhabarber und Sennesblätter.«

Leicht lachend sah sie von ihrem Fisch auf, mir ins Gesicht.

»Wieso denn das?«

Ich bemerkte, daß dem Colonel und Lady Lathkill ein Reisgericht und kein Fisch gereicht wurde, daß sie erst – o Bescheidenheit! – nach uns andern bedient wurden, daß beide den Weißwein nicht anrührten. Nein, sie hatten keine Weingläser. Ferne legte sich um sie wie Schnee um den Gipfel des Everest. Dann und wann sah die alte Lady wie ein weißes Hermelin aus dem Schnee zu mir herüber; die kalte Luft der Tugend umgab sie, sie sah aus, als berge sie allein das Geheimnis der Tugend: fern, gewichtig, starr, alles besser wissend. Ich aber war mit meinem Geschwätz einer jener sagenhaften Flöhe, die über Gletscher springen.

»Wieso denn das? Gräßlich war es, furchtbar. Regen, eine schmutzige Menge mit schmutzigen, bloßen Köpfen, schmutzigen Gefühlen, schmutzigen Chrysanthemen und stachligen Schneeballen. Dampfende, feuchte Massengefühle! Nein, nein, so etwas sollte man wirklich nicht gestatten.«

Carlottas Gesicht war verfallen. Wieder fühlte sie im Innern den Tod, die Art Tod, die der Krieg bedeutet.

»Sollen wir etwa die Toten nicht ehren?« klang Lady Lathkills geheimnisvoll tuende Stimme zu mir herüber, als kläffte ein weißes Hermelin.

»Die Toten ehren!« Ich war bestürzt. »Glauben Sie denn, sie würden geehrt?«

Ich stellte diese Frage in aller Aufrichtigkeit.

»Sie begreifen jedenfalls, daß man sie ehren wollte«, erwiderte sie.

Ich war wie gelähmt.

»Wäre es, wenn ich tot wäre, für mich eine Ehrung, wenn eine große, dampfende, feuchte Masse mit schmierigen Chrysanthemen und stachligen Schneeballen an mein Grab käme? In die tiefsten Tiefen des Hades würde ich mich verkriechen. Lieber Gott, davonlaufen würde ich, so schnell ich nur könnte.«

Der Diener reichte uns Hammelbraten, Lady Lathkill und dem Colonel Kastanien in Sauce. Dann goß er Burgunder ein. Es war guter Wein. Die Pseudo-Unterhaltung wurde unterbrochen.

Lady Lathkill aß schweigend wie ein Hermelin im Schnee, das seine Beute verzehrt. Manchmal ließ sie den Blick über den Tisch schweifen, ihre blauen Augen waren starr, sie war vollständig verschlossen. Sie achtete darauf, daß wir alle gut bedient wurden. »Das Johannisbeer-Gelee für Mr. Morier«, bemerkte sie leise, als wäre es ihr Tisch. Lord Lathkill saß neben ihr, aß in vollständiger Abwesenheit. Manchmal flüsterte sie ihm etwas zu, er antwortete flüsternd, aber nie verstand ich, was sie sagten. Traurig verzehrte der Colonel seine Kastanien, als wäre für ihn jetzt alles quälende Pflicht. Ich schrieb das seinem Leberleiden zu.

Es war ein furchtbares Essen. Außer wenn Carlotta sprach, konnte ich kein Wort hören. Sie alle ließen ihre Worte im Halse ersterben, als wäre ihr Kehlkopf der Sarg des Lautes.

Carlotta versuchte vergeblich, die liebenswürdige Wirtin zu spielen. Aber die schweigende und scheinbar so bescheidene Lady Lathkill hatte ihr den Einfluß, der von der Gastgeberin ausgeht, gestohlen, gab ihn nicht wieder her, wie ein weißes Hermelin, das einem Kaninchen das Blut aussaugt. Immer wieder sah Carlotta mich elend an, wollte wissen, was ich dachte.

Ich dachte gar nichts. Ich hatte ein Gefühl, als läge ich im kalten Grab. Und ich trank den guten, guten Burgunder.

»Mr. Moriers Glas«, sagte Lady Lathkill leise, und ihre blauen Augen mit den schwarzen Nadelköpfen sahen einen Augenblick in die meinen.

»Herrlich, so guten Burgunder zu trinken!« rief ich vergnügt.

Sie senkte leicht den Kopf, murmelte etwas, das ich nicht hörte.

»Wie, bitte?«

»Freut mich, daß er Ihnen schmeckt«, wiederholte sie, ärgerlich darüber, daß sie ihre Worte noch einmal laut sagen mußte.

»Ja, herrlich. Er ist gut.«

Mrs. Hale, die groß und aufrecht, lautlos und wachsam dagesessen hatte wie eine schwarze Füchsin, sah zu mir her, wollte sich vergewissern, was für eine Art Mensch ich wäre. Sie war ein klein wenig verwirrt.

»Ja, danke«, flüsterte jetzt wohltönend Lord Lathkill. »Ich glaube, ich *will* noch etwas.«

Der Diener, der gezögert hatte, füllte sein Glas.

»Schade, daß ich keinen Wein vertrage«, sagte Carlotta wie abwesend. »Er hat auf mich nicht die richtige Wirkung.«

»Die hat er wohl auf niemanden«, meinte der Colonel und machte den peinlichen Versuch, dabei zu sein. »Aber die einen lieben seine Wirkung, die andern nicht.«

Ich sah ihn verwundert an. Warum machte er denn Einwendungen? Er sah ganz so aus, als hätte er seinerzeit die Wirkung ziemlich gern gemocht.

»O nein«, entgegnete Carlotta kalt. »Die Wirkung ist auf die einzelnen Menschen ganz verschieden.«

Ihre Worte duldeten keinen Widerspruch, und wieder senkte sich Frost über die Tafel.

»Da haben Sie recht«, fing der Colonel wieder an. Nachdem er einmal aus der Tiefe aufgetaucht war, wollte er nicht wieder versinken.

Aber Carlotta wandte sich plötzlich mir zu.

»Warum ist nach Ihrer Meinung die Wirkung auf die einzelnen Menschen so verschieden?«

»Und bei verschiedenen Gelegenheiten«, fügte ich hinzu und grinste durch meinen Burgunder. »Wissen Sie, was man behauptet? Nun, wenn der Alkohol auf die Psyche eines Menschen wirkt, reißt er diesen zurück in alte Bewußtseinszustände und alte Reaktionen. Aber viele Menschen regt er gar nicht an, bei ihnen löst er nur eine nervöse Reaktion des Widerwillens aus.«

»Bei mir löst er sicher diese nervöse Reaktion des Widerwillens aus«, sagte Carlotta.

»Wie bei allen höher stehenden Lebewesen«, flüsterte Lady Lathkill.

»Hunde hassen Whisky«, bemerkte ich.

»Ganz recht«, sagte der Colonel. »Angst haben sie davor.«

»Ich habe oft«, fuhr ich fort, »über diese alten Bewußtseinszustände nachgedacht. Der Rückfall in sie soll furchtbar sein. Trotz meines Strebens nach vorn lasse ich mich gern ein wenig zurückreißen.«

»Wohin denn?« fragte Carlotta.

»Das weiß ich nicht. Dahin, wo man sich ein bißchen warm fühlt und die Gläser an die Wand knallt.

Nous avons bien bu et nous boirons!
Cassons les verres, nous les payerons!
Compagnons! Voyez-vous bien!
Voyez-vous bien!
Voyez! Voyez! Voyez-vous bien,
Que les d'moiselles sont belles
Où nous allons!«

Ich war unverfroren genug, diese Strophe des alten Soldatenliedes zu singen, während Lady Lathkill ihren Sellerie und Nußsalat verzehrte. Ich sang sie ganz nett, mit sauberer, ausgeglichener, kleiner Stimme und lachte dabei über das ganze Gesicht. Während der Diener Lady Lathkills Teller wegnahm, sah er mich heimlich an. Sieh mal! dachte ich. Er wird munter!

Die Rebhühner waren verzehrt, der *flan* war verschlungen, wir waren beim Nachtisch.

Man hatte mein Lied in vollkommenem Schweigen angehört. Selbst Carlotta! Meinen *flan* hatte ich hinuntergeschluckt wie eine Auster.

»Sie haben schon recht«, sagte Lord Lathkill in das Knacken der Walnüsse hinein. »Ich meine, der Geisteszustand eines Wiking z. B. oder katilinarischen Verschwörers wäre, falls wir ihn nur erreichen könnten, mal das Richtige für uns.«

»Eines Wiking?« rief ich erstaunt. Und Carlotta kicherte los.

»Und warum nicht?« fragte er ganz unschuldig.

»Eines Wiking«, wiederholte ich und stürzte meinen Rotwein hinunter. Dann sah ich meine schwarzbrauige Nachbarin an.

»Warum sind Sie eigentlich so stumm?« fragte ich.

»Was soll ich denn sagen?« erwiderte sie; der Gedanke erschreckte sie geradezu.

Ich war zu Ende. Ich starrte in meinen Portwein, als erwartete ich eine höchste Erleuchtung.

Lady Lathkill plätscherte mit den Fingerspitzen in dem Wassernäpfchen und legte endgültig ihre Serviette auf den Tisch. Als alter Kavalier stand der Colonel sofort auf und schob ihren Stuhl zurück. *Place aux hommes!* Ich machte meiner Nachbarin, Mrs. Hale, eine Verbeugung, die sie sehr verwirrte; dann ging sie um mich herum.

»Lassen Sie es nicht gar zu lange dauern«, sagte Carlotta und sah mich mit ihren langsamen, haselgrünen Augen unglücklich, sehnsüchtig und niedergeschlagen an.

Lady Lathkill steuerte schwerfällig an mir vorbei, als wäre ich gar nicht da, neigte sich mit ihrem weißen Scheitel aus ihren schweren Hüften nach vorn. Während sie durch das Zimmer ging, schien sie abwesend, mit irgend etwas vollauf beschäftigt.

Ich schloß die Tür, wandte mich den Männern zu und trällerte:

Dans la première auberge
J'eus b'en bu!

»Recht haben Sie«, sagte Lord Lathkill. »Durchaus recht.«

Und wir gossen uns Portwein ein.

»Dieses Haus«, sagte ich, »braucht unbedingt so was wie ein großes Frühlingsreinemachen.«

»Ganz recht«, wiederholte Lord Lathkill.

»Es riecht ein bißchen moderig«, sagte ich. »Bacchus und Eros müssen andern Duft hinein bringen, neue, frische Luft.«

»Sie meinen Bacchus und Eros?« fragte Lord Lathkill ganz ernst, als könne man sie telefonisch herbestellen.

»Im besten Sinne«, antwortete ich. Als könnten wir sie sofort von Fortnum & Mason beziehen.

»Und was meinen Sie mit ›im besten Sinne‹?« fragte Lord Lathkill.

»Ah! Flammendes Leben! Es riecht hier so moderig.«

Der Colonel spielte unbehaglich mit dicken, trägen Fingern an seinem Glas herum.

»Meinen Sie wirklich?« fragte er und sah mich an.

»Sie etwa nicht?«

Wieder sah er mich an mit seinen leeren, glasigen, blauen Augen, unter denen gelbe Todesflecken waren. Irgend etwas war bei ihm nicht in Ordnung, irgendein Zusammenbruch. Ein dicker, gesunder, fröhlicher alter Herr hätte er sein sollen. Sehr alt war er sicher noch nicht, wahrscheinlich noch keine sechzig. Aber mit diesem Kollaps wirkte er irgendwie moderig.

»Ja, ja«, sagte er und sah mich fast unheimlich, herausfordernd an; dann blickte er wieder auf seinen Wein, »mit uns passieren mehr Dinge, als wir merken.« Wieder sah er mich an, schloß die vollen Lippen unter dem kleinen, grauen Schnurrbart; sein Blick war glasiges Mißtrauen.

»Schon möglich«, erwiderte ich.

Immer noch sah er mich mit grausigem, glasigem Mißtrauen an.

»Ha!« Er machte eine plötzliche Bewegung, schien zusammenzubrechen, zu verfallen und nur langsam wieder der alte zu werden. »Das geben Sie also zu. Ich heiratete meine Frau, als ich ein junger, zwanzigjähriger Bursche war.«

»Mrs. Hale?« rief ich.

»Nicht diese« – er wies mit dem Kopf nach der Tür –, »meine erste Frau.« Dann schwieg er; er sah mich beschämt an, drehte sein Weinglas und ließ den Kopf hängen. Er starrte auf das sich drehende Glas und fuhr fort: »Ich heiratete sie, als ich zwanzig Jahre alt war. Sie war achtundzwanzig. Sie sagen vielleicht, daß sie mich heiratete. Na, einerlei! Wir hatten drei Kinder – ich habe drei verheiratete Töchter –, und uns ging's ganz gut. Ich glaube gern, daß sie mich irgendwie bemutterte. Ich machte mir keinerlei Gedanken. Ich war zufrieden, hatte meine Freiheit, und nie fragte sie. Immer mochte sie mich gern. Das stand für mich fest. Das stand für mich fest. Selbst als sie starb – ich war in Saloniki –, stand das für mich fest. Sie verstehen doch. Das war so selbstverständlich wie Krieg – Leben – Tod. Ich wußte, daß ich mich einsam fühlen würde, wenn ich zurückkam. Na, dann wurde ich verschüttet, und als man mich ausgrub, war's mit mir vorbei – einfach vorbei. Ich wurde nach Hause geschickt. Und in dem Augenblick, als ich das Leuchtfeuer am Kap Lizard sah, es war Abend, als wir die Bai verließen, erkannte ich, daß Lucy auf mich gewartet hatte. Ich fühlte sie neben mir, deutlicher, als ich Sie fühle. Und in diesem Augenblick erwachte ich ihr, und sie machte einen furchtbaren Eindruck auf mich. Sie erschien mir, wenn Sie das verstehen, ungeheuer stark und mächtig: alles andere versank. In der Ferne blinkte das Leuchtfeuer von Kap Lizard, und das bedeutete: Heimat. Alles andere aber war Lucy, meine Frau, als wenn ihre Röcke die ganze Dunkelheit füllten. In einer Weise hatte ich Angst: aber das kam daher, weil ich noch nicht alles fassen konnte. Ich fühlte: ›Lieber Gott, nie habe ich sie gekannt!‹ Und sie war dieses Gewaltige! Ich kam mir vor wie ein kleines Kind, wie ein schwaches Kätzchen. Und, ob Sie es glauben oder nicht, von diesem Tage an hat sie mich nie wieder verlassen. Ich weiß genau, daß sie hört, was ich sage. Aber sie wird schon gestatten, daß ich es Ihnen erzähle. Das wußte ich schon heute mittag.«

»Aber warum haben Sie denn wieder geheiratet?« fragte ich.

»Sie wollte es!« Seine Backenknochen wurden ein wenig gelb. »Ich fühlte, wie sie zu mir sagte: ›Heirate! Heirate!‹ Auch Lady Lathkill erhielt Botschaften von ihr: sie war im

Leben ihre beste Freundin. Ich dachte gar nicht an Heirat. Aber Lady Lathkill erhielt auch die Botschaft, daß ich heiraten müßte. Dann beschrieb ein Medium das Mädchen bis ins kleinste: meine jetzige Frau. Ich wußte gleich, wer es war: die Freundin meiner Töchter. Dann wurden die Botschaften dringlicher, zwei- oder dreimal weckten sie mich nachts. Lady Lathkill drängte mich, um ihre Hand anzuhalten; ich tat es und wurde angenommen. Meine jetzige Frau war gerade achtundzwanzig, genau so alt wie Lucy, als ...«

»Wann heirateten Sie denn die jetzige Mrs. Hale?«

»Vor ungefähr einem Jahr. Ich glaubte, ich hätte getan, was von mir verlangt wurde. Aber gleich nach der Hochzeit befiel mich eine derartige Angst – sie war vollständig unbegründet –, daß ich fast den Verstand verlor. Meine jetzige Frau fragte mich, ob ich krank wäre, und ich bejahte es. Wir fuhren nach Paris. Ich fühlte, daß ich dem Tode nahe war. Aber ich sagte, ich wollte einen Arzt aufsuchen – und ich fand mich in einer Kirche kniend wieder. Dann fand ich Frieden – und Lucy. Sie hatte die Arme um mich geschlungen, und ich war wie ein Kind, ganz ruhig. Ein paar Stunden muß ich dort gekniet haben, während Lucy mich in ihren Armen hielt. Nie habe ich so empfunden, als ich noch gesund war: aber es war zu viel! Und dann, und dann ... Und jetzt wage ich nicht, Lucys Geist zu beleidigen. Wenn ich es tue, leide ich Qualen, bis ich wieder Frieden geschlossen habe, bis sie mich wieder in ihre Arme schließt. Dann kann ich leben. Aber sie will nicht, daß ich mich der jetzigen Mrs. Hale nähere. Ich – ich – ich wage es auch nicht, mich ihr zu nähern.«

Ängstlich und schüchtern, mit beschämter Heimlichkeit sahen mich seine scheuen, blauen, fast glotzenden Augen an. Er hatte gesprochen, als läge er in tiefem Schlaf.

»Warum hat Ihre verstorbene Frau Sie denn gedrängt, wieder zu heiraten?« fragte ich.

»Das weiß ich nicht«, erwiderte er. »Das weiß ich nicht. Sie war älter als ich und war die Klügere von uns beiden.

Sie war eine sehr tüchtige Frau, und ich war in geistigen Dingen nie auf der Höhe. Für mich stand es einfach fest, daß sie mich liebte. Nie zeigte sie auch nur die geringste Eifersucht; aber ich glaube jetzt, daß sie die ganze Zeit über eifersüchtig war und es nur nicht zeigte. Ich weiß es nicht. Ich glaube, sie war nie so ganz glücklich darüber, daß sie mich geheiratet hatte. Es sieht so aus, als quälte sie irgend etwas. Solange sie lebte, kam mir dieser Gedanke gar nicht. Und jetzt sehe ich immer nur sie. Als wollte ihr Geist in meinem Körper leben oder aber ... ich weiß es nicht ...«

Seine blauen Augen wurden glasig, fast wie Fischaugen, vor Furcht und glotzender Scham. Seine Nase war kurz, seine Lippen waren voll und schlaff, sein Kinn war früher hübsch gewesen. Immer ein sorgloser, dreizehnjähriger Bursche. Aber jetzt hatte ihn die Sorge zerbrochen.

»Und was sagt denn Ihre jetzige Frau?« fragte ich.

Er goß sich etwas Wein ein.

»Ach, wenn sie nicht wäre«, erwiderte er, »würde mich das alles nicht quälen. Sie sagt nichts. Lady Lathkill hat ihr alles erklärt, und sie gibt zu, daß ein Geist aus dem Jenseits wichtiger ist als Vergnügen – Sie wissen ja wohl, was ich meine. Lady Lathkill sagt, wenn ich der *Frau* diente und *ihr* hülfe, *ihre* Stätte zu erreichen, so wäre dies eine Vorbereitung auf meine nächste Inkarnation.«

Wieder sah er auf, versuchte, in seiner Scham stolz zu sein.

»Eine verdammt seltsame Geschichte«, rief Lord Lathkill. »Mutter glaubt, auch das wurde ihr mitgeteilt, daß sie in ihrem nächsten Leben die Tiere vor der Grausamkeit der Menschen schützen wird. Deshalb ißt sie kein Fleisch, ißt nichts, was vorher getötet werden muß.«

»Und bestärkt Lady Lathkill Sie in diesem Verkehr mit Ihrer verstorbenen Frau?« fragte ich.

»Ja, sie hilft mir. Wenn ich, wie Sie es vielleicht nennen, mit Lucy, d. h. mit Lucys Geist, aneinander gerate, hilft mir Lady Lathkill, den Streit zwischen uns zu schlichten.

Und wenn ich dann weiß, daß ich wieder geliebt werde, bin ich zufrieden.«

Er sah mich verstohlen, verschmitzt an.

»Das sind Sie nicht«, sagte ich, »bestimmt nicht.«

»Soll das alles denn heißen«, fiel Lord Lathkill ein, »daß Sie mit der jetzigen Mrs. Hale nicht zusammenleben? Soll das heißen, daß Sie nie mit ihr zusammengelebt haben?«

»Ich muß eine höhere Forderung erfüllen«, sagte der unglückliche Colonel.

»Du lieber Gott«, rief Lord Lathkill.

Ich sah verwundert auf: wie ein Kerl, der ein Weib aufgabelt, sich eine Woche lang mit ihr die Zeit vertreibt und dann, als wäre nichts passiert, nach Hause geht! Es war ganz klar, daß er vor seiner neuen, schwarzbrauigen Frau dieselbe Angst hatte wie vor Lucys Geist. Eine verdammt unangenehme Situation!

»Eine seltsame Geschichte«, sagte Lord Lathkill nachdenklich vor sich hin. »Gefällt mir nicht so restlos. Irgendwo stimmt da was nicht. Aber wir wollen jetzt nach oben gehen.«

»Stimmt sicher was nicht!« wiederholte ich. »Warum, Colonel, treten Sie dem Geist Ihrer ersten Frau nicht entgegen, warum bezwingen Sie ihn nicht endlich, warum befreien Sie sich nicht von ihm?«

Der Colonel sah mich an; immer noch war er niedergeschlagen und voller Angst, rappelte sich aber ein wenig auf, als wir uns erhoben.

»Was würden Sie tun?« fragte er.

»Wo immer ich sie vermutete, würde ich ihr entgegentreten und zu ihr sagen: ›Lucy, scher dich zum Teufel!‹«

Lord Lathkill lachte laut auf, verstummte aber plötzlich, als sich geräuschlos die Tür öffnete und die weißhaarige alte Lady mit ihren scharfen, listigen Augen ins Zimmer schaute und dann eintrat.

»Ich glaube, ich habe meine Briefschaften hier liegen lassen, Luke«, flüsterte sie.

»Ja, Mutter. Hier liegen sie. Wir kommen sofort nach oben.«

»Das eilt nicht.«

Er hielt die Tür auf; vornüber geneigt ging sie mit den Papieren, die sie fest in der Hand hielt, wieder hinaus. Die Backenknochen des Colonel hatten sich gelb gefärbt.

Wir gingen nach oben in das kleine Wohnzimmer.

»Das hat aber lange gedauert«, sagte Carlotta und sah uns alle an.

»Hoffentlich ist der Kaffee nicht kalt. Wenn doch, bekommen wir frischen.«

Sie goß ein, und Mrs. Hale reichte die Tassen. Die dunkle junge Frau streckte ihre geraden, dunklen Arme aus, bot mir Zucker an und sah mich mit ihren unveränderlichen, gelbbraunen Augen an. Ich erwiderte ihren Blick, und da ich in diesem Hause hellsehend geworden war, erkannte ich alle Linien ihres aufrechten Körpers, sah die dünnen, schwarzen Härchen, die ihre starkhäutigen, dunkeln Schenkel bedeckten. Sie war dreißig Jahre alt und hatte immer befürchtet, sie würde nie heiraten. Jetzt war sie wie mesmerisiert.

»Was tun Sie gewöhnlich abends?« fragte ich.

Sie wandte sich fast erschrocken zu mir hin, wie sie das fast immer tat, wenn man sie anredete.

»Nichts«, erwiderte sie. »Plaudern, manchmal liest Lady Lathkill etwas vor.«

»Und was?«

»Über Spiritismus.«

»Ist sicher nicht besonders erfreulich.«

Wieder sah sie mich an, antwortete aber nicht. Es war schwer, irgend etwas aus ihr herauszubekommen. Sie ging jedem Kampf aus dem Wege, verharrte immer in ihrem dunklen, passiven, negativen Widerstand. Einen Augenblick fragte ich mich verwundert, warum ihr niemand den Hof machte: niemand tat es, das war klar. Aber die jungen Männer von heute sind daran gewöhnt, daß man ihnen schmeichelt, Eindruck auf sie macht, sie anzieht: sie wollen umworben werden. Und das tat Mrs. Hale nicht: wußte gar nicht, wie sie das anfangen sollte. Das war für mich ihr Geheimnis. Sie war passiv, immer gleichmäßig, verharrte in widerstehender Passivität, unter der das Feuer schwelte.

Lord Lathkill setzte sich neben uns. Die Beichte des Colonel hatte einen tiefen Eindruck auf ihn gemacht.

»Ich fürchte«, sagte er zu Mrs. Hale, »Ihr Aufenthalt hier ist nicht besonders amüsant.«

»Wieso?« fragte sie.

»Oh, was haben Sie denn hier? Tanzen Sie gern?«

»Ja«, antwortete sie.

»Dann wollen wir nach unten gehen und zum Victrola tanzen. Wir sind zu vier. Sie kommen doch mit?« fragte er mich.

Dann wandte er sich an seine Mutter.

»Mutter, wir gehen ins Damenzimmer und tanzen. Kommst du mit? Und Sie, Colonel?«

Die alte Lady sah ihren Sohn an.

»Ich komme und sehe zu«, sagte sie.

»Und ich spiele das Pianola, wenn Sie wollen«, erbot sich der Colonel.

Wir gingen nach unten, schoben die mit Chintz überzogenen Sessel und die Herdteppiche beiseite. Lady Lathkill setzte sich in einen Sessel, der Colonel quälte sich am Pianola ab. Ich tanzte mit Carlotta, Lord Lathkill mit Mrs. Hale.

Während ich mit Carlotta tanzte, kam es wie einlullende Ruhe über mich. Sie war so still und fern, sah mich kaum an. Aber die Berührung mit ihr war so wundervoll wie eine Blume, die sich dem Morgen hingibt. Ihre warme, seidige Schulter war weich und wohltuend unter meiner Hand, als kennte sie mich aus jenem zweiten Bewußtsein heraus, das ein Teil der Kindheit eines Menschen ist und in der Mannheit und Frauheit so selten wieder blüht. Es war, als hätten wir beide uns als Kinder schon genau gekannt, als begegneten wir uns jetzt, wo wir Mann und Frau waren, wieder in tiefer, gegenseitiger Sympathie. Im modernen Menschen bahnt sich die reine Erkenntnis zwischen Mann und Frau vielleicht erst nach langem Leid und mancher Niederlage ihren Weg.

Sie ließ, das wußte ich, den Zwang und die Spannung ihres ganzen Lebens von sich abfallen, ruhte in nackter Stille in meinen Armen. Und ich wollte nur eins: bei ihr sein, sie berühren.

Aber nach dem zweiten Tanz sah sie mich an und gab mir zu verstehen, daß sie mit ihrem Mann tanzen müsse. Und bald fühlte meine Hand Mrs. Hales starke, passive Schulter, ihre schlaffe Hand ruhte in der meinen, während ich auf ihren dunklen, schmutzig aussehenden Nacken – sie puderte sich klugerweise nicht – herabsah. Die Dunkelheit ihres mesmerisierten Körpers ließ mich den dunklen, schwachen Schimmer ihrer Schenkel mit den dünngesäten, schwarzen Haaren sehen. Es war, als schienen sie durch die Seide ihres malvenfarbenen Kleides wie die Glieder eines halbwilden Tieres, das hilflos in seinem dumpfen Winterschlaf gefangen liegt.

Mit der ihrer Art Menschen eigenen, schwerfälligen Erkenntnis merkte sie wohl, daß ich einen flüchtigen, wissenden Blick auf sie warf in ihrem Gebüsch, daß ich ihre Anziehungskraft spürte. Aber ihre gelben Augen blickten immer nur über meine Schulter hinweg, hin zu Lord Lathkill.

Ich oder er, es handelte sich nur darum, wer der erste war. Aber sie zog ihn vor. Und doch ließ manches sie wünschen, ich wäre es.

Luke hatte sich merkwürdig verändert. Sein Körper schien in dem dunklen Tuch seines Abendanzugs lebendig geworden zu sein. Seine Augen leuchteten verwegen, seine langen Backen waren leicht gerötet, das schwarze Haar hing ihm in die Stirn. Er hatte wieder etwas von der Selbstsicherheit des Gardeoffiziers, der für sich das Beste im Leben beansprucht, war fast wieder wie damals, als ich ihn zum erstenmal sah. Doch alles war blühender, herausfordernder, leicht irrsinnig.

Er sah mit unheimlicher Freundlichkeit und Liebe auf Carlotta herab. Aber er war froh, als er sie mir wieder überließ. Auch er hatte Angst vor ihr: als wäre sie die Ursache seines Unglücks. Wohingegen er in wildpochender Brutalität fühlte, daß die junge, dunkle Frau sein Unglück bannte. Wie erlöst war er, als er mir Carlotta zurückgab, als wäre sie bei mir vor seinem Unglück sicher. Und die andere Frau würde auch ihn vor ihm schützen. Denn die andere Frau stand außerhalb des Kreises.

Ich war froh, als ich Carlotta wieder hatte, als ich unser beider unsagbar zarte, vollkommene Ruhe wieder empfand, in der mein Herz jetzt endlich physisch und seelisch ausgeglichen ruhte. Bis jetzt war sie immer irgendwie unvollkommen gewesen. Jetzt aber, für die Dauer dieser Stunde wenigstens, war sie ganz, war sanftes, vollkommenes, physisches Fließen, war ein Gleichklang, der tiefer war als selbst die Kindheit.

Während sie tanzte, bebte sie leicht, und ich hatte ein Gefühl, als empfände ich Frost in der Luft. Der Colonel verlor den Takt.

»Ist es kälter geworden?« fragte ich.

»Wieso?« antwortete sie und sah mich mit langsamem Flehen an. Weshalb und warum flehte sie mich an? Ich schloß meine Hand etwas fester, und ihre kleinen Brüste schienen zu mir zu sprechen. Der Colonel hatte den Takt wieder gefunden.

Aber als der Tanz zu Ende war, bebte sie wieder, und auch ich hatte ein Frostgefühl.

»Ist es plötzlich kälter geworden?« fragte ich wieder und ging an den Radiator. Er war ganz heiß.

»Es scheint so«, sagte Lord Lathkill mit seltsamer Stimme.

Elend, wie gebrochen, saß der Colonel auf dem Klavierstuhl.

»Sollen wir noch mal? Sollen wir mal einen Tango probieren?« fragte Lord Lathkill. »So gut wie wir können.«

»Ich – ich ...« begann der Colonel und drehte sich auf seinem Klavierstuhl um; sein Gesicht war gelb. »Ich weiß nicht ...«

Carlotta bebte. Die Kälte schien mir ins Leben zu greifen. Steif, wie eine braune Salzsäule, stand Mrs. Hale da, starrte ihren Mann an.

»Ich glaube, es ist genug«, flüsterte Lady Lathkill und stand auf.

Dann tat sie etwas Außergewöhnliches. Sie hob das Gesicht, sah starr nach der andern Seite und sagte plötzlich mit klarer, grausamer Stimme: »Lucy, bist du hier?«

Sie sprach mit den Geistern. Tief in meinem Innern sprang Gelächter auf. Ich hätte am liebsten aufgebrüllt vor Lachen. Dann aber versank ich gleich wieder in meine Schlaffheit. Das kalte Dunkel im Raum schien plötzlich tiefer zu werden, alle waren überwältigt. Gelb, verfallen, mit Armsündermiene saß der Colonel auf dem Klavierstuhl. Es herrschte tiefe Stille, in der die Kälte zu knirschen schien. Dann erklang wieder die sonderbare Stimme der Lady Lathkill, als würde eine Glocke geläutet:

»Bist du hier? Was sollen wir tun?«

Totes, grausiges Schweigen; keiner rührte sich. Dann tönten irgendwoher zwei langsame, dumpfe Schläge, und man vernahm einen Laut, als bewege sich ein Vorhang. Der Colonel, in dessen Augen irre Angst flackerte, sah nach den Fenstern, deren Vorhänge nicht zugezogen waren, und kroch auf seinem Sitz zusammen.

»Wir müssen dieses Zimmer verlassen«, sagte Lady Lathkill.

»Hör mal, Mutter«, rief Lord Lathkill seltsam; »du und der Colonel, ihr geht nach oben, und wir drehen das Victrola auf.«

Das klang fast unheimlich. Mich hatte die Kälte, die aus diesen Menschen strömte, gelähmt. Aber jetzt hatte ich mich fast wieder in der Gewalt. Ich fühlte, daß Lord Lathkill gesund war, die andern waren verrückt.

Von irgendwoher tönten wieder zwei langsame, dumpfe Klopflaute.

»Wir müssen dieses Zimmer verlassen«, wiederholte Lady Lathkill eintönig.

»Gut, Mutter. Dann geh! Ich drehe das Victrola auf.«

Und Lord Lathkill ging durch das Zimmer. Im nächsten Augenblick strömte mit wildem Gebell, und das war viel außergewöhnlicher als das Klopfen, eine Jazz-Melodie aus dem leblosen, Victrola genannten Möbel.

Schweigend verließ Lady Lathkill das Zimmer. Der Colonel erhob sich.

»Ich an Ihrer Stelle bliebe hier, Colonel«, sagte ich. »Warum tanzen Sie nicht mal? Ich sehe diesmal zu.«

Ich hatte ein Gefühl, als widerstände ich einem wilden, kalten, dunklen Luftstrom.

Lord Lathkill tanzte schon mit Mrs. Hale, stelzte zierlich einher; auf seinem Gesicht brannten lächelnder Eigensinn, Heimlichkeit und Erregung. Carlotta näherte sich ruhig dem Colonel, legte ihre Hand auf seine breite Schulter. Er sträubte sich nicht zu tanzen, war aber nicht bei der Sache.

Aus der Ferne erscholl schweres Krachen. Der Colonel hörte auf, als hätte ihn der Schlag getroffen: im nächsten Augenblick würde er in die Knie sinken. Sein Gesicht sah furchtbar aus. Kein Zweifel, er fühlte eine andere Gegenwart, anders war sie als die unsere, löschte uns aus. Das Zimmer war auf einmal öde und kalt. Es war nicht so einfach, hier auszuharren.

Die Lippen des Colonel bewegten sich, aber kein Laut war vernehmbar. Dann vergaß er uns vollständig und verließ das Zimmer. Das Victrola war abgelaufen. Lord Lathkill zog es wieder auf und sagte:

»Ich glaube, Mutter hat ein Möbelstück umgeworfen.«

Aber wir waren alle bedrückt, unendlich niedergeschlagen.

»Ist das nicht furchtbar!« rief Carlotta mir zu und sah mich flehend an.

»Scheußlich«, entgegnete ich.

»Was hat das nur zu bedeuten?«

»Weiß der Himmel. Vor allem muß etwas dagegen getan werden, wie auch gegen Hysterie etwas getan wird. Es ist genau wie Hysterie.«

»Gewiß«, sagte sie.

Lord Lathkill tanzte und lächelte seine Partnerin seltsam an. Laut tönte das Victrola.

Carlotta und ich sahen einander an, hatten kaum den Mut, wieder zu tanzen. Das Haus wirkte so leer und grausig. Am liebsten wäre ich vor dem kalten, unheimlichen Pesthauch, der die Luft erfüllte, geflohen.

»Immer lustig weiter«, rief Lord Lathkill.

»Kommen Sie!« sagte ich zu Carlotta.

Aber sie zögerte immer noch ein wenig. Hätte sie nicht so viel gelitten, nicht so viel verloren, sie wäre sofort nach oben gegangen, hätte gegen ihre Schwiegermutter den stummen Kampf, in dem die Willen miteinander rangen, aufgenommen. Und gerade jetzt reizte dieser Kampf sie besonders stark. Aber ich faßte ihre Hand.

»Kommen Sie!« wiederholte ich. »Wir wollen es zertanzen. Wir wollen lustig sein, aber anders rum.«

Sie tanzte mit mir, aber sie war abwesend, unwillig. Die leere Düsterkeit des Hauses, das Gefühl der Kälte und des tötenden Widerstandes drückten uns nieder. Ich überdachte mein Leben, und mir kam der Gedanke, daß das kalte Gewicht eines nicht lebendigen Geistes langsam alle Wärme, alles Leben in allem vernichtete. Carlotta war wieder ganz stumpf und kalt geworden, leistete sogar mir Widerstand. Was hier vor sich ging, schien sich vergrößert in ihr zu ereignen.

»Man muß vor allen Dingen leben«, sagte ich und tanzte weiter.

Aber ich war machtlos. Gegen eine Frau, deren Geist stumpf im Widerstand verharrt, vermag kein Mann etwas. Ich fühlte, wie der Lebensstrom in mir verebbte.

»Dieses Haus ist furchtbar niederdrückend«, äußerte ich zu ihr, während wir mechanisch weitertanzten. »Warum unternehmen Sie denn nichts? Warum befreien Sie sich nicht aus diesem Gewirr? Warum zerreißen Sie es nicht?«

»Wie?« fragte sie.

Ich sah auf sie herab, fragte mich verwundert, weshalb sie auf einmal so feindselig war.

»Sie brauchen nicht zu kämpfen«, erwiderte ich. »Sie brauchen nicht dagegen zu kämpfen. Lassen Sie sich nur nicht darein verstricken. Nur einen Schritt zur Seite, auf anderen Boden!«

Ungeduldig schwieg sie kurze Zeit, erwiderte dann:

»Aber wohin ich diesen Schritt zur Seite tun soll, das weiß ich nicht.«

»Sie wissen es doch«, sagte ich. »Vorhin waren Sie warm und entfaltet und gut. Jetzt sind Sie verschlossen, stachelig und kalt. Das brauchen Sie nicht zu sein. Warum bleiben Sie nicht warm?«

»Es ist ja doch alles umsonst«, bemerkte sie kalt.

»Nein. Bleiben Sie mir gegenüber warm. Ich bin hier. Warum diesen erbitterten, wilden Kampf gegen Lady Lathkill führen?«

»Führe ich denn einen erbitterten Kampf gegen meine Schwiegermutter?«

»Das wissen Sie doch selbst am besten.«

Sie blickte mich an, machte eine *moue,* aber durch den kalten Eigensinn dämmerten Schuldgefühl und flehentliche Bitte.

»Reden wir nicht mehr davon«, sagte ich.

Und in kaltem Schweigen saßen wir nebeneinander auf dem Sofa. Die beiden andern tanzten weiter. Sie klangen zusammen. Das sah man an der Bewegung ihrer Glieder. Mrs. Hales gelbbraune Augen sahen mich jedesmal an, wenn sie vorbei tanzte.

»Warum sieht sie mich an?« fragte ich.

»Ich weiß es nicht«, antwortete Carlotta mit kaltem, verzerrtem Gesicht. »Ich will lieber einmal nach oben gehen und nachsehen, was passiert ist.« Sie stand plötzlich auf und verschwand schnell.

Warum ging sie? Warum stürmte sie in die Willensschlacht mit ihrer Schwiegermutter? Hat man noch irgendwelches Leben zu verlieren, dann sicher in einem derartigen Kampf. Flucht aus der hassenswerten Spannung ist das einzig Positive, das man tun kann.

Die Platte auf dem Victrola lief ab. Lord Lathkill stellte den Apparat ab.

»Ist Carlotta fort?« fragte er.

»Anscheinend.«

»Warum haben Sie sie nicht zurückgehalten?«

»Das brächte der stärkste Mann nicht fertig.«

Er hob mit spöttischer Hilflosigkeit die Hand.

»Was sie will, das tut sie«, sagte er. »Wollen Sie nicht mehr tanzen?«

Ich sah Mrs. Hale an.

»Nein«, erwiderte ich. »Ich möchte nicht lästig fallen. Ich spiele das Pianola. Das Victrola klingt zu gemein.«

Ich merkte kaum, wie die Zeit verging. Ob die andern tanzten oder nicht, ich spielte; alles andere versank um mich her. Mitten in einem klirrenden Stück berührte Lord Lathkill meinen Arm.

»Hören Sie denn Carlotta nicht? Wir sollen aufhören«, sagte er mit seiner wohltönenden Stimme; aber sie klang auf einmal so spöttisch, herausfordernd.

Carlotta stand mit hängenden Armen da, sah aus wie ein zerknirschtes Schulmädchen.

»Der Colonel ist zu Bett gegangen. Er konnte eine Versöhnung mit Lucy nicht zustande bringen«, bemerkte sie. »Meine Schwiegermutter meint, wir sollten versuchen, ihn schlafen zu lassen.«

Carlottas langsame Augen sahen nur mich an: fragend, zerknirscht – vielleicht bildete ich mir das auch ein – und etwas sphinxhaft.

»Aber natürlich«, entgegnete Lord Lathkill. »Ich wünsche ihm allen Schlaf der Welt.«

Mrs. Hale sagte wieder kein Wort.

»Geht Mutter auch zu Bett?« fragte Luke.

»Ich glaube.«

»Dann könnten wir doch aufbleiben und noch etwas essen.«

Lady Lathkill kochte auf einem Spirituskocher irgendwelchen Nachttrunk: etwas Milchiges und ganz Harmloses. Sie stand am Büfett, rührte in ihrem Trank herum und nahm kaum Notiz von uns. Als sie endlich fertig war, setzte sie sich, hielt die dampfende Tasse in der Hand.

»Geht es Colonel Hale besser, Mutter?« fragte Luke und sah zu ihr hin.

Die alte Lady sah ihren Sohn unter dem weißen Haar her starr an. Einige Augenblicke lang kämpften ihre Augen miteinander, aber während dieses Kampfes verließ ihn seine schelmische, heitere, ein klein wenig verrückte Ruhe nicht.

»Nein«, sagte Lady Lathkill, »es geht ihm sehr schlecht.«

»Ach«, erwiderte der Sohn. »Schade, daß wir ihm nicht helfen können. Aber wenn Fleisch und Blut ihm nicht helfen können, weiß ich auch keinen Rat. Hoffentlich hat ihn unser Tanzen nicht aufgeregt. Uns hat es sehr gut getan. Wir haben vergessen, daß wir Fleisch und Blut sind, Mutter.«

Er nahm noch ein Glas Whisky und Soda, gab mir auch eins. In lähmendem Schweigen schlürfte Lady Lathkill ihren heißen Trank, Luke und ich tranken unseren Whisky, die jungen Frauen aßen Butterbrötchen. Wir waren alle außergewöhnlich sicher und beobachteten hartnäckiges Schweigen.

Lady Lathkill brach es. Sie schien zu versinken, in sich zusammenzukriechen wie ein ängstlich sich versteckendes Tier.

»Ich glaube«, sagte sie, »wir gehen alle zu Bett.«

»Tu das, Mutter. Wir kommen gleich nach.«

Sie ging; eine Zeitlang saßen wir schweigend da. Das Zimmer schien gemütlicher, die Luft wohltuender zu werden.

»Nun sagen Sie doch mal«, meinte Lord Lathkill schließlich, »was halten Sie von diesem Geisterkram?«

»Ich?« antwortete ich. »Ich mag die Atmosphäre nicht, die er im Gefolge hat. Vielleicht gibt es wirklich Geister und Gespenster und all das Zeug. Irgendwo müssen die Toten ja sein; so etwas wie ein Nirgends gibt es doch nicht. Aber ich mache mir nicht sonderlich viel aus ihnen. Etwa Sie?«

»Direkt wohl nicht«, sagte er. »Indirekt, glaube ich, aber doch.«

»Der Spiritismus erzeugt eine so furchtbar niederdrückende Atmosphäre«, äußerte ich. »Ich möchte am liebsten den ganzen Kram zum Teufel jagen.«

»Sehr richtig! Aber soll man das tun?« fragte er; wie er das sagte, klang es furchtbar vernünftig.

Ich mußte lachen. Ich wußte genau, wozu er jetzt fähig war.

»Ich weiß nicht, was Sie mit diesem ›soll‹ meinen«, sagte ich. »Wenn ich was zum Teufel jagen will, weil ich weiß, daß ich etwas nicht mehr ertragen kann, dann jage ich es eben zum Teufel. Was anders soll mich denn hierzu berechtigen, wenn nicht mein wahres Gefühl?«

»Sehr richtig«, sagte er wieder und sah mich mit starrem, nachdenklichem Eulenblick an. »Beim Essen«, fuhr er fort, »kam mir auf einmal der Gedanke, daß wir, die wir um den Tisch saßen und unser Essen verzehrten, alle Leichen wären. Ich dachte das gerade, als ich sah, wie Sie die kleinen Kartoffeln in der weißen Sauce betrachteten. Plötzlich merkte ich, daß Sie lebten und strahlten, wir aber alle körperlich tot waren. Körperlich tot, wenn Sie das verstehen. In anderer Beziehung durchaus lebendig, aber körperlich tot. Und ob wir vegetarisch gegessen haben oder nicht, das war ganz einerlei. Wir waren körperlich tot.«

»Ein Schlag ins Gesicht«, entgegnete ich, »und wir werden wieder lebendig. Sie oder ich oder irgendwer.«

»Ich verstehe die arme Lucy wohl«, sagte Luke; »Sie auch? Solange sie lebte, vergaß sie, Fleisch und Blut zu sein, und das kann sie jetzt weder sich noch dem Colonel verzeihen. Es ist sicher hart, das erst zu erkennen, wenn man tot ist, wenn sozusagen alles vorbei ist. Ich glaube, Fleisch und Blut sein ist ungeheuer wichtig.«

Er sah uns so feierlich an, daß wir drei gleichzeitig gezwungen auflachten.

»Ich glaube das wirklich«, betonte er. »Ich habe jetzt erst erkannt, wie ungeheuer wichtig es ist, ein Mensch aus Fleisch und Blut, lebendig zu sein. Damit verglichen scheint tot sein und nur Geist sein belanglos. Das scheint so alltäglich. Aber stellen Sie sich vor: Sie haben ein lebendiges Gesicht, lebendige Arme und Beine. Ach, du lieber Gott, wie froh bin ich, daß ich das noch rechtzeitig erkannt habe.«

Er ergriff Mrs. Hales Hand und drückte ihren dunklen Arm gegen seinen Körper.

»Ach, wenn man stirbt, ohne das erkannt zu haben!« rief er.

»Wie grausig für Jesus, als er auferstand und nicht berührbar war! Wie furchtbar, wenn man sagen muß: *Noli me tangere!* Ah, berühre mich, berühre mich, der ich lebendig bin!«

Krampfhaft preßte er Mrs. Hales Hand an die Brust. Langsam hatten sich Carlottas Augen mit Tränen gefüllt, die herabtropften auf ihre Hände im Schoß.

»Weine nicht, Carlotta«, sagte er. »Tue das nicht. Wir haben einander nicht getötet. Wir sind schließlich zu ehrbar. Wir sind nebeneinander fast zwei Geister geworden. Wir sind füreinander fast zwei ringende Geister geworden. Aber du sollst deinen Körper wiedererhalten, selbst wenn ich ihn dir nicht geben kann. Ich will wieder mein Fleisch und Blut werden, und das sollst du auch. Auf dem andern Wege haben wir so viel gelitten. Es ist schon gut, daß die Kinder tot sind. Sie wurden aus unserm Willen und unserer Entkörperung geboren. Wie heißt es in der Bibel: Bekleide mich wieder mit Fleisch und bedecke meine Knochen mit Sehnen und laß die Quelle des Blutes durch mich fließen. Mein Geist ist wie ein bloßer Nerv in der Luft.«

Carlotta weinte nicht mehr; mit gesenktem Kopf saß sie da, als schliefe sie. Immer noch hoben und senkten sich schwer ihre schlaffen Brüste, aber sie hoben sich auf einem wogenden Meer der Ruhe. Es war, als ginge in ihrem Körper, während sie schlief, langsame Ruhe und Frieden bringende Dämmerung auf. Schlaff und zerbrochen saß sie da, und mir wurde auf einmal klar: bei dieser Kreuzigung schlägt sich der Gekreuzigte nicht allein ans Kreuz. Unerbittlicher wird die Frau ans Kreuz geschlagen, wird im Körper grausamer gekreuzigt.

Der Gedanke ist furchtbar. Aber die Tat ist noch furchtbarer. Jesus, wußtest du denn nicht, daß du nicht allein gekreuzigt werden konntest, daß die beiden Schächer, die mit dir zusammen ans Kreuz geschlagen wurden, die beiden Frauen waren, dein Weib und deine Mutter? Du nanntest sie zwei Schächer. Wie aber würden sie dich nennen, der du ihre Frauenleiber ans Kreuz schlugest? Furchtbare Dreiheit auf Golgatha!

Ich empfand unendliche Zärtlichkeit für meine liebe Carlotta. Sie konnte noch nicht berührt werden. Aber meine Seele strömte zu ihr hin, wie armes Blut. Schlaff und matt saß sie da, als wäre sie zerbrochen. Aber sie war nicht zerbrochen. Es war nur die große Erlösung.

Luke saß da, preßte immer noch die Hand der dunklen jungen Frau an seine Brust. Sein Gesicht war warm und frisch, aber auch er atmete schwer und starrte mit leerem Blick. Aufrecht und stumm saß Mrs. Hale neben ihm. Aber sie liebte ihn mit aufrechter, schwarzgesichtiger, ferner Gewalt.

»Morier«, sagte Luke zu mir, »wenn Sie Carlotta helfen können, tun Sie es doch. Ich kann jetzt nichts mehr für sie tun. Tödliche Angst trennt uns voneinander.«

»Soweit sie das gestattet«, entgegnete ich und sah auf ihre zusammengesunkene, sonst so herrliche Gestalt.

Das Feuer prasselte im Kamin, während wir in tiefem Schweigen dasaßen. Wie lange es dauerte, weiß ich nicht. Aber keiner von uns erschrak, als sich die Tür öffnete.

Es war der Colonel; er trug einen schönen Schlafrock aus Brokat, sah zerquält aus.

Immer noch hielt Luke die Hand der jungen dunklen Frau, preßte sie gegen seinen Schenkel. Mrs. Hale bewegte sich nicht.

»Ich dachte, Sie könnten mir helfen«, äußerte der Colonel mit müder Stimme und schloß die Tür.

»Was ist denn los, Colonel?« fragte Luke.

Der Colonel sah ihn an, sah auf Lukes und der dunklen jungen Frau verschlungene Hände, sah mich an, sah Carlotta an, ohne daß der Ausdruck der Angst, der Furcht und der Not aus seinem Gesicht schwand. Aus uns machte er sich nichts.

»Ich kann nicht schlafen«, bemerkte er. »Es ist wieder mal alles vorbei. Ich habe ein Gefühl, als wäre mein Kopf eine kalte Leere, mein Herz schlägt wild, und etwas in meinem Innern krampft sich zusammen. Das tut Lucy, ich weiß es. Sie haßt mich wieder. Ich kann es nicht mehr ertragen.«

Er sah uns mit glasigen, irren Augen an. Sein Gesicht sah aus, als zerfiele das Fleisch unter der Haut, als verwese es.

»Vielleicht, Sie armer Kerl«, sagte Luke, dessen Verrücktheit an diesem Abend tatsächlich geheilt schien, »vielleicht hassen Sie sie.«

Lukes seltsame Konzentration ließ uns im Körper des Colonel sofort eine Spannung empfinden, deren Ursache wohl Haß war.

»Ich?« Der Colonel sah uns starr an, als wäre er eines Verbrechens schuldig. »Ich würde an Ihrer Stelle so etwas nicht sagen.«

»Vielleicht ist das allein der Grund«, meinte Luke mit irrer, herrlicher Ruhe. »Warum sind Ihre Gefühle ihr gegenüber nicht freundlich? Sie wurde sicher während ihres Lebens um allerhand betrogen.«

Er stand gleichsam mit dem einen Fuß im Leben, mit dem andern im Tode, kannte so beide Seiten. Für uns aber war das Verrücktheit.

»Ich – ich ...« stammelte der Colonel; sein Gesicht war nachdenklich. Dann jagte ein Ausdruck nach dem andern darüber hinweg: Angst, Zurückweisung, Schrecken, Wut, Abscheu, Bestürzung, Schuld. »Ich war gut zu ihr.«

»Ja«, sagte Luke. »Vielleicht waren Sie gut zu ihr. Aber war Ihr Körper auch gut zum Körper der armen, toten Lucy?«

Er schien mit dem Geist vertrauter zu sein als mit uns.

Ausdruckslos sah der Colonel Luke an, seine Augen irrten auf und ab, auf und ab, auf und ab.

»Mein Körper!« rief er bestürzt.

Und voller Bestürzung sah er auf seinen kleinen, rundlichen Bauch unter dem seidenen Schlafrock, auf seine kräftigen Knie in dem blauweißen Pyjama.

»Mein Körper!« wiederholte er bestürzt.

»Ja«, sagte Luke. »Sie waren sicher unendlich gut zu ihr. Aber waren Sie auch je gut zu ihrem armen Frauenkörper?«

»Sie hatte alles, was sie wollte. Sie hatte drei Kinder von mir«, sagte der Colonel verwirrt.

»Ja, das ist schon möglich. Aber war Ihr Körper als Mann je gut zu ihrem Körper als Frau? Darauf kommt es allein an. Wie heißt es bei der Trauung? ›Mit meinem Körper bete ich dich an.‹ Darauf kommt es an. Das darf nie vergessen werden.«

Lord Lathkill, der immer noch die Hand der Frau des andern Mannes hielt und gegen seinen Schenkel preßte, war ein gar seltsamer, anklagender Engel. Sein Gesicht war frisch und naiv, in seinen Augen leuchtete hellsehende Einfalt; wie Verrücktheit war sie und war vielleicht doch höchste geistige Gesundheit.

Der Colonel dachte an die Vergangenheit, und über sein Gesicht huschte langsames Verstehen.

»Es ist schon möglich«, sagte er. »Es ist schon möglich. Vielleicht verachtete ich sie in dieser Beziehung. Das ist schon möglich, schon möglich.«

»Ich verstehe«, versetzte Luke. »Als wäre sie keinerlei Beachtung wert, so haben Sie sie behandelt. Habe ich das nicht auch getan? Und weiß ich jetzt nicht, daß das sowohl für mich selbst als auch für sie etwas Furchtbares ist? Ihr armer Geist, der litt und nie einen wirklichen Körper hatte! Mit dem Körper anbeten ist nicht so einfach. Ach, wenn die Kirche uns dieses Sakrament lehrte: mit meinem Körper bete ich dich an!, so ist das reichlicher Ersatz für alle Ehre und allen Gehorsam der Frau. Aber deshalb gibt sie Sie nicht frei. Sie kannten ihren Körper nicht, liebten ihn nicht, und sie war nichts anderes als ein lebendiger Geist. Jetzt jammert sie im Jenseits wie ein immer schmerzender Nerv.«

Der Colonel senkte den Kopf, versank in langsames Grübeln. Grübelte mit seinem ganzen Körper. Wie betäubt sah seine junge Frau auf seinen gesenkten, kahlen Kopf. Sein Leben war dem ihren auf einmal so fern. Carlotta hatte das Gesicht gehoben; zarte, morgenfrühe Frische neuen Verstehens machte sie wieder schön.

Sie beobachtete Luke, und es war unverkennbar: er war für sie ein anderer Mensch geworden. Der Mensch, den sie kannte, der Luke, der ihr Gatte war, lebte nicht mehr, und dieses andere, seltsame, geheimnisvolle Wesen war an seine Stelle getreten. Staunen füllte sie. Konnte man sich denn so ändern, daß man ein ganz anderes Wesen wurde? Oh, wenn das möglich wäre! Wenn sie, wie sie sich kannte, aufhören könnte zu sein! Wenn die Frau, die mit Luke verheiratet, mit ihm in engstem Unglück, das Entsetzen glich, verbunden war, aufhören könnte zu sein, wenn sie eine neue köstlich lebensvolle Carlotta ihre Stelle einnehmen ließe!

»Es ist schon möglich«, sagte der Colonel wieder und hob den Kopf. »Es ist schon möglich.« Wie Erlösung kam es über seine Seele, als er dies erkannte. »Ich habe sie nicht mit meinem Körper angebetet. Vielleicht habe ich andere Frauen so angebetet, vielleicht aber auch niemanden. Ich habe immer geglaubt, ich wäre gut zu ihr, habe geglaubt, sie wollte es nicht.«

»Glauben hat keinen Sinn. Wir alle wollen es«, äußerte Luke bestimmt. »Und ehe wir sterben, erkennen wir es. Ich sage, ehe wir sterben. Vielleicht hinterher. Aber jeder will es, was man auch sagt oder tut. Meinen Sie nicht auch, Morier?«

Ich fuhr zusammen, als er mich ansprach. Ich hatte an Carlotta gedacht: wie mädchenhaft sah sie wieder aus, genau wie damals in der Thwaite, als sie Kakteen im Topf malte! Doch hatte sie jetzt nicht mehr jene gewisse Willensstarre, so daß sie jünger aussah als damals, als ich sie kennenlernte; eine jungfräuliche, blumengleiche Stille, die sie damals nicht hatte, strömte aus ihr. Ich hatte immer an eine Wiedergeburt der Menschen geglaubt: sie müssen sie nur wollen.

»Ganz sicher«, antwortete ich Luke.

Aber ich dachte weiter: wenn der Mensch wiedergeboren wird, passen die alten Umstände nicht für den neuen Körper.

»Wie verhält es sich mit dir, Luke?« fragte Carlotta plötzlich.

»Ich!« rief er, und Scharlachröte überzog sein Gesicht. »Ich! Über mich zu sprechen, hat keinen Sinn. Seit ich Mann wurde, habe ich gestöhnt wie der Geist der Entkörperung.«

Der Colonel sprach kein Wort mehr. Er hörte kaum zu. Er brütete, brütete vor sich hin. Irgendwie war er schon ein ordentlicher Kerl.

»Ich weiß jetzt, was Sie meinen«, sagte er. »Es ist nicht zu leugnen: ich liebte ihren Körper nicht. Und jetzt ist es vermutlich zu spät.«

Traurig sah er auf: als wollte er seinen Urteilsspruch hinnehmen, denn er wußte, daß er irgendwie schuldig war. Lieber alles andere als diese blinde Qual.

»Ich weiß es nicht«, meinte Luke. »Warum lieben Sie sie denn nicht wenigstens jetzt ein bißchen mit Ihrem wirklichen Herzen? Das arme entkörperlichte Wesen! Warum drücken Sie sie jetzt nicht an Ihr warmes Herz, trösten Sie sie nicht in Ihrem Innern? Warum sind Sie nicht körperlich freundlich zu ihrem armen Geist?«

Der Colonel antwortete nicht. Starr sah er Luke an. Dann wandte er sich ab, ließ den Kopf wieder sinken, war wieder allein in tiefem Schweigen. Dann öffnete er langsam, ohne den Kopf zu heben, den Schlafrock, knöpfte den oberen Teil der Pyjamajacke auf, saß ganz bewegungslos da; seine Brust war weiß und rein, war viel, viel jünger und reiner als sein abgewandtes Gesicht. Er atmete schwer; unregelmäßig hob sich seine weiße Brust. Aber in seiner tiefen Abgeschiedenheit flutete langsam weiches Mitleid über ihn, formte seine ältlichen Züge zu seltsamer Frische, und der Blick seiner blauen Augen wurde weich wie nie zuvor. Etwas von der erregten Zartheit eines jungen Bräutigams war über ihn gekommen, trotz seiner Kahlheit, seines silbergrauen, kleinen Schnurrbarts, der müden Spuren in seinem Gesicht.

In ihm regte sich die leidenschaftliche, mitleidige Seele; sie war so rein, und über sein Gesicht und seine Augen blühte seine Jugend hin.

Wir saßen ganz ruhig, waren ergriffen vom Geiste des Mitleids. Ein Geist schien in der Luft zu schweben, fast wie Blumenduft, als hätte sich die Zeit erschlossen und strömte Frühlingsduft. Schweigend blickte der Colonel in den Raum, seine glatte, weiße Brust mit den wenigen dunklen Haaren war immer noch entblößt, hob und senkte sich in Lebenskraft.

Unterdessen sah seine dunkelgesichtige, junge Frau wie aus weiter Ferne zu ihm hin. Aber die Jugend, die über ihm lag, war nicht für sie.

Ich wußte, daß Lady Lathkill kommen würde. Ich fühlte

sie in ihrem fernen Zimmer, fühlte, wie sie ihre Strahlen immer wieder aussandte. Schnell stählte ich mich, wollte bereit sein. Als die Tür sich öffnete, stand ich auf, ging durch das Zimmer.

Mit der ihr eigenen Geräuschlosigkeit trat sie ein; um sich schauend, schob sie ihre weiße Haarzinne durch die Tür, bevor sie sich ins Zimmer wagte. Der Colonel warf ihr einen schnellen Blick zu, bedeckte rasch seine Brust und raffte die Seide seines Schlafrocks schützend zusammen.

»Ich fürchtete«, sagte sie leise, »Colonel Hale ginge es nicht gut.«

»Doch«, antwortete ich. »Wir sitzen friedlich zusammen. Es geht ihm gut.«

Lord Lathkill stand auf. »Alles ist in bester Ordnung, Mutter, du brauchst keine Unruhe zu haben«, bemerkte er.

Lady Lathkill sah uns beide an, wandte sich dann schwerfällig dem Colonel zu.

»Ist sie heute abend unglücklich?« fragte sie.

Der Colonel zuckte zusammen.

»Nein«, sagte er schnell. »Nein, ich glaube nicht.« Er sah sie mit scheuen, flackernden Augen an.

»Soll ich etwas tun?« fragte sie ganz leise und beugte sich über ihn.

»Heute abend geht unser Geist um, Mutter«, meinte Lord Lathkill. »Hast du die Frühlingsluft nicht gefühlt, den Duft der Pflaumenblüte nicht gerochen? Fühlst du nicht, wie jung wir alle sind? Unser Geist geht um, will Lucy heimbringen. Eine herrliche Brust hat der Colonel, weiß ist sie wie die Blüte des Pflaumenbaums, Mutter, jünger sieht sie aus als meine; er hat Lucy in seinen Busen aufgenommen, in seine Brust, wo er atmet wie der Wind unter den Bäumen. Weiß und wunderschön ist des Colonel Brust, Mutter, und ich verstehe, daß die arme Lucy sich nach ihr sehnte, endlich heimkehren wollte in sie. Für einen Geist ist es, als ginge er heim in einen Garten mit lauter blühenden Pflaumenbäumen.«

Die Mutter sah ihn an, dann den Colonel, dessen Hand immer noch an seiner Brust lag, als wolle er etwas schützen.

»Ich wußte nicht, worin ich gesündigt hatte«, sagte er und sah sie flehend an. »Nie wußte ich, daß mein Körper nicht gut zu ihr gewesen war.«

Lady Lathkill beugte sich zur Seite, beobachtete ihn. Aber mit ihrer Macht war es zu Ende. Das zarte Glühen mitleidigen Lebens, das wieder blühte, hatte sein Gesicht geglättet. Sie hatte keine Gewalt mehr über ihn.

»Es hat keinen Zweck, Mutter. Du weißt, daß unser Geist umgeht. Er ist sicher wie ein Krokus, wenn du verstehst, was ich meine: Vorbote des Frühlings in der Erde. So steht es im Tagebuch meines Großvaters: ›Er steht auf mit der Stille eines Krokus, und Veilchen sprießen aus seinem Herzen. Denn er ist Fuß und Hand, ist Bein und Brust, ist Gesicht und der alles verbergende Bauch, und sein Name ist still, aber sein Duft ist der Duft des Frühlings, und seine Berührung ist alles in allem.‹«

Er zitierte aus dem Tagebuch des Großvaters, das nur die Söhne der Familie lesen durften. Während er sprach, erhob er sich seltsam auf die Zehen, spreizte die Finger, näherte seine Hände, bis sich die Fingerspitzen berührten. Das hatte früher sein Vater auch getan, wenn er tief ergriffen war. Schwerfällig setzte sich Lady Lathkill in einen Sessel neben den Colonel.

»Wie fühlen Sie sich?« fragte sie leise, geheimnisvoll.

Er sah sie an mit großen, blauen, einfältigen Augen.

»Nie wußte ich, was los war«, sagte er etwas nervös. »Man sollte sich nur etwas um sie kümmern, sie wollte kein heimatloser, heimloser Geist sein. Jetzt ist alles in Ordnung. Hier ist sie geborgen.« Er preßte die geballte Hand auf die Brust. »Nun ist alles, alles in Ordnung. Jetzt hat sie Ruhe.«

Er stand auf; wohl sah er in seinem Schlafrock aus Brokat ein wenig phantastisch aus, war aber wieder ein Mann, aufrichtig und vernünftig.

»Wenn Sie gütigst gestatten«, fuhr er fort, »ziehe ich mich zurück.« Er machte eine kleine Verbeugung. »Ich freue mich ja so, daß Sie mir geholfen haben. Ich wußte nicht, wußte gar nicht . . .«

Seine Wandlung und sein heimliches Staunen waren so stark, daß er, fast ohne zu bemerken, das Zimmer verließ.

Lord Lathkill hob die Arme, reckte sich bebend.

»Oh, Verzeihung, Verzeihung«, bemerkte er, während er sich bebend reckte; er schien zu wachsen, zu leuchten, Feuerstrahlen schienen hinzuströmen nach der dunklen jungen Frau. »Oh, Mutter, ich danke dir für meine Glieder und meinen Körper. Oh, Mutter, jetzt danke ich dir für meine Knie und Schultern. Mutter, ich danke dir, daß mein Körper stark und lebendig ist. Mutter, Mutter, Frühlingsströme, Frühlingsströme, wer sagte das doch?«

»Vergissest du dich nicht, mein Sohn?« sagte die Mutter.

»Nein, Liebste, nein! Liebe Mutter, ein Mann muß in seinen Schenkeln lieben, wie man ein Pferd reitet. Warum lieben wir nicht so unser ganzes Leben lang? Warum werden wir bewußte Leichen? Mutter meines Körpers, ich danke dir für diesen Körper, du seltsame Frau mit weißem Haar. Viel weiß ich nicht von dir, aber mein Körper kam von dir, und deshalb danke ich dir, du Liebe. Heute nacht will ich an dich denken.«

»Wollen wir nicht lieber gehn?« fragte sie und begann zu zittern.

»Ja«, antwortete er, wandte sich um und sah die dunkle junge Frau mit seltsamem Blick an. »Ja, wir wollen gehen, wollen gehen.«

Carlotta blickte ihn an, dann mich, mit seltsamem, schwerem, suchendem Blick. Ich lachte ihr zu, da wandte sie den Blick. Als die dunkle junge Frau das Zimmer verließ, warf sie einen Blick über die Schulter. Lady Lathkill ging schnell an ihrem Sohn vorbei, senkte den Kopf. Aber er legte ihr die Hand auf die Schulter, und sie blieb stehen, regungslos.

»Gute Nacht, Mutter, Mutter meines Gesichts und meiner

Schenkel. Ich danke dir für die kommende Nacht, liebe Mutter meines Körpers.«

Schnell, nervös sah sie zu ihm auf und eilte hinaus. Er starrte hinter ihr her, drehte dann das Licht aus.

»Spaßige alte Mutter«, sagte er. »Nie vorher habe ich gewußt, daß sie auch die Mutter meiner Schultern und meiner Hüften war wie meines Gehirns. Mutter meiner Schenkel!«

Während wir weitergingen und er mich nach meinem Zimmer begleitete, knipste er einige Lichter aus. »Ich verstehe sehr gut«, sagte er, »daß der Colonel jetzt glücklich ist, nachdem Lucys einsamer Geist in seinem Herzen glückliche Heimat gefunden hat. Schließlich hat er sie geheiratet! Und sie muß endlich zufrieden sein: er hat eine herrliche Brust, nicht wahr? Sie werden herrlich zusammen schlafen. Und dann wird er wieder anfangen, das Leben der Lebendigen zu leben. Wie wohltuend ist heute abend dieses Haus! Aber es ist ja mein altes Haus. Und der Duft der Pflaumenblüte – riechen Sie ihn nicht? Das ist unser Geist, still wie ein Krokus! Ihr Feuer ist niedergebrannt. Aber es ist ein nettes Zimmer. Hoffentlich kommt unser Geist zu Ihnen. Ich glaube, er kommt. Sprechen Sie nicht mit ihm. Sonst geht er wieder. Auch er ist ein Geist des Schweigens. Wir sprechen viel zuviel. Aber jetzt will auch ich schweigen, will ein Geist des Schweigens werden. Gute Nacht.«

Leise schloß er die Tür, war fort. Und leise, ganz leise zog ich mich aus. Ich dachte an Carlotta und war ein wenig traurig, vielleicht wegen der Macht der Umstände über uns. Diese Nacht hätte ich sie anbeten können mit meinem Körper, und vielleicht sehnte sich ihr Körper nach der Anbetung durch mich. Aber zu dieser Stunde konnte ich nicht gegen die Umstände kämpfen.

Ich hatte zuviel gekämpft, gegen die gewaltigsten Umstände gekämpft, als daß ich noch irgendwelche Kraft für Liebe aufgebracht hätte. Begehren ist etwas Heiliges, nie sollte man es vergewaltigen.

›Still‹, sagte ich zu mir. ›Ich will schlafen, und der Geist meines Schweigens soll in dem zarten Leibe des Begehrens dem entgegengehen, was ihm begegnen will. Mein Geist soll wandern, ich aber will mich um nichts kümmern. Vielfach sind die unfaßbaren Begegnungen und unbekannten Erfüllungen des Begehrens.‹

Leise legte ich mich schlafen, wie ich es wünschte, kümmerte mich nicht um den warmen, krokusgleichen Geist meines Körpers.

Und ich muß tief, tief hinabgesunken sein in die verschlungenen Schächte des Schlafes, bis in das Herz der Welt. Denn ich weiß: vorbei sank ich an den Schichten der Bilder und Worte, vorbei an den Eisenadern der Erinnerung und den Edelsteinen der Ruhe, versank in endgültiges Dunkel, wie ein Fisch, dumpf, tonlos und bildlos, und doch lebte ich und schwamm.

Aber wo die Nacht am tiefsten ist, wo das Herz des Meeres des Vergessens schlägt, das auch das Herz des Lebens ist, kam der Geist zu mir. Jenseits alles Hörens, dort, wo es keine Berührung mehr gibt, traf ich ihn, lernte ihn kennen. Wie ich das weiß, weiß ich nicht. Aber ich weiß es durch augenloses, schwingenloses Erkennen.

Durch zahllose Alter hindurch wird der Mensch im Körper gebildet, und in der Mitte leuchtet der Fleck, der Funke, auf dem seine ganze Bildung geschah. Er ist nicht er selbst, tief jenseits seiner vielen Tiefen. Aus ihm ruft Tiefe nach Tiefe. Und wie die Tiefe der Tiefe antwortet, strahlt der Mensch und überschreitet sich selbst.

Jenseits aller perlfarbenen Hüllen des Bewußtseins, uralten Bewußtseins, ruft Tiefe die Tiefe, und manchmal erschallt Antwort. Rufen ist es und Antwort, ein neuerwachter Gott, der in der Tiefe des Menschen ruft, und ein neuer Gott ruft Antwort aus der andern Tiefe. Und manchmal ist die andere Tiefe ein Weib, wie es bei mir der Fall war, als mein Geist kam.

Wohl kannte ich die Frauen. Aber nie vorher war in der Tiefe der Nacht eine Frau gekommen, nie hatte sie meinen

Tiefe mit ihrer Tiefe geantwortet. Als der Geist kam, wie ein Geist des Schweigens kam, still in der Tiefe des Schlafes.

Ich weiß, daß er kam. Ich weiß, er kam als Frau zu meinem Mann. Aber das Wissen ist dunkel, nackt wie das Ereignis. Ich weiß nur, daß es so war. In der Tiefe des Schlafes erscholl ein Ruf aus den Tiefen in mir, und Antwort kam aus den Tiefen, von einem Weibe unter Weibern. Brüste oder Schenkel oder Gesicht, ich erinnerte mich an keine Berührung, nein, an keine Bewegung. Alles ist vollkommen in der Tiefe der Dunkelheit. Aber ich weiß, daß es so war.

Als es dämmerte, erwachte ich aus weiter, weiter Ferne. Unbestimmt fühlte ich, daß ich näher, immer näher kam, wie die Sonne sich dem Horizont aus dem vollkommenen Jenseits nähert. Bis dann die leichte Blässe des gestrigen Bewußtseins mein Erwachen färbte.

Und dann roch ich durchdringenden Duft, wie der Duft der Pflaumenblüte war er, fühlte etwas Seidiges – aber wo und bei welcher Berührung konnte ich nicht sagen. Wie das erste fahle Licht der Dämmerung war es.

Aber schon als es mir leicht ins Bewußtsein drang, schien es zu schwinden. Wie ein Wal, der hinabglitt in bodenlose Meere. Die Erkenntnis des Es, das die Paarung war zwischen mir und dem Geist, fiel von mir ab, als sie reiche Gewißheit werden wollte. Während der Duft der Pflaumenblüte durch die Gassen meines Bewußtseins strich und meine Glieder in einer Seidigkeit sich bewegten, für die mir jeder Vergleich fehlt.

Als ich anfing zu erkennen, befiel mich schon Unsicherheit. Ich wollte Seiner sicher sein, wollte endgültigen Beweis. Und als ich den Beweis suchte, verschwand Es, und Erkenntnis versank. Nichts konnte ich mehr erkennen. Und als sich jetzt in den Fenstern, deren dunkle Läden ich geöffnet hatte, das Tageslicht häufte, suchte ich in mir, im Zimmer nach Beweisen.

Nie werde ich Gewißheit haben. Nie werde ich wissen, ob

es ein Geist war, irgendein süßer Geist aus dem Innersten des immer tiefer werdenden Kosmos; oder eine Frau, eine wirkliche Frau, wie das seidenweiche Gefühl an meinen Gliedern zu bezeugen scheint; oder ein Traum, eine Halluzination! Nie werde ich das wissen. Denn am Morgen verließ ich Riddings, Lady Lathkill war plötzlich krank geworden.

»Sie kommen wieder«, sagte Luke zu mir. »Und auf jeden Fall werden Sie uns in Wirklichkeit nie wieder verlassen.«

»Auf Wiedersehen!« rief sie mir zu. »Endlich war es vollkommen.«

Sie schien so schön, als ich sie verließ, als wäre es wieder der Geist, als wäre ich wieder in tiefsten Tiefen des Bewußtseins.

Als ich im folgenden Herbst wieder einmal im Ausland war, erhielt ich von Lord Lathkill einen Brief. Er schrieb sehr selten.

»Carlotta hat einen Sohn«, schrieb er, »und ich habe einen Erben. Er hat gelbes Haar wie ein kleiner Krokus, und im Obstgarten blühten die jungen Pflaumenbäume vor ihrer Zeit. Für mich ist er Fleisch und Blut unseres Geistes. Mutter schaut nicht mehr jenseits der Mauer, nach der andern Seite. Für sie existiert jetzt nur noch das Diesseits.

Durch die Gnade unseres Geistes wird also unsere Familie nicht aussterben. Gabriel soll er heißen.

Drei Tage vor Carlotta ist auch Dorothy Hale Mutter geworden. Sie hat ein schwarzes Töchterchen, Gabriele heißt es. An dem Schreien der Kleinen erkenne ich ihren Vater. Unser Kind hat blaue Augen und die gefährliche Ruhe eines Faustkämpfers. Ihm, dem geistgezeugten, dem starkfaustigen wird unser Familienunglück nichts anhaben. Ich habe keine Angst.

Dem Colonel geht es sehr gut, er ist ruhig und beherrscht. Er ist auf seinem Gut in Wiltshire, züchtet Schweine. Er ist mit Leidenschaft dabei, will die allerbesten Schweine züchten

Und ich muß gestehen: herrliche Säue hat er, fein gebaut sind sie wie eine junge Diana von Poitiers, und seine jungen Eber sind wie Perseus im ersten, rotgoldenen Glanz der Jugend. Er sieht mich an, und ich erwidere den Blick, und wir verstehen uns. Er ist jetzt ruhig und stolz, ist ganz gesund und kräftig, züchtet seine Schweine *ad maiorem gloriam Dei.* Eine herrliche Liebhaberei.

Ich liebe dieses Haus und seine Bewohner, auch den nach Pflaumenblüten duftenden, der Sie besuchte, in allem Frieden. Ich begreife gar nicht, warum Sie ruhelos durch die weite Welt ziehen. Ich bin nun zu Hause und bleibe zu Hause. Friede ist in mir, und wenn, wie die Propheten behaupten, die Welt vor der Zeit untergeht, das Haus der Lathkills wird, das fühle ich, weiterdauern, denn es steht sicher auf unserm Geist. Kommen Sie wieder, Sie werden sehen, daß wir noch da sind . . .«

Nichts dergleichen

Ich hatte Luis Colmenares jahrelang nicht mehr gesehen und traf ihn in Venedig wieder. Luis war mexikanischer Emigrant, lebte von den spärlichen Resten eines einst ansehnlichen Vermögens und führte davon das ärmliche und verlassene Dasein eines Malers. Seine Kunst war allerdings nur ein Beruhigungsmittel für ihn. Er reiste umher wie ein verlorenes Schaf, meistens in Italien, wo man am billigsten auskam. Er war kurzgewachsen, ziemlich fett und blaß und hatte schwarze Augen, die, ähnlich wie sein ruheloser Geist, immer umherirrten.

»Weißt du, wer in Venedig ist?« fragte er mich. »Cuesta! Er wohnt im Hotel Romano. Ich sah ihn gestern am Lido baden.«

In diesen letzten Satz legte er eine Welt düsteren Hohnes.

»Meinst du den Stierkämpfer?« fragte ich.

»Eben den. Du weißt doch, daß er abgetreten ist? Erinnerst du dich? Eine Amerikanerin hat ihm einen Haufen Geld vermacht. Hast du ihn eigentlich je gesehen?«

»Einmal«, sagte ich.

»War das vor der Revolution? Du weißt doch, er zog sich zurück und kaufte sehr billig eine Hazienda von einem der Generale Maderos, droben in Chihuahua. Das war nach der Regierung Carranza, ich war damals schon nach Europa gegangen.«

»Wie sieht er denn jetzt aus?« wollte ich wissen.

»Furchtbar fett, wie ein kleiner, runder gelber Walfisch im Meer. Er war ja klein und immer etwas fett. Ich glaube, seine Mutter war eine mixtekische Indianerin. Du hast ihn nie kennengelernt?«

»Nein, du?«

»Ja, ich kannte ihn früher gut, als ich noch reich war und dachte, ich würde es immer bleiben.«

Er schwieg, und ich fürchtete schon, er würde nichts mehr erzählen. Er war jetzt selten so gesprächig wie eben. Es war ihm aber anzumerken, daß das Wiedersehen mit dem Torero, dessen Ruhm einst Spanien und Südamerika erfüllte, ihn mächtig aufgeregt hatte.

»Aber interessant war er doch nicht?« meinte ich. »Er war doch nichts als ein Stierkämpfer – ein bloßer Bulle?«

Luis schien keine Lust zum Reden zu haben, aber er mußte einfach. »Ein Viech, das war er schon – aber nicht bloß ein Viech. Du hättest ihn in seinen besten Momenten sehen sollen. In Spanien, da mochte ich ihn nie, da war er zu eitel. Aber in Mexiko war er wundervoll. Wie er mit dem Stier spielte! Mit dem Tod spielte! Er war fabelhaft. Du weißt nicht mehr, wie er aussah?«

»Nein, nicht mehr genau.«

»Klein, breit, fett, gelbe Hautfarbe, eingedrückte Nase. Aber die Augen! Auch ziemlich klein, und gelb, und wenn er einen ansah, so sonderbar kalt und fremd, fühltest du was in dir absacken. Ob du so ein Gefühl kennst? Er guckt einem in die verborgenste Stelle hinein, da wo man seine Courage aufbewahrt. Verstehst du? Da fühlte man sich absacken. Verstehst du, was ich meine?«

»Mehr oder weniger.«

Luis hielt seine Augen geweitet und glänzend auf mich gerichtet, sah mich aber dabei gar nicht. Er sah in die Vergangenheit. Aber eine merkwürdige Kraft stand in seinem Gesicht geschrieben; man begriff sie, indem man eine weggestaute Leidenschaft in ihm begriff.

»Und in der Arena – ah, er war fabelhaft. Er stellte sich mit dem Rücken zum Stier und tat so, als ordnete er was an seinem Strumpf, während der Stier schon auf ihn losraste. Er guckte nur ganz flüchtig über die Schulter, eine winzige Drehung, und der Stier tobte an ihm vorbei, ohne ihn zu berühren. Dann lachte er so ein kleines Lachen und schlenderte hinter ihm her. Es ist ein Wunder, daß er Hunderte von Malen nicht erwischt wurde. Heut hab ich ihn am Lido baden sehen. Wie ein fetter, gelber, kleiner Walfisch. Toll! Aber seine Augen hab ich nicht gesehen ...«

Ein seltsamer Ausdruck entrückter Leidenschaft erschien auf Luis Colmenares' dickem, blassem, glattrasiertem Gesicht. Es war, als hätte der Torero ihn wie so viele in der Alten und Neuen Welt behext.

»Solche Augen hab ich nie wiedergesehen. Gelb, und überhaupt nicht wie Augen eines Menschen. Sie sahen einen auch nicht an. Ich glaube, sie sahen überhaupt nie jemanden an. Er sah nur eben so ein Stückchen in einen hinein, dahin, wo einem die Courage sitzt. Ich glaube, er konnte Leute gar nicht sehen, so wenig wie ein Tier es kann – ich meine einen Menschen als Person, wie ich dich sehe und du mich. Er war ein Tier, ein phantastisches Tier. Ich habe mir manchmal gedacht, wenn Menschen keine Seele und Sprache entwickelt hätten, wären sie phantastische Tiere wie Cuesta geworden, mit diesen unwahrscheinlichen Augen, Augen wie Löwen und Tiger sie haben. Hast du mal darauf geachtet, daß ein Löwe oder Tiger dich nie als Person ansieht? Er sieht dich nicht richtig an; zugleich scheut er sich aber, einem in die innerste kleine Stelle zu sehen, wo die Courage sitzt. Cuesta scheute sich aber nicht. Er sah genau dahin, und da sackte einem was weg.«

»Und wie war er im alltäglichen Leben?« fragte ich.

»Er redete wenig, war sehr schweigsam. Und durchaus nicht intelligent. Nicht mal gescheit genug, um einen General abzugeben. Und er konnte schrecklich brutal und abstoßend sein. In der Regel war er still. Immer aber war er – jemand. Wenn man im selben Raum war wie er, fiel er einem viel mehr auf als irgendwer sonst, Mann oder Frau, selbst als bedeutende Leute. Dumm war er, ganz einfach, aber physisch immer bemerkbar, wie eine Katze im Zimmer. Ich sage dir, die winzige Stelle, wo man seinen Mut hat, die wurde von ihm regelrecht behext. Er verdrehte einem den Kopf.«

»Absichtlich?«

»Tja – das ist schwer zu sagen. Er wußte jedenfalls, daß er es konnte. Bei einigen gelang es nicht, aber solche Leute bekam er gar nicht zu sehen. Ich habe nur Leute erlebt, die unter seinem Zauber standen. In der Arena jedenfalls, da behexte er jeden. Jedes Menschen natürliche Anziehungskraft konnte er für sich nutzen. Es ist ein Wunder, daß er nie getötet wurde. Er war noch jung, als er sich zurückzog. Er spielte mit dem Tod wie mit einem Kätzchen, und rasch, so rasch wie eine Sternschnuppe, dabei ruhig wie eine Blume, und immer lachend. Er machte sich über den Tod lustig. Er hatte große Körperkräfte. Der Stier sank ihm zu Füßen nieder, schwer vom Tod. Die Zuschauer rasten! Und er schenkte ihnen nur so einen flüchtigen Blick mit seinen gelben Augen, kalt und verächtlich, als wäre er selber ein Tier mit dem Mantel des Todes um sich. Ah, wunderbar war er. Und heut hab ich ihn baden sehen, in einer amerikanischen Badehose, zusammen mit einer Frau. Seine Badehose war noch etwas gelber als er selbst. Ich habe ihm oft das Handtuch gehalten, wenn er massiert wurde. Er hatte den Körper eines Indianers, weich, geschmeidig, ganz ohne Haar, cremegelb. Er mutete mich oft kindlich an, so weich war er. Er hatte aber dasselbe Geheimnis wie seine Augen an sich, als ob man ihn gar nicht berühren dürfte, oder als wäre er's gar nicht, wenn er berührt wurde. Wenn er nichts anhatte, war er nackt, aber es waren viele, viele Nacktheiten um ihn, bevor man an *ihn* kam. Verstehst du, was ich meine? Oder findest du das verrückt?«

»Es interessiert mich schon«, sagte ich. »Und die Weiber fielen ihm natürlich zu Tausenden zu Füßen?«

»Zu Millionen! Sie waren wahnsinnig nach ihm. Wenn sie ihn einmal spürten, wurden sie wahnsinnig. Nicht auf die sentimentale Art, wie Rudolph Valentino. Es war Wahnsinn, wie bei Katzen, die in der Nacht schreien und nicht wissen, ob sie auf der Erde, im Paradies oder in der Hölle sind. Er konnte Nacht für Nacht fünfzig schöne Weiber haben, immer andere, vom ersten bis zum letzten Tag des Jahres.«

»Aber das hatte er natürlich nicht, oder?«

»Nein! Zuerst hatte er, glaube ich, viele Weiber. Später, als ich ihn näher kennenlernte, gab er sich mit keiner von denen ab, die ihn belagerten. Er hatte zwei Mexikanerinnen, mit denen er lebte, ganz einfache indianische Weiber. Auf alle anderen spuckte er und redete in den gemeinsten Ausdrücken von ihnen. Am liebsten hätte er sie ausgepeitscht oder erwürgt, wenn sie hinter ihm her waren.«

»Aber in der Arena, da mußte er sie behexen?«

»Ja, aber das hieß für ihn nur, das Messer an ihnen wetzen.«

»Und als er sich mit seinem vielen Geld zurückzog, womit hat er sich da amüsiert?«

»Er war reich, hatte eine Hazienda und viele Leute, die wie die Sklaven für ihn schufteten. Er züchtete auch Vieh. Er war mächtig stolz darauf, Gutsbesitzer und Herr über soundsoviele Leute zu sein, eine ganze Armee unter sich zu haben. Wie ein König zu leben. Ich hatte jahrelang nichts mehr von ihm gehört. Und da ist er nun plötzlich in Venedig, mit einem Frauenzimmer. Einer Französin, die schlecht Spanisch spricht.«

»Wie alt ist er denn?«

»Hm, so ungefähr fünfzig, oder etwas weniger.«

»So jung noch? Wirst du mit ihm sprechen?«

»Weiß ich nicht. Kann mich nicht dazu entschließen. Wenn ich es tue, wird er denken, ich wolle Geld von ihm.«

Plötzlich war ein gehässiger Ton in Luis' Stimme.

»Warum sollte er dir denn auch keines geben? Er ist doch reich.«

»Reich, ja. Er hat Dollars. Eine Amerikanerin hat ihm eine halbe Million Dollar vermacht. Hast du je davon gehört?«

»Nein. Aber warum sollte er dir dann kein Geld geben? Ich nehme an, du hast ihm früher oft welches gegeben.«

»Oh – das ist lange her. Er würde mir nie welches geben, höchstens hundert Francs oder so. Denn er ist geizig. Hast du je von der Amerikanerin gehört, die ihm eine halbe Million vermachte und dann Selbstmord beging?«

»Nein. Wann war denn das?«

»Das ist lange her. 1913 oder 1914. Ich hatte damals schon alles verloren. Ihr Name war Ethel Cane. Hast du nie von ihr gehört?«

»Ich glaube nicht, nein«, sagte ich und kam mir blamiert vor, daß ich von der Dame nichts wußte.

»Ah, die solltest du gekannt haben! Eine ungewöhnliche Person. Ich hatte sie in Paris kennengelernt, schon bevor ich nach Mexiko zurückging und mit Cuesta verkehrte. Sie war fast ebenso ungewöhnlich wie Cuesta, eine von diesen amerikanischen Weibern, die reich, aber spießig geboren werden. Sie stammte nicht aus New York oder Boston, sondern Gott weiß woher. Omaha oder so. Sie war blond, mit dichtem, glattem blondem Haar, und sie war eine der ersten, die es kurz trug, wie ein florentinischer Page. Ihr Teint war weiß, ihre Augen sehr blau, und dünn war sie nicht. Man hatte zuerst einen ziemlich kindischen Eindruck von ihr, weißt du, im Blick, mit runden Backen und klaren Augen, falsche Unschuld. Besonders ihre Augen waren warm und naiv und voll falscher Unschuld, aber auch voller Licht. Manchmal waren sie blutunterlaufen. Ja, sie war außergewöhnlich. Erst als ich sie näher kennenlernte, bemerkte ich, wie ihre blonden Augenbrauen über der Nase auf teuflische Art zusammenstießen. Sie war viel zu sehr Persönlichkeit, um Dame zu sein, und sie verfügte über die ganze schreckliche Energie amerikanischer Weiber. Ja, Energie ... sie war ein Kraftwerk. In Paris war sie mit einem dämlichen kleinen rosagesichtigen Amerikaner verheiratet gewesen, der weiß um die Nase wurde, cholerisch, wenn er hinter ihr her war, und sie ihn nicht wollte. Er malte Bilder und versuchte modern zu sein. Sie kannte eine Unmenge Leute, die zu ihr kamen, es war, als betriebe sie eine Menagerie. Sie kaufte alte Möbel und Brokatstoffe; sie konnte außer sich geraten, wenn jemand anderes ein von der Zeit verschlissenes Stück Samt erwarb, auf das sie ihr Auge geworfen hatte. Auf solch alte Sachen war sie ganz versessen und konnte in eine Art Sinnenrausch geraten, wenn sie irgend so einen wurmzerfressenen Stuhl betrachtete. Und wenn jemand ihr den wegschnappte, wurde sie rein verrückt – ein alter, wurmstichiger Stuhl aus dem Quattrocento. Kunstgegenstände, Antiquitäten. Aber das dauerte nur eine Zeitlang. Sie wurde aller Dinge einmal überdrüssig, namentlich ihrer eigenen Passionen.

Das war, als ich in Paris mit ihr verkehrte. Dann ließ sie sich von ihrem Mann scheiden, und als die Revolution in Mexiko abflaute, ging sie nach Mexiko. Ich glaube, Carranza begeisterte sie. Sobald sie von einem Mannsbild hörte, dem man eine dramatische Art von Kraft nachsagte, mußte sie ihn kennenlernen. Das war wie ihre Besessenheit von alten Stühlen, Brokatstoffen und ästhetisch vollendeten Einrichtungen. Jetzt ging es ihr um den gefährlichsten Mann, besonders wenn er wie ein Prophet oder Reformer aussah. Damals war sie auch Sozialistin und dachte nicht mehr an alte Stühle.

In Mexiko stöberte sie mich wieder auf; sie kannte Tausende von Leuten, und sobald einer für sie von Nutzen sein konnte, erinnerte sie sich an ihn. So fiel ich ihr wieder ein; meine Armut machte ihr nichts aus. Sie entsann sich meiner als irgendeines kleinen Luis-Soundso, aber versprach sich irgend etwas von mir und lud mich zum Essen ein oder mit ihr auszufahren. Sie war neugierig, rücksichtslos und draufgängerisch, aber auch wieder, ihrem Herkommen gemäß, linkisch und zimperlich. Nur im Intimen war sie gewissenlos und waghalsig wie der Teufel selber. Öffentlich und in fremder Umgebung fühlte sie sich unbehaglich wie jemand, der der Allgemeinheit gegenüber ein schlechtes Gewissen hat. Aus diesem Grunde ging sie auch nie ohne einen Mann aus, der dann zwischen ihr und den anderen stehen sollte.

Als sie sich in Mexiko aufhielt, war ich dieser Mann. Sie fand heraus, daß ich dafür zu gebrauchen wäre. Ich kam allen Pflichten eines Ehemannes nach, ohne dessen Rechte zu beanspruchen. Das war, was sie brauchte. Ich glaube, sie hielt nach einem epochemachenden Gatten Ausschau. Aber es mußte natürlich ein passendes Werkzeug für ihre epochemachende Tatkraft und Charakteranlage sein. Sie war außergewöhnlich, aber sie funktionierte nur durch andere; von sich selber aus brachte sie nichts zustande. Sie lag auf dem Sofa, grübelte und plante, und die Energie kochte in ihr. Erst wenn sie dann eine Gruppe von Leuten hatte, eine Handvoll Personen, oder auch nur einen einzelnen Mann zur Verfügung hatte, konnte sie etwas anfangen und ließ sie alle tanzen wie Marionetten in einer Tragikomödie.

Nun haben aber die Männer in Mexiko leider keine Verwendung für Damen, die sie wie Marionetten tanzen lassen. In Mexiko müssen die Weiber wie bei den Indianern im Staub gehen, mit gesenkten Köpfen, und Amerikanerinnen sind nicht sehr beliebt. Nach ihrer Energie und ihrer Kunst, andere Leute einzuspannen, besteht keine Nachfrage. Die Männer dort gehen lieber auf ihre eigene Manier zum Teufel, als daß sie sich von den Weibern dahin schicken lassen, womöglich mit einer Einholtasche, um Sachen nach Hause zu tragen.

Nein, Ethel stieß nicht nur auf kalte Schultern, sondern auf eine Anzahl breiter, fetter Hintern, die ihr zugekehrt wurden. Man legte keinen Wert auf sie. Die Revolutionäre nahmen überhaupt keine Notiz von ihr, sie wollten keine Weiber, die sich in was einmischten. Der General Isidor Garabay tanzte mit ihr und verlangte unmittelbar darauf von ihr, mit ihm zu schlafen. Sie aber, wie sie sich ausdrückte, wünschte ›nichts dergleichen‹. Sie hatte eine gräßliche Art zu sagen: ›Bei mir gibt's nichts dergleichen‹, wie wenn ein Hammer einen Spiegel zertrümmert. Und da kein Mensch ihretwegen Ärger haben wollte, ließen sie sie links liegen.

Zuerst dachten diese Generale, als sie ihre weißen Schultern und blonden Haare und ihr unschuldiges Gesicht sahen: ›Das ist ein Typ für uns.‹ Sie ließen sich zwar nicht von ihrem Kinderblick hinters Licht führen, wohl aber von ihrer scheinbaren Hilflosigkeit. Dann stieg ihr das Blut in Hals und Gesicht, ihre Augen wurden böse, ihre ganze Gestalt schwoll an vor lauter abstoßender Energie, und sie brachte etwas sehr Amerikanisches und Schneidendes hervor, auf französisch oder auf englisch: ›Hören Sie auf! Nichts dergleichen!‹

Die Männer in Europa wie in Nordamerika knickten vor ihr zusammen. Bei den Mexikanern aber geriet sie an die falsche Adresse. Die Männer dort hatten ihre eigenen Gesetze. Da doch Ethel süß und gewinnend war und ihre blauen Augen so voll Licht standen und ihre weiße Haut von energischer Gesundheit strotzte, dachte ein jeder: ›Die wird meine Geliebte!‹ Wenn sich dann herausstellte, daß sie ›nichts dergleichen‹ duldete, drehten sie sich auf dem Absatz um und wiesen ihr den breiten Arsch. Daß sie klug und was Besonderes war und über eine tolle Energie verfügte sowie über die Kunst, die Mannsbilder nach ihrer Pfeife tanzen zu lassen, machte nicht den geringsten Eindruck. Dergleichen wollten nämlich nun sie wieder nicht. Sie hätten sie recht gern entführt und alle miteinander als ihre Geliebte geteilt, wären nicht Scherereien mit der amerikanischen Regierung die Folge gewesen.

Also fing sie schließlich an, sich zu langweilen und an ihre Heimreise nach New York zu denken. Sie tat den Ausspruch, Mexiko sei ein Land ohne Seele und Kultur, und es hätte nicht einmal genug Verstand, um technisch etwas zu leisten. Es war eine Stadt und eine Nation von ungezogenen, kleinen Jungens, die schon eines Tages ihre Lektion lernen würden. Ich bemerkte, die Weltgeschichte sei das Ergebnis von Lektionen, die nicht gelernt würden, worauf sie erwiderte, daß die Welt tatsächlich Fortschritte gemacht habe; nur eben in Mexiko nicht. Ich fragte, warum sie denn hergekommen sei, und sie sagte, sie hätte gedacht, da sei etwas los, und sie wolle dabei sein. Aber statt dessen spielten nur ungezogene und zumeist feige kleine Jungens mit Schießgewehren und albernen Unanständigkeiten, und das könne ihr gestohlen bleiben. Ich hielt dem entgegen, das sei Leben. Und sie: da es ihr nicht genügte, sei es für sie kein Leben.

Sie pflegte zu sagen, alles was sie wollte, sei, ein ›Leben des Geistes‹ zu führen. Ich fand das lächerlich. Ich dachte, sie suche bloß jemanden, in den sie sich verlieben könnte. Später fand ich heraus, daß sie es tatsächlich ernst meinte. Sie hatte eine Vorstellung von sich selber als von einer außergewöhnlichen weiblichen Persönlichkeit, die der Menschheitsgeschichte eine neue Wendung geben könnte. Etwa wie Katharina die Große, nur eine nicht bloß russische, sondern kosmopolitische. Sie war eine vollgeschaufelte Lokomotive, berstend vor Dampf, den sie loswerden mußte, indem sie ganze Eisenbahnzüge hinter sich her schleifte. Allerdings war nicht einzusehen, wieso dies eine Wende der Menschheitsgeschichte herbeiführen sollte. Es war lediglich ein Bestandteil des Verkehrschaos. Sie ließ die Waggons mit lautem Krachen ihrer Puffer aneinanderstoßen und ließ auch mitunter irgendwelches unselige Glied des Wagenparks entgleisen.

Ich fragte mich oft, warum sie sich keinen Liebhaber hielt. Sie war eine Person zwischen vierzig und fünfzig, gesund und voller Tatkraft. Sie hatte viele Männer um sich, denen sie den Kopf verdrehte, unentwegt auf dem Quivive, sie irgendeinen Abhang hinunterrollen zu lassen. Sie zog Männer an sich, aber Liebhaber hatte sie keine. Das erstaunte mich auch, soweit ich selber in Betracht kam. Wir waren befreundet und viel zusammen. Ich stand bestimmt unter ihrem Einfluß. Sobald sie mich brauchte, kam ich herbeigerannt. Ich tat, was sie mir zu tun vorschlug. Bei meinen eigenen Bekannten wurde ich dafür ausgelacht und abgelehnt, daß ich so einer Amerikanerin zu Füßen saß. Ich versuchte zu rebellieren und sie auf ihren Platz zu verweisen, wie die Mexikaner sagen, was bedeutet, sie unbekleidet ins Bett zu verweisen; aber wenn ich sie dann wiedersah, warf sie mich mit einem Blick oder Wort wieder um.

Sie war sehr intelligent. Natürlich schmeichelte sie mir. Sie gab mir das Gefühl, auch intelligent zu sein. Sie zog Nutzen aus mir. Ich hatte ihr alles über Mexiko zu erzählen, alles auch aus meinem Leben, meine Gedanken zur Geschichte, zur Philosophie. Ich kam mir dann selber mächtig intelligent und originell vor. Und sie hörte so aufmerksam zu, daß ich darin tiefes Interesse an meinen Worten vermutete. Aber dabei lauerte sie nur auf irgendwas, woran sie sich hängen konnte, um irgendwas in Gang zu bringen. Das war ihre ewige Gier: etwas ›in Gang zu bringen‹.

Sie konnte auf einer riesigen Couch liegen, die mit lauter Ponchos bedeckt war, die sie zu sammeln anfing, sowie sie in Mexiko eingetroffen war; selber in einen wunderschönen schwarzen Shawl gehüllt, der mit glänzenden Vögeln und Blumen in lebhaften Farben bestickt war, ein herrliches Exemplar jener bestickten Shawls, den die mexikanischen Frauen an Festtagen und zu Stierkämpfen tragen; und da lag sie dann also mit ihren weißen Armen, die durch die Shawlfransen schimmerten, und dem alten italienischen Geschmeide auf ihrer makellosen Brust und ihrem vollen, kurzen blonden Haar, und – fragte mich aus, fragte mich aus, fragte mich aus. Nie vorher oder nachher in meinem Leben habe ich so viel geredet wie damals. Ich glaube sogar, ich redete sehr gut, sehr gescheit. Aber nichts sonst, nur Reden! Manchmal blieb ich bis nach Mitternacht bei ihr. Dabei schnaufte sie manchmal vor Ungeduld oder auch vor Langeweile vor sich hin wie ein Pferd, legte den Kopf zurück und schüttelte ihr schweres blondes Haar. Ich glaube, irgend etwas in ihr verlangte sogar, ich sollte mit ihr flirten.

Tat ich aber nicht. Konnte ich nicht. Mit Fragen und Aushorchen konnte sie mich ja bis aufs Hemd ausziehen. Im Gespräch war ich erzgescheit. Aber das andere in mir war erstarrt, versteinert. Nicht mal berühren mochte ich sie. Ich brachte es nicht fertig, ihre Hand in meiner zu halten. Physisch unmöglich. Wenn ich von ihr weg war, konnte ich wohl mal mit einem lüsternen Schauder an ihren weißen, gesunden Körper denken. Konnte mir auch, wenn ich in ihre Wohnung hinaufstieg, vorstellen, sie zu küssen, noch in der gleichen Nacht mit ihr zu schlafen. War ich dann aber mit ihr zusammen, verschwand das. Nicht anrühren konnte ich sie. Physisch haßte ich sie irgendwie.

Und zwar fühlte ich innerlich, daß dies so war, weil sie mich nicht wollte und überhaupt alle Männer haßte. Die aktive Männlichkeit im Manne haßte sie. Sie wollte passive Männlichkeit, und dann dies Gerede, dieses Leben des Geistes, wie sie es nannte. Es kochte in ihr vor lauter Männerfeindschaft. Der Physis des Mannes brachte sie Grausamkeit entgegen. Aber seinen Geist, seine Seele wollte sie entflammen. Das liebte sie. Sie liebte es, einen Mann wie einen Sklaven um sich zu haben. Ihn anzuregen, namentlich seinen Geist oder seine Seele. Und wenn ein solcher Mann nicht bei ihr war, so verlangte sie danach, er solle ihr Liebhaber sein. War er dann aber da und es gelüstete ihn, in das Mysterium ihres Körpers einzudringen, dann stieß sie ihn mit einem geradezu fürchterlichen Haß zurück. Ein Mann durfte eben nur ihr Diener sein und weiter nichts. Das war es wohl, was sie mit dem ›geistigen Leben‹ meinte.

Sie sagte, der Geist könne alles zuwege bringen, wenigstens solange man nicht durch den Kopf geschossen war oder einem die Augen ausgestochen wären. Wenn die Rede auf die mexikanischen Grausamkeiten oder auf die berühmten Fälle von vergewaltigten Nonnen kam, behauptete sie, es sei purer Unsinn, daß eine Frau zerbrechen müßte, weil sie vergewaltigt worden sei. Sie wäre darüber erhaben. Der Geist könne sich über alles und jedes erheben, wenn nicht gerade schwere körperliche Verletzung vorliege. Führte man ein Leben im Geiste, könne man mit jeglichem Unglück fertigwerden, das einem zustieße. Ja, man könne sogar einen Mord begehen und doch darüberstehen. Ja, wenn eine Frau Geist und Schläue bemüht, bringt sie es fertig, sich noch bei der allergemeinsten Handlungsweise reinzuwaschen. Eine Frau setzt ihren Geist in eigener Sache ein und steht dann vor sich selber so unschuldig wie ein neugeborenes Kind da, egal, wie böse sie gehandelt hat.«

»Das machen Männer auch so«, warf ich ein. »Das ist die moderne Masche. Darum ist ja heutzutage jeder unschuldig. Dem Reinen ist alles rein.«

Luis Colmenares sah mich mit seinen raschen schwarzen Augen forschend an, ob ich mich über ihn lustig machte. Aber er nahm von mir und meinen Einwürfen gar keine Notiz. Er war jetzt ganz in seine Erinnerungen an diese Frau eingesponnen, die seine Intelligenz erweckt und ihn zum Diener gemacht und bei der er nie eine Befriedigung gefunden hatte.

»Und was kam dann?« fragte ich. »Hat sie es mit Cuesta versucht?«

»Ah, ja! Das hat sie allerdings. Und ich wurde eifersüchtig. Obgleich ich es nicht über mich brachte, sie zu berühren, wurde ich von Eifersucht zerfressen, weil sie sich mit jemand anderem abgab. Warum war ich nur so albern? Selbst heute noch könnte ich dieses fette gelbe Schwein erwürgen. Männer sind Idioten.«

»Wie lernte sie ihn denn kennen?« fragte ich. »Machtest du sie mit ihm bekannt?«

»Sie ging eines Tages zum Stierkampf, weil alle Welt von Cuesta sprach. Sie machte sich nicht viel aus sowas wie der Arena, sie gab dem modernen Theater, Reinhardt oder der Duse, den Vorzug. Dem ›Geistigen‹. Aber jetzt wollte sie nach New York zurück und hatte noch nie einen Stierkampf gesehen, also mußte sie jetzt einen sehen. Ich besorgte zwei Plätze im Schatten, hoch oben, und ging mit ihr.

Zuerst war sie empört, voller Verachtung, auch ein bißchen bange, denn eine mexikanische Volksmenge in der Stierkampfarena ist kein Genuß. Sie hatte Angst vor Massen. ›Können die sich denn gar nichts Gescheiteres ausdenken, um sich auszutoben? Was ist das für ein niedriges Niveau!‹

Aber als dann Cuesta mit dem Stier zu spielen anfing, geriet sie in Aufregung. Er war in Rosa und Silber gekleidet, ungeheuer pompös, und sah sehr lächerlich aus, wie gewöhnlich. Bis er mit seinem Spiel anfing; dann aber war etwas wirklich Wundervolles in ihm, weißt du, in seiner spielerischen Raschheit und Leichtigkeit. Wenn er so mit dem Tod spielte, war er selber das Verspielteste, was man sich vorstellen kann, verspielter als junge Kätzchen oder junge Leoparden, und wie die spielen können, wirst du ja wissen. Heiterer und schwereloser, als hätten sie Flügel – ganz Spielflügel. Wenn er so in der Arena mit dem Tod spielte, schien er selber lustige kleine Flügel zu haben, mit denen er die unerwartetsten, winzigsten, schönsten kleinen Bewegungen vollführte, wie so ein weiches Leopardenjunges. Und zum Schluß, wenn er den Todesstoß angebracht hatte und das Blut floß, puh – das war, als lachte sein ganzer Körper, und dabei immer noch das gleiche nette, erstaunte Lachen wie bei einem Kind, aber grausamer, als du dir's vorstellen kannst! Er faszinierte mich, aber dabei haßte ich ihn, ich hätte ihn, während er den Stier zu Fall brachte, erdolchen können.

Ich konnte beobachten, wie Ethel sich Mühe gab, seinem Zauber nicht zu erliegen. Sie haßte das Blut, das Gemetzel, tote Tiere. All das war ihr zuwider. Das war kein geistiges Leben. Sie war bleich und still. Sie beugte sich vor und bewegte sich kaum. Cuesta hatte drei Stiere getötet, bevor sie irgendein Lebenszeichen von sich gab. Ich redete sie nicht an. Der vierte Stier war eine Schönheit von einem Tier, lebensprühend, blühend wie eine Narzisse im Januar. Es war ein besonders ausgewählter, aus Spanien importierter Stier, nicht so stur wie die anderen. Er scharrte den Sand auf und schnob aus den gesenkten Nüstern. Und Cuesta breitete die Arme vor ihm aus, als wollte er ihn zärtlich umarmen, wie ein Mann seine Arme einem Mädchen öffnet, das er richtig liebt, daß sie zu ihm komme, sich warm und weich an seinen Leib schmiege. So breitete er dem Stier seine Arme entgegen, und das war eine jener Gesten, die die Weiber besoffen machten. Sie johlten und fielen in Ohnmacht, sie sehnten sich, in Cuestas Arme zu kommen, sich an seinen weichen, rundlichen Bauch zu werfen. Und der Stier raste natürlich hart an ihm vorbei und bekam nur zwei Stäbe in seinen Nacken gestochen. Das war die Liebe.

Dann fing Ethel an zu schreien: Bravo, bravo! und ich sah, daß es auch sie erwischt hatte. Sogar Cuesta hörte sie, hielt eine Sekunde inne und sah zu ihr empor. Er sah, wie sie sich vorbeugte mit ihrem kurzen, dicken, metallisch gelben Haar und ihrem totenbleichen Gesicht und ihren Augen, die sich wie eine Herausforderung in seine bohrten. Sie blickten einander an, eine Sekunde nur, und er führte eine kleine Verneigung aus und wandte sich ab. Aber etwas hatte sich in ihm verwandelt. Er spielte nicht mehr so unbefangen wie zuvor, er schien an etwas zu denken und sich selber zu vergessen. Ich fürchtete, diesmal würde er versagen – wie konnte ich es nur so fürchten! Er schien geistesabwesend und riskierte viel zuviel. Als der Stier hinter ihm aus dem Gatter hervorstürzte, legte er ihm im Zurückweichen gar die Hand auf den Kopf, und das eine Horn faßte seinen Ärmel und riß ihn etwas ein. Dann schien er ganz zerstreut seinen Ärmel mit dem Riß zu betrachten und wäre fast aufs neue mit dem Stier in Berührung gekommen. Und dieser Stier war wild! Cuesta schien schon so gut wie ein toter Mann zu sein; es war wie ein beklemmender Traum, der Stunden zu dauern schien. Zuletzt tötete er auch diesen, so etwa wie ein Mann seine Geliebte besitzt, weil er des Spiels mit ihr müde ist.

Ethel sah wie der Tod aus, Schweißperlen standen ihr auf der Stirn. Und sie schrie zu ihm hinunter: ›Genug! Genug jetzt! *Ya es bastante! Basta!*‹ Er blickte zu ihr hinauf und hörte, was sie schrie. Sie waren in dieser Sekunde eines Sinnes, sahen und hörten einander blitzartig. Er hielt das Gesicht empor, die eingedrückte Nase und die gelben Augen, und obwohl er doch weit weg war, schien er ganz in die Nähe gerückt. Er lachte wie ein kleiner Junge. Ich aber erkannte, daß er genau in die Stelle hineinsah, wo ihre Courage saß. Sie suchte diesen Blick in ihren Geist dringen zu lassen, ihn mit ihrer Seele abzufangen, aber ihn nicht in das nackte Innere ihres Körpers dringen zu lassen. Beide fanden das schwierig. Während er in sie hineinzuschauen trachtete, setzte sie ihm ihren Geist, oder ihre Seele, vor die Nase – wie man einen Spiegel vor einen wilden Hund hinstellt. Und während sie ihn also in ihrem Geist einzufangen trachtete, schmolz er seinerseits weg und war verschwunden. So griff der eine am anderen vorbei.

Er aber spielte mit zwei weiteren Stieren und tötete sie, ohne mehr zu ihr hinzublicken. Und sie verließ die Tribüne, ohne ihn mehr anzusehen, während das Publikum ihm zujubelte. Zu mir sprach sie über ihn kein Wort; auch sah sie sich keinen zweiten Stierkampf mehr an.

Es war Cuesta, der mich nach ihr fragte, als wir uns das nächste Mal sahen. Er sagte in seinem vulgären Spanisch: ›Was war denn das für eine amerikanische Puppe da?‹ Ich erwiderte, es sei nichts Besonderes an ihr dran. Sie reise gerade nach New York ab. Darauf bat er mich sie zu fragen, ob sie nicht Lust hätte, ihm auf Wiedersehen zu sagen, bevor sie abreise. Ich sagte: ›Warum soll ich deinen Namen erwähnen? Sie hat nie von dir gesprochen.‹ Woraufhin er nur wieder einen unanständigen Witz machte.

Wahrscheinlich weil ich gerade an ihn denken mußte, sagte sie an diesem Abend plötzlich: ›Kennen Sie diesen Cuesta?‹ Ich bejahte, und sie wollte meine Meinung über ihn hören. Ich erwiderte, ich hielte ihn für eine wundervolle Bestie, aber nicht für einen richtigen Mann. ›Er ist aber ein Mann von Geist‹, behauptete sie. ›Ob man wohl ein Echo aus ihm herausholen kann?‹ Ich sagte, das wüßte ich nicht, hätte aber keine Lust, es zu versuchen. Cuesta gehörte in die Arena. Ich würde nicht im Traum daran denken, meinen Geist an ihn zu verschwenden. Sie, nie um eine Antwort verlegen: ›Da war doch aber etwas ganz Wundervolles, ganz Außergewöhnliches in ihm!‹ Ich sagte, möglich, aber in einer Klapperschlange steckt auch was Außergewöhnliches und ich würde nicht versuchen, aus einer Klapperschlange ein Echo herauszuholen. Damit war sie nicht zufrieden; sie quälte sich herum.

Ich sagte: ›Jedenfalls reisen Sie ja nun Donnerstag ab.‹

›Nein, ich habe es verschoben‹, erwiderte sie.

›Und auf wann?‹

›Auf unbestimmte Zeit.‹

Ich konnte feststellen, daß sie sich abquälte. Die ganze Zeit seit jenem Stierkampf quälte sie sich ab, weil sie nicht über Cuesta wegkam. Er schien wie ein fetter, breiter, gelbäugiger Dämon lachend ihr voranzutanzen. ›Warum bringen Sie ihn nicht mal mit?‹ sagte sie schließlich. Sie hatte es gar nicht sagen wollen! ›Aber warum? Was soll dabei herauskommen? Würden Sie einen Raubmörder hier haben wollen? Oder einen gelben Skorpion?‹

›Jawohl, falls ich etwas über ihn herausfinden will!‹

›Aber was gibt es über Cuesta herauszufinden? Er ist einfach eine Art Bestie. Er ist weniger als ein Mensch.‹

›Vielleicht ist er eine schwarze Bestie‹, entgegnete sie, ›und ich bin die blonde Bestie. Bringen Sie ihn schon her.‹

Ich tat ja nun immer, was sie von mir verlangte, ob ich es wollte oder nicht. So auch jetzt. Ich traf Cuesta, und er fragte:

›Was ist mit der blonden Puppe? Ist sie schon abgereist?‹

Ich sagte, nein, und ob er sie kennenlernen wollte.

Er sah mich gelb an, in seinem Blick wohnte Belustigung und zugleich etwas wie träumerische Grausamkeit. ›Hat sie dich gebeten, mich aufzufordern?‹ fragte er.

›Das nicht‹, sagte ich, ›aber wir sprachen von dir und sie meinte, bring das Fabelwesen doch mal mit, daß wir sehen können, was an ihm dran ist.‹

›Ein Fraß für ihre Mahlzeit‹, sagte er und gab vor, nicht kommen zu wollen, aber ich wußte, er würde schon kommen. Ich sagte also, ich würde ihn abholen.

Wir gingen eines Abends hin, nach der Teezeit. Er war

auf Eroberung angetan, mit einem hellen französischen Anzug. Wir fuhren in seinem Wagen. Blumen brachte er keine mit. Ethel war nervös und linkisch, sie bot Cocktails und Zigaretten an und sprach französisch, obgleich Cuesta kein Wort Französisch verstand. Als Anstandsperson war ein älteres amerikanisches Frauenzimmer dabei.

Cuesta saß ganz einfach nur auf seinem Stuhl, die Knie auseinander und die Hände dazwischenhängend, wie ein Indianer. Sein Haar mit dem kleinen gedrehten Stierkämpferzopf, der von der Stirn weggestrichen war, gab ihm das Aussehen einer Frau oder eines Chinesen, und seine flache Nase und die kleinen gelben Augen erinnerten an einen chinesischen Götzen, sei es einen guten oder einen bösen. Er saß nur so da und sagte gar nichts und hatte diesen Gesichtsausdruck, der kein Lächeln war und keine Grimasse und überhaupt nichts darstellte. Nur in meinen Augen, da bedeutete er abgründigen Haß.

Sie fragte ihn auf französisch, ob er seinen Beruf liebte, und wie lange er ihn schon ausübte, und ob er ihm viel einbrächte, und ob er reinblütiger Indio wäre, und all dergleichen. Ich übersetzte ihm das so knapp es nur ging, und Ethel war rot vor Verlegenheit. Er gab mir ebenso kurze Antworten mit seiner flachen, heiseren Stimme, als wüßte er genau, daß dies nur Theater war. Aber er sah sie an, sah ihr direkt ins Gesicht, mit dieser unheimlichen Mischung von Fremdheit und Lebendigkeit, so als beachte er sie gar nicht, sondern sah nur ganz in sie hinein, als ob alles, was sie da vorbrachte, nur leeres Gewäsch sei, und er betrachtete die Sümpfe und das Gestrüpp in ihr, wohin nicht einmal sie selber je schaute. Man hatte den Eindruck, als erhöbe sich ein Berg hinter ihr, ein Popocatepetl, auf den er starrte als warte er auf einen Berglöwen, der ihn aus einem Baum anspringen, oder auf eine Giftschlange, die sich aus einer Felsspalte auf ihn schnellen wollte. Und dieser Berglöwe oder diese Giftschlange, das war ihr tierisches Selbst, auf das er wie ein Jäger auf der Lauer lag.

Wir blieben nicht lange da; als wir uns verabschiedeten,

forderte sie ihn auf, wiederzukommen so oft er wollte. Er gehörte nicht zu denen, die Besuche zu machen pflegten, was sie sehr wohl wußte. Aber er dankte ihr und er hoffte, sie eines Tages in ihrem – er meinte: seinem – bescheidenen Haus in der Guadalupe-Allee empfangen zu können, wo alles zu ihrer Verfügung stünde. Sie sagte: ›Ja, gut, ich werde mal kommen, sehr gern.‹ Er verbeugte sich mit einer schnellen, lauernden Tierbewegung, wie ein Skorpion, dessen Stille Gift birgt.

Danach kam er ziemlich oft zu ihr, etwa um fünf Uhr, aber nie allein, sondern immer mit irgend jemand anderem zusammen. Und er redete nie ein Wort, nur daß er ihre Fragen kurz beantwortete, wobei er sie ansah, während er zu seinem Dolmetscher sprach; an sie selber richtete er nie das Wort, immer nur an seinen Dolmetscher. Sie versuchte alles mögliche, um an seinen ›Geist‹ heranzukommen, aber vergeblich. Sie versuchte es mit den Indios, den Azteken, der mexikanischen Geschichte, mit Politik, der Stierkampfarena, Liebe, Weibern, Europa und Amerika – alles umsonst. Alles, was sie aus ihm herausbekam, lautete ›*Verdad!*‹ Er war absolut uninteressiert. Er hatte keinerlei geistige Interessen. Gespräch war nichts als Lärm für ihn. Der einzige Funke, den sie in ihm entzündete, glomm auf, wenn sie das Gespräch auf Geld brachte. Dann vertiefte sich das halbe Lächeln auf seinen Zügen und er fragte den Dolmetscher, ob die Señora wohl reich sei. Worauf sie erwiderte, sie wüßte nicht, was er unter Reichsein verstünde; er selber müsse gewiß reich sein. Hierauf fragte er den Dolmetscher, ob sie mehr als eine Million Dollar besäße, worauf sie erwiderte, vielleicht, aber sie wüßte es nicht genau. Er sah sie so sonderbar an, wie ein gelber Skorpion, der zustechen will.

Ich fragte ihn später, wie er dazu käme, so eine ungeschliffene Frage zu stellen. Wollte er ihr etwa einen Heiratsantrag machen? ›Was, eine – – – heiraten?‹ gab er zurück und gebrauchte einen unflätigen Ausdruck. Aber was er eigentlich mit der Frage bezweckt hatte, brachte ich nicht heraus. Aber soviel merkte ich, daß sie ihm im Kopf herumging.

Ethel gelangte allmählich in einen Zustand der Spannung. Es war, als ob irgend etwas sie quälte. Als sollte sie den Verstand verlieren.

Ich fragte sie: ›Was ist mit Ihnen los?‹

Sie darauf: ›Ich will es Ihnen sagen, Luis, aber sagen Sie zu keinem Menschen ein Wort. Es ist Cuesta. Ich werde mir nicht klar darüber, ob ich ihn will oder nicht.‹

›Sie sind sich nicht klar darüber, ob er Sie will oder nicht‹, sagte ich.

›Damit werde ich schon fertig‹, sagte sie, ›wenn ich es nur von mir selber wüßte. Mein Geist sagt mir, er ist ein Nichts, eine Null, ein Tropf, ohne Gehirn, ohne Geist, gar nichts. Aber mein Körper sagt mir, er ist wundervoll und er hat etwas, was ich nicht habe, und er ist stärker als ich, und er ist eher ein Engel oder ein Dämon als ein Mensch, und ich bin einfach bloß zu sehr Mensch, um ihn fassen zu können, und so weiter und so fort, bis mir der Kopf zerspringt und ich eine Überdosis Schlafmittel nehmen muß. Was soll ich mit meinem Körper machen, frage ich Sie? Ich muß meinen Körper beherrschen. Ich muß mehr sein als dieser Mann. Ich muß mit ihm fertigwerden. Ich muß.‹

›Dann nehmen Sie noch heute nacht den Zug nach New York und vergessen Sie ihn‹, riet ich ihr.

›Kann ich nicht, das wäre Mogelei. Ich kann meinen Körper nicht bemogeln. Ich muß sehen, wie ich damit zurechtkomme. Ich muß.‹

›Meinetwegen‹, sagte ich, ›aber es geht über meinen Horizont. Wenn es sich darum handelt, über Cuesta hinwegzukommen, schön, nehmen Sie den Zug und Sie haben ihn in vierzehn Tagen vergessen. Reden Sie sich bloß nicht ein, Sie wären in den Kerl verliebt.‹

›Er ist stärker als ich!‹ schrie sie hysterisch.

›Und wennschon‹, sagte ich. ›Er ist auch stärker als ich, aber darum hindert er mich nicht am Schlafen. Ein Jaguar ist auch stärker als ich, und eine Anaconda schluckt mich in ganzer Länge hinunter. Was hat das zu sagen? Ein Tier namens Cuesta. Was weiter?‹

Das machte keinerlei Eindruck auf sie. Sie fand mich abscheulich.

Ich sagte: ›Bei der Barmherzigkeit Gottes, Ethel, werfen Sie diese fixe Idee mit Cuesta über Bord. Das ist ja noch nicht mal gutes Theater.‹ Aber ich hätte ebensogut miauen können, so wenig kümmerte sie sich darum.

Irgend etwas wie ein schlummernder Popocatepetl war in ihr aufgebrochen. Dabei liebte sie den Kerl gar nicht. Sie war in eine desperate Verfassung geraten, war weder hier noch da, weder heiß noch kalt, weder gierig noch wunschlos – sie war ganz einfach verrückt. Irgendwie schien sie nach ihm zu gieren; irgend woanders wollte sie durchaus nichts von ihm wissen. Hysterie. Taumel. Ich setze alle Hebel in Bewegung, um sie zur Abreise zu bewegen. War sie einmal in den Vereinigten Staaten, würde sie schon wieder zur Vernunft kommen.

›Wenn mein Körper stärker als mein Geist ist, töte ich mich‹, sagte sie.

›Ethel‹, versetzte ich, ›Leute, die von Selbstmord reden, pflegen zum Arzt zu laufen, wenn sie sich in den Finger stechen. Was soll dieser Zank zwischen Ihrem Körper und Ihrem Geist? Sind sie nicht beide dasselbe?‹

›Nein‹, sagte sie, ›wenn mein Geist meinen Körper in der Gewalt hat, kann ich alles machen, was ich nur will. Ich kann mir Cuesta zum Liebhaber nehmen, und es ist ein geistiger Vorgang. Wenn aber mein Körper meinen Geist unterjocht – dann bring ich mich um.‹

›Was heißt das, Ihr Körper unterjocht Ihren Geist‹, stritt ich dagegen. ›Sie sind doch kein Kind. Sie sind zweimal verheiratet gewesen, Sie wissen, was das heißt. Sie haben sogar zwei Kinder. Sie müssen schon mindestens mehrere Liebhaber gehabt haben. Wenn Cuesta ein weiterer Liebhaber von Ihnen wird, finde ich das bedauerlich, aber es beweist dann nur, daß Sie eine Frau wie jede andere sind, die sich in ihn verliebt. Wenn Sie sich in ihn verlieben, hat Ihr Geist nichts weiter damit zu tun, als sich mit der Tatsache abzufinden und nach Möglichkeit aus der Not eine Tugend zu machen.‹

Sie guckte mich furchtbar feierlich an und schien nachzudenken. Dann verkündete sie: ›Aber mein Geist hat sich nicht in ihn verliebt. Wir würden uns nicht auf geistiger Ebene verbinden. Er ist ein Tier. Und wenn ich einmal damit anfange, wohin soll das führen? Ich fürchte, mein Körper ist – nein, nicht in Liebe zu ihm verfallen, aber er ist für ihn gefallen. Er ist niederträchtig! Und wenn ich meinen Körper nicht wieder in die Hand bekomme und den Mann entweder vergesse oder mit ihm einen geistigen Akt der Verbindung eingehe, dann – dann bring ich mich um.‹

›Na schön‹, sagte ich. ›Ich weiß nicht, wovon Sie reden: Verbindung auf geistiger Ebene, Verbindung ohne geistige Ebene. Der Akt der Verbindung ist doch wohl immer derselbe.‹

›Ist er nicht!‹ schrie sie. Sie war wütend. ›Für mich ist er entweder geistig, oder er ist unmöglich.‹

Ich ließ die Arme sinken. Was konnte ich dabei machen? Ich haßte ihre Art, sich darüber auszulassen. Ein Akt der Verbindung auf geistiger Ebene! Ein solcher Akt mit einer Frau könnte mir gestohlen bleiben. Verdammt noch mal, entweder ist der Akt real oder er unterbleibt. Aber jetzt wußte ich wenigstens, warum ich sie nie auch nur berührt, sie nicht ein einziges Mal geküßt hatte: weil ich nämlich dieses geistige Getue um den Akt herum nicht vertragen kann. Das ist für einen Mann zum Davonlaufen.

Ich sagte zu Cuesta: ›Warum gehst du eigentlich zu Ethel? Warum läßt du sie nicht ungeschoren und schickst sie nach Hause zurück? Bist du etwa verliebt in sie?‹

Er wurde, wie gewöhnlich, obszön. ›Verliebt man sich in einen Tintenfisch, der nur aus Armen und Augen besteht, aber keine Beine und keinen Schwanz hat? Diese Blondine ist ein Tintenfisch. Ein Oktopus. Nichts als Arme, Augen und ein Schnabel, und dazu ein Klumpen Gelee.‹

›Warum gibst du dich dann mit ihr ab?‹

›Selbst ein Tintenfisch kann noch schmecken, wenn man ihn in guter Sauce kocht.‹

›Du solltest sie in Frieden lassen.‹

›Laß sie selber in Frieden, mein verehrtester Señor‹, erwiderte er, und ich wußte, da war nichts zu machen.

Eines Abends, als ich noch dabei war, sagte sie zu ihm, direkt zu ihm und auf spanisch: ›Warum kommen Sie nie allein, mich besuchen? Warum kommen Sie immer nur mit jemandem zusammen? Haben Sie Angst?‹

Er sah sie ausdruckslos an und sagte mit seiner flachen, ausdruckslosen Stimme: ›Das ist, weil ich nichts sagen kann, außer auf spanisch.‹

›Aber wir können einander trotzdem verstehen‹, erwiderte sie und ließ einen ihrer ungeduldigen und verärgerten Schnauftöne hören.

›Wer weiß?‹ versetzte er ungerührt.

Nachher sagte er zu mir: ›Was will sie eigentlich? Sie haßt Männer, wie sie glühendes Eisen haßt. Ein weißer Teufel, so heilig wie die Oblate beim Abendmahl.‹

›Also bitte, warum läßt du sie nicht zufrieden?‹ drängte ich.

Er lächelte. ›Sie ist so reich. Sie hält die ganze Welt in den Armen. Sie ist reich wie Gott. Die Erzengel sind neben ihr arm. Sie ist so reich, sie hat weiße Haut und eine weiße Seele.‹

›Dann, zum Teufel, warum läßt du sie nicht zufrieden?‹

Er gab keine Antwort.

Er besuchte sie jedoch allein. Aber nur in den frühen Abendstunden. Und er blieb nie länger als eine halbe Stunde. Seinen überall wohlbekannten Wagen ließ er draußen stehen, bis er in seinem hellgrauen französischen Anzug und blankgewichsten braunen Schuhen, den Hut nach hinten geschoben, wieder erschien.

Was sie miteinander redeten, weiß ich nicht. Aber sie wurde immer abwesender und zergrübelter, als ob eine einzige Idee sie ganz gefangennähme. Ich sagte: ›Warum nehmen Sie es so tragisch? Dutzende von Frauen haben mit Cuesta geschlafen und denken gar nicht mehr daran. Also, warum nehmen Sie ihn so tragisch?‹

›Tue ich ja gar nicht‹, sagte sie, ›ich nehme mich nur selber tragisch, das ist es.‹

›Auch gut. Nehmen Sie sich ruhig tragisch, aber lassen Sie ihn doch aus dem Spiel.‹

Sie bekam es aber satt, mich den weisen Onkel bei ihr spielen zu lassen, und ich meinerseits hatte es satt, sie sich selber tragisch nehmen zu hören. Sie nahm sich so tragisch, daß ich endlich fand, wenn sie mit Cuesta herumspielen mußte, verdiente sie es nicht anders. Selbstverständlich liebte sie ihn nicht die Spur. Sie wollte nur sehen, ob sie Eindruck auf ihn machte und ihn sich unterwerfen könnte. Aber der ganze Eindruck, den sie auf ihn machte, bestand darin, daß er sie mit Schimpfnamen wie Tintenfisch und Oktopus und ähnlich netten Bezeichnungen belegte. Und mit ihrer sogenannten geistigen Liebe kam sie keinen Schritt voran.

›Hast du's bei ihr versucht?‹ fragte ich ihn.

›Ich habe die Qualle nicht angerührt‹, sagte er. ›Ich kann ihren Schneehals nicht ausstehen.‹

Aber immer noch gingen wir sie besuchen, jedesmal nur ganz kurz gegen Abend. Sie lud ihn mit mir zum Abendessen ein. Er sagte, er könne nie zum Essen kommen, auch nicht nach dem Essen, denn von acht Uhr an sei er stets besetzt. Sie sah ihn an, als wollte sie sagen: Lüge und Ausrede, ich durchschaue dich. Aber er zuckte mit keiner Wimper. Er war, wie sie es ausdrückte, völlig ungeistig – ein undurchschaubares Tier.

›Sie sollen jedoch eines Tages in Ihr bescheidenes Haus in der Guadalupe-Allee kommen‹, sagte er, womit er wieder sein eigenes Haus meinte. Er brachte es mehrere Male sehr suggestiv vor.

›Aber Sie sind doch immer abends besetzt?‹

›Kommen Sie also nachts. Kommen Sie um elf. Dann bin ich frei.‹ Er sah ihr frech in die Augen.

›Empfangen Sie so spät noch Besuch?‹ fragte sie, rot vor Ärger, Verlegenheit und Widerspenstigkeit.

›Zuzeiten‹, sagte er. ›Wenn etwas Besonderes vorliegt.‹

Ein paar Tage später, als ich wie gewöhnlich bei ihr vorsprach, wurde mir gesagt, sie sei krank und könne niemanden sehen. Am Tag darauf ließ sie sich noch immer nicht blicken. Sie hatte einen gefährlichen Nervenzusammenbruch erlitten. Am dritten Tag rief mich ein Freund an und teilte mir mit, Ethel sei tot.

Dieses Ereignis wurde vertuscht, aber es sprach sich herum, daß sie Gift genommen habe. Sie hinterließ mir einen Brief, in dem lediglich stand: ›Es ist so, wie ich sagte. Leben Sie wohl. Aber mein Testament bleibt bestehen.‹

In diesem Testament hatte sie die Hälfte ihres Vermögens Cuesta vermacht. Es war etwa zehn Tage vor ihrem Tode aufgesetzt worden ... und es sollte bestehen bleiben. Er strich das Geld ein.« Luis Colmenares schwieg. »Dann war ihr Körper also doch stärker als ihr Geist gewesen«, bemerkte ich.

»Noch schlimmer«, erwiderte er.

»Wie das?«

Er zögerte lange, bevor er antwortete: »Sie ging tatsächlich in jener Nacht zu Cuesta in sein Haus. Auf Verabredung. Und dort, in seinem Schlafzimmer, lieferte er sie einem halben Dutzend Kerlen aus seiner Stierkampfmannschaft aus. Mit dem Befehl, sie nicht zu verletzen. Trotzdem wurden bei der Leichenschau ein paar tiefe, sonderbare Quetschungen festgestellt, die auf dem Totenschein vermerkt wurden. Dabei kam dann offensichtlich ihr Besuch bei Cuesta ans Licht, aber trotzdem sickerten keine Einzelheiten durch. Es brach gerade eine neue Revolution aus, und in dem Durcheinander geriet die ganze Affäre in Vergessenheit. Sie war aber auch gar zu anrüchig. Zweifellos war

Ethel in ihrer Wohnung dem Mann zu weit entgegengekommen.«

»Aber woher weißt du, daß er sie den Kerlen auslieferte?«

»Einer von ihnen hat es mir selber erzählt. Er wurde später erschossen.«

Nachweis

Two Blue Birds (Zwei blaue Vögel)
Erstveröffentlichung in: The Dial, April 1927

Sun (Sonne)
Erstveröffentlichung der gekürzten Fassung in: New Coterie, Herbst 1926; der ungekürzten Fassung: The Black Sun Press, Paris 1928

The Woman Who Rode Away (Die Frau, die davonritt)
Erstveröffentlichung in zwei Folgen in: The Dial, Juli und August 1925

Smile (Lächeln)
Erstveröffentlichung in: The Nation and Athenaeum, 19. Juni 1926

The Border Line (Die Grenze)
Erstveröffentlichung in: Hutchinson's Magazine, September 1924

Jimmy and the Desperate Woman (Jimmy und die verzweifelte Frau)
Erstveröffentlichung in: Criterion, Oktober 1924. Deutscher Titel in der Rowohlt-Ausgabe: ›Die Frau aus dem Volke‹

The Last Laugh (Das letzte Lachen)
Erstveröffentlichung in: ›The New Decameron IV‹. Oxford: Basil Blackwell 1925

In Love (Verliebt)
Erstveröffentlichung in: The Dial, November 1927. Eine deutsche Übersetzung von Else Jaffe-Richthofen erschien zuerst im ›Insel Almanach auf das Jahr 1929‹, Leipzig 1928

Glad Ghosts (Gute Geister)
Erstveröffentlichung in zwei Folgen in: The Dial, Juli und August 1926 Vermutlich ein Porträt der Familie Asquith; ursprünglich geschrieben für das ›Ghost Book‹ der Lady Cynthia, dann aber von Lawrence zurückgezogen.

None of That (Nichts dergleichen)
Erstveröffentlichung im Erzählungsband ›The Woman Who Rode Away‹, 1928

D. H. Lawrence im Diogenes Verlag

»Es war etwas von einem Proletarier an ihm und von einem Marquis. Von rächerischer Leidenschaft, die ihr Opfer sucht, und gefeiltester Feinheit. Vom kämpfenden Zauber, dem ›Auge der Venus, das die Gegner selbst bestrickt und blind macht‹, von der ›Magie des Extrems, der Verführung, die alles Äußerste übt‹ – und von einem in Blumen und Tiere verliebten Schäfer.«
René Schickele

Der preußische Offizier
Erzählungen

England, mein England
Erzählungen

Die Frau, die davonritt
Erzählungen

Der Mann, der Inseln liebte
Erzählungen

Der Fremdenlegionär
Erzählungen, Autobiographisches, Fragmente

Der Hengst St. Mawr
Roman

Liebe im Heu
Erzählungen

Die Hauptmanns-Puppe
Erzählungen

John Thomas & Lady Jane
Roman. Die zweite und beste Fassung der ›Lady Chatterley‹. Aus dem Englischen von Susanna Rademacher. Mit einem Nachwort von Roland Gart

Liebe, Sex und Emanzipation
Essays. Deutsch von Elisabeth Schnack

Briefe
Auswahl von Richard Aldington. Vorwort von Aldous Huxley. Deutsch und Nachwort von Elisabeth Schnack. Personenverzeichnis, Chronik und Bibliographie im Anhang

Mr. Noon
Autobiographischer Roman. Deutsch von Nikolaus Stingl

Mexikanischer Morgen
Reisetagebücher. Deutsch von Alfred Kuoni

Das Meer und Sardinien
Reisetagebücher. Deutsch von Georg Goyert

Etruskische Stätten
Reisetagebücher. Deutsch von Oswalt von Nostitz

Italienische Dämmerung
Reisetagebücher. Deutsch von Georg Goyert

Die gefiederte Schlange
Roman. Deutsch von Georg Goyert

Meistererzählungen
Ausgewählt, Deutsch und mit einem Nachwort von Elisabeth Schnack

Evelyn Waugh im Diogenes Verlag

»Ein Schriftsteller von Evelyn Waughs Rang hinterläßt uns Besitztümer, die uns zu Entdeckungen einladen: hier zeigt sich uns plötzlich ein Ausblick, den wir übersehen hatten, da warten Pfade, daß wir sie im rechten Augenblick betreten, denn der Leser wie der Autor ändert sich.« *Graham Greene*

Evelyn Waugh (1903–1966) lebte, wenn er nicht gerade auf einer seiner vielen Reisen war, als freier Schriftsteller in London. 1930 konvertierte er zum Katholizismus.

Auf der schiefen Ebene
Roman. Aus dem Englischen von Ulrike Simon

Lust und Laster
Roman. Deutsch von Ulrike Simon

Tod in Hollywood
Eine anglo-amerikanische Tragödie. Deutsch von Peter Gan

Der Knüller
Roman. Deutsch von Elisabeth Schnack

Charles Ryders Tage vor Brideshead
Erzählungen. Deutsch von Otto Bayer

Wer zuerst kommt, mahlt zuerst
Erzählungen. Deutsch von Otto Bayer

Eine Handvoll Staub
Roman. Deutsch von Matthias Fienbork

Schwarzes Unheil
Roman. Deutsch von Irmgard Andrae. Mit einem Frontispiz und acht Zeichnungen des Autors

Gilbert Pinfolds Höllenfahrt
Ein Genrebild. Deutsch von Irmgard Andrae

Mit Glanz und Gloria
Roman. Deutsch von Matthias Fienbork

Helena
Roman. Deutsch von Peter Gan

Carson McCullers im Diogenes Verlag

»Heute streitet man sich auch in Deutschland nicht mehr um Rang und Ruhm von Carson McCullers, deren erster Roman *Das Herz ist ein einsamer Jäger* bereits 1940 von renommierten Kritikern des englischen Sprachgebiets gepriesen wurde. Er machte die Dreiundzwanzigjährige auf der Stelle berühmt und gewissermaßen zur Kollegin großer Schriftsteller wie Dostojewskij, Melville und Faulkner, der selber ihr Werk verehrt hat.« *Gabriele Wohmann*

»Für mich gehört ihr Werk zu den besten unserer Zeit.« *William Faulkner*

»Carson McCullers' Romane und Kurzgeschichten sind Literatur von der erlesensten, aber auch privatesten Art; Einsamkeit und Außenseitertum sind ihre Domäne, die sie in einfallsreichen und verblüffenden Variationen vor der sommerlich durchglühten Kulisse verschlafener Provinznester Georgias in der kurzen Zeitspanne von zehn Jahren durchgespielt hat.«
Alexandra Lavizzari/Neue Zürcher Zeitung

Das Herz ist ein einsamer Jäger
Roman. Aus dem Amerikanischen von Susanna Rademacher

Spiegelbild im goldnen Auge
Roman. Deutsch von Richard Moering

Frankie
Roman. Deutsch von Richard Moering

Die Ballade vom traurigen Café
Novelle. Deutsch von Elisabeth Schnack

Wunderkind
Erzählungen. Deutsch von Elisabeth Schnack

Madame Zilensky und der König von Finnland
Erzählungen. Deutsch von Elisabeth Schnack

Uhr ohne Zeiger
Roman. Deutsch von Elisabeth Schnack

Meistererzählungen
Ausgewählt von Anton Friedrich. Deutsch von Elisabeth Schnack